Et vos péchés seront pardonnés

NORA ROBERTS

Et vos péchés seront pardonnés

Bestsellers

Titre original : SACRED SINS

HARLEQUIN®
est une marque déposée par le Groupe Harlequin

BEST-SELLERS®
est une marque déposée par Harlequin S.A.

Photo de couverture
Conception graphique : © VIVIANE ROCH

Si vous achetez ce livre privé de tout ou partie de sa couverture, nous vous signalons qu'il est en vente irrégulière. Il est considéré comme « invendu » et l'éditeur comme l'auteur n'ont reçu aucun paiement pour ce livre « détérioré ».

Toute représentation ou reproduction, par quelque procédé que ce soit, constituerait une contrefaçon sanctionnée par les articles 425 et suivants du Code pénal.

© 1987, Nora Roberts. © 1995, 2004, 2006, 2008, Harlequin S.A.
83/85 boulevard Vincent-Auriol 75646 PARIS CEDEX 13.
Service Lectrices — Tél. : 01 45 82 47 47
ISBN 978-2-2808-4017-0 — ISSN 1248-511X

1

15 août...

C'était une journée qui ressemblait aux précédentes, une journée de chaleur et de ciel brumeux. Il n'y avait ni nuages blancs, ni brise tiède, rien qu'un mur d'humidité à couper au couteau.

Les bulletins météo de 6 et 11 heures annonçaient que la situation allait empirer. Dans ces derniers jours d'été qui s'étiraient paresseusement, la vague de chaleur qui attaquait une deuxième semaine était le sujet principal des conversations à Washington, D.C.

Le Sénat ne siégeant pas avant septembre, le Capitole fonctionnait au ralenti. Le Président profitait d'une période de répit avant un voyage diplomatique dans les pays d'Europe. Sans le défilé quotidien des politiciens, la ville de Washington était livrée aux touristes et aux marchands ambulants. En face du Smithsonian, un mime se contorsionnait devant une foule dense qui honorait sa performance pour faire une pause, plus que par goût artistique. De jolies robes d'été se froissaient sur les bancs et les enfants pleurnichaient pour avoir des glaces.

Rassemblés à Rock Creek Park, jeunes et vieux cherchaient de l'eau et de l'ombre pour lutter contre la chaleur. On consommait partout des rafraîchissements : limonade par litres, bière et vin en quantité équivalente mais de façon plus discrète. Les boissons alcoolisées disparaissaient comme par enchantement quand la police du parc patrouillait. Les gens pique-niquaient ou cuisinaient en plein air, se contentant souvent de hot-dogs carbonisés et dégoulinants de graisse. Des bébés en couches faisaient leurs premiers pas sur l'herbe. Des mères criaient à leurs enfants de ne pas s'approcher de l'eau, de ne pas courir à proximité de la route, de ne pas jouer avec des bâtons ou des cailloux. Comme toujours, la musique s'échappant des combos était forte et agressive, « des sillons brûlants », comme disaient les D. J. en faisant allusion aux températures qui frisaient les quarante degrés.

De petits groupes d'étudiants se formaient. Certains s'asseyaient sur les rochers au bord de l'eau pour discuter du destin du monde, d'autres s'étalaient sur l'herbe, plus intéressés par le sort de leur bronzage. Ceux qui avaient du temps et de quoi se payer de l'essence étaient partis à la plage ou dans les montagnes. Quelques lycéens avaient encore l'énergie nécessaire pour jouer au Frisbee, les garçons en shorts exhibaient des torses uniformément cuivrés.

Sous un arbre, une jolie jeune fille dessinait nonchalamment sur un carnet de croquis. Après plusieurs tentatives pour attirer l'attention de la belle sur les biceps qu'il développait depuis six mois, l'un des joueurs choisit un moyen plus direct. Le Frisbee atterrit sur le carnet de dessin avec un bruit mat. Et quand, irritée, elle leva la tête, le garçon courut vers elle avec un sourire d'excuse qu'il espérait éblouissant.

— Désolé, dit-il. Il m'a échappé.

Ayant écarté une mèche brune de son front, elle lui tendit le disque.

— Ce n'est pas grave, assura-t-elle.

Et elle se remit à dessiner sans même lui accorder un regard.

La ténacité est l'apanage de la jeunesse. Penché derrière elle, il étudia son dessin. Ses connaissances en art auraient tenu dans un mouchoir de poche, mais cela ne l'empêcha pas de lancer un ballon d'essai.

— Eh, c'est drôlement bon. Vous étudiez où ?

Devant une ruse aussi évidente, elle faillit l'éconduire mais elle leva la tête assez longtemps pour surprendre son sourire. Sa technique manquait de subtilité mais il était beau gosse.

— Georgetown, répondit-elle.

— C'est vrai ? Moi aussi, en droit.

A quelques mètres de là, son partenaire de jeu s'impatienta.

— Rod ! On va se boire une bière ou quoi !

Rod ignora son ami. La jeune fille avait les plus grands yeux noisette qu'il eût jamais vus.

— Vous venez souvent ici ? demanda-t-il.

— De temps en temps.

— Pourquoi ne...

— Rod, on va la boire, cette bière ?

Rod regarda son compagnon qui transpirait, puis contempla de nouveau les yeux de l'artiste. Il n'y avait aucune hésitation possible.

— Je te rejoins plus tard, Pete.

Et il fit décrire négligemment au Frisbee un grand arc de cercle.

— Vous arrêtez de jouer ? demanda la dessinatrice en obser-vant le Frisbee.

Il sourit et lui effleura les cheveux.

— Cela dépend.

En jurant, Pete courut après son disque. Il venait de le payer six dollars et tenait à le rattraper. Après avoir trébuché sur un chien, il descendit la colline à quatre pattes en priant pour que le Frisbee n'atterrisse pas dans l'eau. Il avait payé encore plus cher ses sandales en cuir. Le disque tourbillonna en direction du bassin, lui arrachant un juron supplémentaire, puis heurta un arbre et disparut dans des buissons. En sueur, hanté par la Moosehead fraîche qui l'attendait, Pete écarta les branches et se fraya un chemin.

Son cœur faillit s'arrêter et le sang lui monta instantanément à la tête. Avant qu'il ait pu reprendre son souffle pour crier, il dégurgita son déjeuner qui se composait de deux hot-dogs et de frites.

Le Frisbee était tombé à deux pas de la crique. Il reposait, rouge, neuf et gai sur une main blanche, inerte, qui semblait vouloir le rendre.

Cette main avait appartenu à Caria Johnson, une étudiante en art dramatique de vingt-trois ans, serveuse à mi-temps. Douze ou quinze heures plus tôt, elle avait été étranglée avec un amict de curé. Un amict blanc, bordé de fils d'or.

L'inspecteur Ben Paris s'affaissa dans son siège après avoir terminé son rapport sur le meurtre de Johnson. Il avait dactylographié les faits en utilisant deux doigts rageurs comme des mitraillettes. Il se relut. Il n'y avait eu ni agression sexuelle, ni vol apparent. Le sac de la victime avait été retrouvé sous le corps. Il contenait vingt-trois dollars et soixante-seize cents, ainsi qu'une Master-card. Une bague en opale d'une valeur de cinquante dollars environ avait été retrouvée à son doigt. Il n'y avait ni mobile, ni suspect. Rien.

Ben et son partenaire avaient passé l'après-midi à interroger la famille de la victime. Sale boulot, songea-t-il pour la énième fois. Mais nécessaire. Tous leur avaient fourni les mêmes réponses. Caria voulait devenir actrice. Sa vie avait été vouée à ses études. Elle avait eu des petits amis, mais rien de sérieux. Son rêve — prématurément arrêté — l'avait de toute évidence totalement absorbée.

Ben relut le rapport et s'attarda sur l'arme du crime. L'écharpe de curé. Une note avait été épinglée à côté. Quelques heures plus tôt, Ben s'était agenouillé pour la lire.

« Ses péchés lui seront pardonnés. »
— Amen, murmura Ben avec un profond soupir.

Dans la deuxième semaine de septembre, à 1 heure du matin, Barbara Clayton coupa à travers la pelouse de Washington Cathedral. Il faisait doux, les étoiles brillaient, mais elle n'était pas d'humeur à apprécier le cadre. Tout en marchant, elle marmonnait avec mauvaise humeur… Le mécanicien au visage de furet allait l'entendre demain matin. Il avait soi-disant réparé la transmission. Quel escroc ! Encore une chance qu'elle n'ait que deux blocs à traverser pour regagner son domicile. Ah ! Elle n'avait pas dit son dernier mot à ce salopard graisseux. Dire qu'elle allait être obligée de prendre le bus pour se rendre à son travail. Une étoile filante traversa le ciel en laissant un sillon lumineux. Clara ne la remarqua même pas.

Pas plus, du reste, que l'homme qui l'observait. Il savait qu'elle arrivait. Ne lui avait-on pas enjoint de veiller ?

La Voix se faisait de plus en plus pressante dans sa tête. Il avait été choisi. C'était un fardeau et une gloire.

— *Dominus vobiscum,* murmura-t-il en serrant le doux tissu de l'amict dans ses mains.

Et quand sa tâche fut achevée, il sentit le pouvoir couler en lui comme du métal en fusion. Ses reins explosèrent, son sang se mit à chanter. Il était lavé. Et maintenant, elle aussi. Doucement son pouce parcourut le front de la fille, ses lèvres, sa poitrine en un lent signe de croix. Il lui donna l'absolution mais sans s'attarder. La Voix l'avait prévenu que beaucoup ne comprendraient pas la pureté de son travail.

Il laissa le corps dans l'ombre et reprit sa route, les yeux brillants de larmes de joie et de folie.

— Nous allons avoir les médias sur le dos !

Le commissaire Harris frappa du poing le journal étalé sur son bureau.

— Toute la ville est prise de panique, reprit-il. Si je tenais celui qui a lâché cette histoire de curé à la presse...

Il s'interrompit et s'efforça de se ressaisir. Il ne perdait pas souvent son sang-froid. D'accord, il était assis derrière un bureau mais il était un flic, et un sacrément bon. Un policier savait se dominer. Pour se donner du temps, il regarda ses collègues. C'étaient de bons policiers, eux aussi. Harris n'aurait pas toléré la médiocrité chez ses hommes.

Ben Paris était assis sur un coin de son bureau et jouait avec un presse-papiers. Harris le connaissait assez pour savoir qu'il aimait avoir quelque chose dans les mains quand il réfléchissait. Il était jeune, mais avec dix ans d'expérience sur le terrain, songea Harris. C'était un policier capable même s'il prenait quelques libertés avec la procédure. Ses deux citations pour courage avaient été amplement méritées. Quand la situation était moins tendue, cela amusait Harris de songer que Ben avait tout du policier tel que le décrivaient les scénaristes d'Hollywood — un visage allongé, sec et nerveux. Ses cheveux bruns et drus étaient un peu. plus longs que la normale mais ils étaient coupés chez l'un des coiffeurs à la mode de Georgetown. Ses yeux vert pâle ne perdaient jamais aucun détail de ce qui l'entourait.

Ed Jackson, le coéquipier de Ben, était assis sur une chaise, ses longues jambes étendues devant lui. Avec son mètre quatre-vingt-dix et ses cent vingt-cinq kilos, il impressionnait généralement les suspects. Par caprice ou par esthétisme, il portait une barbe épaisse, aussi rousse que ses cheveux bouclés. Ses yeux bleus avaient une expression amicale. A cinquante mètres, il pouvait toucher une pièce de vingt-cinq cents son Police Special.

Harris poussa le journal mais ne s'assit pas.

— Qu'est-ce que vous avez ?

Ben balança le presse-papiers d'une main à l'autre avant de le poser.

— A part la taille et la couleur, il n'y a aucun rapport entre les deux victimes. Ni amis, ni relations communes. Vous avez le rapport sur Caria Johnson. Barbara Clayton, elle, travaillait dans une boutique de prêt-à-porter. Elle était divorcée, sans enfant. Sa famille habite le Maryland. Une famille d'employés. Il y a trois mois, elle a eu une aventure assez sérieuse, mais qui a tourné court. Le type est parti pour Los Angeles. Nous nous renseignons sur lui mais, selon toute vraisemblance, il n'est pas suspect.

Il mit la main à sa poche pour sortir une cigarette et rencontra le regard de son équipier.

— Ce sera la sixième, dit Ed. Ben essaye de fumer moins d'un paquet par jour, mais c'est difficile de tenir le coup dans ces circonstances, expliqua-t-il avant de prendre le rapport et de le lire à voix haute.

— Clayton a passé la soirée dans un bar du Wisconsin avec une collègue de travail. Son amie a déclaré qu'elle était partie vers 1 heure. La voiture de Clayton a été retrouvée en panne, à deux blocs de la scène. Il semblerait qu'elle ait eu des problèmes de transmission. Apparemment elle a décidé de marcher jusque chez elle. Son appartement n'était qu'à cinq cents mètres.

— C'étaient toutes les deux des femmes blondes et caucasiennes, intervint Ben en aspirant la fumée à pleins poumons avant de la recracher lentement. Elles ont aussi en commun d'être mortes.

« Sur mon territoire », songea Harris. Ce qu'il prenait pour un affront personnel.

— Il y a aussi l'arme du crime, déclara-t-il. L'écharpe de curé.

— Un amict. Ce ne devrait pas être trop difficile de remonter sa trace. Notre homme utilise la plus belle soie.

— Il ne se l'est pas procuré ici, continua Ed. Du moins pas cette année. Nous avons vérifié auprès de chaque magasin d'articles religieux, de chaque église de la ville. Nous avons un tuyau sur trois boutiques de la Nouvelle-Angleterre qui offrent ce type de produit.

— Les notes ont été écrites sur du papier bon marché disponible dans n'importe quelle papeterie, ajouta Ben. Nous ne pouvons pas l'identifier.

— Autrement dit, vous n'avez rien.

Ben tira une bouffée sur sa cigarette et acquiesça.

— Autrement dit, nous n'avons rien.

Harris étudia les deux hommes en silence. Il aurait aimé que Ben portât une cravate et qu'Ed se taillât la barbe, mais c'était une question de goût. Ces deux hommes-là étaient ses meilleurs éléments. Paris, avec son allure insouciante et son charme décontracté, possédait l'instinct d'un renard et un esprit aussi aiguisé qu'une lame. Quant à Jackson, il était aussi efficace et minutieux qu'une vieille fille. Un meurtre était un puzzle dont il assemblait les pièces avec persévérance.

Harris huma l'odeur de cigarette, puis se rappela qu'il s'était arrêté de fumer.

— Retournez interroger tout le monde, dit-il. Faites-moi un rapport sur l'ancien petit ami de Clayton et sur la liste des clients fréquentant les magasins d'articles religieux.

Son regard tomba de nouveau sur le journal.

— Je veux qu'on arrête cet homme.

— Le Prêtre, murmura Ben en parcourant les gros titres. La presse a toujours aimé donner des surnoms aux psychopathes.

— Ainsi qu'une couverture journalistique, ajouta Harris. Sortons donc ce dément des gros titres et mettons-le derrière les barreaux.

Fatiguée après une longue nuit passée le nez dans la paperasse, le Dr Teresa Court buvait du café en survolant le *Post*. Une semaine s'était écoulée depuis le second meurtre, et le Prêtre, comme l'appelait la presse, courait toujours. Lire un article sur lui n'était pas la meilleure façon de commencer la journée, mais l'homme l'intéressait sur un plan professionnel, et elle considérait le cas d'un point de vue quasi clinique. Non que la mort des deux jeunes femmes la laissât indifférente mais elle avait été habituée à ne regarder que les faits et les diagnostics. C'est même à ces derniers qu'elle avait consacré son existence.

Sa vie professionnelle n'était qu'une succession de problèmes, de douleurs et de frustrations. Pour compenser, son monde à elle était simple et organisé. Comme elle avait grandi dans un milieu aisé et cultivé, elle percevait le Matisse au mur et le cristal de Baccarat sur sa table comme allant de soi. Ses goûts personnels la portaient plutôt vers les lignes simples et les aquarelles, mais de temps en temps elle était attirée par quelque chose qui détonnait, comme cette peinture à l'huile, abstraite, aux traits vifs et aux couleurs agressives. Elle comprenait ce besoin aussi bien que le premier et s'en satisfaisait. Etre bien dans sa peau faisait partie de ses priorités.

Le café était déjà presque froid. Aussi repoussa-t-elle sa tasse. Au bout d'un moment elle mit aussi le journal de côté. Elle aurait voulu en savoir plus sur le tueur et sur ses victimes, connaître tous les détails des crimes. Puis elle se remémora le vieil adage suivant lequel quand vous souhaitez quelque chose, cela finit par arriver. Mieux valait être prudent pour ne pas tenter le diable. Après un coup d'œil à sa montre, elle se leva. Ce n'était pas le moment de ruminer un article de journal. Elle avait des patients à voir.

C'est l'automne que les villes de l'Est sont les plus belles. L'été les grille, l'hiver les rend ternes et défraîchies, mais l'automne leur donne un éclat et une certaine dignité.

A 2 heures du matin, par une fraîche matinée d'octobre, Ben Paris se réveilla brutalement. Il ne se demanda même pas pourquoi son sommeil avait été interrompu et pourquoi il avait rêvé de trois jeunes femmes blondes. Il se leva et alla prendre une cigarette dans son paquet sans s'habiller. « Vingt-deux », compta-t-il silencieusement.

Il l'alluma, laissant le goût âcre et si familier remplir sa bouche avant de se rendre dans la cuisine pour se faire du café. Il mit une casserole sur le feu. Le néon placé au-dessus du fourneau ne montra pas de cafard fuyant dans une fissure. La dernière désinsectisation avait l'air de tenir. Pour saisir une tasse, il dut pousser deux jours de courrier qui s'était empilé sans qu'il l'ouvre.

Sous l'éclat violent du néon, son visage paraissait dur, presque dangereux. C'était normal car il pensait aux meurtres. Son corps fin et élancé aurait presque paru maigre s'il n'avait été musclé.

Une boule grise et efflanquée sauta sur la table et le regarda pendant qu'il fumait et buvait son café. Le chat se rendit compte que son maître était distrait et, au lieu de réclamer une soucoupe de lait, entreprit de faire sa toilette.

L'enquête n'avait pas progressé depuis l'après-midi où le premier cadavre avait été découvert. Leur semblant de piste s'était terminé en queue-de-poisson après quelques kilomètres de travail sur le terrain. Une impasse, songea Ben. Zéro. Néant.

Bien sûr, ils avaient recueilli cinq confessions en un mois. Elles émanaient toutes de gens perturbés qui voulaient attirer l'attention. Vingt-six jours après le second meurtre, ils n'étaient arrivés nulle part. Et chaque jour qui passait, la piste se refroidissait. Comme les articles se tarissaient, la population se détendait. Ben n'aimait pas cela. Il alluma une autre cigarette au mégot de la précédente en songeant au calme qui précédait généralement les tempêtes. Il regarda la nuit éclairée par un croissant de lune en s'interrogeant sur ce que l'avenir leur réservait.

Chez Doug n'était qu'à quelques kilomètres de l'appartement de Ben. Le petit club était plongé dans l'obscurité. Les musiciens étaient partis et l'alcool renversé avait été nettoyé. Francie Bowers sortit par la porte de derrière et enfila son pull-over. Elle avait mal aux pieds. Après six heures de station debout sur des talons aiguilles, ses orteils se recroquevillaient dans ses tennis. Mais les pourboires en valaient la peine. Travailler comme serveuse dans un bar à cocktails fatiguait les pieds, mais si vous aviez de bonnes jambes — ce qui était son cas — c'était assez lucratif.

Encore quelques nuits comme celle-ci et elle pourrait payer la première mensualité d'une petite VW. Elle n'aurait plus besoin de prendre le bus. Quelle merveille !

Une crampe dans la plante de son pied lui arracha une grimace de douleur. Francie jeta un coup d'œil à l'allée. Emprunter ce chemin lui ferait gagner cinq cents mètres. Mais il faisait sombre. Elle avança de deux pas en direction du réverbère puis se ravisa. Tant pis, elle choisissait l'allée… Elle n'avait pas l'intention de faire un pas de plus que le strict nécessaire.

Il avait attendu longtemps, mais il savait que ce n'était pas pour rien. La Voix avait annoncé qu'un agneau égaré allait venir. Elle marchait vite, comme si elle était pressée que son âme soit sauvée. Cela faisait des jours qu'il priait pour elle. L'instant de la rédemption approchait. Lui n'était qu'un instrument.

Le tumulte recommença à lui vriller la tête. La force

l'envahit de nouveau. Il pria dans l'ombre jusqu'à ce qu'elle passe devant lui.

Il eut un geste rapide et miséricordieux. Quand l'amict fut enroulé autour de son cou, elle n'eut que le temps d'aspirer une goulée d'air avant que l'étau ne se resserre. Elle laissa échapper un petit gargouillement tandis qu'elle étouffait. Paniquée, elle lâcha son sac et essaya d'écarter le foulard à deux mains.

Parfois quand son pouvoir était grand, cela allait très vite. Mais cette fois le Mal était puissant et le défiait. Ses doigts tirèrent sur la soie, s'enfoncèrent douloureusement dans ses mains gantées. La fille se mit à donner des coups de pied et il dut la soulever du sol. Mais elle continua à se débattre, et l'un de ses pieds chaussés de tennis rencontra une boîte de conserve, l'envoyant cliqueter. Le bruit lui résonna dans la tête avec une telle violence qu'il en eut les larmes aux yeux.

Puis elle s'affaissa et la brise sécha les larmes du rédempteur passionné. Il l'allongea doucement sur le bitume et lui donna l'absolution en latin. Il épingla la note à son pull-over et la bénit.

Elle était en paix. Et pour l'instant, lui aussi.

— Ce n'est pas la peine de nous tuer. Elle est déjà morte.

La voix d'Ed était calme alors que Ben prenait un virage sur les chapeaux de roues.

Ben ralentit et prit le virage suivant à une allure normale.

— C'est toi qui as bousillé la dernière voiture. La *mienne,* dit-il sans plaisanter. Elle n'avait que soixante-quinze mille kilomètres.

— C'était une poursuite, marmonna Ed.

La Mustang sauta sur un dos-d'âne, rappelant à son conducteur qu'il aurait dû faire vérifier les suspensions.

— Je ne t'ai pas tué, observa son équipier.

— Non, j'avais seulement des ecchymoses et des déchirures, précisa Ben en passant au feu orange. En grand nombre.

Ce souvenir amena le sourire sur les lèvres d'Ed.

— Nous les avons eus.

— Ils étaient inconscients.

Ben se gara le long du trottoir et mit les clés dans sa poche.

Jurant et bâillant, Ed s'extirpa de la voiture et monta sur le trottoir.

Il faisait à peine jour et le fond de l'air était glacial, mais une foule de curieux se trouvait déjà agglutinée à l'entrée de l'allée. Ben releva son col et se fraya un chemin à travers la foule en rêvant d'un café.

Il salua Sly, le photographe de la police, d'un signe de tête et examina la troisième victime.

Il lui donna entre vingt-six et vingt-huit ans. Elle portait un pull en synthétique et ses tennis étaient usées jusqu'à la corde. Elle avait des grosses boucles d'oreilles dorées et son visage lourdement maquillé contrastait avec sa tenue.

Tout en mettant ses mains en coupe autour de sa deuxième cigarette de la journée, il écouta le rapport du policier en tenue, debout à côté de lui.

— C'est un clochard qui l'a trouvé. Nous l'avons mis à dessoûler dans notre voiture. Apparemment, il était en train de faire les poubelles quand il est tombé sur elle. Affolé, il est sorti en courant de l'allée et a failli passer sous nos roues.

Ben acquiesça, tout en fixant le message épinglé sur

le cadavre. La frustration et la colère furent de si courte durée qu'il les remarqua à peine. Ed se pencha et ramassa le grand sac de toile qu'elle avait laissé tomber. Une poignée de jetons pour le bus s'en échappèrent.

La journée allait être longue.

Six heures plus tard, ils entraient dans leurs bureaux. Les Affaires criminelles n'avaient pas l'aspect peu reluisant de la Brigade des mœurs, mais les locaux étaient moins propres que ceux des commissariats de banlieue. Deux ans auparavant, les murs avaient été repeints en beige, le carrelage collait aux semelles en été et se gorgeait de froide humidité en hiver. En dépit des efforts du service de nettoyage, de son désinfectant au pin et de ses serpillières, les pièces sentaient toujours le tabac froid, le vieux café et la transpiration. Au cours d'une réunion de service au printemps, l'un des inspecteurs avait été chargé d'acheter des plantes pour fleurir le bord des fenêtres. Elles n'étaient pas mortes mais ne semblaient pas très vigoureuses.

Ben passa devant Lou Roderick qui tapait un rapport. Ce dernier restait toujours aussi imperturbable dans son travail qu'un comptable plongé dans les impôts d'une société.

— Harris veut te voir, annonça-t-il sans lever la tête mais avec une pointe de sympathie. Il sort d'un entretien avec le maire. Et je crois que Lowenstein a pris un message pour toi.

— Merci.

Ben jeta un coup d'œil à la barre de Sniders posée sur le bureau de Roderick.

— Eh, Lou...

— Pas question, répondit Lou sans cesser de taper.

— Essayez de fraterniser, murmura Ben.

Il s'approcha de Lowenstein.

A l'inverse de Roderick, celle-ci travaillait par à-coups et paraissait nettement plus à l'aise dans la rue que derrière une machine à écrire. Ben respectait la méticulosité de Lou mais, en renfort, il préférait Lowenstein dont les tailleurs et les robes strictes ne cachaient que rarement les jambes — de l'avis général, les plus belles de la Criminelle. Ben les observa furtivement avant de se jucher sur un coin du bureau en poussant un petit soupir. Elle était mariée, c'était bien dommage.

Tout en regardant distraitement les papiers étalés sur la table, il attendit qu'elle raccroche son téléphone.

— Comment ça va, Lowenstein ?

— Mon broyeur est en panne et le plombier réclame trois cents dollars pour le réparer. Mais ce n'est pas grave, mon mari va s'en occuper.

Elle introduisit un formulaire dans sa machine à écrire.

— Cela nous coûtera simplement le double, conclut-elle. Et toi ? Du nouveau sur notre curé ?

Elle écarta de la main la bouteille de Pepsi posée sur sa table.

— Nous n'avons qu'un cadavre de plus.

C'était quasiment impossible de détecter dans sa voix la moindre trace d'amertume.

— Tu es déjà allée chez Doug, près du canal ? demanda-t-il.

— Je n'ai pas une vie aussi mondaine que la tienne, Paris.

Il émit un bref grognement et saisit la grosse tasse dans laquelle elle rangeait ses crayons.

— Elle était serveuse là-bas. Vingt-sept ans.

— Ne te laisse pas émouvoir.

Puis, voyant son expression, elle lui passa le Pepsi. Cette affaire les affectait tous.

— Harris veut te voir avec Ed, dit-elle.

Il prit une grande gorgée pour que le sucre et la caféine pénètrent bien son corps.

— Je sais. Il paraît que tu as un message.
— Ah oui.

Elle fouilla dans sa paperasse.

— Bunny a appelé, elle voulait savoir à quelle heure tu passerais la chercher. Elle m'a l'air mignonne, Paris.

Il sourit en rangeant le bout de papier dans sa poche.

— Exact, mais je suis prêt à l'oublier le jour où tu voudras tromper ton mari.

Il s'éloigna sans lui rendre sa boisson et elle se remit à taper en riant.

Ed reposa son téléphone et accompagna Ben en direction du bureau de Harris.

— Ils veulent vendre mon appartement, annonça-t-il. Cinquante mille !

— Toute la plomberie était à refaire, ajouta Ben en jetant la canette dans une poubelle.

— Oui, il n'y a rien de libre dans ton immeuble ?
— Ceux qui partent le font les pieds devant.

Par la grande vitre qui les séparait du bureau du chef, ils virent Harris debout, près de son bureau, le téléphone à la main. Il était bien conservé pour un homme de cinquante-sept ans qui avait passé les dix dernières années derrière une table. Il avait trop de volonté pour grossir. Son premier mariage avait échoué à cause de son métier, son second à cause de l'alcool. Harris avait laissé tomber les deux et les avait remplacés par le travail. Les policiers de son service ne l'aimaient pas beaucoup mais le respectaient. Ce qui n'était pas pour déplaire au chef.

Harris leva la tête et fit signe aux inspecteurs d'entrer.

— Je veux les rapports du labo avant 5 heures, et que la moindre peluche sur ses vêtements soit analysée. Faites votre boulot. Donnez-moi quelque chose à me mettre sous la dent afin que je puisse faire le mien.

Après avoir raccroché, il se dirigea vers sa plaque chauffante et se servit du café. Cinq ans plus tard, il avait toujours envie que ce soit du whisky.

— Parlez-moi de Francie Bowers.

— Elle était serveuse chez Doug depuis un an. Elle est arrivée de Virginie à l'automne dernier. Elle habitait seule dans un appartement du North West.

Ed regarda son carnet.

— Elle a été mariée deux fois mais cela n'a jamais duré plus d'un an. Nous enquêtons sur ses deux ex. Comme elle travaillait de nuit et dormait la journée, ses voisins la connaissent peu. Elle finissait son service à 1 heure du matin. Apparemment elle a coupé par l'allée pour attraper son bus. Elle ne possédait pas de voiture.

— Personne n'a rien vu, intervint Ben. Et rien entendu.

— Réessayez jusqu'à ce que vous ayez trouvé un témoin. Du nouveau sur le numéro un ?

Ben n'aimait pas que les victimes soient désignées par des numéros. Il mit les mains dans ses poches.

— Le petit ami de Caria Johnson a obtenu un rôle important dans une série télé à Los Angeles. A priori, il n'est pas suspect. Il semblerait qu'elle se soit violemment disputée avec un autre étudiant la veille de sa mort. C'est ce qu'affirment les témoins.

— Il l'a admis, poursuivit Ed. Ils étaient sortis une ou deux fois ensemble mais elle n'était pas intéressée.
— Alibi ?
— Il prétend qu'il s'est soûlé et qu'il s'est épris d'une étudiante de première année. Ils sont fiancés.

Avec un haussement d'épaules, Ben s'assit sur l'accoudoir d'une chaise.

— Nous pouvons le reconvoquer mais, à mon avis, cela ne nous avancera pas. Il n'a aucun rapport avec Clayton ou Bowers. Il vient d'une famille d'Américains moyens. Du genre sportif. Ce garçon a autant de chances qu'Ed d'être psychotique.
— Merci, collègue.
— Enquêtez encore sur lui. Comment s'appelle-t-il ?
— Robert Lawrence Dors. Il conduit une Honda Civic et porte des polos, précisa Ben en tirant une cigarette de sa poche. Et des mocassins blancs sans chaussettes.
— Roderick l'amènera.
— Attendez une minute...
— Je veux mettre le paquet sur cette affaire, interrompit Harris. Roderick, Lowenstein et Bigsby vont collaborer avec vous. Je veux arrêter ce type avant qu'il ne tue la première femme qui s'aventure toute seule dehors.

Sa voix était calme, raisonnable et sans réplique.

— Cela vous pose un problème ?

Ben se dirigea vers la fenêtre. Il n'avait pas le droit d'en faire une affaire personnelle.

— Non, nous le voulons tous.
— Le maire aussi, compléta Harris avec un soupçon d'amertume. Il veut pouvoir donner une conférence de presse d'ici à la fin de la semaine. Il va nous adjoindre un psychiatre pour déterminer le profil de l'assassin.

— Un réducteur de tête ? lança Ben avec un petit rire. Vous plaisantez, commissaire.

Précisément parce que cela lui déplaisait aussi, le ton de Harris se durcit.

— Le Dr Court a accepté de coopérer avec nous, à la demande du maire. Nous ne savons pas à quoi il ressemble, autant savoir comment il pense. Au point où nous en sommes, ajouta-t-il avec un coup d'œil aux deux hommes, je serais prêt à regarder dans une boule de cristal si cela pouvait m'aider. Soyez là à 4 heures.

Ben s'apprêtait à ouvrir la bouche mais surprit le regard d'avertissement de son équipier. Ils sortirent en silence.

— Nous devrions peut-être appeler un médium ? marmonna Ben.

— Tu as des préjugés sur les psy ?

— Non, je suis réaliste.

— L'âme humaine est un mystère fascinant.

— Toi, tu t'es remis à lire.

— Et ceux qui sont à même de le déchiffrer peuvent ouvrir des portes sur lesquelles les autres se contentent de cogner.

Ben soupira et jeta sa cigarette sur le parking.

— Et flûte !

— Et flûte, dit Tess en regardant par la fenêtre de son bureau.

Il y avait deux choses qu'elle aurait voulu éviter en ce moment : affronter la circulation sous la pluie glacée qui commençait à tomber, et être mêlée aux meurtres qui infestaient la ville. Or elle allait devoir accepter la première parce que son grand-père et le maire avaient insisté pour qu'elle fasse la seconde.

Son emploi du temps était déjà suffisamment chargé. Elle aurait pu opposer un refus poli au maire. Mais pas à son grand-père. Quand elle était avec lui, elle n'était plus le Dr Teresa Court. Au bout de cinq minutes, elle n'était plus une jeune femme d'un mètre soixante-quinze avec un diplôme sous verre. Elle était de nouveau la fillette maigre de douze ans, frémissante d'admiration devant l'homme qu'elle aimait le plus au monde.

C'était grâce à lui qu'elle avait décroché son diplôme de psychiatre. Grâce à sa confiance et à son soutien inébranlable. Comment aurait-elle pu dire non alors qu'il lui demandait d'utiliser ses compétences ? Le problème était qu'elle travaillait dix heures par jour. Peut-être était-il temps qu'elle prenne un associé.

Tess regarda son bureau avec ses meubles anciens et ses aquarelles. C'était son décor. Le grand cabinet en chêne de 1920 qui contenait tous ses dossiers lui appartenait aussi. Non, elle ne prendrait pas d'associé. Dans un an, elle aurait trente ans. Elle avait son bureau, ses habitudes, ses problèmes et c'était très bien ainsi.

Elle sortit de la penderie l'imperméable doublé de vison et l'enfila. Peut-être pourrait-elle aider la police à trouver l'homme qui défrayait la chronique depuis des jours. Les aider à le trouver pour qu'il puisse à son tour recevoir l'aide dont il avait besoin.

Elle prit son sac et la serviette contenant les dossiers à étudier dans la soirée, puis elle sortit de la pièce en remontant son col.

— Kate, annonça-t-elle, je vais chez le commissaire Harris. Ne me passez aucun appel sauf en cas d'extrême urgence.

— Vous devriez mettre un chapeau, conseilla la réceptionniste.

— J'en ai un dans la voiture. A demain.

— Soyez prudente.

Elle anticipait déjà sur sa soirée tout en cherchant ses clés de voiture. Peut-être pourrait-elle se rapporter un plat chinois à déguster tranquillement chez elle avant de…

— Tess !

Un pas de plus et elle aurait été dans l'ascenseur. En étouffant un juron, elle se retourna et afficha un sourire contraint.

— Tu n'es pas facile à joindre.

Il s'avança vers elle. Comme toujours il était tiré à quatre épingles, songea Tess. Le Dr F.R. Fuller était aussi impeccable qu'ennuyeux. Son costume gris perle de chez Brook Brothers était assorti à sa cravate rayée et à sa chemise tout droit sortie de la dernière collection Arrow. Pas un de ses cheveux à la coupe classique ne dépassait. Elle s'efforça de continuer à sourire. Ce n'était pas la faute de Franck si la perfection la laissait insensible.

— J'étais occupée, répondit-elle.

— Tu sais ce qu'on dit sur le travail, Tess.

Elle grinça des dents pour ne pas le contredire. Elle était sûre de la réaction de Franck. Il rirait et lui sortirait le vieux cliché.

— Je prends le risque.

Elle appuya sur le bouton en priant pour que l'ascenseur arrive.

— Tu pars tôt aujourd'hui.

— J'ai un rendez-vous à l'extérieur.

Elle consulta ostensiblement sa montre. Elle était un peu en avance.

— Je suis en retard, mentit-elle sans vergogne.

— J'ai essayé de te contacter.

Il s'appuya de la main contre le mur et se pencha au-dessus d'elle — une autre de ses détestables manies.

— Pourquoi est-ce si compliqué alors que nos bureaux sont sur le même palier...

Où diable était l'ascenseur quand on avait besoin de lui ?

— Tu connais nos journées, Franck.

Il lui adressa son sourire de réclame pour dentifrice et Tess se demanda si elle devait se pâmer devant son eau de Cologne.

— Mais il faut bien savoir se détendre, n'est-ce pas, docteur ?

— Chacun sa façon.

— J'ai des places pour la pièce de Noël Coward qui se joue au Kennedy Center demain soir. Pourquoi ne pas nous détendre ensemble ?

La dernière fois qu'elle avait accepté sa proposition, elle avait eu du mal à s'échapper tout habillée, et, pire encore, elle s'était ennuyée pendant trois heures.

— C'est très gentil de penser à moi, mais je crains de ne pas être libre, prétendit-elle de nouveau.

— Pourquoi ne...

Les portes coulissèrent.

— Oups, je suis en retard.

Elle lui sourit gaiement.

— Ne te surmène pas, Franck. Tu sais ce que dit le proverbe.

En raison de la pluie et de la circulation, elle perdit son avance pendant le trajet jusqu'au commissariat. Curieusement cette épreuve d'une demi-heure ne l'abattit point. Le plaisir d'avoir réussi à éviter Franck, sans doute. Si elle avait eu plus de cran, elle lui aurait dit qu'il était un imbécile et cela aurait été terminé. Mais ils étaient voisins. Alors, tant qu'il ne la poussait pas dans ses retranchements, mieux valait recourir à la diplomatie.

Avant de quitter son véhicule, elle saisit son feutre posé sur la banquette et le mit sur sa tête en y rassemblant ses cheveux. Puis elle jeta un coup d'œil dans le rétroviseur et fronça le nez. Inutile de vouloir réparer les dégâts. Ce serait du temps perdu avec la pluie. Il y aurait bien des toilettes au commissariat, où elle pourrait utiliser quelques artifices pour se donner un air digne et professionnel. D'ici là, il lui fallait assumer son visage et ses cheveux mouillés.

Ouvrant sa portière, Tess tint son chapeau d'une main et piqua un sprint jusqu'au bâtiment.

— Regarde-moi ça.

Ben arrêta son équipier sur les marches, et ils observèrent Tess tandis qu'elle sautait par-dessus les flaques, sans se soucier de la pluie.

— Jolies jambes, commenta Ed.
— Encore mieux que celles de Lowenstein.
— Peut-être.

Ed réfléchit un instant.

— C'est difficile à dire avec cette pluie.

Tess courait tête baissée. Quand elle eut monté les marches, elle entra en collision avec Ben. Ce dernier l'entendit bougonner quelque chose, avant de la saisir par les épaules pour regarder son visage.

Cela valait la peine de se laisser mouiller.

Elegante, songea-t-il. Malgré la pluie qui ruisselait sur elle. Ses pommettes hautes évoquaient une jeune Viking. Sa bouche douce et humide le rendit rêveur. Une touche de rose réchauffait son teint pâle de jeune aristocrate. Mais ce fut à cause des yeux, vraiment magnifiques, que Ben préféra oublier la remarque facile qu'il s'apprêtait à lancer. C'étaient des yeux immenses, froids avec une pointe d'irritation, et… violets. Il avait toujours cru que c'était une couleur réservée à Elizabeth Taylor et aux fleurs.

Tess reprit son souffle.

— Excusez-moi, je ne vous avais pas vu.

— Non.

Il aurait bien continué à la dévisager mais réussit à se dominer. Sa réputation auprès des femmes était mythique. Exagérée, peut-être, mais basée sur des faits.

— A l'allure où vous alliez, ce n'est pas étonnant.

C'était agréable de la tenir et de regarder les gouttes de pluie perler à ses cils.

— Je pourrais porter plainte pour voie de fait sur un officier de police, plaisanta-t-il.

— La dame va être trempée, murmura Ed.

Jusqu'à présent, Tess n'avait eu conscience que de l'homme qui la regardait comme si elle était apparue dans un nuage de fumée. Elle détourna la tête et la leva, la leva encore jusqu'à distinguer un géant mouillé, aux yeux bleus rieurs, avec d'abondants cheveux roux. Etait-elle dans un commissariat de police ou dans un conte de fées ?

Ben garda la main sur son bras tout en poussant la porte. Il n'était pas encore prêt à la laisser partir. Pas déjà.

Une fois à l'intérieur, Tess jeta de nouveau un coup d'œil à Ed, décida qu'il était réel et se tourna vers Ben. Lui non plus n'émergeait pas d'un rêve. D'ailleurs il lui tenait toujours le bras. Amusée, elle haussa un sourcil.

— Si vous me poursuivez pour voie de fait, je vous préviens que je porterai plainte pour brutalité policière.

Quand il sourit, elle sentit un léger déclic. Il n'était donc pas si inoffensif qu'elle le pensait.

— Si vous voulez bien m'excuser...

— Oublions les inculpations. Si vous avez une contravention...

— Sergent...

— Inspecteur, rectifia-t-il. Ben.

— Inspecteur, peut-être une autre fois. Je vais être en retard. Si vous voulez m'être utile...

— J'appartiens au service public.

— Alors lâchez mon bras et dites-moi où je peux trouver le commissaire Harris.

— Harris ? De la Criminelle ?

Elle sentit sa surprise, sa méfiance tandis qu'il lâchait son bras. Intriguée, elle pencha la tête et des mèches blondes tombèrent sur ses épaules.

— C'est exact.

Le regard de Ben suivit le mouvement de ses cheveux dorés avant de se reporter sur son visage. Il soupçonnait qu'il y avait un hic quelque part.

— Docteur Court ?

Il fallait toujours un effort particulier pour demeurer gracieuse en face d'un personnage grossier et cynique. Tess n'essaya même pas.

— Oui, inspecteur.

— Vous êtes un psy ?

Elle ne cilla pas.

— Et vous, un policier ?

L'un comme l'autre aurait ajouté un commentaire désobligeant si Ed n'avait pas éclaté de rire.

— Premier round, intervint le colosse roux. Le bureau de Harris est un terrain neutre.

Et, prenant le bras de Tess, il lui montra le chemin.

2

Ainsi escortée, Tess longea les couloirs. Parfois une voix aboyait, une porte claquait. Les sonneries de téléphone provenaient de partout à la fois et personne ne semblait décrocher. Pour ajouter à l'atmosphère morose, la pluie battait les carreaux. Un homme en salopette et en manches de chemise épongeait une flaque. Le couloir humide sentait le Lysol.

Ce n'était pas la première fois qu'elle entrait dans un commissariat de police mais c'était la première fois qu'elle était presque intimidée.

Ignorant Ben, elle se concentra sur son équipier.

— Vous vous déplacez toujours par paire ?

Génial, songea Ed. Elle avait une voix légèrement rauque et aussi fraîche qu'une glace par temps de canicule.

— Le commissaire préfère que je le garde à l'œil, répondit-il.

— Je comprends.

Ben la fit tourner abruptement sur sa gauche.

— Par là, docteur.

Tess le foudroya du regard et passa devant lui. Il sentait la pluie et le savon. Lorsqu'elle pénétra dans la salle de la brigade, deux hommes tiraient un adolescent portant des menottes. Une femme, assise dans un coin, une tasse dans les mains, pleurait en silence.

— Bienvenue dans le monde réel, annonça Ben avec emphase, tandis que quelqu'un se mettait à jurer.

Tess le dévisagea avec aplomb et le rangea dans la catégorie des imbéciles. Croyait-il vraiment qu'elle se serait attendue à du thé et des petits gâteaux ? Il n'avait donc aucune idée de la pratique médicale, encore moins de l'univers psychiatrique. Comparée à la clinique où elle consultait une fois par semaine, la situation présente ressemblait à une partie de campagne.

— Merci, inspecteur...
— Paris.

Il avait parlé d'une voix très légèrement incertaine. Pourquoi avait-il l'impression qu'elle se moquait de lui ?

— Ben Paris. Docteur Court, je vous présente mon équipier, Ed Jackson.

Il prit une cigarette en l'observant. Elle avait l'air aussi déplacée qu'une rose sur un tas de fumier. Mais c'était son problème à elle, pas le sien.

— Nous allons travailler ensemble, reprit-il.
— Quel plaisir !

Avec le sourire qu'elle réservait aux démarcheurs, elle passa devant lui. Mais avant qu'elle ait pu frapper à la porte de Harris, Ben la lui ouvrit.

— Commissaire, dit-il pendant que celui-ci se levait, voici le Dr Court.

Il ne s'était attendu ni à une femme ni à quelqu'un d'aussi jeune, mais Harris avait eu sous ses ordres assez d'agents de police et de débutants de sexe féminin pour n'éprouver qu'une surprise passagère. Le maire la lui avait recommandée. Chaudement même. Or le maire, aussi enquiquineur fût-il, était un homme brillant qui commettait peu de faux pas.

— Docteur Court.

Il lui serra la main. Celle-ci était petite, douce, mais ferme.

— J'apprécie votre venue.

Elle n'en était pas convaincue mais elle avait l'habitude de passer outre ces politesses.

— J'espère que je pourrai vous aider.

— Je vous en prie, asseyez-vous.

Elle voulut ôter son manteau mais sentit deux mains le lui prendre. Jetant un coup d'œil par-dessus son épaule, elle vit que Ben était derrière elle.

— Joli manteau, dit-il en caressant la doublure. Je vois que vos séances de cinquante minutes sont lucratives.

— Il n'y a rien de plus drôle que de faire macérer les patients, répliqua-t-elle sur le même ton.

Elle se détourna en le traitant *in petto* de pauvre type, puis elle s'assit.

— Le Dr Court désirerait peut-être une tasse de café, proposa Ed.

Avec un petit sourire à l'adresse de son équipier, il ajouta :

— Elle s'est mouillée pour venir ici.

La lueur malicieuse de ses yeux fit sourire Tess.

— Ce sera avec plaisir. Noir.

Harris regarda le marc de sa cafetière et décrocha le téléphone.

— Roderick, apportez quatre cafés, non, trois, dit-il en jetant un coup d'œil à Ed.

Celui-ci sortit un sachet d'infusion.

— Si je pouvais avoir un peu d'eau chaude.

— Et une tasse d'eau chaude, ajouta Harris avec un léger sourire. Oui, pour Jackson. Docteur Court...

35

La jeune femme avait l'air amusé, remarqua Harris. Sans doute à cause de ses deux inspecteurs. Bon, il était temps de passer aux choses sérieuses.

— Toute l'aide que vous pourrez nous apporter sera la bienvenue et je puis vous assurer de notre entière coopération.

Il proféra ces mots avec un coup d'œil d'avertissement à Ben.

— On vous a mise au courant succinctement de ce dont nous avons besoin, n'est-ce pas ?

Tess se remémora son entrevue de deux heures avec le maire et les piles de papiers qu'elle avait emportées chez elle pour les étudier. C'était tout sauf succinct.

— Oui, vous voulez le profil psychologique d'un tueur, appelé le Prêtre. Vous voulez l'opinion d'un expert sur ses mobiles et sa façon de procéder. Vous voulez que je vous dise comment il fonctionne émotionnellement, ce qu'il pense, ce qu'il ressent. Avec ce que je connais des faits, et ce que vous allez m'apprendre, je pourrai vous donner une opinion : qui est-il, pourquoi et comment il tue... Cela vous aidera peut-être à l'arrêter.

Ainsi elle ne prétendait pas pouvoir faire des miracles. Harris se détendit. Du coin de l'œil, il vit que Ben la dévisageait tout en caressant distraitement la doublure de son imperméable.

— Asseyez-vous, Paris, dit-il. Le maire vous a donné des éléments ? demanda-t-il à la psychiatre.

— Oui, quelques-uns. J'ai commencé à travailler dessus hier soir.

— Je vais vous montrer les rapports.

Harris lui passa une chemise.

— Merci.

Tess sortit une paire de lunettes en écaille de son sac et ouvrit la chemise.

Un réducteur de tête, songea Ben en étudiant le profil de la jeune femme. Il l'aurait plus volontiers imaginée paradant en majorette avant un match universitaire, ou en train de déguster du cognac au Mayflower. Il ne savait pas pourquoi il avait ces deux images en tête, mais elles lui correspondaient nettement plus que celle d'un médecin. Les psychiatres étaient censés être grands, pâles, maigres, avec des voix et des gestes posés.

Il se souvenait de celui qu'était allé voir son frère pendant trois ans à son retour du Viêt-nam. Quand Josh était parti, c'était un jeune idéaliste. A son retour, il était agressif et ressassait des idées fixes. Le psychiatre l'avait soutenu ; du moins était-ce ce qu'ils avaient tous pensé, y compris Josh... Puis un jour, ce dernier avait pris son revolver de service et mis fin aux chances qui lui restaient.

Le psychiatre avait appelé ça le syndrome de stress à retardement. Jusque-là, Ben ne s'était pas rendu compte à quel point il détestait les étiquettes.

Roderick apporta le café et réussit à prendre l'air ennuyé de quelqu'un qu'on traite en garçon de course.

— Vous avez apporté le dossier Dors ? demanda Harris.

— J'allais m'en occuper.

— Paris et Jackson vous feront un topo ainsi que Lowenstein et Bigsby après la réunion du matin.

Il le renvoya d'un signe de tête et versa trois cuillerées de sucre dans sa tasse. A l'autre bout de la pièce, Ed fit une grimace.

Tess prit sa tasse en murmurant un remerciement mais ne leva pas la tête.

— Dois-je comprendre que le meurtrier est d'une force supérieure à la moyenne ?

Ben prit une cigarette et l'étudia.

37

— Pourquoi ?

Tess remonta ses lunettes sur son nez. C'était un truc qu'elle tenait d'un professeur de son collège et qui était destiné à intimider son interlocuteur.

— Parce que, en dehors des marques de strangulation, les victimes ne portent aucune trace de violence ni de lutte. Pas de bleus ou de vêtements déchirés.

Ignorant son café, Ben tira sur sa cigarette.

— Aucune des victimes ne semblait particulièrement robuste. Barbara Clayton, avec son mètre soixante-quinze et ses soixante kilos, était la plus grande.

— La peur et l'adrénaline peuvent décupler la force, observa-t-elle. D'après vos rapports, vous estimez qu'il les attaque par surprise, de derrière.

— Nous le déduisons d'après l'angle et l'emplacement des marques.

— Je vois, dit-elle en remontant ses lunettes.

Ce n'était pas facile de déstabiliser un rustre.

— Aucune des victimes n'a pu lui égratigner le visage, reprit-elle. On aurait retrouvé des lambeaux de chair sous leurs ongles. Ai-je raison ?

Sans laisser le temps à Ben de répondre, elle se tourna ostensiblement vers Ed.

— Il est donc assez intelligent pour éviter d'être repérable. Il ne tue pas au hasard mais de manière organisée et logique. Est-ce que les boutons étaient arrachés, les coutures déchirées, les chaussures défaites ?

Ed secoua la tête, admiratif devant ce souci du détail.

— Non, madame. Les victimes étaient propres comme des sous neufs.

— Et l'arme du crime, l'amict ?

— Croisé sur la poitrine.

— Un psychotique méticuleux, intervint Ben.

Tess haussa un sourcil.

— Vous êtes rapide à émettre un diagnostic, inspecteur Paris. J'utiliserais plutôt le terme respectueux.

Harris leva un doigt pour intimer le silence à Ben.

— Qu'est-ce qui vous fait dire cela, docteur ?

— Je ne peux pas vous donner une opinion plus précise avant de procéder à une étude approfondie, commissaire, mais je peux dégager les grandes lignes. Le tueur est manifestement quelqu'un qui a reçu une éducation religieuse traditionnelle.

— Vous penchez pour la thèse du curé ?

Elle se retourna vers Ben.

— Il a pu appartenir à un ordre religieux, ou il est simplement fasciné, voire craintif, devant l'autorité de l'Eglise. Son utilisation de l'amict est un symbole, pour lui, pour nous, pour les victimes. C'est peut-être aussi une façon de se rebeller, mais je ne pourrai le déterminer qu'en étudiant les notes. Comme les trois victimes sont sensiblement du même âge, j'en déduis qu'elles représentent un élément féminin important dans sa vie. Une mère, une femme, une maîtresse, une sœur. Une personne qui était ou est intime avec lui. Mon sentiment, c'est que cette personne l'a trahi d'une façon ou d'une autre, aux yeux de l'Eglise.

— En commettant un péché ? demanda Ben en expirant un nuage de fumée.

C'était peut-être un rustre mais en aucun cas un imbécile.

— La définition du péché varie, rétorqua-t-elle froidement. Mais il devait en effet considérer cette trahison comme un péché. Dans ce cas, il s'agit sans doute d'un péché de chair.

Il détestait son analyse froide et impersonnelle.

— Vous pensez qu'il la punit au travers des autres femmes ?

Sa dérision n'échappa pas à Tess. Elle ferma le dossier.

— Je pense qu'il les sauve.

Ben ouvrit la bouche et la referma. C'était affreux mais l'explication de cette femme avait du sens.

Tess se tourna vers Harris.

— C'est la seule chose qui me paraît indiscutable. C'est dans toutes vos notes. L'homme joue le rôle du rédempteur. Vu l'absence de violence, je dirai qu'il n'y éprouve pas de plaisir. S'il voulait se venger, il serait brutal, cruel et il voudrait qu'elles soient conscientes de ce qui leur arrive. Au lieu de quoi, il les tue le plus vite possible, ordonne leurs vêtements et pose l'amict avec respect, et laisse un message parlant de rédemption.

Elle ôta ses lunettes, joua avec les branches de la monture.

— Il ne les a pas violées. D'ailleurs il est probablement impuissant, et une agression sexuelle serait certainement considérée comme un péché. Le meurtre doit lui procurer une sensation de plaisir, mais plus spirituel que physique.

— Un fanatique religieux, en somme, dit pensivement Harris.

— Intérieurement, oui, rectifia Tess. En revanche, il peut parfaitement paraître normal durant de longs laps de temps. Il y a entre les meurtres un intervalle de plusieurs semaines, ce qui tend à prouver qu'il sait se contrôler. Il peut très bien avoir un travail, entretenir des rapports sociaux, aller à l'église.

— L'église, répéta Ben en se levant pour arpenter la pièce.

— Je dirais même régulièrement. Il se focalise sur le

rôle du prêtre même s'il n'en est pas un. Il en prend les aspects. Il tue comme si c'était un sacerdoce.

— L'absolution, murmura Ben. Les derniers sacrements.

Intriguée, Tess plissa les yeux.

— Exactement.

Ne connaissant pas grand-chose au catholicisme, Ed changea de sujet.

— C'est un schizophrène ?

Tess fronça les sourcils, sans cesser de manipuler ses lunettes.

— Schizophrénie, manie dépressive, éclatement de la personnalité. Il faut éviter de généraliser par des étiquettes trop faciles.

Elle ne remarqua pas que Ben avait pivoté pour la regarder. Elle remit ses lunettes dans leur étui et laissa tomber ce dernier dans son sac.

— Chaque problème psychiatrique est unique. On ne peut le comprendre et le traiter qu'en cherchant sa logique propre, reprit-elle.

— Je préfère travailler sur des faits précis, insista Ed. Mais avant, je voudrais savoir si nous avons affaire à un psychopathe ?

L'expression de Tess se modifia imperceptiblement. De l'impatience, songea Ben en observant la fine ride entre ses sourcils et le mouvement de sa bouche. Puis elle reprit son air professionnel.

— Si vous voulez un terme général, on peut parler de psychopathie, ou de désordre mental.

Ed caressa sa barbe.

— Donc il est fou.

— L'aliénation est une notion juridique, inspecteur, rétorqua Tess froidement en se levant. Quand il sera arrêté et jugé, ce sera une hypothèse à envisager. Commissaire, je vous dresse un profil le plus rapidement possible. Puis-je voir les messages qu'il a laissés et les armes des crimes ? Cela m'aiderait.

Harris se leva. Il n'était pas satisfait. Ce qu'il aurait voulu, c'était A, B, C, avec des lignes reliant les points.

— L'inspecteur Paris vous montrera tout ce que vous souhaitez consulter et examiner. Merci, docteur Court.

Elle lui serra la main.

— Vous n'avez pas encore de raison de me remercier. Inspecteur Paris ?

— Par là.

Il lui indiqua le chemin d'un signe de tête. Il resta silencieux pendant qu'ils reprenaient le couloir et s'arrêtaient pour signer un registre au bureau des pièces à conviction. Tess ne prononça pas un mot pendant qu'elle examinait l'écriture nette et précise du tueur. Les notes se ressemblaient tellement qu'il aurait pu s'agir de photocopies. Leur auteur ne semblait ni en colère, ni désespéré, mais au contraire en paix avec lui-même. A sa manière, c'était même la paix qu'il recherchait et qu'il voulait donner.

Tess contempla les amicts.

— Blanc pour la pureté, murmura-t-elle.

Un symbole mais pour qui ? Elle se détourna des messages qui lui donnaient la chair de poule, encore plus que les armes du crime.

— On dirait qu'il se sent investi d'une mission, déclara-t-elle.

Ben se remémora l'intense frustration qu'il avait éprouvée après chaque meurtre mais sa voix demeura détachée et neutre.

— Vous avez l'air sûre de vous, docteur.

— Vraiment ?

Elle le regarda comme si elle réfléchissait puis demanda impulsivement :

— A quelle heure vous arrêtez-vous, inspecteur ?

Il pencha la tête, hésitant à répondre.

— Dans dix minutes.

— Bien, dit Tess en enfilant son manteau. Invitez-moi à boire un verre et racontez-moi pourquoi vous détestez ma profession, à moins que ce ne soit pour une raison personnelle. Je vous promets de ne pas me livrer à une analyse sauvage.

Quelque chose en elle le provoquait. Etait-ce son allure élégante, sa voix sophistiquée, ou ses grands yeux doux ? Il y réfléchirait plus tard.

— Vous ne prendrez pas d'honoraire ? demanda-t-il.

Elle rit et mit son chapeau plié dans sa poche.

— Voilà le fond du problème !

— Je prends mon manteau, dit-il.

Tout en se dirigeant vers la salle de la brigade, l'un et l'autre se demandèrent à quoi cela rimait de s'attarder en compagnie d'une personne qui désapprouvait ce qu'ils représentaient. Mais chacun était déterminé à avoir le dessus avant la fin de la soirée. Ben attrapa son manteau et fit un gribouillis dans un grand livre.

— Charlie, dis à Ed que je suis en consultation avec le Dr Court.

— Tu as rempli ce formulaire ?

Ben se servit de Tess comme d'un bouclier et se dirigea vers la porte.

— Ce quoi ? demanda-t-il pour la forme à Charlie.

— Oh, Ben...

— Demain, en trois exemplaires, promit-il en tirant Tess vers la sortie.

— Vous n'aimez pas beaucoup la paperasse, observa-t-elle.

Il ouvrit la porte et constata que la pluie s'était transformée en crachin humide.

— Ce n'est pas la partie la plus gratifiante de notre travail.

— Ah ?

Il lui décocha un regard énigmatique tout en la conduisant vers sa voiture.

— Je préfère attraper les méchants, répondit-il.

Curieusement elle le crut.

Dix minutes plus tard, ils pénétraient dans un bar à l'éclairage tamisé où de la musique s'échappait d'un juke-box. Ce n'était pas l'endroit le plus chic de Washington, mais pas le plus sordide non plus. On y trouvait une clientèle d'habitués qui se connaissaient par leur nom et qui n'acceptaient les nouveaux venus qu'avec circonspection.

Ben salua le barman d'un signe de main négligent, échangea quelques mots avec l'une des serveuses, et se dirigea vers un coin de la salle, légèrement en retrait. La musique y parvenait assourdie et, sommairement éclairée, la table était légèrement bancale.

A la minute où il s'assit, Ben se détendit. Il était dans son élément.

— Que voulez-vous boire ?

Il s'attendait à ce qu'elle réclame un verre de vin blanc français.

— Un whisky, sec, déclara-t-elle.

— Une Stolicchnaya, avec de la glace, dit-il en continuant à fixer Tess.

Il attendit que le silence s'étire, dix secondes, puis vingt. Un silence intéressant, songea-t-il, un silence plein d'interrogations et d'animosité voilée. Il allait prendre un chemin détourné.

— Vous avez des yeux incroyables.

Elle sourit et s'adossa confortablement.

— Votre entrée en matière manque d'originalité.

— Ed aime bien vos jambes.

— Je suis surprise qu'avec sa taille, il ait pu les remarquer. Il ne vous ressemble pas. J'imagine que vous formez une équipe impressionnante. Cela mis à part, inspecteur Paris, je voudrais savoir pourquoi ma profession ne vous inspire pas confiance.

— Pourquoi ?

On leur servit leurs consommations et Tess dégusta la sienne à petites gorgées. L'alcool la réchauffait mieux que le café.

— Simple curiosité. C'est une question de territoire. Après tout, notre travail consiste aussi à chercher des réponses, à résoudre des énigmes.

Cette idée amusa Ben.

— Vous estimez que nous faisons des métiers similaires ? Les flics et les psy ?

— Disons que j'ai pour votre métier autant de méfiance que vous en avez pour le mien. Mais ils sont tous les deux nécessaires tant que les gens n'ont pas un comportement que la société qualifie de normal.

— Je n'aime pas les étiquettes, expliqua-t-il en posant son verre. Je n'ai pas confiance dans quelqu'un qui s'assoit derrière un bureau pour fouiller dans l'esprit des gens et mettre leurs personnalités en fiches.

Tess but une gorgée. Le juke-box passait une chanson douce de Lionel Richie.

— Mmum, c'est comme ça que vous voyez les psychiatres ?

— Oui.

Elle hocha la tête.

— Je suppose que vous devez tolérer une bonne dose de sectarisme dans votre profession.

Un éclair dangereux brilla fugitivement dans les yeux de Ben.

— Je vous écoute, docteur.

Son irritation se traduisit par le tapotement d'un doigt sur la table. Ben savait admirablement se contrôler. Elle avait déjà remarqué cette capacité dans le bureau de Harris. Néanmoins elle sentait une certaine nervosité. C'était difficile de ne pas apprécier la façon dont il se dominait.

— D'accord, inspecteur Paris, quels sont vos arguments ?

Il fit tourner son verre et le reposa sans y avoir touché.

— O. K. Disons que je vous vois comme quelqu'un qui fait son beurre avec des femmes au foyer frustrées et des cadres qui s'ennuient. Vous rapportez tout au sexe ou à la haine d'une mère. Vous répondez aux questions par d'autres questions sans jamais vous émouvoir. Au bout des cinquante minutes réservées à un dossier, vous passez au suivant. Quand l'un de vos patients a vraiment besoin d'aide, qu'il est désespéré, vous n'en avez cure. Vous ne lui accordez pas une minute de plus. Vous le classez dans une certaine catégorie et vous faites appeler le client suivant.

Durant un moment, elle ne dit rien car, sous la colère de Ben, elle percevait de la peine.

— Cela a dû être une terrible expérience, murmura-t-elle. Je suis désolée.

Il s'agita, mal à l'aise.

— Pas d'analyse sauvage, lui rappela-t-il.

Une très mauvaise expérience, songea Tess. Mais il n'était pas du genre à apprécier la compassion.

— Très bien, essayons un autre angle d'attaque. Vous appartenez à la Brigade des homicides. Je pense que vous passez vos journées à écumer les allées sombres, l'arme au poing. Vous tirez quelques balles dans la matinée, vous passez les menottes à votre suspect l'après-midi, puis vous lui lisez ses droits avant l'interrogatoire. Est-ce assez général pour vous ?

Il sourit à contrecœur.

— Vous êtes futée.

— C'est ce qu'on m'a dit.

Ben n'avait pas l'habitude de porter des jugements définitifs sur quelqu'un qu'il ne connaissait pas. Son sens de l'équité livra une belle bataille contre un préjugé enraciné de longue date. Il demanda un autre verre.

— Comment vous appelez-vous ? Je suis fatigué de vous appeler docteur Court.

Le sourire qu'elle lui adressa attira son attention sur sa bouche.

— Votre prénom, c'est Ben. Moi, c'est Teresa.

Il secoua la tête.

— Non, Teresa est trop ordinaire et Terry n'a pas assez de classe.

Elle se pencha en avant et appuya son menton sur ses mains croisées.

— Vous êtes peut-être un bon policier après tout. Mon diminutif, c'est Tess.

— Tess, répéta-t-il. Bien, pourquoi avoir choisi ce métier ?

La jeune femme envia la façon dont il se mettait à l'aise dans son siège. Ce n'était pas une posture nonchalante, non, simplement décontractée.

— La curiosité, répondit-elle. L'esprit humain est

rempli d'interrogations sans réponse. J'ai eu envie de les chercher. Si vous les trouvez, vous pouvez aider les gens, parfois. Soigner l'esprit, alléger les fardeaux.

Cette simplicité le toucha. Alléger les fardeaux, personne n'y était arrivé pour son frère.

— Vous pensez qu'en soignant l'un, vous allégez l'autre ?

— C'est pareil.

Tess observa un couple qui s'enlaçait en riant devant un pichet de bière.

— Je pensais que vous n'étiez payée que pour regarder dans les têtes.

Elle sourit légèrement mais ses yeux restèrent fixés sur un point derrière lui.

— L'esprit, le cœur et l'âme. « Tu ne peux donc pas traiter un esprit malade, arracher de la mémoire un chagrin enraciné, effacer les ennuis inscrits dans le cerveau, et grâce à quelque doux antidote d'oubli, débarrasser le sein gonflé des dangereuses matières qui pèsent sur le cœur. »

Il releva la tête tandis qu'elle parlait. Sa voix était douce, et il n'entendait plus ni la musique, ni les rires, ni les conversations.

— Macbeth, compléta-t-il.

Quand elle sourit, il haussa les épaules.

— Il nous arrive aussi de lire.

Tess leva son verre comme pour porter un toast.

— Nous devrions peut-être reconsidérer nos positions.

Il bruinait toujours quand ils revinrent sur le parking du commissariat. Par ce temps gris, il faisait déjà nuit et les flaques luisaient à la lumière des réverbères. Les trottoirs étaient mouillés et déserts. Washington se couchait tôt. Tess avait attendu toute la soirée pour poser la question qui lui brûlait les lèvres.

— Ben, pourquoi êtes-vous entré dans la police ?
— Parce que j'aime arrêter les voyous.

Ce n'était qu'une partie de la vérité.

— Alors vous avez grandi en jouant au gendarme et au voleur et décidé de continuer ?
— Je jouais au docteur. C'était éducatif.

Il freina et s'arrêta derrière la voiture de la jeune femme.

— J'en suis sûre. Mais pourquoi avoir choisi le service public ?

Ben fut tenté d'éluder la question, de plaisanter. Une partie de son succès auprès des femmes tenait à son aptitude à faire les deux avec le sourire. Mais pour une fois, il avait envie d'être honnête.

— D'accord, j'ai une citation pour vous. « Sans les bras et le glaive, la loi serait lettre morte. »

Avec un demi-sourire, il se tourna vers elle et constata qu'elle l'observait.

— Les mots et les papiers ne sont pas mon arme préférée pour traiter les problèmes, ajouta-t-il.
— Vous préférez le glaive ?
— C'est exact.

Quand il se pencha pour ouvrir la portière du passager, leurs corps se frôlèrent mais l'un comme l'autre nièrent l'étrange décharge qu'ils ressentirent à ce contact.

— Je crois en la justice, Tess. C'est bien plus que des mots et du papier.

Elle demeura assise, assimilant lentement cette réponse. Il y avait de la violence en lui, une violence contrôlée, organisée. Il était entraîné à la maîtrise de ses instincts les plus forts, mais la violence était là. Tess le croyait parfaitement capable de tuer, et cela, sa personnalité et l'éducation qu'elle avait reçue le rejetaient. Ben Paris prenait des vies humaines, risquait la sienne, croyait à la loi, à l'ordre, à la justice. Tout comme il croyait au glaive.

Ce n'était pas le rustre auquel elle s'attendait. Cela faisait beaucoup de découvertes en une soirée. Trop même.

— Eh bien, merci pour le verre, inspecteur, dit-elle en descendant.

Ben descendit de son côté.

— Vous n'avez pas de parapluie ?

Elle lui sourit en cherchant ses clés.

— Je n'en ai jamais quand il pleut.

Les mains enfouies dans ses poches de derrière, il s'avança vers elle. Curieusement, il n'avait pas envie qu'elle s'en aille.

— Je me demande ce qu'un psychiatre en déduirait.

— Vous n'en avez pas non plus. Bonne nuit, Ben.

Il savait qu'elle ne faisait pas partie du clan des créatures superficielles et sophistiquées dans lequel il l'avait d'abord rangée. Il lui tint la portière pendant qu'elle se glissait au volant.

— J'ai un ami qui travaille au Kennedy Center. Il m'a donné deux places pour la pièce de Noël Coward demain soir. Qu'en dites-vous ?

Elle faillit refuser poliment. L'huile et l'eau ne se mélangeaient pas. Pas plus que le travail et le plaisir.

— Volontiers, répondit-elle.

Il se contenta de hocher la tête comme s'il ne s'attendait pas à remporter une victoire aussi facile.

— Je passerai vous prendre à 19 heures.

Il claqua sa portière et Tess baissa la vitre.

— Vous ne me demandez pas où j'habite.

Il lui dédia un sourire malicieux qu'elle aurait dû détester.

— Je suis policier.

Pendant qu'il se dirigeait vers sa voiture, Tess éclata de rire.

La pluie cessa à 10 heures du soir. Tess était trop absorbée par son travail pour prêter attention au calme ou à la lueur de la lune. Elle avait oublié de s'arrêter chez le Chinois et elle avait abandonné son sandwich au rosbif à demi entamé.

Plus elle lisait les rapports, plus elle était fascinée et à la fois glacée. Comment choisissait-il ses victimes ? Elles étaient toutes blondes, de taille moyenne, et approchaient la trentaine. Quel symbole représentaient-elles et pourquoi ?

Les observait-il ? Les suivait-il ? Son choix était-il arbitraire ? La couleur des cheveux et la taille n'étaient peut-être que des coïncidences. N'importe quelle femme seule dans la nuit pourrait être *sauvée*.

Non, il y avait une ligne directrice, elle en était sûre. Il repérait ses victimes en fonction de leur apparence physique. Puis il réussissait à connaître leur quotidien. Trois meurtres et pas une seule erreur. Il était malade mais méthodique.

Blonde, de taille moyenne, proche de la trentaine. Elle contempla son reflet flou dans la vitre. Elle se reconnaissait drôlement dans cette description…

Le coup frappé à sa porte la fit sursauter, puis elle se morigéna pour sa stupidité. Elle consulta sa montre pour la première fois depuis qu'elle s'était assise. Elle travaillait depuis trois heures d'affilée. Encore deux heures et elle aurait quelque chose à donner au commissaire Harris. Son visiteur avait intérêt à ne pas s'attarder.

Elle posa ses lunettes sur une pile de papiers et alla ouvrir.

— Grand-père !

Son irritation se dissipa aussitôt tandis qu'elle se hissait sur la pointe des pieds pour l'embrasser avec l'enthousiasme qu'il avait su insuffler dans sa vie. Il sentait la menthe et l'Old Spice, et avait l'allure d'un général.

— Il est bien tard, observa-t-elle.

— Tard ?

Sa voix était tonitruante et l'avait toujours été. Dans toutes les circonstances. Qu'il prépare du poisson dans la cuisine, qu'il soutienne une équipe de base-ball ou qu'il prenne la parole au Sénat dont il faisait partie depuis vingt-cinq ans.

— Il est à peine 10 heures, je ne suis pas prêt pour ma robe de chambre et une tasse de lait chaud. Sers-moi un verre, fillette.

Il avait déjà pénétré dans la pièce et extirpait son mètre quatre-vingt-dix de son manteau. Il avait soixante-douze ans, songea Tess en regardant son abondante chevelure blanche et son visage tanné. Soixante-douze ans et plus d'énergie que la plupart des hommes avec lesquels Tess était sortie. Il était surtout beaucoup plus intéressant. Cela expliquait peut-être qu'elle soit célibataire et contente de son sort. Elle exigeait trop des hommes.

Elle lui servit trois doigts de scotch.

Il observa son bureau, couvert de papiers, de chemises, de notes. C'était bien sa petite-fille, pensa-t-il en prenant son verre. Toujours prompte à se jeter corps et âme dans le travail. Le sandwich entamé ne lui échappa pas non plus. Ça aussi, c'était Tess.

— Que sais-tu au juste de notre maniaque ? demanda-t-il.

Tess prit son ton le plus professionnel.

— Sénateur, je ne peux pas en discuter avec vous.

— Foutaises, c'est moi qui t'ai mise sur ce coup.

— Ce dont je ne te remercie pas.

Il lui jeta un regard d'acier, qui avait impressionné plus d'un vétéran de la politique.

— De toute façon, je le saurai par le maire.

Au lieu de se dérober, Tess lui offrit son plus beau sourire.

— Oui, par le maire.

— Maudite éthique, marmonna-t-il.

— C'est toi qui me l'as enseignée.

Il émit un grognement satisfait.

— Que penses-tu du commissaire Harris ?

Elle demeura assise un moment, rassemblant ses idées.

— Il est compétent, posé. Il est furieux, frustré, sous pression mais il parvient à se dominer.

— Et les inspecteurs chargés de l'enquête ?

— Paris et Jackson ?

Elle passa le bout de sa langue sur ses dents.

— Ils forment une drôle d'équipe mais ils se complètent. Jackson ressemble à une montagne, il pose des questions classiques mais il sait écouter. Il m'a l'air méthodique. Paris...

Tess hésita. Elle était moins sûre d'elle.

— Il est nerveux, sans doute plus versatile. Intelligent mais plus instinctif que méthodique. Plus affectif.

Elle songea à la justice et au glaive.

— Sont-ils compétents ?

— Je n'en sais rien, grand-père. Mon impression, c'est qu'ils sont dévoués, mais ce n'est qu'une impression.

— Le maire a confiance en eux, déclara-t-il en vidant son verre. En toi aussi.

— J'ignore s'il a raison, grand-père, dit-elle gravement. Le meurtrier est déséquilibré. Dangereux. Je pourrai peut-être leur fournir une esquisse de son esprit, de son mode de fonctionnement. Mais je n'aurai pas les moyens de l'arrêter.

Elle se leva et mit les mains dans ses poches.

— On a l'impression de jouer aux devinettes.

— C'est toujours le cas, Tess. Il n'y a pas de garantie, pas d'absolu.

Elle le savait bien, mais cela ne la consolait pas. Elle n'avait jamais pu s'y habituer.

— Grand-père, il a besoin d'aide. Mais personne n'entend ses appels au secours.

Il prit le menton de la jeune femme entre ses doigts.

— Ce n'est pas ton patient.

— Non, mais je suis impliquée.

Quand elle vit son froncement de sourcils, elle changea de ton.

— Ne t'inquiète pas. Je ne vais pas m'emballer.

— Tu m'as déjà dit ça à propos d'une portée de chatons qui m'a coûté plus d'un costume.

Elle l'embrassa sur la joue et lui tendit son manteau.

— Tu les adorais tous. Maintenant j'ai du travail.

— Tu me chasses.

— Je t'aide à mettre ton manteau, rectifia-t-elle. Bonsoir, grand-père.

— Bonsoir, fillette, et sois sage.

Tess ferma la porte en songeant qu'il lui répétait la même chose depuis qu'elle avait cinq ans.

***

L'église était sombre et vide mais il n'avait eu aucune difficulté avec la serrure. Il n'éprouvait pas de culpabilité à entrer par effraction. Les églises n'étaient pas faites pour être fermées. La maison de Dieu devait être ouverte pour le fidèle troublé et dans le besoin.

Il alluma quatre cierges, trois pour les femmes qui avaient déjà été sauvées et un pour celle qui ne l'était pas encore.

Agenouillé, il pria avec désespoir. Il lui arrivait parfois de douter de sa mission. Une vie était sacrée. Il en avait pris trois et n'ignorait pas qu'aux yeux du monde, il passait pour un monstre. Si ses collègues étaient au courant, ils le mépriseraient, le détesteraient, le jetteraient en prison, le plaindraient.

La chair était éphémère. Une vie n'avait de sacré que l'âme. Or c'étaient précisément les âmes qu'il sauvait et sauverait jusqu'à ce qu'il ait rétabli l'équilibre. Douter était donc un péché.

Si seulement il avait quelqu'un à qui parler, quelqu'un qui le comprendrait, qui le rassurerait. Une immense vague de désespoir le submergea. S'épancher l'aurait soulagé mais il ne pouvait faire confiance à personne. Il devait porter son fardeau sans aucun soutien. Quand la Voix se taisait, il se sentait si seul.

Il avait perdu Laura… Laura s'était perdue en emportant ce qu'il y avait de meilleur en lui. Parfois quand il faisait nuit et que tout était calme, il arrivait à la voir. Elle ne riait plus jamais. Son visage semblait si pâle, si douloureux. Allumer des cierges dans des églises vides ne chasserait pas la douleur, n'effacerait pas le péché.

Elle attendait dans l'ombre. Quand il aurait achevé sa mission, elle serait enfin libre.

L'odeur de la cire qui fond, le silence profond de l'église, les silhouettes des statues l'apaisèrent. Ici il pouvait trouver le repos et l'espoir. Il avait déjà puisé du réconfort dans les symboles de la religion et ses commandements.

Penchant la tête vers l'accoudoir du prie-Dieu, il croisa les doigts avec ferveur. Comme on le lui avait enseigné, il pria pour que la grâce soit avec lui dans les épreuves qui l'attendaient.

Quand il se leva, la flamme vacillante éclaira son col blanc. Il souffla les cierges et fut de nouveau dans l'obscurité.

3

La circulation à Washington peut être une épreuve pour les nerfs, particulièrement quand vous vous réveillez vaseux, que vous avez bu trop de café et que vous devez enchaîner des rendez-vous. Tess avançait derrière une Pinto au pot d'échappement défectueux et fit un geste d'impatience quand elle dut s'arrêter à un nouveau feu rouge. Derrière elle, le chauffeur d'une grande GMC bleue fit rugir son moteur. Mais Tess ne lui accorda même pas un coup d'œil.

Elle s'inquiétait pour Joey Higgins. Deux mois de thérapie et elle n'avait toujours pas touché le fond du problème, ni trouvé la vraie réponse. Un garçon de quatorze ans ne devrait pas être déprimé, il devrait jouer au base-ball. Aujourd'hui elle avait eu l'impression qu'il était sur le point de s'ouvrir, mais seulement sur le point. Tess soupira. Il n'avait pas encore sauté le pas. Gagner sa confiance, lui rendre son assurance, c'était comme bâtir une pyramide, pierre par pierre. Si seulement il cessait de se méfier d'elle...

Tandis qu'elle se battait pour avancer, l'image du garçon au regard triste ne la quittait pas. Il y avait tant d'autres choses. Trop d'autres choses.

Tess savait qu'elle n'était pas obligée de sacrifier

son heure de déjeuner pour apporter en personne son rapport à Harris. Rien ne l'avait contrainte non plus à travailler jusqu'à 2 heures du matin mais elle n'avait pu s'en empêcher.

Quelque chose la poussait — un instinct, une intuition, une superstition —, quelque chose qu'elle ne pouvait analyser. Mais ce tueur sans visage l'interpellait autant que n'importe lequel de ses patients. La police avait besoin de son aide de spécialiste pour le comprendre et de le comprendre pour l'arrêter. Il fallait qu'on l'arrête pour pouvoir lui venir en aide.

En arrivant sur le parking, elle jeta un rapide coup d'œil autour d'elle. Il n'y avait pas de Mustang en vue. Mais ce n'était pas la raison de sa venue, se répéta-t-elle en descendant de voiture. D'ailleurs elle se demandait encore pourquoi elle avait accepté l'invitation de Ben Paris. Il était arrogant et peu commode. De plus elle avait suffisamment de travail supplémentaire avec cette histoire d'homicide. Si elle s'y remettait deux heures ce soir, elle rattraperait son retard. Plusieurs fois dans la journée, elle avait failli appeler Ben pour se décommander et s'était ravisée.

De plus cela ne l'enthousiasmait pas de sortir avec quelqu'un. En général les hommes tournaient en rond et se retrouvaient frustrés et éreintés. Elle ne se faisait aucune illusion sur les célibataires faussement libérés, qui « ne voulaient surtout pas parler d'engagement », mais se révélaient aussi dépendants que les autres. Comme l'avocat de l'aide judiciaire qu'elle avait fréquenté occasionnellement au printemps dernier.

Non qu'elle ne fût pas intéressée par les hommes, mais ils ne retenaient pas son intérêt assez longtemps. Elle plaçait trop haut la barre pour ne pas être rapidement déçue. Et finalement, elle préférait rester à la maison devant un vieux film ou avec un gros dossier à étudier.

Mais elle n'allait pas annuler leur rendez-vous à la dernière minute. Ce serait grossier, même si elle avait conscience que l'invitation avait été faite sans réfléchir. Elle assisterait à la représentation puis lui souhaiterait bonne nuit. Elle travaillerait ce week-end.

Quand elle rentra dans les locaux de la Criminelle, elle observa ceux qui étaient derrière leurs bureaux, ceux qui allaient et venaient. Quelqu'un avait la tête dans un petit réfrigérateur. Quand il se redressa, elle vit que c'était un inconnu.

Ben n'était nulle part mais il y avait un échantillon de tous les styles : des costumes, des cravates, des blousons, des jeans, des sweat-shirts, des bottes, des tennis. Le seul point commun était le holster à l'épaule, ce qui était nettement moins chic que le glaive.

Un coup d'œil dans le bureau de Harris lui indiqua que celui-ci était vide.

— Docteur Court ?

Elle s'arrêta et jeta un coup d'œil à l'homme installé derrière une machine à écrire.

— Oui.

— Je suis l'inspecteur Roderick. Si vous cherchez le commissaire Harris, il est en réunion avec le chef.

Celui-là était habillé de façon classique, observa-t-elle. Sa veste était jetée sur le dossier de sa chaise, mais sa cravate était soigneusement nouée. Elle n'imaginait pas Ben avec une cravate, songea-t-elle encore avec un petit sourire.

— Doit-il revenir ?

— Oui. Si vous voulez l'attendre, il ne devrait plus tarder.

Il sourit en se rappelant la journée de la veille.

— Je peux aller vous chercher du café.
— Eh bien...

Elle consulta sa montre. Il lui restait quarante minutes avant sa prochaine consultation. Il lui en fallait vingt pour regagner son cabinet.

— Non, merci, je n'ai pas beaucoup de temps. J'apportais mon rapport au commissaire.

— Le profil psychologique. Vous pouvez me le donner.

Remarquant son hésitation, il ajouta :

— Je suis sur cette enquête, docteur Court.

— Excusez-moi. Pouvez-vous remettre ce dossier au commissaire Harris dès son retour ?

Tess ouvrit sa serviette et en tira une chemise.

— S'il a des questions, il peut m'appeler au cabinet jusqu'à 17 heures ou me joindre à mon domicile où je serai à partir de 19 heures. Je suppose que vous ne pouvez pas me parler des progrès de l'enquête ?

— J'aimerais qu'il y en ait. Pour l'instant, nous reprenons tout de zéro en espérant qu'un détail nous aura échappé les six premières fois.

Tess regarda la chemise de son interlocuteur en lui tendant le dossier, et se demanda s'il pourrait jamais comprendre le tueur en question. Ce bureaucrate en costume avait l'air inoffensif, mais, pensa-t-elle aussitôt, une bombe n'est pas non plus impressionnante, tant qu'elle n'a pas explosé.

— Merci.

Une vraie dame, songea-t-il. C'était assez rare d'en rencontrer dans sa profession pour qu'il le remarque.

— De rien. Vous avez un message pour le commissaire ?

— Non, tout est dans le dossier. Merci encore, inspecteur.

Lowenstein attendit que Tess se fût éloignée.

— C'est la psychiatre ?

Roderick lissa le dossier avant de le poser sur le bureau.

— Elle a apporté le profil psychologique du tueur.

— Elle ressemble à une couverture du *Harpers Bazaar*, murmura Lowenstein. Elegante. J'ai été étonnée d'apprendre qu'elle était partie avec Paris hier au soir. Elle te fait de l'effet, n'est-ce pas, Lou ? dit-elle en lui donnant une tape sur le bras.

Il haussa les épaules avec embarras.

— Je pensais à autre chose.

Lowenstein gonfla sa joue.

— Bien sûr. Espérons qu'elle connaît son boulot. Ce serait mieux que d'utiliser une planche de oui-ja.

Elle prit son sac en bandoulière.

— Je vais interroger quelques habitués de Chez Doug, avec Bigsby, déclara-t-elle.

— Rapporte-nous une piste, Maggie, dit Roderick en s'asseyant. Sinon nous serons obligés de recourir pour de bon au oui-ja.

Tess était parvenue au deuxième tournant du couloir quand elle entendit quelqu'un tempêter. En regardant derrière elle, elle aperçut Ben qui donnait un coup de pied dans un distributeur.

— Saloperie !

Ed posa la main sur l'épaule de son coéquipier.

— Ben, ces cochonneries vont empoisonner ton système. Oublie ça. Ton corps t'en saura gré.

— J'ai mis une pièce de cinquante cents.

Ben prit la machine à deux mains et la secoua en jurant.

— C'est déjà du vol de faire payer cinquante cents pour une barre de chocolat et quelques noisettes.

— Tu devrais essayer des raisins secs, suggéra Ed. C'est du sucre naturel et c'est plein de fer.

Ben grinça des dents.

— Je déteste les raisins secs.

— Inspecteur Paris.

Incapable de résister, Tess avait rebroussé chemin.

— Vous vous battez souvent avec des objets ?

Il tourna la tête mais ne lâcha pas la machine.

— Quand ils me résistent, répondit-il en imprimant une violente secousse au distributeur.

Elle n'était pas mouillée aujourd'hui, remarqua-t-il. Ses cheveux étaient tirés en arrière et attachés assez haut. Cela lui donnait l'air d'un chou à la crème raffiné. Il en eut l'eau à la bouche.

— Vous êtes ravissante, doc.

— Merci, inspecteur Jackson.

Ce dernier posa la main sur l'épaule de Ben.

— Je m'excuse pour mon coéquipier.

— C'est sans importance, je suis habituée aux comportements caractériels.

— Et zut !

Ben donna une dernière poussée à la machine en se promettant de faire sauter la serrure prochainement, puis se tourna vers Tess.

— Vous me cherchiez ?

Elle songea à la façon dont elle avait scruté le parking et les bureaux de la Criminelle. Elle préféra éluder la question.

— J'apportais mon dossier au commissaire Harris.

— Vous travaillez vite.

— Si j'avais eu plus d'éléments, j'aurais mis plus longtemps.

D'un léger haussement d'épaules, elle exprima son mécontentement et sa résignation.

— Je ne sais pas si j'ai été d'un grand secours, j'aimerais pouvoir en faire plus.

— Le reste, c'est notre boulot, répliqua Ben.

— Salut, les gars.

Lowenstein passa devant eux et introduisit une pièce dans le distributeur. Plus que l'envie d'une barre de chocolat, elle avait celle de voir la psychiatre de plus près. Elle aurait parié une semaine de sa paye que le tailleur rose était de soie.

— Cette saleté ne marche pas, fit remarquer Ben.

Mais quand Maggie appuya sur la poignée, deux barres de sucrerie tombèrent dans le plateau.

— Deux pour le prix d'un, dit Lowenstein en les glissant dans son sac. A plus tard.

— Eh, une minute...

— Tu ne vas pas faire une scène devant le Dr Court, observa Ed.

— Lowenstein est partie avec ma confiserie.

— Ne te plains pas, l'abus de sucre te tuera.

— Passionnant, coupa sèchement Tess tandis que Ben foudroyait le dos de Lowenstein du regard. Je suis pressée, mais je voulais vous signaler que mon dossier comporte une suggestion.

Ben mit les mains dans ses poches et la dévisagea.

— Laquelle ?

— Il vous faut un prêtre.

— Ed et moi avons déjà exploré cette piste. Nous en avons interrogé une douzaine.

— Il en faut un qui ait une expérience de psychiatre, reprit Tess. J'ai fait mon possible mais je ne suis pas une autorité en matière de religion. Et à mon avis, c'est la clé de l'affaire.

— Plus nous consultons de gens, plus il y a des risques

de fuite. Il ne faut pas que la presse soit au courant des détails.

— Si vous ne cherchez pas dans toutes les directions, votre enquête n'avancera pas.

Elle sentit qu'elle marquait un point et insista :

— Je pourrais en référer au maire et lui demander de faire pression, mais ce n'est pas ma manière d'envisager les choses. Je préférerais que vous me souteniez spontanément.

Il la dévisagea d'un air pensif. Un autre psy ? Et un prêtre, par-dessus le marché ?

Pourtant, il était bien obligé d'admettre que l'enquête piétinait. Si elle voulait tirer un lapin de son chapeau, pourquoi pas ?

— J'en parlerai au commissaire.

Avec un sourire triomphant, elle sortit de la monnaie et l'introduisit dans la fente. Elle eut une brève hésitation avant de tirer sur la poignée. Une barre d'Hershey tomba dans l'orifice avec un petit plop. D'un air solennel, elle tendit le chocolat à Ben.

— Voilà ! Vous me brisiez vraiment le cœur, inspecteur. Ravie de vous avoir revu, inspecteur Jackson.

— Tout le plaisir fut pour moi, dit Ed en la suivant des yeux. Elle se débrouille bien, n'est-ce pas ?

Ben fit sauter la barre dans sa main en fronçant les sourcils.

— Oui, une vraie pro.

Ce n'était pas dans les habitudes de Tess de se tracasser à propos de sa tenue. Chaque pièce de sa garde-robe avait été choisie avec soin. Depuis son pull-over en cachemire jusqu'à sa veste en coton, et ce, pour la bonne raison que Tess n'avait pas la patience de débattre chaque matin de ce qu'elle allait enfiler. En règle générale, elle adoptait des tenues classiques aux couleurs sobres. Non seulement c'était ce qui lui seyait le mieux, mais cela lui évitait de réfléchir au réveil.

Mais cette fois, elle ne s'habillait pas pour aller travailler. Tess écarta la troisième robe accrochée sur un cintre. Elle n'avait pas rendez-vous avec le Prince Charmant. A vingt-neuf ans, elle avait eu l'occasion d'apprendre que l'homme idéal n'existait pas, et qu'une femme raisonnable ne pouvait rester pour autant dans sa tour d'ivoire. Une soirée agréable avec quelqu'un d'attirant, c'était une autre histoire. Ça vous titillait un peu, surtout quand le type en question ne vous considérait pas comme une idiote. Et Ben Paris lui faisait sentir qu'elle était intelligente.

Un coup d'œil à sa montre lui indiqua qu'à force de tergiverser elle allait être en retard. Debout, vêtue d'un petit slip de couleur chair, elle saisit une robe de soie noire et l'observa d'un air critique. Simple mais élégant. Un bon choix, songea-t-elle. D'ailleurs elle n'avait plus de temps à perdre. Elle l'enfila et boutonna la rangée de boutons qui allait de la taille jusqu'au cou.

Un long regard dans la glace en pied lui arracha un hochement de tête approbateur. C'était bien mieux que la robe bleu acier ou celle en crêpe rouge qu'elle avait préalablement sélectionnées. Elle mit les boucles en diamant de sa mère et le fin bracelet d'or que son grand-père lui avait offert pour son diplôme. Un coup frappé à la porte la dissuada de relever ses cheveux.

L'allure distinguée de Ben la surprit. Il portait un costume gris sur une chemise saumon clair. En revanche, elle ne s'était pas trompée sur un point : il ne portait pas de cravate.

Elle s'apprêtait à lui sourire lorsqu'elle remarqua le

65

bouquet de violettes qu'il tenait à la main. Ce n'était pas son genre d'être déconcertée mais elle fut aussi émue qu'une adolescente qui recevait son premier bouquet de fleurs.

— C'est pour faire la paix, expliqua-t-il.

Il se sentait aussi embarrassé qu'elle, et s'en étonnait. Car il aimait généralement les gestes spontanés et grandioses avec les femmes. C'était son style. Aussi chercher un bouquet de violettes en octobre ne lui avait-il pas paru stupide jusqu'à ce qu'il se retrouve devant elle avec ses fleurs à la main.

— Elles sont très jolies. Merci.

Revenue de son émotion, elle lui sourit, prit le bouquet et s'effaça pour le laisser entrer. En ce début d'hiver, le parfum des violettes évoquait le printemps.

— Je vais chercher un vase.

Pendant qu'elle s'éclipsait dans la cuisine, Ben regarda autour de lui. Il vit le Matisse au mur, les tapis orientaux, les coussins chatoyants. De jolies teintes douces et des antiquités distinguées. C'était une pièce qui reflétait la vieille fortune discrète.

« Qu'est-ce que tu fais là ? se demanda-t-il. Son grand-père est sénateur, le tien était boucher. Elle a grandi avec des domestiques alors que ta mère nettoie elle-même ses toilettes. Elle est sortie de chez Smith avec les honneurs alors que tu as péniblement effectué deux ans de collège avant d'entrer à l'Académie de police. »

Oh, bien évidemment, il s'était renseigné sur elle et il était sûr qu'ils n'auraient rien à se dire au bout d'un quart d'heure.

Quand elle réapparut, elle avait dans les mains un vase de Wedgwood rempli de violettes.

— Je vous offrirais bien un verre mais je n'ai plus de whisky.

— Ça ne fait rien.

Il prit sa décision sans peser le pour et le contre. Alors qu'elle installait les fleurs au centre de la table, il s'approcha et prit ses cheveux dans sa main.

Elle se tourna lentement sans manifester aucune surprise et soutint son long regard silencieux.

Ses cheveux étaient soyeux. Elle avait une odeur qui lui rappelait la ville de Paris. Il y avait passé cinq jours à peu de frais, à l'époque où il était jeune et optimiste. Il était tombé amoureux de cette ville, de son atmosphère, de son allure, de ses odeurs. Chaque année, il se promettait d'y retourner et d'y trouver ce qu'il cherchait.

— Je les préfère ainsi, murmura-t-il, les doigts dans sa chevelure. Quand vous les relevez, vous semblez distante, inaccessible.

L'intensité du moment la frappa de plein fouet, cette intensité qui bousculait parfois deux individus. C'était quelque chose qu'elle n'avait pas ressenti depuis des années, qu'elle ne voulait pas ressentir.

— Professionnelle, rectifia-t-elle en reculant d'un pas. Voulez-vous un petit cognac, un fond de brandy ?

Il aurait aimé entailler l'armure de cette femme, mais il craignait, en parvenant à son but, de faire une brèche dans la sienne propre.

— Nous prendrons un verre au théâtre. Nous avons le temps avant le lever de rideau.

— Je vais chercher mon manteau.

Il semblait aussi à l'aise avec le personnel du Roof Terrace qu'avec celui du petit bar enfumé de la veille. Tess l'observa tandis qu'il saluait le maître d'hôtel, bavardait avec le serveur, le tout avec une aisance qui prouvait que, quand il le voulait, il n'était pas un ours.

Tess admirait les gens décontractés, qui ne se souciaient ni de l'impression qu'ils faisaient, ni de l'opinion d'autrui. Pour se comporter ainsi, il fallait déjà être bien dans sa peau. Tess était satisfaite de son mode de vie, mais n'était jamais arrivée à ce résultat.

Ben prit son verre, étendit ses jambes et la regarda.

— Alors, vous m'avez évalué ?
— Pas entièrement.

Elle prit une amande dans le bol et la grignota pensivement.

— Non, mais je pense que vous vous connaissez. Si tout le monde était comme vous, je n'aurais plus qu'à changer de métier.
— Mais vous excellez dans votre profession.

Il la regarda prendre une autre amande entre ses doigts longs et effilés. Une perle ancienne brillait à sa main droite.

— C'est vous qui avez prononcé le discours d'adieu de votre promotion, dit-il, amusé de la voir suspendre son geste. Vous avez du mal à suivre l'augmentation de votre clientèle privée. Vous avez refusé d'intégrer l'équipe de Bethasba Naval, mais vous donnez des consultations gratuites une fois par semaine à la clinique Donnerly.

Ce résumé l'irrita. D'ordinaire c'était elle qui détenait des informations sur son interlocuteur, et non l'inverse.

— Vous enquêtez toujours sur le passé des femmes avec qui vous sortez, inspecteur ?
— L'habitude, rétorqua-t-il calmement. Le sénateur Jonathan Writemore, votre grand-père maternel, représente une gauche centriste. Il a du charisme, un franc-parler et c'est un dur à cuire.
— Il serait heureux de vous l'entendre dire.
— Vous avez perdu vos parents à l'âge de quatorze

ans, poursuivit-il en levant son verre. Je suis désolé, c'est toujours éprouvant de perdre de la famille.

A son ton et à une certaine empathie, elle devina qu'il avait dû également perdre un être cher.

— Sans mon grand-père, je ne m'en serais peut-être jamais remise. Comment avez-vous appris tout ça ?

— Un policier ne révèle jamais ses sources... J'ai lu votre rapport sur le tueur.

Elle se raidit, s'attendant à une critique.

— Et ?

— Vous pensez que notre homme est intelligent ?

— Oui. Ingénieux. Il ne laisse derrière lui que ce qu'il veut.

Au bout d'un moment, Ben hocha la tête.

— Votre point de vue paraît sensé. Pourriez-vous m'expliquer comment vous parvenez à cette conclusion ?

Tess but une gorgée de vin avant de répondre. Elle ne se demanda pas pourquoi c'était si important de le convaincre. Ça l'était.

— Je prends les faits, son schéma général d'action. Vous constaterez qu'il est quasiment identique chaque fois, il ne varie pas. Dans votre jargon, vous devez appeler ça le *modus operandi*.

Il sourit en acquiesçant.

— Le schéma nous donne une image psychologique, enchaîna-t-elle. Vous êtes entraîné à chercher des indices, des preuves, un mobile, puis à procéder à l'arrestation. Moi j'essaie de comprendre les causes, les raisons profondes, pour soigner ensuite. Soigner, Ben, pas juger.

Il haussa un sourcil.

— Vous pensez que je joue au moraliste ?

— Vous voulez cet homme.

— Oui, dans une cage.

Il écrasa une cigarette lentement, méthodiquement. C'était une façon de se dominer. Ses mains étaient puissantes.

— Vous voulez qu'il soit puni. Je vous comprends même si je ne vous approuve pas.

— Vous préféreriez lui ouvrir le crâne et le rendre meilleur, dit-il en reposant son verre. Vous n'allez tout de même pas éprouver de la compassion pour un homme pareil !

— Cela fait partie de mon métier, rétorqua-t-elle sèchement. Cet homme est malade, très malade. Si vous lisez mon rapport, vous comprendrez qu'il souffre en commettant ses crimes.

— Il étrangle des femmes. S'il souffre en leur nouant un foulard autour du cou, elles n'en sont pas moins mortes après. J'ai de la compassion pour les familles à qui je dois annoncer la mort de ces pauvres filles. On me regarde en me demandant « pourquoi » et je n'ai pas de réponse.

— Je suis désolée.

Impulsivement, elle avança sa main et couvrit la sienne.

— C'est un travail affreux, qui vous tient éveillé la nuit, renchérit-elle. Moi aussi je dois parler aux parents, ceux qu'un suicide laisse amers et désemparés.

Elle sentit sa grande main se crisper, et machinalement elle lui caressa les doigts.

— Quand vous vous réveillez à 3 heures du matin, et que vous voyez leurs yeux emplis de douleur et d'interrogations...

Tess se pencha vers lui.

— Je dois penser en médecin. Je pourrais vous donner des termes cliniques, comme psychose fonctionnelle, désordre mental. Quelle que soit l'étiquette, cela signifie maladie. Cet homme ne tue ni par vengeance, ni par profit, mais parce qu'il est désespéré.

— Et moi je dois penser en policier. Mon travail consiste à le mettre hors d'état de nuire.

Il se tut un instant puis repoussa son verre.

— Nous avons évoqué votre Mgr Logan. Harris se renseigne.

— C'est bien. Merci.

— Ne me remerciez pas. Je ne suis pas emballé par votre idée.

Tess soupira.

— Nous n'avons pas grand-chose en commun, n'est-ce pas ?

— Peut-être.

Puis il se rappela sa main petite et tiède sur la sienne.

— Ou alors nous ne l'avons pas encore trouvé.

— Qu'est-ce que vous aimez faire le dimanche après-midi ? demanda-t-elle à brûle-pourpoint.

— M'asseoir devant un match de base-ball avec une bière.

Elle fronça le nez.

— Ça ne colle pas. Et la musique ?

Il sourit.

— Quoi, la musique ?

— Qu'est-ce que vous écoutez ?

— Cela dépend. J'aime bien le rock en conduisant, le jazz quand je bois et Mozart le dimanche matin.

— On se rapproche. Que pensez-vous de Jelly Roll Morton ?

Surpris, il sourit de nouveau.

— Ça passe.

— Et Springsteen ?

— J'ai accroché sur *The River*.

— Marvin Gaye ?

Ben s'adossa et la regarda.

— Nous tenons peut-être quelque chose.

Ses jambes frôlèrent les siennes sous la table.

— Voulez-vous venir chez moi écouter ma collection de disques ?

Tess prit une autre amande.

— Inspecteur Paris, un psychiatre qualifié ne tombe pas dans des panneaux aussi éculés.

— Et si on en essayait des nouveaux ?

— Par exemple ?

— Venez dîner avec moi après le théâtre et nous ferons un concours pour savoir lequel de nous deux se rappelle le plus de chansons des Beatles.

Elle lui sourit avec une spontanéité qu'il ne lui avait encore jamais vue.

— Vous perdrez.

— Connaissez-vous un homme avec une bouche qui vaut deux mille dollars et un costume de chez Brook Brothers ?

— C'est une devinette ? demanda-t-elle avec un froncement de sourcils.

— Trop tard, il arrive.

— Qui... Oh, bonsoir, Franck.

— Tess, je ne pensais pas te trouver ici.

Il tourna la tête vers une frêle créature exotique et lui tapota la main.

— Lorraine, voici le Dr Teresa Court, une de mes associées.

La jeune femme avait l'air de s'ennuyer ferme, ce qui lui attira aussitôt la sympathie de Tess.

— Enchantée, dit Lorraine.

Son regard glissa de Tess à Ben, qui la dévisagea avec un lent sourire.

— Bonsoir, je suis Ben.
— Tess, vous auriez dû me dire que vous veniez, intervint Franck, nous aurions pu nous joindre à vous.

Lorraine pencha la tête sans cesser d'observer Ben. La soirée n'était peut-être pas entièrement perdue, songeait-elle visiblement.

— Nous pourrions nous retrouver après le spectacle, suggéra-t-elle.
— Certes, acquiesça Ben.

Il reçut aussitôt un coup de pied de Tess sous la table, mais garda son sourire.

— Malheureusement Tess et moi devons nous coucher tôt. Le travail.
— Désolé, Franck, ce sera pour une autre fois.

Sachant qu'il ne lui serait pas facile de se débarrasser de lui, Tess se leva.

— Nous nous croiserons au bureau. Au revoir, Lorraine.
— Voilà votre chapeau, marmonna Ben en la suivant. Pourquoi cette précipitation ?
— Si vous saviez à quoi vous échappez, vous me remercieriez.
— Votre collègue a meilleur goût en matière de femmes qu'en matière de cravates.
— Vraiment ? dit Tess en lissant ostensiblement son manteau. Je l'ai trouvée assez tape-à-l'œil.
— Tape-à-l'œil, répéta Ben en jetant un bref regard derrière lui.
— Je suppose que les faux cils et les décolletés plaisent à certains hommes.
— Certains hommes sont des bêtes.
— Elle n'était que son second choix, s'entendit-elle déclarer. J'avais refusé son invitation.

73

Intrigué, Ben l'obligea à ralentir en passant le bras sur ses épaules.

— Il vous avait invitée au théâtre ? Ce soir ?
— Absolument.
— Je suis flatté.

Elle le regarda... et jugea que son ego n'avait nul besoin d'être conforté.

— J'ai accepté uniquement à cause de vos imperfections.
— Hum, quand vous a-t-il invitée ?
— Hier après-midi.
— Il n'a pas eu l'air troublé de vous trouver ici avec moi.

Mal à l'aise, Tess se dégagea de son bras.

— Je lui avais dit que j'étais prise.
— Oh, vous **avez** menti, remarqua-t-il avec un plaisir manifeste.

Elle rit.

— Moi non plus je ne suis pas parfaite.
— Voilà qui rend les choses plus faciles.

Cette soirée qui devait s'achever de bonne heure se prolongea jusqu'à 2 heures du matin. Dans le couloir menant à son appartement, Tess étouffa un bâillement.

— Le réveil va être pénible, déclara-t-elle.
— Je ne vous ai pas encore demandé d'aller au lit.

Son bâillement se transforma en un rire étouffé.

— Je pensais plutôt boire une demi-bouteille de vin et m'autoriser cinq heures de sommeil.

Elle s'appuya au chambranle de la porte.

— Je ne pensais pas m'amuser autant, avoua-t-elle.

Lui non plus.

— Pourquoi ne pas recommencer ? suggéra-t-il.

Son temps de réflexion n'excéda pas trois secondes.
— D'accord. Quand ?
— Il y a un festival Bogart demain soir.
— *Le Faucon maltais* ?
— Et *Le Grand Sommeil*.

Elle sourit, déjà un peu assoupie. Quand il s'approcha d'elle, elle crut qu'il allait l'embrasser. Cette perspective lui plaisait et, de plus, lui paraissait naturelle. N'était-il pas humain d'avoir envie qu'on vous prenne dans les bras, qu'on vous caresse… ? Elle ferma à demi les yeux et son cœur se mit à battre un peu plus vite.

— Vous devriez changer votre serrure.

Ses paupières se rouvrirent.

— Pardon ?
— La serrure de votre porte, c'est du toc.

Il tendit un doigt vers le nez de Tess, dont il effleura l'arête, heureux de voir la confusion de la jeune femme.

— Puisque vous habitez dans un immeuble non gardé, vous devriez au moins avoir un bon verrou.

— Un verrou, répéta-t-elle en se redressant et en cherchant ses clés. Je ne peux pas argumenter avec un policier.

— Content de l'entendre.

Avant qu'elle ait pu s'y préparer, il lui prit les mains, l'attira à lui et l'embrassa. Plus tard, quand elle se fut remise, elle se demanda s'il avait agi sous le coup d'une impulsion. En tout cas, l'élan qui le poussait vers elle était sincère. Et elle y répondit. C'était difficile de croire qu'un baiser aussi léger et aussi tendre pouvait envoyer des ondes de choc dans tout son corps. Le simple contact de ses mains la faisait succomber.

Comme elle s'y attendait, la bouche de Ben était habile, ses lèvres douces et chaudes. De sa langue il agaçait la sienne, et elle fondait sous la caresse. Elle eut beau se répéter que c'était l'heure tardive, l'alcool, la relaxation, elle ne se laissa pas moins aller à l'instant présent, au mépris total de sa prudence coutumière.

Elle était censée savoir se dominer, rester un peu distante. C'était à cela qu'il s'attendait, pas à cette passion et à cette douceur dont elle le submergeait. Il ne s'attendait pas à cette intimité immédiate d'amants de longue date. Il connaissait bien les femmes, du moins il le pensait. Mais Tess était une énigme qu'il voulait résoudre.

Le désir lui était assez familier pour ne pas le surprendre, mais il ne l'avait jamais éprouvé avec cette intensité qui lui coupait le souffle. Il la désirait désespérément, immédiatement. D'habitude, il aurait insisté pour parvenir à ses fins. Cette fois, pour des raisons qu'il ne s'expliquait pas, il recula.

Durant un moment, ils se dévisagèrent en silence.

— Cela pourrait vous poser un problème, réussit-il à articuler après quelques secondes.

— Oui, murmura-t-elle en se concentrant sur le froid métal de ses clés.

— Mettez la chaîne de sécurité, dit-il. Je vous verrai demain.

Au premier essai, elle manqua le trou de la serrure, marmonna un vague « flûte ! » et dut s'y reprendre une deuxième fois.

— Bonne nuit, Ben.
— Bonne nuit.

Il guetta le cliquetis de la chaîne de sécurité avant de gagner le hall. Il y avait là un problème, songea-t-il. Un gros problème.

*
* *

Il avait marché pendant des heures. Quand il atteignit son appartement, il ne tenait plus debout tant il était fatigué. Depuis quelques mois il s'était aperçu qu'il lui fallait être épuisé pour dormir sans faire de rêve.

Il n'avait pas besoin d'allumer la lumière. Il connaissait le chemin. Sourd à son besoin de repos, il passa devant sa chambre. Le sommeil ne viendrait que lorsqu'il aurait accompli son dernier devoir. La pièce d'à côté était toujours fermée à clé. Quand il l'ouvrit, il huma le parfum discret et féminin des fleurs fraîches qu'il y mettait tous les jours. La soutane était suspendue à la porte du placard. L'amict d'un blanc immaculé était drapé dessus.

Il craqua une allumette, l'approcha du premier cierge, puis d'un autre et encore d'un autre jusqu'à ce que les ombres vacillent sur la nappe d'autel neuve.

Il y avait dans un cadre en argent la photographie d'une femme blonde, souriante. Elle avait été immortalisée jeune, innocente et heureuse. Les roses étaient ses fleurs favorites, et c'était leur odeur qui se mêlait à celle des cierges.

Dans des cadres plus petits se trouvaient des photos de journaux représentant trois autres femmes. Caria Johnson, Barbara Clayton, Francie Bowers. Il joignit ses mains et s'agenouilla devant elles.

Il y en aurait encore tant d'autres. Ce n'était qu'un début.

4

Le garçon était assis devant Tess, calme et boudeur. Il ne s'agitait pas, ne regardait pas par la fenêtre. Non, il était assis sur une chaise et contemplait ses genoux. Ses mains étaient étendues sur ses cuisses, des mains aux doigts fins et aux jointures un peu fortes à cause de son habitude de les faire craquer. Il s'était atrocement rongé les ongles. Bref, il présentait des signes de nervosité qui n'empêchaient généralement pas le commun des mortels de vivre normalement.

Il regardait rarement la personne à laquelle il parlait, ou plus précisément celle qui lui parlait. Chaque fois qu'elle réussissait à croiser son regard, Tess avait l'impression de remporter une petite victoire, qui s'accompagnait d'ailleurs d'un léger choc. Ses yeux étaient parfaitement inexpressifs, comme si, dès son plus jeune âge, il avait appris à dissimuler ses sentiments. Ce qu'elle parvenait à y déchiffrer, au cours de rares occasions, ce n'était ni la peur, ni la rancune, simplement l'ennui.

La vie n'avait pas été juste avec Joseph Higgins Jr, et il ne voulait pas courir le risque de recevoir un coup au-dessous de la ceinture. A l'âge où les adultes vous incitent à vous amuser, il avait choisi l'isolement et l'incommunicabilité comme moyens de défense face à une absence totale de perspective. Tess reconnaissait les symptômes. Pas d'extériorisation des émotions, pas de motivation, pas de centre d'intérêt. Le vide.

Il fallait qu'elle trouve une manière de provoquer un déclic, afin qu'en commençant à s'intéresser à lui-même, il reprenne goût au monde extérieur.

Il n'était plus un gamin pour qu'elle pût avoir recours à des jeux, mais il restait trop jeune pour être traité en adulte. Elle avait essayé les deux et il avait refusé l'un et l'autre. Joey Higgins s'était placé dans une zone intermédiaire. L'adolescence n'était pas seulement une période difficile mais une période misérable.

Il portait un jean neuf, solide, avec le boutonnage dernier cri qu'on valorisait dans les meilleures publicités, un grand sweat-shirt gris envahi sur la poitrine par la tortue souriante du Maryland. Ses Nike, montantes, en cuir, étaient à la mode et neuves. Ses cheveux châtains, légèrement hérissés, auréolaient son visage trop fin. Extérieurement il avait tout d'un garçon normal de quatorze ans mais, intérieurement, il n'était qu'une boule de confusion, d'amertume, de haine pour lui-même, dont Tess avait à peine effleuré la surface.

Il était regrettable qu'au lieu de représenter la confidente, l'épaule sur laquelle pleurer, ou même une personne sans image particulière, Tess ne fût qu'un symbole d'autorité parmi d'autres. Si seulement il avait explosé au moins une fois, s'il s'était énervé, disputé, elle aurait eu le sentiment de progresser. Mais non à chaque séance, il était aussi poli et indifférent.

— Que penses-tu de l'école, Joey ?

Il ne haussa même pas les épaules, comme si ce simple geste aurait pu trahir une émotion.

— C'est O.K.

— O.K. ? J'aurais cru que c'était toujours difficile de changer d'école.

Elle s'était battue contre ce changement de milieu, elle avait fait tout ce qui était en son pouvoir pour convaincre les parents de l'adolescent que le moment était mal choisi. Ils n'avaient rien voulu savoir. Ils allaient l'arracher à ses mauvaises influences, avaient-ils répondu, à ceux qui l'avaient entraîné à boire, à prendre occasionnellement de la drogue et qui l'avaient fait flirter avec l'occultisme. Pour finir, ses parents n'avaient réussi qu'à perdre le contact avec lui et à lui ôter davantage d'amour-propre.

Ce n'était pas du côté de ses camarades, bons ou mauvais, qu'il fallait chercher les causes de l'errance de Joey. C'était sa propre dépression qu'il convenait de traiter, sa quête d'une réponse qu'il pensait être le seul à chercher.

Comme ils n'avaient plus trouvé de joints dans les tiroirs de sa commode, que son haleine ne sentait plus l'alcool, ses parents en avaient déduit qu'il était sur la voie de la guérison. Ils ne voyaient pas, ou ne voulaient pas voir, qu'il s'enfonçait rapidement dans sa dépression. Il avait seulement appris à l'intérioriser.

— Une nouvelle école, ça peut être une aventure, reprit Tess comme elle n'obtenait pas de réponse. Mais c'est dur d'être le nouvel élève.

— Ce n'est pas terrible, murmura-t-il en fixant toujours ses genoux.

— Je suis heureuse de l'entendre, assura-t-elle bien qu'elle ne crût nullement à la réponse du garçon. J'ai eu à changer d'école quand j'avais ton âge et j'étais terrorisée.

Il releva la tête, sceptique mais curieux. Ses grands

yeux bruns auraient dû être expressifs au lieu d'être las et méfiants.

— Il n'y a pas de quoi. Ce n'est qu'une école.

— Pourquoi ne m'en parles-tu pas ?

— Ce n'est qu'une école.

— Et les autres élèves ? Les trouves-tu sympathiques ?

— La plupart sont idiots.

— Ah, et pourquoi ?

— Ils sont toujours en groupes. Je n'ai pas envie de les connaître.

Il n'y avait surtout personne qu'il connaisse, rectifia Tess. La dernière chose qu'il lui fallait, c'était se sentir rejeté après avoir perdu ses anciens camarades.

— Joey, cela prend du temps de se faire des amis qui comptent. Mais c'est encore plus dur de rester seul.

— Je ne voulais pas changer d'école.

— Je sais.

Elle était de son côté.

— Et je sais combien il est pénible d'avoir l'impression d'être trimballé au gré de l'humeur des adultes. Mais ce n'est pas toujours le cas. Tes parents ont choisi cette école parce qu'ils pensaient que c'était le mieux pour toi.

— Vous n'étiez pas d'accord, répliqua-t-il en lui jetant un coup d'œil rapide. J'ai entendu maman le dire.

— En tant que thérapeute, je pensais que tu serais plus à l'aise dans ton ancien environnement. Mais ta mère t'adore, Joey. Ce n'est pas une punition qu'elle t'inflige, c'est sa façon à elle de t'aider.

— Elle ne voulait pas que je garde mes amis.

C'était une simple constatation, émise sans amertume. Une fois de plus, il n'avait pas le choix.

— Pourquoi, à ton avis ?

— Elle avait peur que je recommence à boire, mais je ne bois plus.

De nouveau, c'était dit sans rancune, sans dépit, mais avec lassitude.

— Je sais, répondit Tess en posant sa main sur le bras du garçon. Tu peux être fier d'avoir réussi à t'en sortir par toi-même. Cela t'a demandé des efforts.

— Maman est toujours en train de rejeter le blâme sur les autres.

— Par exemple ?

— Oh, les autres.

— Comme pour le divorce ?

La question n'entraîna pas plus de réaction que d'habitude. Tess fit marche arrière.

— Ça te plaît de ne plus prendre le bus ?

— Oui, le bus, ça pue.

— C'est ta mère qui t'accompagne ?

— Ouais.

— As-tu parlé à ton père ?

— Il est occupé.

Il regarda Tess avec un mélange de défiance et de prière.

— Il a un nouveau travail dans une boîte d'informatique, et je vais passer un week-end avec lui, le mois prochain. Pour Thanksgiving.

— Tu es content ?

— Ce sera chouette.

L'enfant en lui s'anima brièvement.

— Nous irons voir le match des Redskins. Il prendra des billets pour que nous soyons bien placés. Ce sera comme autrefois.

— Comme autrefois, Joey ?

Il fixa de nouveau ses genoux, mais cette fois en fronçant les sourcils avec colère.

— Tu dois bien comprendre que les choses ne seront jamais comme avant mais cela ne signifie pas pour autant qu'elles sont moins bien. Parfois le changement peut être bénéfique pour tout le monde. Je sais que tu aimes ton père. Ce n'est pas parce que tu n'habites plus avec lui que tu dois cesser de l'aimer.

— Il n'a plus de maison, il n'a qu'une pièce. Il dit que s'il n'avait pas de pension alimentaire à payer, il pourrait avoir une maison.

Elle aurait volontiers maudit Joseph Higgins père, mais sa voix demeura douce et ferme.

— Tu sais que ton père a un problème, Joey. Ce n'est pas toi, c'est l'alcool.

— Nous avons une maison, marmonna-t-il.

— Crois-tu que ton père serait plus heureux si vous n'en aviez pas ?

Il ne répondit pas. Il contemplait la pointe de ses chaussures.

— Cela me fait plaisir que tu sortes avec ton père. Je sais qu'il t'a manqué.

— Il était occupé.

— Oui.

Trop occupé pour voir son fils, pour rappeler le psychiatre qui essayait de panser les blessures.

— Il arrive que les adultes soient très pris. Tu dois comprendre la situation de ton père avec son nouvel emploi puisque tu viens toi-même de changer d'école.

— Je vais passer un week-end avec lui le mois prochain. Maman dit que je ne dois pas compter dessus, mais moi j'y crois.

— Ta mère veut t'épargner une déception éventuelle.

— Il va venir me chercher.

— Je l'espère, Joey. Mais s'il ne peut pas...

Elle toucha de nouveau son bras et par la seule force de sa volonté, réussit à capter le regard de son jeune patient.

— S'il te fait faux bond, tu dois savoir que ce n'est pas à cause de toi mais de sa maladie.

— Ouais.

Il acquiesçait parce que c'était la meilleure manière de couper court à toute discussion. Tess le savait et souhaita une fois de plus que ses parents acceptent d'intensifier sa thérapie.

— C'est ta mère qui t'a amené aujourd'hui ?

Il continua à regarder par terre mais sa colère s'était dissipée, du moins en apparence.

— Mon beau-père.

— Tu t'entends toujours bien avec lui ?

— Il est O.K.

— T'attacher à lui ne signifie pas te désintéresser de ton père.

— Il est O.K.

— Il y a de jolies filles dans ta nouvelle école ?

Elle voulait arracher une expression à son visage fermé.

— Je suppose.

— Tu supposes ? s'écria-t-elle en souriant. Il me semble que tu n'as pourtant pas les yeux dans ta poche ?

Etait-ce le ton de Tess ? Toujours est-il qu'il leva le regard et que ses lèvres esquissèrent un sourire.

— Il y en a une ou deux. Je n'y ai pas prêté grande attention.

— Tu as le temps. Viendras-tu me voir la semaine prochaine ?

— Sans doute.

— D'ici là, veux-tu me rendre un service ? Tu as

de bons yeux, n'est-ce pas ? Observe ta mère et ton beau-père.

Il détourna la tête mais elle lui tint le bras jusqu'à ce que son regard indéchiffrable croise le sien.

— Observe-les, Joey, ils veulent ton bien. Ils commettent peut-être des erreurs mais leurs intentions sont bonnes. Ils se soucient de toi, comme beaucoup de gens. Tu as toujours mon numéro ?

— Oui, je crois.

— Tu sais que tu peux m'appeler si tu as envie de me parler avant notre prochain rendez-vous.

Elle le raccompagna à la porte de son cabinet et vit le beau-père de Joey se lever et lui adresser un large sourire contraint. C'était un homme d'affaires qui avait réussi, un homme de bonne éducation, sociable. L'antithèse du père de Joey.

— Alors, une bonne chose de faite, n'est-ce pas ?

Il jeta un coup d'œil à Tess. Son visage trahissait sa tension.

— Comment ça s'est passé aujourd'hui, docteur Court ?

— Bien, monsieur Monroe.

— Parfait, parfait. Si nous rapportions des plats chinois, Joey, pour faire une surprise à ta mère ?

— O.K.

Il enfila sa veste d'uniforme, à l'emblème de son ancienne école, mais ne la ferma pas. Il fixa un point invisible au-dessus de l'épaule droite de Tess.

— Au revoir, docteur Court.

— Au revoir, Joey. A la semaine prochaine.

Ils le nourrissaient mais il était affamé, songea-t-elle. Ils l'habillaient mais il avait froid. Quant à elle, elle avait une clé mais n'avait pas trouvé le moyen d'ouvrir la porte.

Elle regagna son bureau en soupirant. Au moment où elle rangeait le dossier de Joey dans sa serviette, l'Interphone sonna.

— Docteur Court ?

— Oui, Kate ?

— Vous avez eu trois appels pendant votre séance. L'un du *Sun,* l'autre du *Post* et un troisième du *WTTG*.

— Trois journalistes ?

Tess ôta sa boucle d'oreille pour se masser le lobe.

— Ils voulaient tous confirmation de votre mission concernant les homicides du Prêtre.

Elle laissa tomber son clip sur son buvard.

— Flûte ! Répondez que je n'ai pas de commentaire à faire pour l'instant.

— D'accord, madame.

Elle remit sa boucle d'oreille lentement. On lui avait promis l'anonymat. Cela faisait partie de son marché avec le maire. Ni média, ni battage publicitaire, ni commentaire. Le maire lui avait donné sa parole qu'elle n'aurait pas à subir la pression des journalistes. Cela ne servait à rien de blâmer le maire, songea-t-elle en arpentant la pièce. Il y avait eu une fuite. Elle allait devoir s'y adapter.

La notoriété ne l'intéressait pas. C'était son problème. Elle tenait à préserver son intimité et la simplicité de sa vie. Ça aussi, c'était son problème. Le bon sens lui avait bien soufflé que son rôle éclaterait au grand jour avant que l'affaire ne soit terminée, elle avait quand même accepté ce travail. Si elle avait dû conseiller un de ses patients, elle l'aurait encouragé à affronter la réalité et à aborder les difficultés une à une.

C'était l'heure des embouteillages. Quelques coups d'avertisseurs retentirent mais le bruit lui parvenait, étouffé par la fenêtre et la distance. Joey Higgins était quelque part dans la ville chez un traiteur chinois, avec un beau-père en qui il n'avait pas confiance et qu'il se refusait à aimer. Les bars se préparaient pour les cocktails vite avalés avant la foule du soir. Les garderies se vidaient, et des parents célibataires, des mères qui travaillaient et des pères harassés entassaient leurs rejetons dans des Volvo ou des BMW, avec une seule idée en tête : regagner leur foyer, se blottir en sécurité dans le cocon chaud et familier. Il était peu probable que l'un d'eux ait une pensée pour celui qui errait dans les rues avec une bombe qui faisait tic tac dans sa tête.

Pendant un moment, elle regretta de ne pouvoir se mêler à cette routine, de ne pas avoir d'autre souci qu'un dîner chaud ou une note de dentiste. Mais le dossier du tueur était déjà dans sa serviette.

Tess la prit sur la banquette de la voiture, et descendit. La première chose à faire, c'était de rentrer chez elle et de s'assurer que ses appels seraient filtrés par le service des abonnés absents.

— Qui a craché le morceau ? demanda Ben en exhalant un nuage de fumée.

— Nous cherchons toujours, répondit Harris.

Debout derrière son bureau, Harris examina ses officiers chargés de l'enquête. Ed, affalé sur une chaise, faisait passer un paquet de graines de tournesol d'une main à l'autre. Bigsby, avec son visage rougeaud et son corps trapu, tapait nerveusement du pied. Lowenstein se tenait debout derrière Ben, les mains dans les poches. Roderick était assis, raide dans son siège, les mains croisées sur ses genoux. Ben donnait l'impression qu'il allait grogner et mordre au premier mot prononcé de travers.

— Nous devons exploiter la situation. La presse est

87

au courant de la collaboration du Dr Court. Utilisons-la au lieu de faire blocage.

— La presse nous harcèle depuis des semaines, intervint Lowenstein. Les choses commençaient seulement à se calmer.

— Je lis aussi les journaux, inspecteur, dit Harris calmement.

Bigsby s'agita, Roderick s'éclaircit la gorge, Lowenstein pinça les lèvres.

— Nous organiserons une conférence de presse demain matin. Le bureau du maire se charge de contacter le Dr Court. Paris et Jackson, en tant que chefs d'équipe, je veux que vous soyez présents. Vous savez quelles informations nous acceptons de divulguer.

— Nous n'avons rien de nouveau à leur dire, commissaire, observa Ed.

— Faites comme si. Ils auront l'intervention du Dr Court à se mettre sous la dent. Organisez le rendez-vous avec ce Mgr Logan, ajouta-t-il en reportant son regard sur Ben. Mais ne l'ébruitez pas.

— Encore un réducteur de têtes, marmonna Ben en écrasant son mégot. Le premier ne nous a rien appris que nous ne sachions déjà.

— Elle nous a assuré qu'il se croyait investi d'une mission, déclara tranquillement Lowenstein. Même si en apparence il s'est calmé, il considère sans doute que cette mission n'est pas achevée.

— D'après la psy, il ne tue que des jeunes femmes blondes, ce dont nous nous étions déjà aperçus, rétorqua sèchement Ben.

— Calme-toi, vieux, dit Ed, sachant qu'il allait pâtir de la mauvaise humeur de son équipier.

— Me calmer ?

Ben serra les poings.

— Cet enfant de salaud attend d'étrangler la prochaine femme qui passera au mauvais moment et nous sommes là en train de parler de curés et de psychiatres. Je me moque de son âme et de son esprit.

— C'est peut-être un tort.

Roderick regarda le commissaire puis Ben, avant d'ajouter :

— Ecoute, je sais ce que tu ressens. Nous partageons tous ton sentiment. Nous voulons l'arrêter, mais nous avons lu le rapport du Dr Court. Cet homme n'est pas une brute assoiffée de sang. Si nous voulons faire notre travail, nous avons intérêt à le comprendre.

— Regarde les photos de la morgue, Lou. Nous savons qui elles sont, qui elles étaient.

— D'accord, Paris, intervint Harris. Si tu as besoin de reprendre ton sang-froid, va faire un tour au gymnase.

Il attendit un moment, ramenant l'ordre dans le bureau par son autorité personnelle. Il avait été un bon policier sur le terrain, il était encore meilleur dans un bureau. Cela le déprimait parfois.

— La conférence de presse est prévue à 8 heures du matin dans le bureau du maire, reprit-il. Je veux un compte rendu de votre entretien avec Mgr Logan demain sur mon bureau. Bigsby, continuez à chercher d'où viennent ces maudits foulards. Lowenstein, Roderick, retournez interroger les familles et les amis des victimes. Sortez tous d'ici et allez manger un morceau.

Ed attendit qu'ils aient signé le registre, et, pendant qu'ils regagnaient le parking, il dit à son compagnon :

— Ce n'est pas bon pour toi de reporter sur le Dr Court ce qui est arrivé à ton frère.

— Josh n'a rien à voir là-dedans.

Faux ! Sa blessure n'était pas refermée. Chaque fois qu'il prononçait le nom de son frère, sa gorge se nouait.

— C'est exact, renchérit Ed, et le Dr Court fait son travail, comme chacun d'entre nous.

— D'accord, mais je ne pense pas qu'il y ait un rapport entre son métier et le nôtre.

— La psychiatrie criminelle est devenue un outil de travail important.

— Ed, pour l'amour du ciel, tu devrais arrêter de lire des magazines.

— Pourquoi ? Tu as envie d'aller te soûler ?

— Entendre un tel reproche de la part d'un homme qui trimballe des graines de tournesol !

Sa nuque était encore crispée mais il se sentait mieux. En quelque sorte, Ed avait remplacé son frère.

— Pas ce soir, reprit-il. D'ailleurs cela m'embarrasse toujours de boire avec quelqu'un qui noie sa vodka dans le jus de fruits.

— Un homme doit penser à sa santé.

— Et à sa réputation.

Ben ouvrit la portière de sa voiture et resta à côté, les clés à la main.

La nuit était fraîche. S'il pleuvait d'ici au matin, ce qui était probable étant donné le ciel sans étoiles, il y aurait du verglas. Dans ses maisons proprettes et hautes de plafond, la bourgeoisie de Georgetown mettrait des bûches dans l'âtre, et on siroterait des irish coffees en contemplant les flammes. Les sans-abri devaient se préparer au pire.

— Elle me dérange, déclara Ben abruptement.

— Une femme pareille, ça n'a rien d'étonnant.

— Ce n'est pas si simple, répondit Ben en se glissant au volant.

Il aurait bien voulu pouvoir analyser pourquoi.

— Je passe te prendre demain à 7 heures et demie.

— Ben, fit Ed en tenant la portière ouverte, dis-lui bonjour de ma part.

Ben claqua sa portière et démarra. A force de faire équipe, ils se connaissaient trop bien.

Tess raccrocha le téléphone, s'accouda sur le bureau et pressa ses paumes sur ses yeux. Joey Higgins père avait autant besoin d'une thérapie que son fils mais il était trop occupé à se détruire pour s'en apercevoir. La conversation qu'elle venait d'avoir avec lui n'avait servi à rien, comme toutes les conversations avec les alcooliques sous l'emprise de la boisson. Il s'était contenté de pleurer à la mention de son fils et de bafouiller qu'il rappellerait le lendemain.

Il ne le ferait pas, songea Tess. Il y avait même de fortes chances pour qu'il ait oublié son appel d'ici à demain matin. Le traitement de Joey dépendait en partie de l'attitude de son père. Or celui-ci était collé à la bouteille, la même bouteille qui avait détruit son mariage, lui avait fait perdre un nombre incalculable d'emplois, et le laissait seul et misérable.

Si seulement elle pouvait l'attirer à une réunion des Alcooliques anonymes, l'aider à faire le premier pas... Tess soupira profondément tout en laissant retomber ses mains. La mère de Joey ne lui avait-elle pas expliqué combien de fois elle avait essayé, combien d'années elle s'était efforcée de guérir son mari de son intempérance ?

Tess comprenait l'amertume de cette femme, respectait son désir d'enterrer le passé et de recommencer une nouvelle vie. Mais Joey ne le pouvait pas. Durant toute son enfance, sa mère l'avait protégé, lui avait caché la maladie de son père. Elle avait inventé des excuses pour ses absences nocturnes, pour ses emplois perdus, persuadée qu'il fallait dissimuler la vérité.

Enfant, Joey avait trop vu, trop entendu, puis il avait fini par admettre les explications de sa mère et avait érigé un mur de mensonges autour de son père. Des mensonges qu'il était farouchement déterminé à croire. Si son père buvait, alors ce n'était pas une tare de boire — à quatorze ans, Joey avait déjà connu des problèmes avec l'alcool. Et puis, si son père perdait son travail, c'est que son patron lui vouait une terrible jalousie. Pendant ce temps, les résultats scolaires de Joey étaient en chute libre au fur et à mesure qu'il perdait son respect pour l'autorité et pour lui-même.

Lorsque la mère de Joey n'avait plus pu supporter la situation et que la rupture avait été consommée, tous les mensonges, les rancœurs, les promesses non tenues s'étaient déversés sur l'enfant. Elle avait énuméré les fautes du père à son fils dans une tentative désespérée pour lui faire admettre les erreurs paternelles et ne pas s'attirer ses reproches. Joey ne lui en avait pas fait, bien entendu, pas plus qu'à son père, d'ailleurs. Il n'y avait qu'une seule personne au monde qu'il blâmait, et c'était lui.

Ses parents s'étaient séparés. L'enfant avait dû quitter la maison où il avait grandi, sa mère s'était mise à travailler. Cela avait tout bouleversé. Mme Higgins s'était remariée, et c'était le beau-père de Joey qui avait insisté pour qu'il suive une thérapie. Quand Tess avait rencontré le jeune garçon, il avait treize ans et demi de culpabilité, d'amertume et de douleur à évacuer. En deux mois, elle avait à peine réussi à ébrécher son armure, que ce soit au cours des séances particulières ou des entrevues bimensuelles avec sa mère et son beau-père.

La colère la submergea avec une telle violence qu'elle

dut rester assise quelques instants pour se ressaisir. Son rôle n'était pas de fulminer, mais d'écouter, d'interroger et de proposer des solutions. Elle avait le droit d'éprouver de la compassion, mais pas de la colère. Aussi s'efforçat-elle de la dominer, avec la maîtrise qui était inhérente à son caractère et qui était devenue un outil de travail. Elle avait envie de donner un coup de pied, de frapper quelque chose, n'importe quoi, pour chasser ce terrible sentiment d'impuissance.

Au lieu de quoi, elle reprit le dossier de Joey et nota des informations supplémentaires sur leur dernière séance.

De la bruine glacée s'était mise à tomber. Mais Tess avait remis ses lunettes et ne regardait pas par la vitre. Elle ne vit donc pas l'homme posté sur le trottoir d'en face qui fixait sa fenêtre. D'ailleurs même si elle l'avait remarqué, elle n'y aurait pas prêté attention.

Quand on frappa à sa porte, elle fut irritée d'être interrompue. Son téléphone n'avait pas cessé de sonner mais elle l'avait ignoré, laissant au service des abonnés absents le soin de répondre. Si l'un de ses patients avait appelé, le *beeper* sur son bureau se serait mis en marche. Cette fois, elle était obligée d'aller ouvrir.

Elle laissa son dossier ouvert et se dirigea vers la porte.

— Qui est-ce ?
— Paris.

Le son d'une voix est parfois suffisant pour deviner l'humeur de la personne qui parle. Tess ouvrit la porte, prête à une confrontation.

— Inspecteur, n'est-il pas un peu tard pour une visite officielle ?

— Juste temps pour les informations de 11 heures.

Il s'approcha du poste de télévision et l'alluma.

Tess était toujours à la porte.

— Vous n'avez pas de télévision chez vous ?

— C'est plus drôle d'avoir de la compagnie pour regarder leur cirque.

Elle referma la porte en la faisant claquer.

— Je suis en train de travailler. Vous ne pouvez pas me dire pourquoi vous êtes venu et me laisser à mes dossiers ?

Il jeta un coup d'œil sur son bureau, sur les chemises ouvertes et les lunettes posées dessus.

— Je n'en ai pas pour longtemps.

Il ne s'assit pas et contempla l'écran, les mains dans les poches. C'était une jolie brunette au visage en forme de cœur qui présentait les gros titres de la soirée.

— L'Hôtel de Ville nous a confirmé que le Dr Teresa Court, psychiatre renommée de Washington, a été adjointe à l'enquête sur les derniers meurtres par strangulation. Le Dr Court, petite-fille du sénateur Jonathan Writemore, se refuse à tout commentaire. On soupçonne que les trois derniers meurtres sont l'œuvre du tueur communément appelé le Prêtre. En effet, pour étrangler ses victimes, il utilise un amict, ce rectangle de tissu que portent par-dessus leur soutane les prêtres de l'Eglise catholique romaine pendant les offices. La police poursuit donc son enquête commencée au mois d'août, avec l'assistance du Dr Court.

— Pas mal, marmonna Ben. Ils ont réussi à citer trois fois votre nom.

Il ne cilla même pas quand Tess alla éteindre le poste violemment.

— Je répète : qu'avez-vous à me dire ?

Elle avait une voix glaciale. Il prit une cigarette, déterminé à user du même ton.

— Il y a une conférence de presse à l'hôtel de ville, demain à 8 heures.

— J'ai été prévenue.

— Montrez-vous le plus évasive possible. Ne rentrez pas dans les détails de l'affaire. La presse connaît l'arme du crime, mais nous lui avons caché l'existence et le contenu des messages.

— Je ne suis pas une imbécile, Ben. Je sais mener une interview.

— Il s'agit d'une enquête criminelle, pas d'une publicité personnelle.

Sa bouche s'ouvrit mais aucun son n'en sortit. Il était inutile et indigne d'elle de perdre son sang-froid. Une réflexion aussi ridicule et mesquine ne méritait pas de réponse. Elle allait le remettre à sa place et vertement.

— Vous n'êtes qu'un type sectaire, insensible, à l'esprit obtus.

Son téléphone se mit à sonner mais aucun d'eux n'y prêta la moindre attention.

— A quel titre vous permettez-vous de débarquer chez les gens pour leur débiter vos bêtises ?

Il chercha un cendrier des yeux et se rabattit sur une petite assiette peinte à la main, posée au pied d'un vase de fleurs d'automne.

— A qui la faute ?

Elle demeura droite comme un I pendant que Ben secouait les cendres de sa cigarette avec nonchalance.

— Soyons clairs, affirma-t-elle. Ce n'est pas moi qui ai vendu la mèche.

— Personne ne vous en a accusée.

— Vraiment ?

Elle mit les mains dans les poches de sa jupe, qu'elle portait depuis quatorze heures. Elle avait mal au dos, son estomac criait famine et son esprit aspirait à la même tranquillité qu'elle s'efforçait de transmettre à ses patients.

— Permettez-moi de vous donner mon point de vue de la situation. Il est radicalement opposé au vôtre ! On m'avait promis que mon nom ne serait pas divulgué dans la presse !

— Cela vous ennuie qu'on vous sache de mèche avec la police ?

— Ah, c'est très malin !

— N'est-ce pas ?

Elle avait perdu son contrôle, et cela le fascinait. Tandis qu'elle arpentait la pièce, ses yeux avaient pris une couleur franchement violette. La fureur la rendait ride et glacée, à l'opposé de ces gens qui jettent des assiettes et se répandent en invectives.

— Vous avez réponse à tout, inspecteur. Je suppose que vous n'avez pas pensé une seconde que je n'avais peut-être pas envie d'être assaillie de questions par mes patients, mes amis, mes collègues ? Vous êtes-vous d'ailleurs jamais demandé si je souhaitais vraiment m'occuper de cette affaire ?

— Pourquoi avez-vous accepté ? C'est payé une misère.

— J'ai dit oui parce que j'étais persuadée de pouvoir me rendre utile. Si je n'en étais pas toujours convaincue, je vous dirais de reprendre votre affaire. Croyez-vous que je veuille perdre mon temps avec un individu borné qui se croit autorisé à porter un jugement moral sur ma profession ? Ma vie est assez compliquée sans que vous en rajoutiez.

— Des problèmes, docteur ?

Son regard parcourut la pièce, s'attarda un instant sur les aquarelles au mur, les fleurs, les tapis.

— Votre univers me paraît pourtant bien ordonné ?

— Il y a beaucoup de choses que vous ignorez, sur ma vie autant que sur ma profession.

Elle s'adossa à son bureau, se tourna à demi et tendit un bras rageur sur les papiers qui l'encombraient.

— Vous voyez ces dossiers, ces notes, ces cassettes ? Il y a là une vie humaine, celle d'un garçon de quatorze ans, qui est déjà alcoolique, qui a besoin qu'on l'écoute pour reprendre confiance en lui et retrouver sa place dans le monde.

Elle le considéra d'un air sombre et passionné.

— Vous savez ce que c'est que de vouloir sauver une vie, inspecteur ? Combien c'est effrayant, douloureux ? Je n'utilise pas de revolver mais cela revient au même. J'ai passé dix ans de mon existence à rassembler des informations, à analyser des cas, des situations, à soigner et soutenir des gens. Peut-être qu'avec un peu de temps, un peu de chance et un peu d'habileté, je pourrai aider ce garçon-là.

Elle s'interrompit, regrettant de s'être laissée aller.

— Et puis flûte ! Je n'ai pas à me justifier devant vous.

Ben écrasa son mégot dans la petite soucoupe chinoise.

— C'est exact. Excusez-moi. Mes propos étaient déplacés.

Dans son effort pour se ressaisir, Tess eut deux respirations saccadées.

— Qu'est-ce que j'ai fait pour que vous soyez si amer ?

Il n'était pas prêt à lui parler, à évoquer sa vieille blessure encore à vif. Il frotta ses yeux fatigués.

— Ce n'est pas vous. Mais toute cette affaire. J'ai l'impression de marcher sur un fil au-dessus du gouffre.

Elle aurait souhaité entendre une autre réponse. Tant pis, elle se contenterait de celle-ci.

— Je comprends, dit-elle. C'est difficile de rester objectif dans ces conditions.

— Revenons un peu en arrière. Je n'ai pas beaucoup d'estime pour votre profession et vous n'en avez pas beaucoup pour la mienne, d'accord ?

Au bout d'une minute, elle hocha la tête.

— Oui.

— Nous devons accepter cet état de fait.

Il s'approcha de la tasse de café posée sur le bureau. Elle était à moitié vide.

— Vous en avez du chaud ?

— Non, mais je peux en faire.

— Ne vous dérangez pas.

Il se massa les paupières pour essayer de se décontracter.

— Ecoutez, je suis désolé. Il semblerait que l'unique progrès que nous ayons fait dans cette besogne ingrate, c'est d'y avoir mêlé la presse.

— Je sais. Vous ne vous en rendez peut-être pas compte mais désormais je suis aussi impliquée que vous, et je me sens responsable.

Elle se tut un instant, mais cette fois elle sentit entre eux plus de sympathie, plus de compréhension.

— C'est le plus dur, n'est-ce pas, de se sentir responsable ? ajouta-t-elle.

Elle était bougrement forte. Ben s'adossa à son tour contre le bureau.

— Je ne peux pas m'empêcher de penser qu'il est là, dehors, prêt à frapper de nouveau. Nous n'avons aucune piste. Nous pourrons toujours tromper la presse demain. N'empêche que l'enquête piétine. Que vous me disiez pourquoi il tue importe peu à la jeune femme qui croisera bientôt son chemin.

— Je ne peux vous fournir qu'une approche de son mental, Ben.

— Et moi je vous réponds que je m'en fiche.

Il se retourna pour lui faire face. Elle avait repris son calme. Cela se voyait dans ses yeux.

— Quand nous aurons mis la main sur lui, et nous finirons par l'avoir, on se servira de votre rapport psychiatrique pour le mettre de nouveau en circulation. On nommera d'autres experts, puis on vous appellera à la barre, vous ou l'un de vos collègues, et il sera libéré.

— Il sera envoyé dans un asile psychiatrique, Ben. Ce n'est pas une partie de plaisir.

— Jusqu'à ce qu'une équipe de médecins le déclare guéri.

— Ce n'est pas aussi simple. Vous connaissez la loi.

Elle se passa la main dans les cheveux. Ils avaient tous les deux raison, ce qui ne facilitait pas la discussion.

— Vous n'enfermez pas quelqu'un parce qu'il a un cancer, parce qu'il ne peut lutter contre la désintégration de son propre corps. Comment pouvez-vous punir quelqu'un dont l'esprit se désintègre ? Ben, la schizophrénie mutile les gens encore plus que le cancer. Des milliers de malades sont internés pour cette raison. Nous ne pouvons pas leur tourner le dos ou les brûler comme des sorcières à cause d'un déséquilibre chimique dans leur cerveau.

Ben fit un geste évasif de la main. Les statistiques, les diagnostics, les arguments ne l'intéressaient pas. Seul le résultat lui importait.

— Vous l'avez dit une fois, doc, l'aliénation est un terme juridique. Fou ou pas, cet homme a des droits comme tout citoyen. Il aura un avocat, et celui-ci se servira de la folie pour lui épargner la prison. J'aimerais vous voir expliquer aux trois familles des victimes que l'assassin souffre de déséquilibre chimique.

Elle avait connu des familles de victimes. Elle comprenait leur sentiment d'impuissance, l'impression qu'elles avaient d'être trahies par la justice. Lorsque la situation n'était pas contrôlée, leur hargne se retournait contre le médecin.

— Vous avez le glaive, Ben, je n'ai que des mots.
— Oui.

Il fallait qu'il sorte, qu'il rentre chez lui. Si seulement une femme et un verre de cognac l'y attendaient !

— Je prends rendez-vous avec Mgr Logan pour demain. Voulez-vous assister à l'entretien ? lui demanda-t-il.
— Oui.

Elle croisa les bras et se demanda pourquoi les accès de colère la laissaient toujours aussi déprimée.

— J'ai des rendez-vous toute la journée mais je peux annuler celui de 16 heures.
— Ce n'est pas trop insensé ?

Comme il faisait un effort pour détendre l'atmosphère, elle en fit un aussi.

— Pour une fois, tant pis, répondit-elle en souriant.
— Je vais essayer de le fixer à 16 h 30. On vous appellera.
— Bien.

Ils n'avaient plus rien à se dire, ou bien plutôt ils se retenaient d'en dire plus que le strict nécessaire.

— Vous êtes sûr que vous ne voulez pas un café ?

Il en mourait d'envie, comme de s'asseoir et de parler d'autre chose avec elle.

— Non, il faut que je rentre. Les rues sont déjà glissantes.

Elle jeta un coup d'œil à la fenêtre et remarqua le crachin.

— Oh, en effet !
— Vous travaillez trop, docteur, si vous ne voyez même pas ce qui se passe sous vos fenêtres.

Il s'approcha de la porte.

— Vous n'avez toujours pas installé de verrou ?
— Non.

La main sur la poignée, il se tourna vers elle. Il avait plus envie de rester là que d'une femme imaginaire et d'un verre de cognac.

— Vous avez apprécié le Bogart de l'autre soir ?
— Oui.
— Nous devrions programmer une autre sortie.
— Peut-être.
— A bientôt, doc. Et mettez la chaîne de sécurité.

Il ferma la porte, mais ne s'éloigna que lorsqu'il eut entendu le cliquetis derrière lui.

5

Ed s'engagea lentement dans la XVIe Avenue. Il aimait patrouiller ; c'était pour lui un plaisir presque égal à celui de faire crisser les pneus. Pour un homme simple et accommodant comme lui, ce n'étaient là que des vices mineurs.

A son côté, Ben était silencieux. Il aurait pu lancer quelques blagues sur la conduite de son équipier, qui faisait régulièrement rire tout le service. Mais il ne disait rien, pas même sur les chansons de Tanya Tucker qui s'élevaient dans l'habitacle, ce qui prouvait bien que Ben avait l'esprit ailleurs. Et il ne fallait pas être aussi méthodique qu'Ed pour deviner ce qui occupait ses pensées.

— Tu as lu le papier sur l'affaire Borelli ? demanda ce dernier.

La rengaine de Tanya portait sur le mensonge et la trahison. Ed était content.

— Hein ? Oh oui, je l'ai eu aussi.

— Le procureur va lui faire sa fête, le mois prochain. Et en deux jours... hop, au trou !

— J'espère bien. On s'est assez démenés pour réunir les preuves.

Le silence tomba entre eux. Ed fredonnait avec

Tanya ; il chanta quelques paroles du refrain, et se remit à fredonner.

— Tu es au courant pour la cuisine de Lowenstein ? Son mari l'a inondée. Son broyeur d'ordures est de nouveau bouché.

— C'est ce qui arrive quand on laisse un comptable se promener avec une clé anglaise à la main.

Ben abaissa un peu la vitre de sa portière pour évacuer la fumée de sa cigarette.

— Ça fait quinze, observa doucement Ed. Cela ne t'avancera à rien de continuer à fulminer sur cette conférence de presse.

— Je ne fulmine pas.

Il aspira la fumée et résista à l'envie de la recracher en direction d'Ed.

— Je fume, ajouta-t-il. C'est l'un des grands plaisirs de l'homme.

— Comme de se soûler et de vomir sur ses chaussures.

— Mes chaussures sont propres. Et je me souviens d'un quidam qui est tombé comme un tronc d'arbre après avoir ingurgité deux litres de vodka et de jus de carotte.

— Je voulais juste piquer un roupillon.

— Si je ne t'avais pas retenu, ce qui a failli me coûter une hernie, tu te serais écrasé sur ton grand nez. Pourquoi souris-tu ?

— Tu rouspètes, donc tout va bien. Tu sais, elle s'est drôlement bien débrouillée.

— Qui a dit le contraire ?

Ben mordit dans le filtre tout en aspirant une autre bouffée.

— Comment sais-tu que je pensais à elle ?

— A qui ?

103

— Tess.

— Je n'ai jamais mentionné son nom.

Ed appuya sur l'accélérateur au moment où le feu orange passait au rouge.

— Ne joue pas avec moi. En plus tu es passé au rouge.

— Non, à l'orange.

— Il était rouge, espèce de daltonien. Je risque ma peau chaque fois que je prends la voiture avec toi. Je devrais avoir une valise pleine de médailles.

— Elle n'est pas mal non plus, commenta Ed. Des jambes parfaites.

— Tu t'encroûtes.

Ben monta le chauffage car l'air qui pénétrait par la vitre était gelé.

— De toute façon, on dirait qu'elle peut pétrifier un homme à vingt pas.

— Ses vêtements renseignent bien sur sa personnalité. Autorité, assurance. Elle a su s'imposer. A mon avis, elle avait les journalistes dans sa poche avant même d'ouvrir la bouche.

— On devrait interrompre ton abonnement au *Reader's Digest,* marmonna Ben.

Les vieux arbres qui bordaient la rue étaient à l'apogée de leur splendeur. Les feuilles semblaient douces au toucher et se paraient de couleurs vives, des rouges, des jaunes, des lie-de-vin. D'ici à une semaine, elles auraient séché et joncheraient les trottoirs et les gouttières. Elles formeraient un tapis sec qui crisserait sous les pieds des passants. Ben jeta sa cigarette par la vitre, qu'il se hâta ensuite de refermer.

— D'accord, elle s'en est bien sortie. Mais la presse va se déchaîner pendant des jours. Les médias ont le don de rameuter les fous.

Il regarda les vieilles et somptueuses bâtisses qui se profilaient derrière les arbres centenaires. C'était à ces maisons que Tess appartenait, cependant que lui les regardait de l'extérieur.

— Oui, elle a de belles jambes.

— Elle est intelligente, renchérit Ed. Ce qui ne gâte rien.

— Que sais-tu de l'intelligence féminine ? Ta dernière conquête avait le Q. I. d'un œuf dur. Et qu'est-ce que c'est que cette cochonnerie qu'on écoute ?

Ed sourit, heureux que son équipier retrouve son aplomb.

— Tanya Tucker.

— Mon Dieu !

Ben s'enfonça dans son siège et ferma les yeux.

— Vous avez l'air en forme aujourd'hui, madame Halderman.

— Oh oui, docteur.

La jolie femme brune n'était pas allongée sur le canapé, ni assise sur une chaise. Elle dansait tout autour du bureau de Tess. Elle jeta un manteau de zibeline sur l'accoudoir d'un fauteuil et prit une pose.

— Que pensez-vous de ma nouvelle robe ?

— Elle est très seyante.

— N'est-ce pas ?

Mme Halderman passa sa main sur le lainage rouge et soyeux.

— C'est une couleur qu'on remarque. J'aime ça.

— Vous êtes allée faire les magasins, madame Halderman ?

— Oui.

Son visage de poupée de porcelaine s'illumina, puis elle fit une moue boudeuse.

— Oh, ne vous fâchez pas, docteur Court. Je sais que vous m'avez dit de ne pas m'approcher des boutiques pendant quelque temps. Et si je l'ai fait, je ne suis quand même pas allée chez Neiman pendant presque une semaine.

— Je ne suis pas fâchée, madame Halderman.

La moue se transforma aussitôt en un sourire radieux.

— Vous avez un goût très sûr.

Ce qui était une chance, car Mme Halderman ne pouvait rien se refuser. Dès qu'un vêtement lui plaisait, elle l'achetait et le mettait de côté, oubliant très vite si elle l'avait porté ou non. Mais ce n'était là qu'un problème mineur. Mme Halderman agissait de même avec les hommes.

— Merci, docteur.

Comme une petite fille, elle tourbillonna pour montrer l'ampleur de sa jupe.

— J'ai passé un merveilleux moment dans les boutiques. Mais — vous allez être fière de moi — je n'ai acheté que deux articles. Enfin, trois, ajouta-t-elle en pouffant de rire. La lingerie, ça ne compte pas. Puis je suis allée prendre un café, vous savez, dans ce merveilleux restaurant de Mazza Gallerie où on peut regarder les gens déambuler devant les vitrines.

— Oui.

Assise sur un coin de son bureau, Tess observa Mme Halderman qui se mordillait la lèvre, non par peur ou par anxiété, mais d'un air de ravissement. Puis sa patiente alla s'asseoir dignement sur une chaise.

— J'ai pris un café, mais pas de croissant. Si je ne surveille pas ma ligne, ce ne sera plus aussi amusant d'acheter des vêtements. Il y avait un homme à la table voisine. Oh, docteur Court, dès que je l'ai vu, mon cœur s'est mis à battre.

Elle posa sa main sur sa poitrine comme pour calmer ses battements. Ses yeux prirent une expression rêveuse que Tess ne lui connaissait que trop bien.

— Les tempes grisonnantes, belle allure, le teint bronzé, comme s'il revenait du ski — Saint-Moritz probablement, car c'est encore trop tôt pour le Vermont. Il avait un porte-documents en cuir avec ses initiales gravées dessus : M.W. J'ai essayé de deviner son nom.

Elle soupira, et Tess sut qu'elle était déjà en train de changer le monogramme de ses serviettes de toilette.

— Et finalement, vous savez son nom… ?

— Maxwell Whiterspoon. N'est-ce pas magnifique ?

— Très distingué.

— Oh, oui ! C'est ce que je lui ai dit.

— Vous lui avez parlé ?

— Oui, mon sac est tombé par terre. Une femme a le droit d'utiliser des subterfuges pour rencontrer l'homme de sa vie, dit-elle avec un sourire confus.

— Vous avez donc fait tomber votre sac.

— Oui, il a atterri à côté de son pied droit. C'était ma pochette noir et blanc en peau de serpent. Maxwell s'est penché pour la ramasser et me l'a tendue avec un sourire. Mon cœur s'est arrêté de battre. C'était comme un rêve. Je n'entendais plus le bruit alentour, je ne voyais plus personne. Nos doigts se sont frôlés et… promettez-moi de ne pas rire, docteur.

— Bien sûr.

— C'était comme s'il avait touché mon âme.

Voilà ce que redoutait Tess par-dessus tout. Elle quitta son perchoir et s'assit en face de sa patiente.

— Madame Halderman, vous rappelez-vous Asanti ?
— Lui ?

Mme Halderman fit un geste évasif de la main, comme si elle écartait le souvenir de son quatrième mari.

— Vous vous étiez rencontrés dans une galerie d'art devant un de ses tableaux de Venise, et lui aussi avait touché votre âme.

— C'était différent. Asanti était italien. Vous savez combien les Italiens sont adroits avec les femmes. Maxwell est de Boston.

Tess réprima un soupir. La séance promettait d'être longue.

Quand Ben pénétra dans le cabinet de Tess, il savait exactement à quoi s'attendre. A l'instar de son appartement, son hall de réception était reposant et raffiné, décoré dans des couleurs apaisantes, des vieux roses et des gris destinés à mettre les patients à l'aise. Les fougères en pots près des fenêtres témoignaient d'un soin méticuleux, tandis que les vases débordant de fleurs fraîches et la vitrine regorgeant de statuettes vous donnaient l'impression d'être dans un salon plutôt que dans une salle d'attente. D'après l'exemplaire de *Vogue* ouvert sur une table, la cliente qui venait d'être introduite chez Tess était une femme.

L'endroit n'avait rien de cet autre cabinet qu'avait fréquenté Ben autrefois, un cabinet aux murs blancs, qui sentait lourdement le cuir, et qu'il associait à des sensations de nervosité, de douleurs à l'estomac, de crampes... Il ne transpirait pas en refermant la porte derrière lui. Il n'attendait pas Josh, car Josh était parti.

La secrétaire de Tess était installée à un bureau en

acajou derrière un ordinateur compact. Elle s'arrêta de taper à la machine à l'arrivée de Ben et d'Ed.

— Puis-je vous aider ?

— Inspecteurs Paris et Jackson.

— Ah oui, le Dr Court va vous recevoir. Elle est avec une patiente. Voulez-vous un café en attendant ?

Ed sortit un sachet de thé de sa poche.

— Seulement de l'eau chaude, s'il vous plaît.

Le visage de la secrétaire ne trahit aucune surprise.

— Sais-tu que tu m'embarrasses chaque fois ? marmonna Ben pendant que la secrétaire s'éclipsait dans une petite pièce adjacente.

— Je ne vais pas me droguer à la caféine uniquement par sociabilité, rétorqua Ed en balançant son sachet. Que penses-tu de cet endroit ? C'est élégant.

— Oui, acquiesça Ben en jetant un coup d'œil autour de lui. Il lui correspond bien.

— Je ne comprends pas pourquoi cela te pose un problème.

Ed contempla une reproduction de Monet, un coucher de soleil sur l'eau dans des teintes pastel avec une touche de feu. Il l'apprécia car il était amateur d'art en général, et se plaisait à constater le talent et l'imagination chez un artiste. Il en concevait alors un peu plus d'estime pour la race humaine.

— Une jolie femme élégante et intelligente ne devrait pas intimider un homme conscient de sa propre valeur.

— Mon Dieu, tu devrais écrire des articles.

La porte du bureau de Tess s'ouvrit et Mme Halderman en sortit, sa zibeline sur le bras. A la vue des deux hommes, elle s'arrêta, sourit et se lécha la lèvre supérieure comme une petite fille devant une glace au chocolat.

— Bonjour.

Ben enfonça les pouces au creux de ses poches.

— Bonjour.

— Vous attendez le Dr Court ? demanda-t-elle d'une voix mutine.

— C'est exact.

Elle demeura immobile un instant puis ses yeux s'arrondirent tandis qu'elle toisait Ed.

— Eh bien, vous êtes drôlement costaud.

Ed déglutit avec effort.

— Oui, madame.

— C'est fascinant, dit-elle en s'approchant de lui. J'ai le sentiment d'être si frêle et vulnérable. Combien mesurez-vous, monsieur...

En souriant, les mains toujours dans ses poches, Ben abandonna Ed à son sort et rentra dans le cabinet de Tess.

Elle était assise derrière son bureau, la tête renversée en arrière et les yeux fermés. Ses cheveux étaient relevés mais elle n'avait pas l'air inaccessible. Fatiguée... C'est le qualificatif qui vint immédiatement à l'esprit de Ben quand il la vit. Fatiguée physiquement, mais aussi moralement. Elle porta la main à sa tempe comme pour chasser un début de migraine.

— Il vous faudrait de l'aspirine, docteur.

Elle ouvrit les paupières et redressa la tête comme si cela la gênait d'être surprise au repos. Curieusement, le bureau assez imposant ne l'écrasait pas. Il lui seyait parfaitement comme le diplôme, accroché derrière elle, dans un cadre noir.

— Je n'aime pas prendre des médicaments.

— Vous préférez les prescrire aux autres ?

Son dos se raidit.

— Vous n'avez pas attendu trop longtemps, j'espère ? Je suis prête. Juste le temps de prendre ma serviette.

Comme elle faisait mine de se lever, Ben s'avança vers le bureau.

— Nous avons quelques minutes. La journée a été dure ?

— Un peu. Et pour vous ?

— Je n'ai même pas eu l'occasion de dégainer.

Il s'empara d'un morceau d'améthyste posé sur le bureau de Tess et le fit tourner entre ses doigts.

— Je voulais vous dire que vous avez été très bien ce matin.

Comme en écho au geste de son visiteur, elle prit un crayon, le manipula un moment et le rangea. Apparemment, ils concluaient une trêve.

— Merci, vous aussi.

Ben se jucha alors sur un coin du bureau. Il s'aperçut avec plaisir qu'il pouvait se détendre, même dans le cabinet d'un psychiatre. Il n'y avait plus ni fantômes, ni regrets.

— Que pensez-vous du cinéma en matinée ?

— Je suis ouverte à la proposition.

Il sourit.

— Je m'en doutais. Ils donnent deux classiques avec Vincent Price samedi.

— *L'homme au masque de cire* ?

— Et *La Muche noire*. Ça vous tente ?

— Peut-être.

Cette fois elle se leva. Sa migraine s'était muée en un vague bourdonnement, facile à ignorer.

— S'il y a du pop-corn...

— Je vous suggère même une pizza après.

— Marché conclu.

— Tess...

Il posa la main sur le bras de la jeune psychiatre, bien qu'il fût intimidé par son tailleur gris.

— Au sujet d'hier soir...
— Nous nous sommes déjà excusés tous les deux.
— Oui.

Toute trace de fatigue avait disparu. Elle était de nouveau intouchable, inaccessible. Il s'écarta d'elle sans lâcher le bloc d'améthyste qui avait pour ainsi dire la couleur de ses yeux.

— Vous avez déjà fait l'amour ici ?

Tess haussa un sourcil. Elle savait qu'il cherchait à la choquer ou du moins à la provoquer.

— C'est une information confidentielle, répondit-elle en ramassant sa serviette. Vous venez ?

Réprimant l'envie d'emporter le bloc d'améthyste, il le reposa sur le bureau et la suivit.

Ils trouvèrent Ed en train de siroter son thé à côté du bureau de la secrétaire. Son visage était enflammé, presque aussi rouge que ses cheveux.

— Mme Halderman, expliqua la jeune femme à Tess avec un regard de compassion pour Ed. J'ai réussi à la faire sortir avant qu'elle ne le dévore.

— Je suis terriblement désolée, dit Tess en souriant. Voulez-vous vous asseoir une minute ?

— Non.

Il jeta un regard menaçant à Ben.

— Pas un mot.

— Moi ? Certainement pas, répondit Ben, pince-sans-rire.

Ce dernier se dirigea vers la porte, la tint ouverte pour son équipier.

— Tu es costaud, n'est-ce pas ? reprit-il.

— Tais-toi.

*
* *

112

Mgr Timothy Logan ne ressemblait pas à l'image qu'avait gardée Ben d'un curé. Au lieu de la soutane, il portait une veste en tweed sur un col roulé jaune pâle. Son visage carré et ouvert le faisait ressembler à un Irlandais, et ses cheveux d'un roux foncé, parsemés de gris, lui conféraient une sorte de joviale autorité. Rien dans son bureau ne rappelait l'ambiance surannée d'un presbytère. L'endroit ne sentait ni le vieux bois ni les odeurs de sainteté, mais le tabac à pipe et la poussière, comme chez n'importe quel individu.

Il n'y avait ni images pieuses, ni mMadone au visage triste. En revanche, les livres se comptaient par dizaines : les uns portaient sur la théologie, les autres sur la psychiatrie, d'autres encore sur la pêche. Au centre du bureau, au lieu du crucifix attendu, trônait sur un socle un poisson en argent.

Une bible ancienne à la couverture gravée reposait sur un support, tandis qu'une autre plus récente, bien que plus usée, était ouverte sur le bureau, à côté d'un chapelet aux gros grains de bois.

— Je suis ravie de vous connaître, monseigneur Logan, déclara Tess.

Elle lui serra la main comme à un collègue, ce qui mit Ben mal à l'aise. Qu'il fût en tweed ou non, c'était un prêtre, quand même, et un prêtre, on était censé le respecter, le vénérer et même le craindre un petit peu. Ces gens étaient proches de Dieu, disait sa mère. Ils donnaient les sacrements, l'absolution aux mourants et pardonnaient les péchés.

L'un d'eux était venu après la mort de Josh prononcer quelques paroles de réconfort et de sympathie, mais il avait refusé l'absolution. Le suicide était un péché mortel.

— Et moi donc, docteur Court, répondit Logan. J'ai

113

suivi votre conférence sur la démence juvénile et je n'ai pas eu l'occasion de vous dire combien je vous ai trouvée brillante.

Il avait une voix forte et claire, capable de se faire entendre dans une cathédrale. Mais elle comportait aussi quelques notes sèches, comme chez un scientifique décortiquant des phénomènes microscopiques.

— Merci, monseigneur. Voici les inspecteurs Paris et Jackson, chargés de l'enquête.

— Inspecteurs.

Ben accepta la main de l'homme d'Eglise, et fut presque surpris de constater qu'il était fait aussi de chair et de sang.

— Je vous en prie, installez-vous, dit-il en leur indiquant des chaises. J'ai ici le rapport du Dr Court.

Il contourna son bureau à grandes enjambées, un peu comme un joueur de golf en pleine action.

— Je l'ai lu ce matin, reprit-il. Et je le trouve à la fois intui-tif et troublant.

— Vous êtes d'accord avec le profil psychologique ?

— Oui, j'aurais tiré les mêmes conclusions à partir du rapport de police. L'aspect religieux est indéniable. Evidemment c'est un domaine sur lequel se cristallisent beaucoup de délires, surtout chez les sujets atteints de schizophrénie. Les crises s'accompagnent souvent d'hallucinations.

— Jeanne d'Arc entendait des voix, objecta Ben tout bas.

Logan sourit et croisa ses mains puissantes.

— Comme beaucoup de saints et de martyrs. N'importe quel individu entendrait des voix au bout de quarante jours de jeûne. D'aucuns diraient qu'ils ont été élus.

Dans le cas présent, il est évident que nous n'avons pas affaire à un saint mais à un déséquilibré.

— Pas de commentaire jusqu'à présent, murmura Ed, son bloc à la main.

Il se souvenait qu'après un jeûne de trois jours, il avait eu l'impression que sa vie spirituelle atteignait des sommets.

— En tant que médecin et prêtre, je considère l'acte de tuer à la fois comme un péché et comme une preuve de dérèglement mental. C'est de ce dernier que nous devons nous préoccuper afin d'empêcher le péché de se répéter.

Logan ouvrit le dossier de Tess et tapa du doigt dessus.

— Il semblerait que les délires mystiques de cet homme et les hallucinations dont on le suppose victime prennent naissance dans la religion catholique. Je souscris à votre opinion selon laquelle l'usage de l'amict est soit un coup porté à l'Eglise, soit un signe de dévotion.

Tess se pencha en avant.

— Pensez-vous qu'il est prêtre, ou qu'il l'a été ? Peut-être désire-t-il le devenir ?

— Il est fort probable qu'il a reçu une éducation religieuse, répondit-il en fronçant les sourcils. Dans la tenue d'un curé, il a choisi l'élément le plus rationnel : l'amict, qui se porte autour du cou, et qui est particulièrement adapté à son objectif.

— Et le blanc ?

— Cela symbolise l'absolution, le salut.

Machinalement il fit le geste séculaire de tendre les mains, paumes ouvertes.

Tess hocha la tête.

— Il délivrerait des pécheresses du poids de leur faute ? Il leur donnerait l'absolution ?

— Peut-être. On peut imaginer que ce péché dont il veut les laver est la conséquence de la mort ou de la perte spirituelle d'une femme qu'il continue à sauver.

— Il se prendrait donc pour le Christ ? Le Rédempteur ?

Parce que Logan était un homme lent et prudent, il s'adossa à son siège et se frotta l'oreille avant de répondre.

— Il ne se considère pas comme le Christ, du moins pas encore. Dans son esprit, il n'est encore qu'un ouvrier de Dieu et il sait qu'il est mortel. Aussi prend-il des précautions, se protège-t-il. Il sait que la société n'acceptera pas sa mission mais il suit des ordres supérieurs.

— Il entend des voix, acquiesça Ben, pragmatique, en allumant une cigarette.

— Des voix, des visions, pour un schizophrène, c'est souvent plus réel que la réalité. Un dédoublement de la personnalité, inspecteur, c'est une maladie, un dysfonctionnement biologique dont cet homme souffre peut-être depuis des années.

— Les meurtres ont commencé au mois d'août, observa Ben. Nous avons interrogé les Brigades criminelles de tout le pays. Il n'y a eu aucun meurtre de ce genre hors de Washington.

La routine du travail policier n'intéressait que modérément Logan.

— Avant cet été, il était peut-être dans une période de sursis. Un stress particulier a pu faire resurgir certains symptômes et le plonger dans la violence. En ce moment il est déchiré entre la réalité et les apparences. Il souffre et il prie.

— Et il tue, ajouta Ben sèchement.

— Je sais que vous n'êtes pas là pour compatir, dit Logan avec un geste apaisant. C'est mon domaine et celui du Dr Court, pas le vôtre. Mais nous voulons tous qu'il arrête de tuer, inspecteur Paris.

Ed interrompit un instant les notes qu'il prenait méthodiquement sur son bloc.

— Vous ne pensez pas qu'il se prend pour le Christ, intervint-il. Est-ce parce qu'il prend des précautions pour ne pas subir le même sort ? Le Christ est mort, lui.

— Excellente remarque.

Logan s'apprêta à prendre le ton persuasif qu'il aimait à utiliser face à un auditoire d'étudiants en théologie. Regardant chacun des inspecteurs, il venait de décréter intérieurement qu'ils formaient une bonne équipe.

— Je pense qu'il se considère comme un instrument, expliqua-t-il. Il subit le dogme plutôt qu'il n'y réfléchit. La religion, sa structure, ses limites, ses traditions sont pour lui plus importants que la théologie. Il tue parce qu'il est prêtre. Il donne l'absolution comme s'il était un mandataire de Dieu, pas comme le fils du Très-Haut. J'ai une piste intéressante qui vous a échappé, docteur Court.

Elle fut aussitôt tout ouïe.

— Oh ?

Il sourit devant cette manifestation d'orgueil professionnel.

— C'est assez naturel. Vous n'êtes pas catholique, n'est-ce pas ?

— Non, en effet.

— La thèse a également échappé aux policiers.

— Je suis méthodiste, déclara Ed sans cesser d'écrire.

— Mon but n'est pas d'entamer la conversation sur ce sujet.

Logan prit sa pipe et se mit à la bourrer. Ses doigts

étaient carrés et ses ongles coupés court. Quelques brins de tabac s'accrochèrent à son col roulé jaune.

— La date du premier meurtre, le 15 août, correspond à une fête religieuse.

— L'Assomption, murmura Ben sans réfléchir.

— Oui, acquiesça Logan, un sourire aux lèvres, en tassant son tabac.

Ben se souvint qu'il était bon élève au catéchisme.

— J'étais catholique dans le temps, expliqua-t-il.

— Comme beaucoup d'autres, dit Logan en allumant sa pipe.

Pas de sermon, pas de froncement de sourcils désapprobateur. Ben commença à se détendre.

— Je n'avais pas considéré les choses sous cet angle. Pensez-vous que les dates soient significatives ?

Logan ôta méticuleusement les brins de tabac de son pull-over.

— C'est possible.

Tess leva les mains.

— Je suis désolée, monseigneur, il va falloir vous expliquer.

— Le 15 août est le jour où la Sainte Vierge monte au ciel. La mère du Christ était une mortelle, mais elle a porté et enfanté notre Sauveur. Nous la vénérons comme la plus pure et la plus bénie de toutes les femmes.

— Pure…, répéta Tess.

— Le second meurtre a eu lieu à la date même où nous fêtons la naissance de Marie, poursuivit Logan.

— L'assassin choisirait donc les dates où l'Eglise lui rend hommage ? demanda Ed.

— Le troisième meurtre tombe le jour de Notre-Dame du Rosaire. J'ai rajouté un calendrier des fêtes religieuses à votre dossier, docteur Court. Il ne peut pas s'agir d'une coïncidence.

— Je suis d'accord avec vous.

Tess se leva et examina le calendrier sur lequel Logan avait encerclé de rouge les dates fatidiques. La lumière du crépuscule baissait de minute en minute, et Logan alluma une lampe qui projeta un halo sur le papier qu'elle tenait entre les mains.

— La prochaine fête tombe le 8 décembre, observa-t-elle.

— L'Immaculée Conception, précisa Logan en tirant une bouffée de sa pipe.

— Cela ferait huit semaines après le dernier meurtre, calcula Ed. Jusqu'à présent, il n'a pas tenu plus d'un mois.

— Nous ne pouvons pas être sûrs qu'il pourra se retenir aussi longtemps, murmura Tess. Il va peut-être modifier son schéma d'action, choisir une date importante à ses yeux.

— La naissance ou la mort d'un être qui lui est cher, renchérit Ben.

— Une femme, déclara Tess. Ce ne peut être qu'une femme.

— Je crois que la pression qu'il subit ne fait qu'augmenter, assura Logan. Le besoin de s'en libérer peut le pousser à agir plus tôt.

Tess glissa le calendrier dans sa serviette.

— Il doit souffrir physiquement, dit-elle. Migraines, nausées. Cela peut l'empêcher de mener une vie normale.

Logan croisa de nouveau ses mains.

— C'est exact. J'aurais voulu vous aider davantage. Mais c'est tout ce que je peux dire pour l'instant. Je serai ravi d'en rediscuter avec vous, docteur Court.

— Nous avons au moins un élément, marmonna Ben

en écrasant sa cigarette. Nous allons nous concentrer sur le 8 décembre.

En sortant dans la nuit froide, Ben déclara :

— Nous n'avons pas grand-chose à nous mettre sous la dent, mais c'est mieux que rien.

— J'ignorais que vous étiez catholique, dit Tess tandis que ses mains gelées s'attaquaient au boutonnage de son manteau. C'est peut-être un avantage.

— Je l'étais, rectifia Ben. En parlant de se mettre quelque chose sous la dent, avez-vous faim ?

— Je suis affamée.

— Bien, répondit-il en passant son bras sur les épaules de la jeune femme. Alors nous sommes majoritaires. Vous n'avez pas envie de vous nourrir de yaourt, d'algues et de pousses de bambou, n'est-ce pas ?

— Eh bien...

— Ben veut dévorer un hamburger plein de graisse, intervint Ed. Ce qu'il arrive à ingurgiter est révoltant.

— Et pourquoi pas un restaurant chinois ?

C'était le seul compromis qui lui vint à l'esprit tandis qu'elle montait en voiture.

— J'en connais un très bon près de mon bureau, ajouta-t-elle.

— Tu vois que c'est une fille bien ! s'écria Ed en bouclant sa ceinture.

Il attendit avec la patience du sage que Ben l'ait imité.

— Les Chinois ont du respect pour le système digestif, eux, ajouta-t-il.

— Facile, ils te remplissent l'estomac avec du riz.

Ben jeta un coup d'œil par-dessus son épaule et vit

que Tess, installée sur la banquette arrière, avait déjà ouvert son dossier.

— Doc, faites donc une pause.

— Je veux juste vérifier un ou deux points.

— On ne vous a jamais dit que c'était dangereux d'être une bête de travail.

Elle lui jeta un regard furtif et se replongea dans son dossier.

— Je vais peut-être me décider pour le yaourt, dit-elle.

— Pas Tanya Tucker ! s'exclama Ben d'un ton bourru en arrêtant la cassette dès la première mesure. Tu l'as déjà écoutée cet après-midi.

— J'aurais bien voulu.

— Espèce de dégénéré. Regarde, le magasin de spiritueux…

Ed ralentit.

— Ça m'a tout l'air d'un 5-0-9.

— De quoi ? demanda Tess.

— D'un cambriolage, expliqua rapidement Ben qui débouclait déjà sa ceinture. Au travail.

— Un vol ? Où ça ?

— Pourquoi n'y a-t-il aucune voiture pie dans le secteur ? marmonna Ben en allumant la radio. Je rêve d'un porc aigre-doux.

— Le porc, c'est du poison, déclara Ed.

Il détacha à son tour sa ceinture, tandis que son compagnon lançait dans l'émetteur :

— Ici, voiture 6-0. Nous avons un 5-0-9 en cours entre la 3e et Douglas. Avez-vous des unités dans le secteur ? Nous avons un civil avec nous. Ah, il sort. Le suspect se dirige vers le sud. Envoyez des renforts. Race blanche, un mètre soixante-quinze, quatre-vingts kilos. Jean et veste noire.

La radio crépita.

— Oui, nous le suivons, assura Ben.

Ed fit vrombir le moteur et prit le virage à toute allure. Sur la banquette arrière, Tess observait la scène, fascinée.

L'homme à la forte carrure était sorti du magasin et remontait la rue à pas furtifs. Dès qu'il aperçut la Mustang, il se mit à courir.

— Flûte, il nous a eus.

Ben sortit son gyrophare.

— Accrochez-vous, doc.

— Il prend l'allée, observa Ed.

Il fit une queue-de-poisson et arrêta la voiture. Avant que Tess ait pu ouvrir la bouche, les deux hommes avaient ouvert leurs portières respectives et piquaient un sprint.

— Restez dans la voiture, hurla Ben.

Elle obéit pendant dix secondes environ, puis elle se précipita à leur suite vers l'entrée de l'allée.

Ed était plus grand mais Ben le dépassait en vitesse. L'homme qu'ils pourchassaient mit la main dans la poche de sa veste. Elle distingua l'arme et se pétrifia juste au moment où Ben plongeait, attrapait le voleur par les genoux et l'envoyait voler dans une rangée de poubelles. Une détonation couvrit le cliquetis du métal. Elle était à mi-chemin de l'allée quand Ben remit l'homme sur ses pieds. L'odeur du sang se mêlait à celle des ordures en décomposition car les poubelles étaient peut-être régulièrement vidées mais pas lavées. L'homme ne se débattit pas, probablement parce qu'il avait aperçu l'arme que braquait Ed sur lui. Il cracha un jet de salive teintée de sang.

Ce n'était pas du tout comme à la télévision, songea Tess en observant le bandit au regard mauvais, prêt à abattre Ben à la première opportunité. Ce n'était pas comme dans un roman, ni comme dans les informations télévisées où l'on vous mitraillait le résumé des faits avec détachement. La vie était remplie d'allées nauséabondes et de crachats. Tess le savait à travers sa pratique et son métier mais c'était la première fois qu'elle se trouvait en situation, en chair et en os.

Elle prit une profonde inspiration, soulagée de ne ressentir aucune peur. Seulement de la curiosité mêlée à un brin de fascination.

En un éclair, Ben eut passé les menottes à l'homme.

— Vous devez être fou pour tirer sur un officier de police !

Ed rangea son arme.

— Tu as de la graisse sur ton pantalon, observa-t-il en suivant des yeux la traînée qui s'étalait sur le pantalon de Ben, du genou à la cheville.

— Zut. J'appartiens à la Criminelle, crétin, dit-il en s'adressant au prisonnier. Et je n'apprécie pas de salir mon pantalon à cause d'un pauvre type comme toi.

Dégoûté, il le passa à Ed.

— Je vous arrête. Vous avez le droit de garder le silence et... Tess, je vous avais dit de rester dans la voiture.

— Il avait une arme.

— Les méchants sont toujours armés.

Tout en la regardant enveloppée dans son manteau en cachemire bleu, il sentait la transpiration du voleur. Tess n'était pas à sa place dans ces odeurs de sueur, d'ordures et de sang. La tenue qu'elle portait eût été mieux adaptée à une soirée d'ambassade.

— Retournez à la voiture. Votre place n'est pas ici...

Tess l'ignora et observa le voleur. Il avait une grosse écorchure au front là où sa tête avait heurté le bitume.

Cela expliquait l'expression un peu ahurie du prisonnier. Elle diagnostiqua un léger traumatisme. Sa peau et ses yeux avaient une teinte jaune. Son visage luisait de sueur malgré le vent froid qui soulevait sa veste.

— On dirait qu'il a une hépatite, déclara-t-elle.

— Il aura tout le temps de se soigner.

Les sirènes déchirèrent la nuit et Ben regarda par-dessus l'épaule de la jeune femme.

— Voilà la cavalerie. Nos collègues en bleu se chargeront de lui lire ses droits.

Quand Ben prit le bras de Tess, celle-ci secoua la tête.

— Vous le pourchassiez alors qu'il était armé.

— Moi aussi, je le suis.

Il la poussa vers la voiture et montra son insigne au passage aux policiers en uniforme.

— Vous n'y êtes pas. Vous auriez pu vous faire tuer.

— C'est ainsi que les choses se passent. Les malfaiteurs commettent des délits, nous les pourchassons, et ils essayent de s'enfuir par n'importe quel moyen.

— Ce n'est pas un jeu.

— Mais si.

— Il aurait pu vous tuer et vous vous fâchez parce qu'il y a une tache sur votre pantalon.

A ce souvenir, Ben contempla les dégâts.

— C'est le département qui me remboursera. Les taches de graisse, ça ne part pas facilement.

— Vous êtes fou ?

— Est-ce un avis professionnel ?

Sans s'expliquer pourquoi, Tess eut envie de rire.

— Je travaille à me faire une opinion.

— Prenez votre temps.

Ben était toujours surexcité. En atteignant la voiture,

il constata que trois unités s'étaient déplacées pour une demi-portion atteinte d'hépatite. Peut-être étaient-ils tous fous, songea-t-il.

— Asseyez-vous pendant que je renseigne mes collègues.

— Votre bouche saigne.

Il s'essuya du revers de la manche.

— Oui, il me faudra peut-être un médecin.

Tess tendit un mouchoir en papier vers le visage de Ben et tamponna sa coupure.

— Peut-être, acquiesça-t-elle.

Derrière eux, le prisonnier se mit à jurer. Tout autour, des badauds s'étaient rassemblés.

6

Les jours suivants, Tess se plongea dans le travail, huit à dix heures par jour, parfois même douze ou quatorze. Elle repoussa son dîner hebdomadaire du vendredi avec son grand-père, ce qui ne lui arrivait généralement que lorsqu'un malade requérait des soins urgents.

La presse la harcelait, certains de ses associés aussi — Franck Fuller par exemple. Sa collaboration avec la police lui conférait une sorte d'aura qui attirait Franck dans les alentours de son bureau vers 17 heures. Tess prit l'habitude de s'attarder jusqu'à 18 heures.

Elle n'avait aucune nouvelle information, seulement un sombre pressentiment. Il ne se passerait pas longtemps avant qu'il n'y ait une prochaine victime. Plus elle cernait la personnalité du tueur, plus elle en était sûre.

Mais c'était Joey Higgins le principal responsable de son insomnie. Un samedi matin, alors que, de sa fenêtre, les rues semblaient encore sombres et désertes, Tess se frotta les yeux avec lassitude, en songeant encore à l'adolescent. Elle posa ses lunettes sur la table basse et s'adossa à son fauteuil.

Pourquoi ne parvenait-elle pas à l'atteindre ? Pourquoi n'arrivait-elle pas à faire une brèche dans son armure ? La séance qu'elle avait organisée avec lui, sa mère et son beau-père s'était révélée un désastre. Il n'y avait eu ni éclats, ni cris, ni accusations. Elle aurait préféré ça à l'absence totale d'émotion qu'il avait manifestée.

Le garçon était resté assis, répondant par monosyllabes. Son père n'avait pas téléphoné. Mais cependant que les yeux de la mère témoignaient de sa colère, ceux du fils ne reflétaient qu'une sombre attente. Joey continuait à croire dur comme fer qu'il passerait le week-end de Thanksgiving avec son père.

Il allait être déçu. Tess pressa de ses doigts ses yeux fatigués jusqu'à ce que la sensation de brûlure s'estompe. Ce pourrait bien être une déception de trop.

Joey Higgins était le candidat idéal pour la boisson, la drogue et même l'autodestruction radicale. Les Monroe refusaient d'envisager la gravité de son état et, dans leur optimisme, ils n'autoriseraient pas Tess à aller plus loin. A la mention d'une hospitalisation, ils s'étaient rebiffés. Pourtant, Joey avait besoin de temps, d'un encadrement continu ; il avait besoin... d'aide, songea Tess. Désespérément. Les séances hebdomadaires n'étaient pas suffisantes.

Le beau-père serait peut-être plus facile à raisonner. Elle avait une chance de lui faire comprendre que Joey avait besoin d'être protégé de lui-même. Elle décida de faire venir Monroe à son cabinet et de l'entretenir seule à seul.

Pour l'instant cependant, elle ne pouvait rien faire. Elle se pencha pour fermer son meuble de rangement et jeta machinalement un coup d'œil par la fenêtre. Une silhouette solitaire attira son attention. Cette partie de Georgetown, avec ses maisons en grès brun et ses parterres de fleurs le long des trottoirs, n'était pas un quartier pour les clochards ou les SDF. Mais l'homme avait l'air d'être là depuis longtemps. **Dans le froid. Seul. Et il fixait…** sa fenêtre. **Tess se recula instinctivement.**

C'était ridicule mais elle éteignit sa lampe de bureau. Il n'y avait aucune raison pour penser que quelqu'un s'arrêtait au coin de la rue pour s'intéresser à sa fenêtre. Néanmoins, elle plongea tout son appartement dans l'obscurité et retourna se poster près de la fenêtre en écartant légèrement le rideau.

Il était là. Il ne bougeait pas. Il regardait simplement. Elle frissonna, avec la sensation absurde que c'était elle qu'il observait, bien qu'elle se trouvât trois étages plus haut dans une pièce sombre.

Etait-ce l'un de ses patients ? Si oui, comment avait-il eu son adresse ? Par prudence, elle ne divulguait jamais ses coordonnées personnelles. Un journaliste alors ? L'idée la raséréna un peu. C'était probablement un reporter à l'affût d'une nouvelle piste. A 2 heures du matin ? Pourquoi pas. Elle laissa retomber le rideau.

Ce n'était rien, tenta-t-elle de se rassurer. Et puis cet homme ne l'espionnait pas. Après tout il faisait noir et elle était fatiguée. Il attendait peut-être une voiture ou…

Non, pas dans ce voisinage. Elle fut tentée de tirer de nouveau le rideau mais n'osa pas.

Il allait encore frapper. N'était-ce pas cela qui la hantait ? l'effrayait ? Il souffrait, il était sous pression, se croyait investi d'une mission. Des blondes, de taille moyenne et approchant la trentaine.

Elle porta la main à sa gorge.

Arrête.

Elle effleura l'extrémité du rideau. Ce n'était qu'une petite crise passagère de paranoïa. Personne n'était à ses trousses hormis un psychanalyste lubrique et quelques journalistes en manque de gros titres. Elle n'était pas dehors dans la rue, mais en sécurité dans son appartement.

Elle était fatiguée, à bout de forces et imaginait des choses. Il était temps d'arrêter de travailler, de se servir un grand verre de vin blanc, de mettre de la musique et de plonger dans un bain moussant.

Mais sa main trembla un peu quand elle écarta le rideau.

La rue était vide.

En le laissant retomber, Tess se demanda pourquoi cela ne la réconfortait pas.

Elle l'avait regardé. Il en avait eu la certitude, à l'instant où elle avait posé les yeux sur lui. Qu'avait-elle vu ? Son propre salut ?

Il traînait depuis quelque temps une migraine qui ne faisait qu'empirer. Ce fut presque en sanglotant qu'il entra dans son appartement. Le couloir était plongé dans l'obscurité. Personne ne le voyait aller et venir. Il était sûr qu'elle n'avait pu distinguer ses traits. Il faisait nuit et il était trop loin. Mais avait-elle remarqué sa souffrance ?

Pourquoi était-il allé là-bas ? Il ôta son manteau et le laissa tomber en boule. Demain il l'accrocherait et rangerait le reste de l'appartement comme il en avait l'habitude mais, ce soir, la douleur l'empêchait de penser.

Dieu mettait les vertueux à l'épreuve.

Il trouva un flacon d'Excedrine et en mâcha deux comprimés, dont il se réjouit de sentir le goût sec et amer. Tous les soirs, la nausée lui tordait l'estomac et maintenant cela lui arrivait aussi dans la journée. Il devait avaler des pilules pour pouvoir faire bonne figure.

Pourquoi était-il allé là-bas ?

Peut-être qu'il perdait la tête ? Peut-être que toute cette histoire était de la folie. Il étendit sa main et la regarda trembler. S'il ne se contrôlait pas mieux, tout le monde serait au courant. Dans la hotte en aluminium qu'il gardait immaculée comme on le lui avait appris, il vit son reflet déformé. Son faux col de curé était blanc sous son visage hagard. Quiconque le verrait dans cet état comprendrait immédiatement. Ce serait peut-être mieux. Il pourrait enfin se reposer, se reposer et oublier.

La douleur revint s'insinuer dans sa tête, à la base du crâne.

Non, il ne pouvait pas se reposer, il ne pouvait pas oublier. Laura comptait sur lui pour qu'il achève sa mission. Alors seulement elle trouverait la lumière. Ne l'avait-elle pas supplié d'implorer le pardon de Dieu ?

Le jugement avait été rapide et dur pour Lola. Il avait maudit Dieu, perdu même sa foi, mais il n'avait pas oublié. Maintenant, plusieurs années plus tard, la Voix s'était fait entendre et lui avait indiqué le chemin du salut. Laura devait mourir encore et encore dans une autre pécheresse, mais cette fois elle recevrait l'absolution. Ce serait bientôt fini.

Il se rendit dans la chambre et alluma les cierges. Les flammes vacillantes éclairèrent le portrait encadré de la morte et les photos de celles qu'il avait tuées. Près d'un chapelet noir, une autre photo avait été soigneusement découpée dans un journal : celle du Dr Teresa Court.

Il pria en latin comme on le lui avait enseigné.

Ben lui avait apporté une grosse sucette striée de rouge et de jaune. Debout sur le pas de la porte, Tess lâcha la poignée pour prendre la friandise. Elle l'étudia avec attention, puis secoua la tête.

— Vous savez comment surprendre une femme, inspecteur. La plupart des hommes offriraient des chocolats, ajouta-t-elle en s'effaçant pour le laisser passer.

— Trop banal, et puis vous devez être habituée aux chocolats suisses et je...

Il s'interrompit, conscient de parler pour ne rien dire tandis que Tess le regardait en souriant par-dessus le bonbon rond.

— Vous êtes différente aujourd'hui, dit-il.
— Comment cela ?
— Vos cheveux ne sont pas attachés et vous ne portez pas de tailleur.

Tess baissa les yeux vers son pantalon de lainage et son pull-over ample.

— Je ne mets pas de tailleur pour aller voir des films d'horreur.
— Vous ne ressemblez pas à une psychiatre.
— Si, mais pas à votre conception du psychiatre.

Il effleura ses cheveux dans un geste à la fois amical et prudent qui ne déplut pas à la jeune femme.

— Vous n'avez jamais ressemblé à l'image que je m'en fais.

Pour se donner le temps de rassembler ses esprits, elle posa la sucette à côté d'une assiette en porcelaine de Saxe et alla prendre sa veste dans le placard.

— Et quelle image en avez-vous ?
— Je vois quelqu'un de maigre, de pâle et de chauve.
— Ah, d'accord !

La veste en daim semblait douce comme du velours. Il la lui tint pendant qu'elle en enfilait les manches.

— Votre odeur n'est pas non plus celle d'un psychiatre, dit-il.

Elle sourit en le regardant par-dessus son épaule.

— Et que sentent-ils, si je puis me permettre ?

— La menthe, l'after-shave English Leather.
Elle pivota vers lui.
— Voilà qui est très précis.
— Oui. Oh, vos cheveux sont coincés.

Il glissa sa main sous le col de la veste de peau et libéra sa chevelure. Puis, sans réfléchir, il fit un pas vers elle et Tess se retrouva adossée au placard. Elle leva son visage vers lui, avec une expression circonspecte qu'il lui avait déjà vue. Elle était peu maquillée et le vernis sophistiqué qui faisait partie de son personnage avait fait place à une langueur chaleureuse, dangereuse pour un homme intelligent. Il savait ce qu'il souhaitait et le désir qui le parcourait n'aurait pas été désagréable s'il n'avait été aussi violent. Ce n'était pas bon de vouloir trop et trop vite. Il ne fallait pas précipiter les événements.

Sa bouche frôlait presque la sienne, sa main était toujours dans ses cheveux.

— Vous aimez le beurre sur le pop-corn ?

Tess ne sut si elle devait rire ou grogner. Elle ne fit ni l'un ni l'autre et décréta qu'elle était parfaitement détendue.

— J'adore ça.
— Parfait, je n'aurai donc pas besoin de demander deux cornets différents. Il fait froid dehors, ajouta-t-il en s'éloignant. Vous devriez mettre des gants.

Avant d'ouvrir la porte, il sortit sa paire de gants en cuir éraflé.

— J'avais oublié combien ces films étaient terrifiants, commenta Tess.

Il faisait nuit quand Tess s'apprêta à monter dans la voiture de Ben, repue de pizza et de vin rouge ordinaire. L'air glacial lui cingla les joues. C'était la première morsure de l'hiver. Mais malgré le froid, les habitants de Washington n'étaient pas calfeutrés chez eux. A en juger par le trafic, la fête du samedi soir battait son plein, drainant toutes sortes de gens vers les clubs, les soirées et les restaurants.

— J'ai toujours apprécié la façon dont les flics attrapaient la fille dans *L'Homme au masque de cire*.

— Tout ce dont Vincent Price avait besoin, c'était d'un bon analyste.

— Sûr, et si ç'avait été vous l'analyste, il vous aurait trempée dans sa cuve, vous aurait enveloppée de cire et vous aurait transformée en... Hélène de Troie, conclut-il après l'avoir observée un instant.

— Pas mal, répondit-elle en pinçant les lèvres. Certains psychiatres diraient que le choix de l'image prouve un penchant inconscient pour la mythologie, et particulièrement pour le rapt de Pâris.

— En tant que policier, je ne considère pas le kidnapping sous un angle romantique.

— C'est dommage.

Elle ferma à demi les paupières, et s'enfonça dans son siège sans même s'étonner de la facilité avec laquelle elle se relaxait en compagnie de Ben. Le chauffage bourdonnait, en accord avec la musique mélancolique qui s'échappait de la radio. Les paroles de la chanson lui revinrent et elle les fredonna dans sa tête.

— Fatiguée ?

— Non, détendue.

En prononçant ces mots, elle se redressa.

— Je ferai probablement quelques cauchemars, poursuivit-elle. Mais les films d'horreur sont un merveilleux exutoire pour les vraies tensions. Je suis sûre que dans la salle, personne ne pensait à sa prochaine prime d'assurance ou aux pluies acides.

Ben émit un petit rire tandis qu'il sortait la voiture du parking.

— Pour certains, c'est carrément une distraction. A mon avis, vous ne pensiez pas à vos théories sur l'exutoire quand vos ongles se sont enfoncés dans mon bras au moment où l'héroïne courait dans le brouillard.

— C'était votre autre voisine.

— J'étais assis au bord de l'allée.

— Eh bien, elle avait le bras long. Oh, vous venez de manquer la bifurcation pour aller chez moi.

— Vous avez dit que vous n'étiez pas fatiguée.

— Je ne le suis pas.

Jamais elle ne s'était sentie aussi bien, aussi éveillée. La chanson qui s'insinuait dans son esprit parlait d'idylle prometteuse et de délicieuse peine de cœur. Elle avait toujours songé que la première allait avec la deuxième.

— Où m'emmenez-vous ?

— Dans un petit club où on passe de la bonne musique et où les boissons ne sont pas coupées.

Elle passa le bout de sa langue sur ses lèvres.

— C'est tentant.

Elle était d'humeur à écouter du blues, avec la sourde plainte d'un saxophone.

— Je suppose que vos sorties sont dictées par une curiosité toute professionnelle, hasarda-t-elle. Il faut bien connaître ses collaborateurs, non ?

— Ou du moins détenir les connaissances de base, répondit-il en enfonçant l'allume-cigares. Vous n'êtes pas du genre à traîner dans les bars.

Elle se tourna vers lui avec intérêt. Son profil était dans l'ombre, éclairé de temps en temps par les réverbères. C'était curieux comme à certains moments il pouvait donner une impression de solidité, de sécurité, le type d'homme à qui une femme irait demander secours le soir dans la rue. Puis la lumière l'éclairait différemment, accusant les angles de son visage, et, alors, il paraissait dangereux. Tess écarta aussitôt cette pensée de son esprit. Elle avait pour règle de ne pas analyser les hommes avec qui elle sortait. Trop souvent on apprenait sur eux plus qu'on ne le souhaitait.

— Faut-il pour cela un genre particulier ?
— Oui, et vous ne l'avez pas. Votre style, ce serait plutôt les bars des grands hôtels, les cocktails au champagne au Mayflower ou au Washington.
— Qui se livre à une analyse psychologique, inspecteur ?
— Dans mon métier, il faut savoir repérer la catégorie à laquelle appartiennent les gens.

Il ralentit et se faufila entre un triporteur et une Chevrolet avec un hayon arrière. Avant de couper le contact, il se demanda s'il ne commettait pas une erreur.

— Où sommes-nous ?

Il garda les clés dans sa main.

— C'est là que j'habite.

Elle regarda par la vitre l'immeuble en brique rouge dont les quatre étages étaient coiffés d'auvents verts.

— Oh !
— Je n'ai pas de champagne.

C'était à elle que revenait la décision. Elle le connaissait suffisamment pour le comprendre, mais elle ignorait presque tout le reste. La voiture était calme et chaude. Elle s'y sentait en sécurité. Là-bas, chez Ben, elle ignorait ce qui l'attendait. Et elle prenait rarement des risques... Mais peut-être était-il temps de changer.

— Vous avez du whisky ?

Elle le vit sourire.

— Oui.

— Alors ça ira.

L'air froid la cingla dès qu'elle fut descendue. L'hiver serait en avance sur le calendrier. Puis elle frissonna, se remémorant un autre calendrier, avec la Madone et l'enfant Jésus sur la couverture. Une pointe de panique la fit regarder des deux côtés de la rue. Un bloc plus loin, un camion laissa échapper un nuage de gaz carbonique.

— Venez, dit Ben, il fait froid.

Il était debout dans le halo d'un réverbère qui découpait son visage.

— Oui.

Elle tressaillit de nouveau quand il passa son bras sur ses épaules.

Il la fit entrer dans le hall. Il y avait une douzaine de boîtes aux lettres accrochées au mur. La moquette vert pâle était propre mais usée jusqu'à la corde. Mais ni bureau, ni portier, seulement une volée de marches.

— C'est calme, observa-t-elle en montant jusqu'au deuxième étage.

— Oui, ici chacun se mêle de ses affaires.

Il y avait une légère odeur de cuisine sur le palier. Le plafonnier vacillait légèrement.

Son appartement était mieux rangé qu'elle ne s'y attendait. Non seulement elle avait un préjugé sur les célibataires, mais elle aurait cru Ben trop décontracté pour se donner la peine d'enlever la poussière ou de ranger les vieux journaux. Mais elle s'était trompée. La pièce était propre, nette, et à ce point de vue reflétait son occupant.

Le canapé, un Dagwood, bas et plus tout jeune, constituait l'élément principal du mobilier. De gros coussins invitaient à la détente et à la sieste. Au mur non pas des peintures originales, mais des affiches : le french cancan vu par Toulouse-Lautrec, une autre reproduction qui montrait une jambe de femme émergeant d'une chaussure à talon aiguille, et dont la cuisse s'ornait de dentelle blanche. Il y avait un dieffenbachia qui poussait dans un pot de margarine en plastique. Et des livres. Ceux-ci occupaient presque tout un pan de mur. Ravie, Tess sortit un exemplaire usagé de *A l'est d'Eden*. Les mains de Ben se posèrent sur ses épaules tandis qu'elle l'ouvrait à la première page.

Elle déchiffra la dédicace à l'écriture pointue et féminine :

— A Ben, bisous, bisous. Bambi.

Tess fit imperceptiblement la moue.

— Bambi ? Qui est Bambi ?

— C'est un livre de seconde main. Vous n'imaginez pas tout ce qu'on peut trouver dans une librairie qui vend des ouvrages d'occasion, dit-il en l'aidant à se débarrasser de sa veste.

— Vous y avez trouvé le livre ou Bambi ?

— Aucune importance.

Il lui reprit le livre des mains et le remit à sa place sur l'étagère.

— Savez-vous qu'on peut se faire une image mentale des gens simplement par leurs prénoms ?

— Oui. Vous prenez votre whisky sec, n'est-ce pas ?

— Oui.

Une boule de fourrure grise sauta sur un coussin rouge.

Amusée, Tess s'approcha pour la caresser.

— Comment s'appelle-t-il ?

— Elle. Elle l'a prouvé en accouchant d'une portée de chatons dans la baignoire l'année dernière.

La chatte roula sur le dos pour que Tess puisse lui gratter le ventre.

— Je l'ai appelée D.C.
— Comme dans Washington, D.C. ?
— Non, c'est pour Désolant Chat.
— C'est un miracle qu'elle n'ait pas de complexe.

En passant ses doigts sur le petit ventre rebondi, Tess se demanda si elle devait le prévenir que D.C. serait de nouveau maman avant un mois.

— Elle se cogne contre les murs. Exprès.
— Je peux vous recommander un excellent psychiatre pour animaux.

Il rit, bien qu'il ne sût pas si elle plaisantait ou non.

— Je vais nous chercher à boire.

Pendant qu'il se rendait dans la cuisine, elle s'approcha de la fenêtre. Les rues n'étaient pas aussi calmes que dans son quartier. La circulation ne s'arrêtait jamais. Finalement, Ben ne s'éloignait pas de son champ d'action, songea-t-elle. Elle n'avait aucune idée de l'endroit où elle se trouvait, n'ayant pas regardé la direction qu'il avait prise. Au lieu de la mettre mal à l'aise, cela lui donnait un sentiment de liberté.

— Je vous ai promis de la musique.

Elle se retourna et le regarda. Son pull-over brun et son jean délavé lui allaient bien. Elle s'était dit une fois qu'il semblait bien dans sa peau, et en avait déduit qu'il se connaissait bien. A présent, inutile de le nier, c'était elle qui avait envie de le connaître.

— C'est exact, répondit-elle.

Il lui tendit son verre, un peu troublé. Comme elle était différente des autres femmes qu'il avait amenées ici ! Son élégance tranquille forçait un homme à réprimer ses pulsions charnelles. Des rapports physiques ne lui suffiraient pas. Mais était-il prêt à une relation plus approfondie ? se demanda-t-il en fouillant dans sa discothèque.

Il posa un disque sur la platine et Tess reconnut aussitôt les cuivres chauds d'un groupe de jazz qu'elle appréciait.

— Leon Redbone, déclara-t-elle.

Il secoua la tête.

— Vous me surprendrez toujours.

— Mon grand-père était l'un de leurs plus fervents admirateurs.

Tout en buvant à petites gorgées, elle alla prendre la pochette de l'album.

— Vous avez beaucoup de choses en commun tous les deux.

Ben rit et avala un peu de vodka.

— Le sénateur et moi ? Vous plaisantez !

— Non, je suis sérieuse. Vous devriez le rencontrer.

Rencontrer la famille d'une femme était synonyme d'alliance et de fleurs d'oranger. Il avait toujours évité de tels engagements.

— Pourquoi ne...

Le téléphone sonna et il jura.

— Je m'abstiendrais bien de répondre, mais je suis en service.

— Vous n'avez pas besoin d'expliquer ça à un médecin.

Il décrocha le combiné posé près du canapé.

— Oui, Paris. Ah, bonsoir.

Il ne fallait pas être un psychologue averti pour deviner que c'était une femme qui parlait à l'autre bout du fil. Tess sourit et retourna à la fenêtre.

— Non, j'ai été retenu. Ecoute, mon chou...

A peine eut-il laissé échapper le mot qu'il fit une grimace. Tess avait toujours le dos tourné.

— Je suis sur une affaire. Non, je ne t'ai pas oubliée...

Je ne t'ai pas oubliée. Je te rappellerai quand ce sera fini... Oh, cela peut prendre des semaines, des mois... Oui, à plus tard.

Il raccrocha, s'éclaircit la gorge et reprit son verre.

— Faux numéro, dit-il.

Tess se retourna, s'appuya sur le rebord de la fenêtre et éclata de rire.

— Vraiment ?
— Cela vous a amusée, n'est-ce pas ?
— Enormément.
— Si j'avais su, je l'aurais invitée à monter.
— Ah, l'ego masculin !

Un bras croisé sous la poitrine, elle leva l'autre pour boire une petite gorgée. Elle riait encore lorsqu'il s'approcha et la débarrassa de son verre, de nouveau conquis par son expression chaleureuse, accueillante. En même temps, il éprouvait une attirance dangereuse, irrésistible.

— Je suis content que vous soyez là.
— Moi aussi.
— Vous savez, doc...

De bout des doigts, il joua avec ses cheveux blonds. C'était un geste amical mais moins prudent que la première fois.

— Il y a une chose que nous n'avons pas encore faite.

Bien qu'elle ne bougeât pas, il la sentit se replier. Il continua à lui caresser les cheveux tout en l'attirant contre lui. Son souffle effleura les lèvres de la jeune femme.

— Danser, murmura-t-il en appuyant sa joue contre la sienne.

Elle laissa échapper un soupir, de soulagement peut-être... En tout cas, elle se détendit.

— Vous avez une particularité.

— Laquelle ?
— Vous êtes agréable à tenir.

Les lèvres de Ben se posèrent sur son oreille tandis qu'ils oscillaient en rythme, en bougeant à peine.

— Très agréable, murmura-t-il.
— Ben...
— Relaxez-vous. J'ai remarqué que cela ne vous arrivait pas assez souvent.

Sa main décrivit de lents mouvements dans le dos de Tess. Son corps viril se pressait contre le sien, sa bouche était tiède contre sa tempe.

— Ce n'est pas facile, admit-elle.
— Tant mieux.

Il aimait l'odeur naturelle de ses cheveux qui ne sentaient ni les shampooings parfumés, ni le gel, ni la laque. Serré contre elle, il devina qu'elle ne portait rien sous son pull-over. Et cette seule pensée fit monter une bouffée de chaleur dans son corps.

— Vous savez, doc, j'ai mal dormi.

Les yeux de Tess étaient mi-clos mais elle ne paraissait guère prête à se délasser.

— Cette affaire vous préoccupe, n'est-ce pas ?
— Oui, mais il n'y a pas que ça.
— Quoi donc ?
— Vous.

Il s'écarta légèrement et, de sa bouche, lui taquina les lèvres.

— Je n'arrête pas de penser à vous. Je crois que j'ai un problème.
— Mon emploi du temps est très... chargé, bredouilla-t-elle.

Comme il en avait eu envie depuis le début de la soirée, il glissa sa main sous le pull-over et caressa la peau tiède de Tess.

— Je veux des séances particulières. Nous pourrions commencer ce soir.

Ses doigts calleux remontèrent le long du dos de la jeune femme.

— Je ne crois pas que…

Le baiser de Ben la réduisit au silence. C'était un baiser tendre et sensuel qui la surprit et accéléra les battements de son cœur. L'hésitation de Tess ne fit qu'augmenter le désir de son compagnon. Pour Ben, elle représentait un défi depuis le début et peut-être une erreur. Mais il avait dépassé le stade de s'en soucier.

— Restez avec moi, Tess.

Elle se libéra afin de mettre de la distance entre eux et de reprendre le contrôle de ses actes.

— Ben, il ne faut rien précipiter.

— J'ai envie de vous depuis le début.

Il n'avait pas l'habitude d'avouer son désir, mais la situation était exceptionnelle.

Elle se passa la main dans les cheveux, en se remémorant la dédicace du livre, le coup de téléphone.

— Je ne prends pas le sexe à la légère.

— Je ne *vous* prends pas à la légère. J'ai peut-être tort, mais je n'y peux rien.

Il la regarda. Elle était si fragile, si délicate, si élégante. Ce ne pouvait être l'affaire d'une nuit, une affaire qu'on a vite fait de classer le matin.

— Et puis, cela m'est égal, Tess.

Déterminé mais peu sûr de lui, il s'approcha et encadra le fin visage de ses paumes.

— Je ne veux pas passer une autre nuit sans vous. Restez, demanda-t-il en se penchant pour l'embrasser.

Puis il s'éloigna pour allumer des bougies dans la chambre. La musique s'était arrêtée et le silence était si profond que Tess avait l'impression d'entendre un écho. Cela ne lui servait à rien de se sermonner et de se répéter qu'elle était adulte et libre de ses choix. Ses nerfs étaient à fleur de peau et cela exacerbait son désir. Ben s'avança vers elle et l'attira dans ses bras.

— Vous tremblez.

— J'ai l'impression d'être une lycéenne.

— Ça aide, dit-il en enfouissant son visage dans la longue chevelure de Tess. Moi, je suis terrorisé.

— Vraiment ?

Elle sourit et lui prit doucement le visage de ses deux mains pour l'écarter.

— Oui, je me sens comme un adolescent sur la banquette arrière de la Chevrolet de papa qui va dégrafer un soutien-gorge pour la première fois de sa vie.

Il la prit un instant par les poignets pour refréner son envie de la toucher.

— Je n'ai jamais connu quelqu'un comme vous, ajouta-t-il. J'ai peur de faire une bêtise.

Rien n'aurait pu la rassurer comme cette phrase. Elle attira son visage contre le sien et leurs lèvres se frôlèrent un instant avec réserve avant de tenter d'assouvir leur faim, encore et encore.

— Fais-moi l'amour, Ben. J'en ai toujours eu envie.

Il ne la quitta pas des yeux tandis qu'il lui ôtait son gros pull-over. Ses cheveux couvrirent ses épaules nues. Le clair de lune et la lueur des bougies ondulaient sur sa peau. Il y ajouta ses propres ombres.

A ce stade-là de l'amour, Tess n'était jamais très sûre d'elle. Elle lui enleva son pull timidement, découvrit son torse ferme et musclé. Il avait une médaille de saint Christophe autour du cou. Tess passa son doigt dessus et sourit.

— C'est mon porte-bonheur, expliqua-t-il.

Elle ne dit rien mais pressa les lèvres sur ses larges épaules.

— Tu as une cicatrice ici, observa-t-elle.

— C'est ancien.

Il défit la fermeture Eclair de son pantalon, tandis que le pouce de Tess parcourait sa blessure.

— Une trace de balle, remarqua-t-elle, horrifiée.

— C'est vieux, répéta-t-il en l'attirant sur le lit et en s'allongeant sur elle.

La chevelure de Tess se répandit sur le couvre-lit foncé, cependant que ses lèvres entrouvertes et ses paupières lourdes trahissaient son désir.

— Je ne peux pas te dire combien de fois j'ai rêvé que tu sois là, murmura-t-il.

Elle dessina les contours de son menton qu'ombrait une barbe naissante. Une veine palpitait à son cou. Elle la toucha. La peau était douce.

— Alors montre-le-moi.

Quand il sourit, elle s'aperçut qu'elle était détendue et prête.

Il avait peut-être plus d'expérience qu'elle mais leur désir s'égalait. La jeune femme avait réprimé le sien, et maintenant qu'elle le libérait, il était intense et violent. Ils roulèrent sur le lit, nus et moites, oubliant les rites habituels et civilisés.

Le dessus-de-lit s'entortilla autour d'eux. Il grogna et l'allongea sur lui. Elle avait de petits seins pâles, qu'il prit dans ses paumes, lui arrachant un murmure de plaisir. Elle ferma les yeux. Puis elle l'attira contre lui et sa bouche le dévora avec fièvre.

Il avait eu l'intention de la traiter avec prévenance et douceur, mais il s'abandonna à son élan quand elle l'enveloppa de ses bras et de ses jambes. Ce n'était plus l'élégante et froide Dr Court qu'il tenait dans ses bras, mais une femme aussi passionnée et exigeante qu'on pouvait le souhaiter. Sa peau douce et fine était humide de désir. Il la parcourut des lèvres, assoiffé.

Elle s'arquait contre lui, laissant ses envies et ses fantasmes se déchaîner. Seul comptait l'instant présent. Seul Ben était vrai, réel, important. Le reste était lointain, distant. Le monde extérieur pouvait attendre.

Les bougies vacillèrent, coulèrent, puis s'éteignirent.

Quelques heures plus tard, Ben se réveilla. Il avait froid. Le couvre-lit était roulé en boule à ses pieds. Tess, elle, était couchée en chien de fusil, contre lui ; ses cheveux lui cachaient son visage. Il se leva et remonta les couvertures sur elle. Un silence absolu régnait dans la pièce sombre. Même la lune était partie. Il resta un moment à regarder dormir la jeune femme. Le chat entra à pas feutrés tandis que Ben sortait doucement de la chambre.

7

Les médecins et les policiers. Ces deux professions ne connaissaient pas les horaires. Ben et Tess savaient l'un et l'autre qu'ils avaient choisi des activités si prenantes qu'on risquait d'y laisser sa santé, son mariage, et même son équilibre nerveux. Il fallait être constamment à pied d'œuvre, prêt à toutes les urgences, même quand elles empiétaient sur la vie privée. Tel était en gros le tribut exigé par leur travail.

Quand le téléphone sonna, Tess étendit machinalement la main et rencontra un bougeoir. De l'autre côté du lit, Ben jura en renversant un cendrier, puis il décrocha.

— Oui, Paris à l'appareil.

Il se passa la main sur la figure comme pour chasser les traces de sommeil.

— Où ?

La nouvelle parut le réveiller complètement et il alluma la lampe. La chatte se roula sur l'estomac de Tess en émettant un feulement de protestation, puis quitta son perchoir quand la jeune femme se dressa sur ses coudes.

— Retenez-le. J'arrive.

Ben raccrocha et contempla la pellicule de givre sur la fenêtre.

— Il n'a pas attendu, n'est-ce pas ? demanda Tess.

La lumière éclairait violemment ses traits quand il se tourna vers elle. Elle frissonna involontairement. Les yeux de Ben n'exprimaient aucune fatigue, aucun regret. Ils étaient durs.

— Non, il n'a pas attendu.

— Ils l'ont arrêté ?

— Non, mais cette fois, nous avons un témoin.

Il attrapa son jean.

— J'ignore quand j'en aurai fini. Tu peux rester ici et dormir encore un peu. Je te préviendrai quand... Qu'est-ce que tu fais ?

Assise au bord du lit, elle enfilait son pull-over.

— Je t'accompagne.

— Pas question.

Il enfila son pantalon et le laissa défait le temps de prendre un gros sweat-shirt dans son tiroir.

— Tu ne peux rien faire sur le lieu d'un crime à part nous déranger.

Dans le miroir accroché au-dessus de la commode, il vit la jeune femme se redresser tout à fait.

— Pour l'amour du ciel, Tess, il est à peine 5 heures du matin. Recouche-toi.

— Ben, c'est aussi mon enquête.

Il se retourna. Elle n'avait sur elle que son pull qui lui arrivait au ras des fesses. Il se rappela comme sa peau était douce et moelleuse. Elle tenait son pantalon à la main, les cheveux tout ébouriffés, mais c'était la psychiatre qu'il avait en face de lui et non la femme. Quelque chose en lui se figea.

Après avoir boutonné son pantalon, il se dirigea vers le placard où était rangé son holster.

— Il s'agit d'un homicide. Ce n'est pas aussi agréable à regarder qu'un corps embaumé dans un cercueil.

— Je suis médecin.
— Oui, je sais.
Il vérifia son arme et mit son holster à l'épaule.
— Ben, il est possible que je remarque un détail qui me livrerait une clé sur la personnalité du tueur.
— Au diable sa personnalité !

Elle ne dit rien, lissa un instant son pantalon avant de l'enfiler.
— Je comprends ce que tu ressens. Je suis désolée.
— Ah, oui ?

Il s'assit pour lacer ses chaussures mais continua à la regarder.
— Tu crois savoir ce que je ressens ? Je vais te le dire précisément. Une femme est morte à quelques kilomètres d'ici. Quelqu'un lui a passé un foulard autour du cou et a serré jusqu'à ce qu'elle ne puisse plus respirer. Elle aurait voulu se débattre, tirer sur le foulard, crier, mais non, elle n'a pas pu. Alors elle est morte. Et elle n'est pas encore un nom sur une liste. Pour un petit laps de temps, elle est un être humain, dont je vais de ce pas constater le décès.

Tess aurait aimé le réconforter mais savait qu'il ne l'accepterait pas. Aussi attacha-t-elle sa ceinture en demandant d'une voix neutre :
— Tu crois que cela me laisse indifférente ?
— Je ne suis pas sûr que tu puisses comprendre.

Ils se dévisagèrent un instant. Dans leurs regards se lisaient leur dévotion à leurs professions respectives, mais aussi leurs frustrations, leurs différences d'origines et de convictions. Ce fut Tess qui se fit d'abord une raison.
— Si je ne t'accompagne pas, j'appelle le maire et je serai sur tes talons. Tôt ou tard, tu devras travailler avec moi.

Il venait de passer la nuit avec elle, lui avait fait l'amour trois fois. Il l'avait sentie frémir de passion dans ses bras. Et voilà qu'ils se retrouvaient à discuter homicides et politique. La féminité, la douceur, la timidité étaient toujours là, mais recouvertes par une couche de dureté, une maîtrise de soi qu'il avait déjà eu l'occasion de remarquer. Il sut que malgré toutes les objections qu'il pourrait formuler, elle n'en ferait qu'à sa tête.

— Très bien, viens avec moi et ouvre les yeux. Peut-être qu'après l'avoir vue, tu cesseras d'éprouver de la pitié pour le meurtrier.

Elle se pencha pour mettre ses souliers. Il n'y avait que le lit entre eux mais c'était comme s'ils ne l'avaient jamais partagé.

— Je suppose qu'il est inutile de te rappeler que je suis de ton côté, dit-elle.

Sans répondre, il prit son portefeuille et son insigne. Tess, elle, repéra ses boucles d'oreilles sur la table de chevet, qu'elle avait enlevées avant de s'abandonner entre les bras de Ben. Elle les ramassa et les glissa dans sa poche.

— Où allons-nous ?
— Dans une allée entre la 23e et M.
— Mais c'est à deux pâtés de maisons de chez moi !

Il ne lui décocha même pas un regard.
— Je sais.

Il n'y avait presque personne dans les rues. Les bars fermaient à 1 heure du matin. Quant aux soirées privées, elles se prolongeaient rarement au-delà de 3 heures. Washington était une ville de politiciens et, malgré la diversité de ses lieux de divertissement, la nuit n'y était pas aussi trépidante qu'à New York ou à Chicago. La vente de drogues autour de la 14ᵉ ou du métro aérien représentait un microcosme. Ailleurs, même les dealers allaient se coucher.

Les feuilles mortes qui jonchaient le trottoir se soulevaient par moments puis retombaient, victimes d'un vent sporadique. Ils dépassèrent des rideaux de fer baissés et des boutiques surmontées d'enseignes lumineuses. Ben fumait pour tenter d'apaiser sa tension.

Il n'était pas content qu'elle soit là. Médecin ou pas, il ne voulait pas qu'elle collabore à la partie la plus désespérante de son travail. Qu'elle découvre les pièces du puzzle dans le dossier, qu'elle suive pas à pas la logique de l'enquête, oui, si elle voulait... Mais elle ne devait pas se rendre sur le terrain.

Il fallait qu'elle aille sur place, songea Tess. Il était de son devoir de se frotter à la réalité. Qu'importe si elle ne soignait pas les corps dans sa pratique quotidienne, elle était médecin, expérimentée, et tout à fait capable d'affronter la mort physique.

Dès qu'elle vit la lumière rouge et bleu de la première voiture de police, elle commença à contrôler sa respiration, inspirant et expirant lentement.

Des cordes délimitaient le secteur fermé aux personnes non autorisées bien que ce ne fût pas nécessaire à cette heure matinale où les promeneurs étaient rares. Les gyrophares des voitures de patrouille clignotaient et les radios de bord crépitaient. Un groupe de spécialistes était déjà au travail, à l'intérieur de l'enceinte officielle.

Ben se gara près du trottoir.

— Reste près de moi, dit-il sans la regarder. Nous n'aimons pas beaucoup que les civils traînent sur les lieux d'un crime.

— Je n'ai pas l'intention de te gêner, mais de faire mon travail.

Elle ouvrit sa portière et faillit cogner Ed qui arrivait.

— Excusez-moi, docteur Court.

Les mains de la jeune femme étaient glacées et il les tapota machinalement.

— Vous devriez mettre des gants, suggéra-t-il en rangeant les siens dans sa poche.

— Où en sommes-nous ? demanda Ben.

— Les gars du labo sont là. Sly prend des photos et le coroner arrive.

Les oreilles rougies par le froid, Ed semblait tout à l'affaire. Il avait même oublié de boutonner son manteau.

— C'est un gamin qui l'a découverte à 4 heures et demie. Il était bourré à la bière. Excusez-moi, ajouta-t-il avec un coup d'œil à Tess.

— Ne t'excuse pas, elle te rappellera qu'elle est médecin.

— Le patron va se déplacer.

— Très bien, allons-y, dit Ben en écrasant son mégot.

Ils avancèrent vers l'allée, dépassèrent une voiture de patrouille où quelqu'un sanglotait sur la banquette arrière. Puis ils croisèrent un homme de petite taille, avec des lunettes cerclées de métal et un appareil photo. Il s'arrêta près d'eux et sortit un foulard bleu dont il se frotta le nez.

— Elle est à vous. Mais par pitié, arrêtez-le. J'en ai assez des cadavres de femme blonde. Un peu de variété, que diable !

— Sly, tu me dégoûtes, dit Ben en l'écartant.

Il le laissa éternuer dans son foulard.

A peine avaient-ils fait quelques pas dans l'allée que l'odeur de la mort les prit à la gorge. Ils la reconnurent aussitôt : c'était une odeur douceâtre, et à la fois fétide, comme une fascinante insulte aux vivants.

Son corps s'était vidé, son sang s'était figé. Ses bras avaient été soigneusement croisés sur son buste mais elle n'avait pas l'air en paix. Ses yeux étaient grands ouverts. Il y avait une traînée de sang séché sur son menton. Le sang d'une jeune femme morte trop tôt, songea Tess. Dans sa lutte pour survivre, elle s'était mordu la lèvre inférieure.

Elle portait un long manteau fonctionnel en drap olive. L'amict de soie blanche se détachait dessus. Il avait été dénoué et drapé sur la poitrine de la victime. Des ecchymoses apparaissaient déjà sur son cou.

Une note était épinglée sur l'amict, portant toujours le même message :

« Ses péchés lui seront pardonnés. »

Mais cette fois l'écriture ne paraissait pas aussi nette que les fois précédentes. Les lettres tremblaient et le papier froissé avait été comme trituré. Le mot *péchés* sur lequel la pression de la main avait été particulièrement forte avait presque transpercé le papier. Tess s'agenouilla pour examiner la note de plus près.

Un appel au secours ? se demanda-t-elle. Une prière pour qu'on l'empêche de continuer sa « mission » ? L'écriture hésitante était symptomatique. Il semblait à Tess qu'il perdait pied, comme s'il doutait de lui tout en accomplissant ce qu'il considérait comme son devoir.

Cette fois, il avait tué sans être sûr de son bon droit. Son esprit devenait probablement un tourbillon de souvenirs, de pensées, de voix. Il devait être terrifié, songea-t-elle, et sans doute malade physiquement.

Le manteau de la jeune morte n'était pas fermé. Le tueur n'avait pas pris la peine de l'arranger comme il l'avait fait pour ses victimes précédentes. Peut-être n'en avait-il pas été capable.

Le regard de Tess tomba sur la broche fixée sur la laine verte. C'était un cœur en or où était gravé le nom d'« Anne ». Elle s'appelait Anne. Une bouffée de compassion envahit Tess, de la pitié pour Anne et pour celui qui l'avait tuée, mais elle n'en montra rien.

Ben remarqua la façon dont elle examinait le corps, cliniquement, sans passion ni dégoût. D'un côté il avait envie de l'écarter de cette réalité, de l'autre il aurait voulu lui plonger la tête dedans jusqu'à ce qu'elle pleure et parte en courant.

— Maintenant que vous avez bien observé tous les détails, docteur Court, voulez-vous vous éloigner pour que nous fassions notre boulot ?

Elle regarda Ben et se releva doucement.

— Il est au bout du rouleau. Je ne pense pas qu'il pourra tenir très longtemps.

— C'est à elle qu'il faut le dire.

— Le gamin a vomi partout, intervint Ed en respirant par la bouche pour combattre l'odeur.

A l'aide d'un stylo, il ouvrit le portefeuille qui était tombé du sac de la victime.

— Anne Reasoner, déclina-t-il en lisant son permis de conduire. Vingt-sept ans. Habite à un bloc d'ici, sur M.

A un pâté de maisons de son propre appartement, songea Tess. Elle pinça les lèvres et regarda ailleurs jusqu'à ce que la vague de peur soit passée.

— Il accomplit un rituel, déclara-t-elle d'une voix assez ferme. D'après ce que j'ai lu, les rites et les traditions font partie intégrante de l'Eglise catholique. Il sauve ces femmes qu'il tue, puis leur donne l'absolution avant de laisser l'amict, symbole du salut et de la rédemption. Il arrange toujours l'amict de la même façon, ainsi que les corps, mais il n'a pas remis de l'ordre dans les vêtements de cette femme.

— On joue au détective ?

Tess serra les poings dans ses poches pour se retenir de répondre au sarcasme de Ben.

— Nous sommes en face d'une dévotion aveugle à l'Eglise, fondée sur une interprétation abusive des principes religieux. Cet homme est atteint d'une manie obsessionnelle, mais son écriture montre qu'il commence à douter de ce qu'il fait, de ce qu'il est poussé à faire.

Le détachement de la jeune femme irrita profondément Ben.

— Très bien. Va donc coucher ton texte noir sur blanc dans la voiture. Je me ferai un devoir de communiquer ton opinion à la famille.

Il ne vit pas la brève souffrance, puis la colère, se refléter dans les yeux de Tess, mais il l'entendit s'éloigner.

— Tu as été un peu dur avec elle, non ?

Ben ne répondit pas. Il contemplait celle qui s'était appelée Anne. Pourquoi personne n'avait-il protégé Anne Reasoner ?

— Elle n'est pas à sa place, murmura-t-il en songeant autant à Anne qu'à Tess.

La victime avait l'allure d'une sainte, avec ses bras croisés.

— Que faisait-elle dans cette allée au milieu de la nuit ? demanda-t-il, mal à l'aise.

Ils se trouvaient à un pâté de maisons de l'immeuble où habitait Tess.

— Ce n'est peut-être pas là qu'il l'a attaquée, répondit Ed.

Fronçant les sourcils, Ben souleva un des pieds de la morte. Elle avait des mocassins, du genre de ceux que l'on achète au collège et que l'on garde ensuite jusqu'à la majorité de ses enfants. L'un des talons portait la trace d'une éraflure récente.

— Il l'a tuée dans la rue et l'a tirée jusqu'ici.

Ben regarda son coéquipier qui se penchait pour examiner l'autre chaussure.

— Il l'a tuée dans la rue alors qu'il y a des réverbères partout et que nous avons des voitures qui patrouillent toutes les demi-heures.

Puis il contempla les mains de la jeune femme, aux ongles soignés et vernis. Bien que trois d'entre eux fussent cassés, le vernis corail ne s'était pas écaillé.

— Elle n'a pas dû beaucoup se débattre.

Un petit matin blême se levait, annonciateur d'une journée d'automne pluvieuse. L'aube enveloppait la ville d'un manteau terne, dépourvu de beauté. En ce dimanche matin, on devinait que les gens étaient calfeutrés chez eux, plongés dans le sommeil ou occupés à soigner leur gueule de bois. Les premières messes dominicales allaient commencer, attirant des fidèles un peu endormis.

Tess s'appuya contre le capot de la voiture de Ben. Sa veste en daim n'était pas assez chaude pour les frimas matinaux mais elle se sentait trop nerveuse pour attendre à l'intérieur du véhicule. Un homme corpulent vêtu d'un pardessus gris et portant une sacoche pénétra dans l'allée. Ce devait être le coroner, songea Tess. Ces gens-là n'avaient pas souvent l'occasion de faire la grasse matinée.

Quelques rues plus loin, un camion changea de vitesse, un taxi le dépassa sans ralentir. L'un des policiers en tenue apporta un grand gobelet de café fumant à une silhouette assise sur la banquette arrière d'un véhicule.

Tess se tourna de nouveau vers l'allée, bien décidée à tenir le coup malgré les protestations de son estomac. Elle était une professionnelle, certes, mais elle savait qu'elle n'oublierait pas Anne Reasoner de sitôt. Quand on regardait la mort en face, celle-ci devenait plus qu'un chiffre ajouté aux statistiques.

« Pourquoi ne s'est-elle pas débattue, pourquoi n'a-t-elle pas essayé de tirer sur le foulard, pourquoi n'a-t-elle pas crié ? »

Tess aspira une grande goulée d'air pour combattre la nausée qui menaçait de l'envahir. Elle se répéta qu'elle était médecin jusqu'à ce que sa crampe d'estomac se calme. Ce n'était pas la première fois qu'elle devait faire face à la mort, elle y avait été préparée.

Elle se détourna et fixa la rue vide. Qui essayait-elle de tromper ? Elle avait eu à traiter le désespoir, des phobies, des névroses, elle avait dû même affronter des suicides, mais jamais l'horreur d'un homicide. Son existence était ordonnée, protégée parce qu'elle l'avait voulue ainsi. Des murs pastel, des dossiers, des rendez-vous, des questions et des réponses. Même ses consultations à la clinique devenaient anodines, quand on les comparait à la violence quotidienne qui sévissait dans les rues de sa ville.

Elle savait pertinemment, par sa profession, que la misère, la brutalité, la perversion existaient, mais ses origines sociales l'avaient tenue à l'écart des conséquences directes de tels drames. La petite-fille du sénateur, la jeune étudiante brillante, puis le médecin réputé avaient toujours entretenu avec une certaine réalité un rapport scientifique, quasi objectif. Elle avait son diplôme, une bonne clientèle et trois articles publiés. Elle soignait les gens faibles, désespérés ou déprimés, mais elle ne s'était jamais agenouillée à côté d'un cadavre.

— Docteur Court ?

Elle pivota, vit Ed et chercha instinctivement Ben du regard. Celui-ci discutait avec le coroner.

— Je vous ai gardé un peu de café.
— Merci, dit-elle en prenant la tasse.
— Voulez-vous un croissant ?
— Non, répondit-elle en posant la main sur son estomac.
— Vous avez été très bien tout à l'heure.

Elle but une gorgée brûlante. Le café avait l'air de ne pas trop l'incommoder. En croisant les yeux d'Ed, elle vit qu'il comprenait. Et il ne la condamnait pas, ni ne la plaignait.

— J'espère que je n'aurai jamais à revivre cette expérience, déclara-t-elle simplement.

Des hommes passèrent non loin de là, en portant un long sac en plastique noir, qu'ils mirent dans la camionnette de la morgue.

— On ne s'habitue jamais, murmura Ed. J'ai longtemps souhaité m'y faire.
— Plus maintenant ?
— Non, cela signifierait que vous perdez le sens des choses, leur gravité, le besoin de savoir pourquoi.

Elle hocha la tête. Le bon sens d'Ed, sa compréhension, son calme étaient réconfortants.

— Depuis combien de temps faites-vous équipe avec Ben ?
— Cinq ans, presque six.
— Vous allez bien ensemble.
— C'est drôle, je pensais justement la même chose de vous deux.

Elle eut un rire sans joie.

— Il y a une différence entre l'attirance et la compatibilité.

— Peut-être. Il y a aussi une différence entre l'entêtement et la bêtise.

Son visage resta indéchiffrable tandis que la jeune femme le scrutait. Il poursuivit sans lui laisser le temps de réagir :

— Voudriez-vous dire deux mots au témoin ? Il est bouleversé et nous n'arrivons pas à en tirer quoi que ce soit.

— D'accord. Il est là ? demanda-t-elle en indiquant la voiture de patrouille.

— Oui, il s'appelle Gil Norton.

Tess s'approcha du véhicule et se pencha par la portière ouverte. Le témoin en question était à peine sorti de l'adolescence, jugea-t-elle. Vingt, vingt-deux ans maximum. Il tremblait en buvant son café. Sur son visage livide, deux taches rouges sur ses pommettes congestionnées trahissaient sa tension. Ses yeux gonflés témoignaient qu'il avait pleuré. Il claquait des dents. Ses pouces avaient cabossé le gobelet en carton. Il sentait la bière, le vomi et la peur.

— Gil ?

Il tourna la tête en sursautant. Il semblait dégrisé. Mais le blanc était trop vif autour de ses iris. Ses pupilles devaient être dilatées.

— Je suis le Dr Court. Comment vous sentez-vous ?

— Je veux rentrer chez moi. J'ai été malade. Mon estomac me fait mal.

Il y avait une trace de la timidité de l'ivrogne qui a été aspergé d'eau froide, mais sinon c'était la panique qui prévalait...

— Ça a dû être terrible de la trouver.

— Je ne veux pas en parler.

Sa bouche se contracta, se réduisant à un mince filet blanc.

— Je veux rentrer chez moi.

— Souhaitez-vous que j'appelle quelqu'un ? Votre mère ?

Des larmes brouillèrent de nouveau le regard du jeune homme. Ses mains tremblaient tellement que le café clapota dans le gobelet.

— Gil, vous devriez sortir de la voiture. L'air frais vous fera du bien.

— Je veux une cigarette. Je n'en ai plus.

— Nous en trouverons.

Elle lui tendit la main. Après une brève hésitation, il referma ses doigts dessus, comme un étau.

— Je ne veux pas parler à la police.

— Pourquoi ?

— J'ai droit à un avocat, n'est-ce pas ?

— Vous pouvez en avoir un, mais c'est inutile, vous n'êtes pas suspect.

— C'est moi qui l'ai découverte.

— Oui. Laissez-moi vous aider.

Elle lui ôta gentiment des mains le gobelet avant qu'il n'en renverse le contenu sur son pantalon.

— Gil, nous avons besoin de savoir ce que vous avez vu pour arrêter le meurtrier.

Il regarda autour de lui les hommes en uniformes bleus, scruta leurs visages impassibles.

— Ils vont me le mettre sur le dos.

Tess avait anticipé sa réaction.

— Mais non, dit-elle en le conduisant vers Ben. Ils savent que vous ne l'avez pas tuée.

— J'ai un casier, déclara-t-il d'une voix tremblante. Une affaire de drogue, juste un peu d'herbe, mais ça m'a valu un casier. C'est moi qui l'ai trouvée, ils vont dire que c'est moi.

— Je comprends que vous ayez peur. Ça ira mieux quand vous aurez parlé. Réfléchissez, Gil. Personne ne vous a arrêté.

— Non.

— Vous a-t-on demandé si vous aviez tué cette femme ?

— Non, mais j'étais là.

Il fixa l'allée d'un air horrifié.

— Elle avait l'air...

— Il faut que vous arriviez à en parler. Gil, voici l'inspecteur Ben.

Elle s'arrêta devant ce dernier tout en gardant le bras sur celui du jeune homme.

— Il appartient à la Criminelle et il sait que vous êtes innocent.

Le message était clair. *Vas-y doucement.* Cela ne fit qu'accroître l'irritation de Ben. Il savait manier un témoin, pardi.

— Ben, Gil aimerait une cigarette.

— Bien sûr, répondit-il en sortant son paquet. Une matinée agitée, n'est-ce pas ?

Les mains de Gil tremblaient encore mais il tira avidement sur sa cigarette.

— Oui.

Le garçon lança des regards inquiets en voyant Ed s'approcher.

— C'est l'inspecteur Jackson, poursuivit Tess d'une voix douce. Ils ont besoin de votre témoignage.

— Est-ce que je dois venir avec vous ?

— Pour signer une déposition.

Ben secoua la cendre de sa cigarette.

— Je veux rentrer chez moi, gémit le garçon.

— Nous vous ramènerons.

Ben regarda Tess à travers le nuage de fumée.

— Dites-nous simplement comment ça s'est passé.

— J'étais à une soirée...

Il s'interrompit net et tourna la tête vers la jeune femme. Tess lui fit un signe de tête pour l'encourager.

— J'étais à une fête chez des copains à la 26ᵉ. Une pendaison de crémaillère. Vous pouvez vérifier. Je peux vous donner des noms.

— Bien, dit Ed en prenant son calepin. Nous verrons cela plus tard. A quelle heure avez-vous quitté la soirée ?

— Je ne sais pas. J'avais trop bu et je me suis disputé avec ma petite amie. Elle n'aime pas quand j'abuse de l'alcool.

Il tira encore sur sa cigarette et recracha la fumée en frissonnant.

— On a eu des mots et elle est partie vers 1 heure et demie. Elle a pris la voiture. Alors j'étais à pied.

— Que s'est-il passé après son départ ? demanda Ed.

— J'ai traîné un peu, je me suis assoupi. La fête se terminait quand j'ai émergé. Lee, le copain qui vient d'emménager, Lee Grimes m'a proposé de dormir sur le canapé, mais... j'avais besoin d'air. Je voulais marcher un peu. Je ne me sentais déjà pas bien, alors je me suis arrêté dans la rue, en face.

Il se tourna et indiqua l'endroit.

— La tête me tournait et j'ai cru que j'allais vomir. Alors je me suis immobilisé et j'ai vu un type sortir de l'allée...

— Tu l'as vu sortir ? intervint Ben. Tu ne l'as pas vu entrer ? Tu n'as rien entendu ?

— Non, je le jure. Je ne sais pas combien de temps je suis resté là. Pas trop longtemps parce qu'il faisait un froid de canard. Quand il est sorti, il s'est appuyé un moment contre le réverbère. C'était drôle, deux ivrognes titubant chacun d'un côté de la rue, comme dans un dessin animé. En plus il y en avait un des deux qui était curé.

— Comment le savez-vous ? demanda Ben en sortant une autre cigarette pour Gil.

— Il portait un costume de curé, une robe noire avec un col blanc. Ça m'a fait rigoler, l'idée qu'il se soit soûlé avec du vin de messe. En tout cas, j'étais là en train de me demander si je n'allais pas pisser dans mon pantalon quand il s'est redressé et il est parti.

— Dans quelle direction ?

— Vers M Street. Ouais, il a tourné au coin de la rue.

— Avez-vous vu à quoi il ressemblait ?

— J'ai seulement remarqué que c'était un prêtre.

Gil tira hâtivement sur sa deuxième cigarette.

— C'était un Blanc. Je crois bien qu'il avait les cheveux bruns. Je ne sais pas, j'étais malade et il avait le visage appuyé contre le réverbère.

— C'est déjà bien, décréta Ed en tournant une page de son bloc. Avez-vous remarqué sa taille ? Etait-il grand, petit ?

Gil fronça le front pour se concentrer. Bien qu'il continuât à fumer avidement, il se calmait un peu.

— Assez grand, et mince. Dans la moyenne, quoi ! Un peu comme vous, précisa-t-il en indiquant Ben.

— Quel âge ?

— Je ne sais pas. Il ne devait pas être vieux, ni faible. Ses cheveux étaient bruns, oui, j'en suis sûr, ni gris, ni blonds. Il tenait ses mains comme ça.

En guise de démonstration, il appuya ses paumes de chaque côté de sa figure.

— On aurait dit qu'il avait mal à la tête. Ses mains m'ont paru noires comme s'il portait des gants, il faisait froid. Mais son visage était blanc.

Il se tut comme s'il venait de saisir pleinement le sens de ses propos : il avait vu le meurtrier. Sa panique redoubla. Du coup, il était impliqué. Les muscles de son visage se tendirent, et il se remit à trembler.

— C'est lui, c'est l'homme qui a tué toutes ces femmes. Le Prêtre. C'est lui.

— Continuons, dit Ben calmement. Comment avez-vous trouvé le corps ?

— Oh, mon Dieu !

Le tout jeune homme ferma les yeux et Tess s'approcha de lui.

— Gil, rappelez-vous que c'est fini. Vous irez beaucoup mieux dès que vous nous aurez tout raconté.

— D'accord.

Il prit la main de Tess et s'y agrippa.

— Après le départ du curé, mon malaise était presque passé. J'ai pensé que je n'allais pas être malade, tout compte fait. Mais j'avais bu trop de bière et ma vessie était pleine. J'avais encore assez de jugeote pour me retenir de pisser dans la rue. Alors je suis entré dans l'allée et j'ai failli trébucher sur... sur le corps. J'avais la main sur ma braguette.

Il s'essuya le nez du revers de la main.

— Il y avait assez de lumière pour que je distingue ses traits. Je n'avais jamais vu de mort. Ce n'est pas comme au cinéma.

Il s'interrompit une minute et tira sur sa cigarette sans lâcher la main de Tess.

— J'ai vomi. J'avais à peine fait deux pas en dehors de l'allée que j'ai commencé à être malade. J'ai cru que mes côtes allaient exploser. Ma tête tournait. J'ai dû tomber sur le trottoir. Des policiers se sont arrêtés, ils sont descendus de voiture et je… leur ai dit d'aller voir dans l'allée.

— Vous avez bien fait, Gil.

Ben sortit son paquet de cigarettes et le fourra dans la poche du garçon.

— Un de nos hommes va vous ramener chez vous. Vous allez vous laver, grignoter quelque chose. Nous aurons besoin de vous au commissariat.

— Je peux appeler ma copine ?

— Bien sûr.

— Si elle n'avait pas pris la voiture, elle serait rentrée à pied. Elle aurait pu passer par là.

— Appelez votre petite amie et arrêtez la bière.

Ben fit un signe au chauffeur de la première voiture de patrouille.

— Whittaker, ramène ce garçon chez lui, et laisse-lui le temps de se changer et de se ressaisir avant de l'accompagner au poste.

— Ben, il aurait besoin de dormir, murmura Tess.

Il faillit la remettre à sa place, puis se ravisa. Le gosse paraissait sur le point de s'effondrer.

— O.K. Whittaker, va le déposer.

Puis il se tourna vers le jeune témoin.

— Nous enverrons une voiture vous chercher vers midi, d'accord ?

— Oui.

Le gamin regarda Tess.

— Merci, je me sens mieux.

— Si vous avez le moindre problème et que vous voulez en parler avec moi, téléphonez au commissariat. Ils vous donneront mon numéro.

Avant même que Gil fût dans la voiture, Ben entraîna Tess par le bras.

— La police n'apprécie pas le racolage de clientèle sur le lieu d'un crime.

Tess se libéra.

— Je suis heureuse d'avoir pu arracher un récit cohérent à votre unique témoin, inspecteur.

— Nous l'aurions obtenu de toute manière.

Ben prit un nouveau paquet de cigarettes, en alluma une et, du coin de l'œil, aperçut Harris qui arrivait.

— Tu es furieux que je t'aide, n'est-ce pas ? Parce que je suis psychiatre ou parce que je suis une femme ?

— Epargne-moi une radioscopie de psy.

Il jeta sa cigarette dans la rue et le regretta aussitôt.

— Il n'est pas besoin d'être psychanalyste pour déceler la rancœur et les préjugés.

Elle se tut, consciente qu'elle avait manqué de perdre son sang-froid et de faire une scène en public.

— Ben, je sais que tu ne souhaitais pas ma présence ici, mais avoue que je ne t'ai pas dérangé.

— Dérangé ? s'écria-t-il avec un rire. Non, vous êtes une vraie pro, madame.

— C'est donc ça, murmura-t-elle.

Elle eut envie tout à la fois de crier, de s'asseoir, de s'en aller. Il lui fallut beaucoup de maîtrise pour demeurer impassible. L'un de ses principes de base était d'aller toujours jusqu'au bout de ce qu'elle entreprenait.

— Je t'ai accompagné dans l'allée sans broncher, je ne suis pas tombée malade, je ne t'ai pas imposé une crise d'hystérie. Cela t'ennuie ?

— Les médecins sont-ils toujours objectifs ?

— Ils essaient, répondit-elle, tandis que le visage d'Anne Reasoner surgissait dans son esprit malgré elle. Peut-être plaira-t-il à ton ego de savoir que ce n'était pas facile pour moi et que je serais volontiers partie d'ici.

Il eut un léger sursaut de surprise mais il l'ignora.

— Tu as bien tenu le coup.

— Et cela entame sans doute l'image que tu te fais de la féminité. Tu aurais été plus heureux si tu avais dû me faire sortir de cette allée. Tant pis pour la gêne qu'aurait occasionnée la scène. Tu aurais préféré cela.

— Foutaises.

Il alluma une autre cigarette et se maudit en reconnaissant qu'elle avait raison.

— C'est faux, j'ai déjà travaillé avec des collègues féminines.

— Mais tu ne couchais pas avec elles, n'est-ce pas, Ben ?

Elle le dit calmement, sans ignorer qu'elle avait touché un point sensible chez son compagnon.

Les yeux de Ben se plissèrent et il tira une longue bouffée de sa cigarette.

— Sois prudente.

— C'est bien mon intention.

Elle sortit ses gants en prenant soudain conscience que ses mains étaient gelées. Le soleil, déjà levé, ne dispensait qu'une lumière grisâtre.

— Préviens le commissaire qu'il aura un rapport complet demain après-midi.

— Bien, je vais demander qu'on te ramène.

— Ce n'est pas la peine. Je préfère marcher.

— Non.

Il la saisit par le bras avant qu'elle ait pu se détourner.

— Tu me rappelles assez souvent que je ne fais pas partie du corps de la police, répliqua-t-elle. Tu n'as donc pas d'ordre à me donner.

— Porte plainte pour harcèlement si tu veux, mais tu auras une escorte pour rentrer chez toi.

— Ce n'est qu'à deux blocs d'ici…, commença-t-elle.

Il resserra son emprise.

— Justement, deux blocs suffisent pour t'assurer ta photo et ton nom dans le journal. Et pas en qualité de consultant spécialisé auprès de la police.

De sa main libre, il souleva sa belle chevelure, dont la teinte s'apparentait étrangement à celle qui auréolait le visage d'Anne Reasoner. Ils le savaient l'un et l'autre.

— Sers-toi, pour réfléchir, de cette intelligence dont tu es si fière.

— Tu ne m'impressionneras pas.

— D'accord, mais tu ne rentreras pas chez toi toute seule.

Et il la tint par le bras jusqu'à la voiture de patrouille.

8

Après le meurtre d'Anne Reasoner, les cinq policiers affectés au dossier du Prêtre passèrent plus de deux cent soixante heures à enquêter sur le terrain ou à travailler à leur bureau. L'un d'eux fut menacé de divorce par son épouse, un autre attrapa une mauvaise grippe, et un troisième souffrit d'insomnie chronique.

Le quatrième meurtre fit la une des journaux télévisés de 6 heures et de 11 heures. La nouvelle éclipsa même l'intervention du Président, de retour d'un voyage en Allemagne de l'Ouest. Visiblement, Washington s'intéressait plus aux assassinats qu'à la politique. La chaîne NBC envisagea un reportage hors série en quatre parties.

Les grandes maisons d'édition croulaient sous le poids des manuscrits, et il y eut même des propositions de scénarios pour un feuilleton télévisé. Anne Reasoner — à l'instar des autres victimes — n'avait jamais eu droit à tant d'attention de son vivant.

Anne avait été comptable dans l'un des grands cabinets juridiques de la ville. Son appartement, où elle vivait seule, trahissait un goût pour l'avant-garde, avec des sculptures abstraites en émaux, éclairées au néon, et des flamants roses phosphorescents. Sa garde-robe, en revanche, correspondait à son emploi, comptant surtout des jupes bien coupées et des chemisiers de soie. Anne Reasoner avait les moyens de s'habiller chez Saks. Elle possédait par ailleurs deux cassettes vidéo de remise en forme selon la méthode de Jane Fonda, un IBM, et un guide gastronomique. Il y avait près du lit la photo encadrée d'un homme, quelques grammes de marijuana dans le tiroir de son bureau, et sur une table un bouquet de fleurs fraîches, des zinnias blancs.

Elle avait été une employée sérieuse et n'avait manqué que trois jours depuis le début de l'année. Mais ses collègues de travail ne savaient rien de sa vie extraprofessionnelle. Ses voisins la décrivaient comme amicale et affirmèrent que l'homme de la photo était un de ses proches.

Son carnet d'adresses, presque plein, était bien tenu. La plupart des noms qui y figuraient se révélèrent de vagues connaissances ou des membres de la famille éloignée. On y trouvait aussi l'adresse de plusieurs courtiers en assurance, d'un dentiste et d'un professeur d'aérobic.

Les policiers repérèrent enfin Suzanne Hudson, une graphiste qui avait été l'amie et la confidente d'Anne depuis le collège. Ben et Ed allèrent l'interroger chez elle, dans un appartement situé au-dessus d'une boutique. Quand elle leur ouvrit la porte, ils découvrirent une jeune femme vêtue d'un peignoir en éponge, une tasse de café à la main. Ses yeux rouges, gonflés, creusés de cernes, témoignaient du choc qu'elle avait reçu.

Le son de la télévision était baissé mais on reconnaissait sans peine à l'écran *La Roue de la Fortune*. Quelqu'un venait de reconstituer le proverbe : *Un malheur n'arrive jamais seul*.

Elle les fit entrer puis alla se pelotonner sur le canapé, les jambes repliées sous elle.

— Il y a du café dans la cuisine si vous voulez. Je ne me sens pas d'humeur à faire des civilités.

— Merci, dit Ben en s'installant sur le canapé pour laisser le fauteuil à Ed. Vous connaissiez bien Anne Reasoner...

— Avez-vous déjà eu un grand ami ? Je veux dire pas seulement quelqu'un que vous appelez ainsi mais qui l'est vraiment.

Elle passa la main dans sa courte chevelure rousse et la hérissa.

— Je l'aimais vraiment, vous savez, je ne peux me faire à l'idée qu'elle soit...

Elle se mordit l'intérieur de la lèvre et avala précipitamment une gorgée de café.

— L'enterrement a lieu demain.

— Je sais, mademoiselle, et j'ai conscience que le moment est mal choisi pour vous déranger. Mais nous avons besoin de vous poser quelques questions.

— John Carroll.

— Pardon ?

— John Carroll, répéta Suzanne en l'épelant soigneusement à l'intention d'Ed qui avait sorti son carnet. Vous voulez savoir ce qu'Anne faisait toute seule dehors au milieu de la nuit ?

Elle se pencha pour saisir son carnet d'adresses dans un geste où se mêlaient le chagrin et la colère. Tenant toujours sa tasse d'une main, elle cala le calepin sur ses genoux et en feuilleta les pages de son pouce.

— Vous voulez son adresse ?

— Nous avons un John Carroll, un juriste qui travaillait pour le même cabinet que Mlle Reasoner, répondit Ed en compulsant ses notes et en comparant les adresses.

— C'est lui.

— Il n'est pas allé au bureau depuis deux jours.

— Il se terre, déclara-t-elle sèchement. Il a honte de ce qu'il a fait. S'il se présente demain, je lui cracherai à la figure.

Elle se couvrit les yeux d'une main et secoua la tête. La lassitude lui fit baisser le bras.

— Non, je le recevrai correctement, reprit-elle. Elle l'aimait, elle l'aimait vraiment. Ils se voyaient tous les jours depuis deux ans, en fait depuis qu'il est entré dans la société où elle travaillait. Par-dessus tout, il tenait à la discrétion. C'était son leitmotiv.

Elle prit une grande gorgée de café pour se donner une contenance.

— Il ne voulait pas de commérages, expliqua-t-elle. Elle était d'accord, elle était d'accord sur tout. Vous ne pouvez pas savoir combien elle était folle de lui. Pourtant, à l'origine, c'est Mlle Indépendance — j'ai réussi par moi-même et le célibat est un style qui me convient. Sans pour autant être une militante. Simplement elle était heureuse d'avoir son espace à elle. Jusqu'à l'arrivée de John.

— Ils avaient une liaison ? suggéra Ben.

— Oui. Hormis moi, personne n'était au courant, pas même ses parents.

En se frottant les yeux, elle étala son mascara comme une tache d'encre sur ses paupières.

— Elle était si heureuse que je l'étais aussi, même si la manière qu'avait John de la dominer ne me plaisait pas. Son ascendant sur elle était inimaginable. S'il aimait la cuisine italienne, elle l'adoptait illico. S'il s'intéressait aux films français, elle se précipitait pour les voir avec lui.

Suzanne lutta un instant contre son amertume, en triturant nerveusement de sa main libre le revers de son peignoir.

— Anne voulait se marier, elle ne rêvait que de déposer sa liste à Bloomingdale. C'est lui qui ne cessait pas de repousser l'échéance, de renvoyer le projet à un moment soi-disant plus propice. Elle commençait à déprimer mais il refusait toujours. Puis elle lui a demandé une dernière fois de fixer une date et il l'a plaquée. Au téléphone. Il n'a même pas eu le cran de le lui dire en face.

— Quand cela s'est-il passé ?

Suzanne ne répondit pas tout de suite. Elle fixa un instant l'écran de télévision sans le voir. Ted et Ben suivirent son regard. Une femme faisait tourner la roue qui s'arrêta sur la case « banqueroute ». Pas de chance.

— La nuit où elle est morte, murmura enfin la jeune femme. Elle m'a appelée ce soir-là pour me dire qu'elle ignorait ce qu'elle allait devenir, si elle arriverait à surmonter l'épreuve de la rupture. Elle semblait vraiment secouée. John Carroll n'était pas n'importe qui, c'était l'amour de sa vie. Je lui ai demandé si elle voulait que je passe la voir mais elle m'a répondu qu'elle préférait être seule. Je n'aurais jamais dû l'écouter, ajouta-t-elle en fermant les yeux. J'aurais dû prendre ma voiture et aller chez elle. Nous aurions commandé des pizzas, bu un verre, fumé un joint peut-être. Mais il a fallu qu'elle sorte, seule.

Ben se tut tandis qu'elle sanglotait doucement. Tess aurait su la réconforter, elle. Cette pensée soudaine le mit en colère.

— Mademoiselle Hudson, demanda-t-il après lui avoir laissé le temps de se reprendre, savez-vous si quelqu'un la harcelait ces derniers temps ? Avait-elle remarqué quelqu'un de suspect aux environs de son domicile ou de son bureau qui l'aurait mise mal à l'aise ?

— Non. Elle ne remarquait personne, à part John. Et puis, elle me l'aurait dit.

Elle inspira profondément et se frotta les yeux.

— Nous avions même évoqué une ou deux fois ce maniaque et nous avions décidé d'être prudentes jusqu'à ce qu'il soit arrêté. Elle a dû sortir sans réfléchir ou précisément parce qu'elle voulait réfléchir. Je sais que si on l'avait laissée en vie, elle s'en serait sortie. Anne était une battante. Malheureusement elle n'a pas eu l'occasion de refaire surface.

Ils la laissèrent sur le canapé devant *La Roue de la Fortune* et allèrent interroger John Carroll.

Ce dernier habitait un duplex dans une résidence idéale pour de jeunes cadres dynamiques. De nombreux magasins modernes ou raffinés se trouvaient dans les environs : une grande épicerie qui proposait alcools rares et plats exotiques, un magasin de sport, une boutique de vêtements jeunes et branchés. Un coupé Mercedes bleu était garé dans l'allée.

John Carroll répondit au troisième coup de sonnette. Il portait un pantalon de jogging, un maillot de corps, des chaussettes de laine, et même sans la bouteille de Chivas Regal qu'il tenait à la main, il aurait été facile de deviner qu'il avait bu. En vérité, il restait peu de chose du jeune juriste brillant à la carrière prometteuse qu'on leur avait décrit. Une barbe de trois jours lui couvrait le menton, et ses grosses poches sous les yeux prouvaient qu'il avait peu dormi et beaucoup pleuré. Il sentait comme un vagabond qui aurait passé la nuit dans la 14e Rue. Jetant un regard mauvais sur leurs insignes, il leva la bouteille pour boire une gorgée et laissa la porte ouverte. Ed la referma derrière lui.

Des tapis d'Aubusson couvraient des planchers de chêne. Un canapé long et bas occupait une bonne partie du coin salon, flanqué de part et d'autre de fauteuils assortis. Le tissu qui recouvrait les meubles était résolument masculin, solide, dans les tons gris et bleus. Un équipement électronique dernier cri était installé contre l'un des murs. Une collection de jouets anciens en couvrait un autre : des trains, des tirelires, des anciennes machines à sous.

Carroll se laissa tomber sur le canapé, au centre de la pièce. Une couverture roulée en boule était jetée sur les coussins. Deux bouteilles vides et un cendrier débordant de mégots avaient été abandonnés sur le plancher. Ben en conclut que l'homme n'avait quasiment pas bougé depuis qu'il avait appris la nouvelle.

— Je pourrais trouver deux verres propres, commença-t-il d'une voix rauque mais non pâteuse comme si l'alcool avait cessé de lui faire de l'effet. Mais vous ne pouvez pas boire. Vous êtes en service. Moi, je ne suis pas en service.

Et il porta de nouveau la bouteille à sa bouche.

— Nous voudrions vous poser quelques questions sur Anne Reasoner, monsieur Carroll.

Il y avait un fauteuil derrière lui mais Ben resta debout.

— Oui, je me doutais que vous viendriez. Je m'étais dit que si je n'avais pas sombré dans le coma, je vous parlerais.

Il regarda la bouteille aux trois quarts pleine.

— Je n'arrive même pas à perdre conscience.

Ed lui retira l'alcool des mains.

— Ça n'aide pas vraiment, n'est-ce pas ?

— Il faudra bien que je trouve quelque chose.

Il chercha une cigarette sur la table basse, couverte de cendres. Ed la lui alluma.

— Merci, dit Carroll en aspirant toute la fumée. J'ai arrêté depuis deux ans et je n'ai pas pris un kilo car je ne mangeais plus de féculents.

— Vous aviez une liaison avec Anne Reasoner, commença Ben. Vous êtes une des dernières personnes à lui avoir parlé.

— Oui, c'était samedi soir. Nous devions aller au *National* voir *Sunday in the park with George*. Anne raffolait des comédies musicales. Personnellement je préfère les films dramatiques mais…

— Vous n'êtes pas allés au cinéma ? interrompit Ben.

— Je la trouvais trop envahissante depuis quelque temps. Je l'ai appelée pour annuler cette sortie et je lui ai demandé de prendre un peu de recul.

Il leva les yeux vers Ben.

— C'est ainsi que je lui ai présenté les choses. Cela me paraissait raisonnable.

— Vous vous êtes querellés ?

Il rit et s'étouffa avec sa fumée.

— Non, je ne crois pas aux disputes. Nous ne nous énervions jamais. J'essayais toujours de trouver aux problèmes une solution logique et rationnelle. Ce que je lui ai proposé ce soir-là tenait debout, c'était pour son bien à elle.

— L'avez-vous vue ensuite, monsieur Carroll ?

— Non.

Il jeta un coup d'œil autour de lui pour chercher la bouteille de whisky, mais Ed l'avait mise hors d'atteinte.

— Elle m'a demandé de venir pour en parler. Elle pleurait. Je n'avais pas envie de subir une scène. Alors j'ai refusé. Je lui ai dit qu'il nous fallait un peu de temps… une semaine ou deux, après quoi nous aurions pu aller boire un verre après le travail et en discuter calmement.

Il fixa un point, droit devant lui. De la cendre de cigarette tomba sur son pantalon.

— Elle m'a rappelé.

Ed tapota sur son bloc-notes.

— A quelle heure ?

— 3 h 35. Mon réveil est juste à côté de mon lit. J'étais en colère contre elle, ce qui m'arrive rarement. Elle avait fumé un joint. Je m'en rends toujours compte. Ce n'était pas une droguée, elle fumait juste pour se détendre, mais je n'aimais pas ça. Je trouvais que c'était puéril. J'ai pensé qu'elle l'avait fait juste pour m'énerver. Elle m'a affirmé qu'elle avait pris des décisions, qu'elle voulait m'assurer qu'elle ne me reprochait rien, que c'était à elle de prendre ses responsabilités, et qu'elle ne ferait pas d'esclandre au bureau.

Quand il s'adossa et ferma les yeux, ses cheveux blond foncé retombèrent sur son front.

— Cela m'a soulagé. J'avoue que je m'inquiétais un peu des conséquences de mon attitude. Elle m'a dit qu'elle avait besoin de réfléchir, de se livrer à une remise en question. Je lui ai répondu que c'était parfait et qu'on se verrait lundi. Quand j'ai raccroché, il était 3 h 42. Notre conversation a duré sept minutes.

Gil Norton avait vu le meurtrier sortir de l'allée entre 4 heures et 4 heures et demie. Ed nota les horaires sur son calepin avant de le remettre dans sa poche.

— Vous n'avez peut-être pas envie d'un conseil, monsieur Carroll, mais vous devriez vraiment aller vous coucher et dormir un peu.

John concentra son regard sur Ed puis sur les bouteilles qui jonchaient le sol.

— Je l'aimais. Comment ai-je pu ne pas m'en apercevoir avant ?

***

Quand ils sortirent, Ben redressa les épaules pour lutter contre le froid.

— Mon Dieu !

— Je ne pense pas que Suzanne Hudson aurait encore envie de lui cracher à la figure, observa Ed.

Ben marcha jusqu'à la voiture et s'installa au volant.

— Et voilà, nous avons un avocat pitoyable qui ne correspond pas à la description physique de Norton. Une femme qui sort de chez elle pour tenter en marchant de se remettre d'une rupture sentimentale. Et un psychopathe qui se trouvait sur son chemin par hasard.

— Un psychopathe qui porte une soutane.

Ben mit la clé de contact mais ne la tourna pas.

— Tu crois que c'est un prêtre ?

Ed ne répondit pas immédiatement. Il s'adossa à son siège et contempla le ciel par le pare-brise.

— A ton avis, combien y a-t-il de prêtres grands et bruns dans cette ville ? demanda-t-il en sortant un sac en plastique rempli de graines mélangées.

— Assez pour nous occuper pendant six mois. Nous n'avons pas six mois devant nous.

— Nous pourrions retourner voir Logan.

— Oui, acquiesça Ben en plongeant machinalement la main dans le sac que lui tendait Ed. Crois-tu qu'il pourrait s'agir d'un prêtre défroqué qui a changé d'orientation à cause d'une tragédie personnelle ? Logan pourrait peut-être nous livrer quelques noms de religieux dont l'itinéraire ressemble à celui-là.

— Comme autre information, nous avons celle que nous donne le Dr Court dans son rapport. Elle estime que le meurtrier est en train de perdre pied et qu'il sera hors d'état de nuire pendant un ou deux jours.

— Je l'ai lu, dit Ben en mettant le contact pour sortir du parking. C'est quoi, ce que tu viens de m'offrir ?

— Des raisins, des amandes et quelques fruits secs. Tu devrais l'appeler, Ben.

— Ne te mêle pas de ma vie privée, rétorqua-t-il sèchement.

Il se reprit très vite.

— Excuse-moi, Ed.

— Je t'en prie. Tu sais, tout a changé. Les rôles des uns et des autres se sont modifiés. Les femmes n'attendent plus des hommes qu'ils assument tous les problèmes ; M. Macho qui travaille et rapporte la pitance à la maison, ce n'est plus d'actualité. Elles se prennent en charge, se marient plus tard — quand elles se marient —, ce qui permet aux hommes aussi de prendre leur temps. La femme actuelle ne rêve plus au prince charmant, fier et brave sur son blanc destrier... Mais le plus drôle, finalement, c'est de voir à quel point les hommes se sentent menacés par la force et l'indépendance de ce sexe dit faible.

Il prit un raisin et ajouta :

— Stupéfiant.

— A d'autres !

— Le Dr Court me paraît justement très indépendante.

— Tant mieux pour elle. Qui voudrait d'une femme envahissante ?

— Bunny n'était pas envahissante, observa Ed. C'était un vrai pot de colle.

— Bunny, c'était de la rigolade, murmura Ben.

Il avait eu une liaison avec elle pendant trois mois, l'une de ces liaisons qui consistent à partager quelques dîners, à se payer un peu de bon temps et à se dire au revoir avant que l'un ou l'autre ne commence à se faire des idées. Il se remémora Tess en train de rire sur le rebord de sa fenêtre.

— Dans notre métier, nous ne pouvons pas nous permettre d'être obsédé par une femme.

— Tu commets une erreur, répliqua Ed en se carrant dans son siège. Mais je suppose que tu es assez intelligent pour t'en apercevoir.

Ben prit la direction de l'université catholique.

— Allons voir Logan avant de rentrer.

A 17 heures, tous les inspecteurs chargés de l'enquête, à l'exception de Bigsby, se rassemblèrent dans la salle de conférences. Harris avait devant lui une copie de leur rapport global ; il y revint point par point. Le dossier retraçait tous les mouvements d'Anne Reasoner au cours de la dernière nuit de sa vie.

A 17 h 5, elle avait quitté son salon de coiffure habituel où on lui avait fait une teinture, un brushing et une manucure. Elle paraissait d'excellente humeur et avait laissé un pourboire de dix dollars. Dix minutes plus tard, elle s'arrêtait chez le teinturier pour en retirer un tailleur gris, une veste, deux chemisiers en coton et un pantalon en gabardine. A la demie, elle arrivait chez elle. Sa voisine de palier l'avait croisée dans le hall. Anne avait acheté un bouquet de fleurs et envisageait d'aller au cinéma.

A 19 h 15, John Carroll avait appelé pour annuler leur rendez-vous et rompre leur relation. L'entretien avait duré environ un quart d'heure.

A 20 h 30, Anne Reasoner avait téléphoné à Suzanne

Hudson. Elle était troublée, elle pleurait. Durée de la conversation : environ une heure.

Aux alentours de minuit, la voisine de la jeune femme avait entendu la télévision. Elle avait remarqué le son en rentrant chez elle parce qu'elle ne s'attendait pas à ce qu'Anne soit là.

A 3 h 35, Reasoner avait rappelé Carroll. Ils avaient parlé sept minutes. On avait trouvé deux mégots de joint à côté du téléphone. Plus tard, personne n'avait entendu Reasoner quitter l'immeuble.

Entre 4 et 4 heures et demie du matin, Gil Norton avait vu un homme habillé en prêtre sortir d'une allée, qui se trouvait être à deux blocs de l'appartement d'Anne Reasoner.

— Voilà les faits, déclara Harris en indiquant derrière lui un plan de la ville ponctué de petits drapeaux bleus. Nous pouvons constater que le tueur se limite à un espace de sept kilomètres carrés. Tous les meurtres ont eu lieu entre 1 heure et 5 heures du matin. On ne note ni agression sexuelle, ni vol. D'après le planning établi par Mgr Logan, il devrait frapper le 8 décembre. Jusqu'à cette date, les patrouilles seront doublées.

» Nous savons aussi qu'il est un peu plus grand que la moyenne, qu'il a les cheveux foncés et porte un habit de prêtre. D'après le profil psychologique dressé par le Dr Court, nous savons qu'il s'agit d'un psychopathe, probablement un schizophrène, qui souffre d'hallucinations de type mystique. Il ne tue que des jeunes femmes blondes qui doivent représenter pour lui quelqu'un qui a été ou qui est toujours important dans sa vie.

» Le Dr Court pense qu'il y a eu rupture dans son schéma d'action. L'écriture maladroite du dernier message signifierait qu'il est au bord de la crise, et que son dernier meurtre lui a coûté beaucoup d'efforts.

Il laissa tomber le dossier sur son bureau en songeant à leurs efforts à eux, à tous ceux qu'il faudrait encore déployer.

— Elle suppose qu'il souffre de nausées et de migraines qui tendent à l'affaiblir. Il doit avoir plus de mal à se comporter normalement durant un certain laps de temps. Cette épreuve, cette difficulté à faire bonne figure se trahirait par un surcroît de fatigue, une perte d'appétit, des moments d'inattention.

Il fit une pause pour s'assurer que tout le monde suivait l'exposé. La pièce n'était pas tout à fait insonorisée. Séparée de la salle de la Brigade par des fenêtres et des stores vénitiens jaunis par le temps, elle laissait filtrer de manière assourdie les bruits d'une activité incessante, des sonneries de téléphone, des échos de pas, de voix…

Harris se dirigea vers un distributeur de café situé dans un coin, et en revint avec un gobelet en plastique géant, dans lequel il ajouta une cuillerée de lait en poudre qu'il détestait notoirement. Puis il but son café au lait en regardant son équipe.

Ils semblaient tous énervés, exténués et frustrés. S'ils ne revenaient pas bientôt à des journées de huit heures, la grippe en enverrait plus d'un au lit. Lowenstein et Roderick fonctionnaient déjà à coups de vitamines et de médicaments. Harris ne pouvait se permettre de les voir tous couchés, pas plus qu'il ne pouvait les dorloter.

— A nous tous, nous représentons soixante années d'expérience dans la police. Il serait temps de réunir ce savoir-faire pour attraper un tueur fanatique qui n'arrive sans doute plus à ingurgiter son petit déjeuner, conclut Harris.

Ben repoussa sa tasse en plastique.

— Nous sommes retournés voir Logan avec Ed.

Puisque ce type s'habille en curé, nous avons décidé de le traiter comme tel. En tant que psychiatre, Logan reçoit et soigne les prêtres qui ont des problèmes. Il ne veut pas nous donner une liste de ses patients, mais il a promis de consulter ses dossiers pour essayer d'y repérer un cas correspondant à celui qui nous occupe. Mais un véritable mur se dresse entre nous et ces informations : le secret de la confession.

Il s'interrompit. La confession était, de tous ceux de l'Eglise catholique, le seul rite qui l'avait gêné quand il était enfant. Que de fois ne s'était-il pas agenouillé dans le confessionnal, face au prêtre, si grave de l'autre côté du grillage, pour se confesser, se repentir... Chaque fois, on lui répondait : « Va en paix et ne pèche plus. » Bien sûr, il n'avait pu s'en empêcher.

— Un prêtre doit se confesser, comme tout catholique, et il ne peut s'ouvrir qu'à un autre prêtre. Si le Dr Court ne se trompe pas, le meurtrier a conscience d'avoir péché, et il va vouloir se confesser.

— Alors nous allons interroger les prêtres, déclara Lowenstein. Mais que faisons-nous du secret de la confession ?

— Aucun prêtre ne dénoncera un collègue qui s'est confessé à lui, acquiesça Ben. Mais nous avons peut-être une autre piste. Il y a de fortes chances pour qu'il reste dans sa paroisse. Tess — le Dr Court — estime qu'il va probablement à la messe régulièrement. Nous allons essayer de trouver l'église qu'il fréquente. Si c'est un prêtre ou qu'il l'a été, il doit fréquenter sa paroisse.

Il se leva, s'approcha du plan et entoura du doigt les drapeaux bleus.

— Cette zone englobe deux paroisses, reprit-il. Je parierais qu'il se rend dans l'une des deux ; peut-être même est-il derrière l'autel.

— Tu crois qu'il va se montrer dimanche ? demanda Roderick en se pinçant le nez entre deux doigts pour le décongestionner. Si le Dr Court a raison et qu'il a été trop malade pour aller à la messe dimanche dernier, il aura besoin de cette cérémonie.

— C'est fort possible. Il y a aussi des offices le samedi soir.

— J'ignorais que c'était autorisé, intervint Lowenstein.

— Les catholiques sont comme tout le monde, répondit Ben en enfonçant les mains dans ses poches. Ils aiment faire la grasse matinée le dimanche. Le Dr Court pense, à juste titre, que notre homme est un traditionaliste qui respecte scrupuleusement les règles les plus strictes de l'Eglise : messe dominicale en latin, pas de viande au menu du vendredi, etc.

— Nous couvrirons les deux paroisses dimanche prochain, déclara Harris. Cela nous laisse deux jours pour interroger des prêtres.

Harris regarda ses inspecteurs.

— Lowenstein et Roderick, vous vous occupez d'une paroisse. Paris et Jackson, de l'autre. Bigsby... Où est Bigsby ?

— Il a dit qu'il avait un tuyau sur les amicts, répondit Roderick en se levant pour se servir un verre d'eau glacée.

Il avait suffisamment abusé du café.

— Ecoutez, reprit-il, je ne voudrais pas vous démoraliser mais, en supposant qu'il se manifeste à l'église, comment le reconnaîtrons-nous ? Ce n'est pas un monstre, il ne va pas se mettre à délirer ou à baver. Le Dr Court affirme même qu'il doit avoir l'air normal.

Ben se sentit irrité d'entendre quelqu'un formuler à voix haute ses propres doutes.

— Nous n'avons aucune autre piste, répliqua-t-il. Nous devons tout essayer. Pour l'instant il s'agit de le localiser. Nous ne nous intéresserons qu'aux hommes seuls. Pour le Dr Court, le tueur est un solitaire qui ne viendra pas accompagné de femme et enfants. Logan va plus loin et pense que c'est un dévot. Il ne se contentera donc pas d'assister à la messe et de s'éclipser.

— Une journée à l'église va nous permettre de nous adonner à une activité inhabituelle, remarqua Ed en gribouillant dans son calepin avant de relever la tête. La prière.

— Ça ne peut pas faire de mal, marmonna Lowenstein au moment où Bigsby faisait irruption dans la pièce.

— J'ai une piste, lança-t-il en brandissant un carnet jaune.

Ses yeux rouges et irrités paraissaient exorbités : il venait de passer plusieurs nuits consécutives avec des antibiotiques et une bouillotte.

— Une douzaine d'amicts de soie blanche, commande n° 52346-A, effectuée en date du 15 juin auprès des établissements O'Donnely, à Boston dans le Massachusetts. Livraison le 31 juillet à un certain père Francis Moore. L'adresse est une boîte postale à Georgetown.

— Comment a-t-il payé ? demanda Harris calmement.

— Par mandat.

— Retrouve sa trace. Je veux aussi une copie de la commande.

— C'est déjà parti.

— Lowenstein, cours à la poste.

Harris consulta sa montre et jura.

— C'est fermé ! Vas-y demain dès l'ouverture. Il faut savoir s'il a toujours une boîte postale. Obtiens une description.

— Bien, monsieur.
— Je veux savoir s'il existe un prêtre en ville du nom de Francis Moore.

Ben ne pouvait s'opposer à la routine policière mais son instinct lui soufflait qu'il valait mieux se concentrer sur la zone d'action du meurtrier. C'était là qu'il se trouvait. Aucun doute là-dessus.

De retour à leurs bureaux respectifs, ils décrochèrent tous leur téléphone.

Une heure plus tard, Ben levait les yeux de la paperasse amoncelée sur sa table, et considérait Ed, les sourcils froncés.

— Nous avons un Francis Moore à l'archidiocèse, déclara-t-il. Il y est depuis deux ans et demi et doit avoir environ trente-sept ans.
— Mais ?
— Il est noir.

Ben prit son paquet de cigarettes et l'ouvrit. Il était vide. Il avait encore trop fumé.

— Nous allons quand même l'interroger, ajouta-t-il. Et toi, qu'est-ce que tu as ?

Ed consulta sa liste. Derrière lui quelqu'un éternua, et il fit la grimace. La grippe se répandait dans les services comme un feu de paille.

— J'en ai sept. Un enseignant, un juriste, un employé des grands magasins, un chômeur, un barman, un pilote et un ouvrier de maintenance. Ce dernier a un casier : tentative de viol.

Ben regarda sa montre. Dix heures déjà qu'il était sur la brèche !

L'ambiance du presbytère le mit mal à l'aise. Cela sentait le bois ciré et les fleurs fraîches. Ils attendirent qu'on les reçût, dans le parloir meublé d'un canapé confortable et de deux chaises à barreaux. Il y avait là une statue de Jésus en robe bleue, la main levée en signe de bénédiction, ainsi que deux exemplaires du *Catholic Digest* sur une petite table basse.

— Je regrette de ne pas avoir ciré mes chaussures, murmura Ed.

Les deux hommes, conscients des armes qu'ils avaient gardées sous leurs vestes, ne s'assirent pas. Au fond du couloir, une porte s'ouvrit, laissant échapper une valse de Strauss. Puis la porte se referma et les accents de musique furent remplacés par des bruits de pas. Quelques instants plus tard, le père Francis Moore se tenait devant eux.

Il était grand et taillé comme un athlète. Des cheveux coupés court encadraient son visage rond et lisse de couleur. Sur sa soutane noire, une écharpe blanche soutenait un bras plâtré couvert de signatures.

Le père Moore semblait plutôt intrigué d'avoir de la visite.

— Bonsoir, fit-il en souriant. Vous m'excuserez de ne pas vous serrer la main.

— Vous avez eu un pépin, observa Ben en dissimulant mal sa déception.

Même s'il ne correspondait pas à la description de Gil Norton, le plâtre du religieux l'écartait définitivement de la liste des suspects.

— Un match de football il y a deux semaines. C'est ma faute. Vous ne voulez pas vous asseoir ?

— Nous souhaitons vous poser quelques questions, mon père, déclara Ben en sortant son insigne. C'est au sujet des quatre meurtres.

— Les meurtres en série, acquiesça Francis Moore

en se recueillant quelques instants. Que puis-je pour vous ?

— Avez-vous passé une commande l'été dernier à un fournisseur du nom d'O'Donnely, basé à Boston ?

— Boston ? répéta le père Moore en jouant avec un chapelet accroché à sa ceinture. Non, c'est le père Jessup qui s'occupe de l'intendance et il se fournit ici, à Washington.

— Avez-vous une boîte postale ?

— Non, le courrier arrive directement au presbytère. Excusez-moi, inspecteur…

— Paris.

— Eh bien, inspecteur Paris, où voulez-vous en venir ?

Ben hésita un moment puis décida d'abattre toutes ses cartes.

— Votre nom a été utilisé pour commander les armes des crimes.

— Mon nom ? s'écria-t-il avec un rire tremblant. C'est difficile à croire. Il m'a été donné dans un orphelinat catholique en Virginie. Je ne connais même pas mon nom d'origine.

— Père Moore, vous n'êtes pas suspect. Un témoin a vu un homme blanc et vous avez de surcroît un bras dans le plâtre, le rassura Ben.

Moore replia ses doigts qui disparurent sous son plâtre.

— J'ai encore de la chance, dit-il en inspirant à fond pour se ressaisir. Je serai honnête avec vous, les meurtres de ce fou alimentent les conversations ici. Les journalistes l'appellent le Prêtre.

— La police n'a aucune certitude, intervint Ed.

— En tout cas, nous nous livrons tous à une quête

spirituelle pour essayer de trouver des réponses. J'aimerais en avoir une.

— Etes-vous proche de vos paroissiens, mon père ?

Moore se tourna vers Ben.

— Je voudrais pouvoir vous dire oui. Certains, bien sûr, me font confiance. La paroisse organise à leur intention un repas par mois et puis il y a le groupe des jeunes qui suit nos activités. En ce moment, nous sommes en train de préparer une petite sauterie pour les adolescents le soir de Thanksgiving, mais je crains qu'il n'y ait pas foule.

— L'un de vos fidèles vous préoccupe-t-il particulièrement, quelqu'un qui vous paraîtrait instable, par exemple ?

— Inspecteur, mon travail consiste à réconforter les âmes troublées. Nous avons eu quelques cas d'alcoolisme ou de drogue ainsi qu'une femme battue il y a quelques mois, mais je ne vois personne qui soit susceptible de commettre un meurtre.

— Il a pu choisir votre nom au hasard ou, au contraire, pour s'identifier à vous. Parce que vous êtes prêtre.

Ben fit une pause, sachant qu'il s'aventurait sur un terrain inviolable.

— Mon père, avez-vous entendu en confession une personne qui aurait su quelque chose au sujet des meurtres ?

— En toute honnêteté, je peux vous répondre non. Mais... êtes-vous sûr qu'il s'agit bien de mon nom ?

Ed prit son calepin et lut.

— Le père Francis Moore.

— Pas Francis X. Moore ?

— Non.

Moore se passa la main sur les yeux.

— J'espère que le soulagement n'est pas un péché.

Quand on m'a donné mon nom et que j'étais en âge de l'écrire, j'ai toujours mis le X pour Xavier. Je trouvais qu'un deuxième prénom commençant par X, c'était original et exotique. J'ai toujours signé ainsi et tout le monde me connaît sous le nom de père Francis X. Moore.

Ed nota l'information. S'il avait écouté son instinct, il lui aurait souhaité bonne nuit et serait passé à l'adresse suivante. Mais la procédure était nettement plus exigeante et ennuyeuse. Aussi demandèrent-ils à interroger les trois autres prêtres du presbytère.

— Bon, il ne nous a fallu qu'une heure pour revenir bredouilles, commenta Ben en se dirigeant vers la voiture.
— Nous leur avons donné un beau sujet de conversation pour la soirée, déclara Ed.
— Encore une heure supplémentaire pour la semaine. On va crever le plafond à la comptabilité.

Ed eut un léger sourire en s'installant dans le siège du passager.

— Ouais, les petits harpagons.
— On peut attendre pour les interroger jusqu'à demain ou aller voir celui qui a un casier.

Ed réfléchit un moment, avala le reste de son mélange de graines. Cela lui permettrait de patienter jusqu'au prochain repas.

Il n'y avait pas de fleurs fraîches dans le studio de South East. Le mobilier, du moins le peu qu'il y en avait, n'avait pas été ciré depuis qu'il avait été acheté à l'Armée du Salut. Un lit encastrable que personne n'avait pris la peine de replier contre le mur occupait presque toute la place. Les draps étaient sales. Il régnait une odeur de transpiration, de renfermé et d'oignons.

La blonde avait plusieurs centimètres de racines brunes dans ses cheveux frisottés. Elle ouvrit la porte et regarda d'un air las les insignes de Ben et Ed.

Elle portait un jean serré qui moulait un derrière rebondi, ainsi qu'un pull-over rose assez décolleté pour révéler des seins qui commençaient à s'affaisser.

Ben lui donna environ vingt-cinq ans bien que les plis autour de sa bouche rouge fussent déjà creusés. Ses yeux étaient bruns et le gauche portait la trace d'un hématome qui virait à un mélange de mauve, jaune et gris. Ben estima que le coup devait remonter à deux ou trois jours.

— Madame Moore ?

— Non, nous ne sommes pas mariés, déclara-t-elle en sortant une cigarette d'un paquet de Virginia Slims. Franck est sorti boire une bière, il sera de retour dans une minute. Il a des ennuis ?

— Nous voulons juste lui parler, dit Ed.

Il la rassura d'un sourire et décréta que le régime de cette fille manquait de protéines.

— Bien, je peux vous assurer qu'il s'est rangé, j'y veille personnellement.

Elle trouva une boîte d'allumettes, en fit craquer une au bout d'une cigarette et se servit du paquet pour écraser un cafard.

— D'accord, il boit un peu trop, reprit-elle. Mais je m'arrange pour qu'il boive ici, et qu'il ne s'attire pas d'embêtements.

Elle jeta un coup d'œil à la pièce sordide.

— Ici ça ne paye pas de mine mais je mets de l'argent de côté. Franck a trouvé un bon boulot et il est sérieux. Vous pouvez demander à son surveillant.

Ben préféra ne pas s'asseoir. Dieu seul savait ce qui pouvait se dissimuler sous les coussins.

— Nous ne sommes pas venus pour lui chercher des histoires. Il file doux avec vous ?

Elle toucha son œil au beurre noir.

— Je fais de mon mieux.

— Je vois. Que s'est-il passé ?

— Franck voulait de quoi acheter des bières samedi. J'ai refusé, ça n'entrait pas dans mon budget.

— Samedi ?

L'attention de Ben lui fut aussitôt acquise. Samedi, c'était la nuit du dernier meurtre. La femme assise en face de lui était blonde en quelque sorte.

— Je suppose que vous vous êtes disputés et qu'il est parti rejoindre ses copains au bar, reprit-il.

— Il n'est allé nulle part.

Elle sourit et secoua sa cendre dans un récipient en plastique.

— Il m'a frappée. Puis j'ai entendu le voisin taper au plafond avec son maudit balai. J'ai frappé Franck à mon tour, dit-elle en exhalant un grand nuage de fumée. Il respecte ce genre d'attitude chez une femme. Il aime ça. Alors nous nous sommes… rabibochés et il n'a plus été question de bière ce soir-là.

La porte s'ouvrit. Francis Moore avait des bras gros comme des rouleaux compresseurs, des jambes aussi puissantes que des troncs d'arbres, pour une taille qui ne dépassait pas un mètre soixante-cinq. Son imperméable noir était rongé par les mites au niveau de l'épaule. Il avait un pack de bières sous un bras.

— Qui êtes-vous ? demanda-t-il, son bras libre déjà déplié.

Ben sortit son insigne.

— Criminelle, dit-il.

Franck se calma aussitôt et se pencha pour regarder la plaque, Ben remarqua alors que l'homme avait une égratignure sur la joue. C'était aussi laid à voir que l'œil au beurre noir de la blonde.

— Le système est pourri, déclara Franck en posant violemment ses canettes sur le comptoir. Une salope a raconté au juge que je voulais la violer. J'ai écopé de trois ans, et maintenant que je suis sorti, j'ai encore des flics sur le dos. Je t'ai dit que c'était pourri, Maureen.

— Oui, tu me l'as dit, répondit Maureen en attrapant une bière.

— Si vous m'appreniez où vous étiez dimanche à 4 heures du matin, commença Ben.

— 4 heures du matin ? Jésus, Marie, j'étais dans mon lit comme tout le monde, et pas tout seul.

Il montra Maureen du pouce avant de décapsuler une canette de Budweiser. L'odeur de la bière se répandit dans la pièce.

— Franck, êtes-vous catholique ?

L'homme s'essuya la bouche du revers de la main, déglutit et avala une autre gorgée avant de répondre.

— Est-ce que j'ai l'air d'un catholique ?

— Le père de Franck était baptiste, intervint Maureen.

— Tais-toi.

— Va te faire voir.

Elle sourit quand Franck leva le bras. Ed avança d'un pas et il laissa retomber son bras.

— Tu veux raconter ma vie aux flics, très bien. Mon vieux était baptiste, pas d'alcool, pas de jeu, pas de femmes. Il me donnait tout le temps des coups de pied aux fesses. J'ai réussi à le cogner une fois avant que je parte de la maison. C'était il y a quinze ans. Une pute de bas étage m'a envoyé en prison et si je la retrouve, je lui botterai le cul.

Il tira de la poche de sa chemise un paquet de Camel et alluma une cigarette avec un vieux Zippo.

— J'ai du travail, je nettoie les sols et les toilettes. Je rentre tous les soirs pour m'entendre dire par cette pouffiasse que je n'ai pas le droit d'acheter de la Budweiser pour cinq dollars. Je n'ai rien fait d'illégal. Maureen vous le dira.

Et, amoureusement, il passa un bras sur les épaules de celle qu'il venait d'insulter.

— C'est exact, assura Maureen en avalant une gorgée de bière.

Il ne correspondait pas à la description physique et psychique du tueur, mais Ben insista.

— Où étiez-vous le 15 août dernier ?

— Comment voulez-vous que je m'en souvienne ? s'écria Franck en haussant les épaules. Et puis d'abord, vous avez un mandat ?

— Nous étions à Atlantic City, répondit Maureen.

Elle ne cilla pas quand Franck voulut envoyer sa canette dans la poubelle et manqua sa cible.

— Rappelle-toi, Franck. Ma sœur travaille là-bas, vous comprenez. Elle fait les ménages dans un hôtel, *The Ocean View Inn*. Ce n'est pas tout à fait en bord de mer, mais c'est pas loin. On a fait le trajet en voiture le 14 août et on est restés trois jours. C'est noté dans mon journal.

— Ouais, je m'en souviens. Je jouais aux dés et tu es venue m'embêter.

— Tu avais perdu vingt-cinq dollars.

— Si tu m'avais laissé, j'aurais pu les récupérer et même gagner le double.

— Tu m'avais volé l'argent dans mon portefeuille.

— Emprunté, pas volé.

Ben fit un signe en direction de la sortie tandis que le ton montait.

— Allons-y.

La porte se referma derrière eux. Ils entendirent un grand craquement et des cris.

— On y retourne ? demanda Ed.

Ben regarda le battant. De l'autre côté, un objet se brisa en mille morceaux contre le pan de bois.

— Pourquoi leur gâcher le plaisir ? Allons boire un verre.

9

Tess se leva pour accueillir le beau-père de Joey Higgins à la porte de son bureau.

— Monsieur Monroe, merci de vous être déplacé. Ma secrétaire est absente aujourd'hui, mais je peux vous offrir un café, si vous voulez.

— Non, merci.

Il resta debout, embarrassé comme toujours en sa présence, attendant qu'elle prenne l'initiative.

— Je suppose que vous avez eu une journée chargée, commença-t-elle.

— Mon temps ne compte pas quand il s'agit de Joey.

— Je sais...

Elle lui indiqua une chaise.

— Je n'ai pas souvent eu l'occasion de vous voir en tête à tête, reprit-elle doucement, mais j'ai apprécié vos efforts concernant Joey.

— Ce n'est pas simple, fit-il en soupirant.

Il plia son manteau sur ses genoux. C'était un homme soigné, ordonné, vêtu d'un costume sombre de coupe classique. Ses ongles étaient manucurés, pas un de ses cheveux bruns ne dépassait. Tess imaginait sans mal combien il devait lui être difficile de comprendre un garçon comme son beau-fils.

— C'est surtout pour Lois que c'est pénible, ajouta-t-il.

— Vraiment ?

Tess s'installa à son bureau, sachant qu'une distance toute professionnelle le mettrait plus à l'aise.

— Monsieur Monroe, arriver dans une famille après un divorce et essayer de remplacer le père d'un adolescent est toujours difficile. Quand ce dernier est perturbé, ça l'est encore plus.

— J'espérais que...

Il leva les mains dans un signe d'impuissance et les reposa.

— J'espérais que nous aurions pu faire des choses ensemble, jouer au football, discuter... J'ai même acheté une tente bien que je ne prétende pas être un familier du camping. Malheureusement, rien ne l'intéresse.

— Plus exactement, il considère qu'il n'a pas le droit de s'intéresser à quoi que ce soit, rectifia Tess. Joey est très lié à son père, mais la relation n'est pas saine. Les échecs et les problèmes paternels deviennent les siens.

— Ce salaud ne...

Il s'interrompit.

— Je suis désolé, ajouta-t-il.

— Ne vous excusez pas. Je sais que le père de Joey donne l'impression de ne pas se soucier de son fils. C'est dû à sa maladie, et ce n'est pas mon propos. Vous savez que j'ai proposé un traitement plus intensif dans le cas de Joey. La clinique que je vous ai recommandée à Alexandria est spécialisée dans la thérapie des jeunes.

— Lois ne veut pas en entendre parler.

Manifestement la mère de l'adolescent n'avait pas l'intention de transiger.

— Elle pense — et je suis d'accord là-dessus — que Joey aurait le sentiment d'être abandonné, expliqua-t-il.

— Je ne nie pas que la transition exige beaucoup de tact. Il ne faut pas que Joey prenne une telle démarche pour un rejet, ou une punition. Monsieur Monroe, je vais être honnête avec vous : Joey ne répond pas au traitement.

— Il s'est remis à boire ?

— Non.

Comment le convaincre que la disparition d'un symptôme ne signifiait pas la guérison ? Elle avait déjà constaté au cours des séances familiales que Monroe percevait mieux les résultats que les causes.

— Monsieur Monroe, Joey est un alcoolique et le sera toujours, qu'il boive ou qu'il ne boive pas. Il est l'un des vingt-huit millions d'enfants de ce pays, dont l'un des parents est alcoolique. Un tiers d'entre eux s'adonnent à la boisson, comme l'a fait Joey.

— Mais il a arrêté, insista le beau-père.

— C'est exact, admit-elle en croisant les doigts sur son buvard pour s'armer de patience. Il ne consomme pas d'alcool, sa vie n'en est pas altérée, mais il doit quand même affronter la réalité de l'éthylisme, et surtout les raisons de cette descente aux enfers. Il ne trahit ni colère, ni rage, ni chagrin, car ce sont des sentiments qu'il intériorise. Les enfants d'alcooliques se croient souvent responsables de la maladie de leurs parents.

Gêné et impatient, Monroe se leva.

— Vous me l'avez déjà expliqué.

— Oui. Joey s'est estimé trahi. Il en veut à son père, et d'une certaine façon, à sa mère. Au premier parce qu'il boit, à la seconde parce qu'elle s'en préoccupait. Comme Joey les adorait, il a retourné sa rancune contre lui-même.

— Lois fait de son mieux.

— Je n'en doute pas. C'est une femme qui a beaucoup de caractère. Malheureusement Joey n'a pas cette force. Sa dépression a atteint un niveau dangereux et critique. Je n'ai pas le droit de vous révéler la teneur de nos dernières séances mais je peux vous assurer qu'il m'inquiète énormément. Il souffre. Je ne puis qu'alléger un peu son fardeau pour l'aider à tenir le coup entre un rendez-vous et l'autre. Que voulez-vous ? Joey est convaincu que sa vie n'a pas de valeur, qu'il a échoué comme fils, comme ami, comme personne.

— Le divorce...

— Le divorce est toujours une épreuve pour les enfants, mais c'est plus ou moins supportable suivant la nature des individus, le seuil de tolérance de chacun, et puis la façon dont la séparation se déroule. Pour certains enfants, une telle épreuve est pire que la mort. La plupart passent par un stade aigu où ils nourrissent du chagrin, de l'amertume, ou même du refus. Ils éprouvent même un sentiment de responsabilité. C'est naturel jusqu'à un certain point. Dans le cas de Joey, la souffrance se prolonge exagérément. Cela fait maintenant trois ans que ses parents sont séparés. Il est anormal qu'il soit encore obsédé par le divorce et le rôle qu'il a pu y jouer. C'est devenu le ressort de tous ses problèmes.

Elle se tut un instant et croisa de nouveau ses mains.

— Son alcoolisme est douloureux. Joey considère qu'il mérite cette douleur, un peu comme un enfant qui se fait gronder pour avoir enfreint des règles. La discipline, la souffrance lui donnent l'impression de faire partie de la société ; dans le même temps, il s'isole. Joey a appris à compter sur cet isolement, à se considérer comme différent, à se croire inférieur aux autres. Particulièrement à vous.

— A moi ? Je ne comprends pas.

— Joey s'identifie à son père, c'est-à-dire à un ivrogne, à un homme qui a tout raté, aussi bien sa vie professionnelle que sa vie familiale. Vous incarnez tout ce que son père n'est pas. Une partie de Joey voudrait couper avec son père, s'identifier à vous. Une autre partie pense qu'il n'en est pas capable, et il ne veut pas risquer un autre échec. Cela va même plus loin. Joey a atteint un stade où il se moque de tout, y compris de vivre.

Les doigts de M. Monroe se crispaient et se décrispaient nerveusement tandis qu'elle exposait sa thèse, mais quand il prit la parole, sa voix était calme et assurée comme à un conseil d'administration.

— Je ne vous suis pas.

— Le suicide est la troisième cause de mortalité chez les adolescents, monsieur Monroe. Or Joey a très nettement des tendances suicidaires. L'idée de la mort se mêle chez lui à une fascination pour l'occultisme. Il lui en faudrait très peu pour sauter le pas — un mouvement de révolte après une discussion ou un mauvais résultat à l'école. Ou encore le comportement ambivalent de son père.

Bien que Tess se fût exprimée posément, l'urgence sous-jacente n'échappa pas à son interlocuteur. La jeune femme se pencha en avant dans l'espoir d'être le plus persuasive possible.

— Monsieur Monroe, il est vital que Joey suive un traitement plus intense dans une structure adéquate. Vous m'avez fait assez confiance pour le remettre entre mes mains, vous devez à présent suivre mon conseil. Mes séances ne suffiront pas. Voici la documentation sur la clinique, dit-elle en lui tendant une chemise. Discutez-en avec votre femme, proposez-lui de venir m'en parler. Je m'arrangerai pour lui donner le rendez-vous qui lui conviendra, mais dépêchez-vous. Joey a besoin d'aide rapidement, avant qu'il ne soit trop tard.

Il prit la chemise mais ne l'ouvrit pas.

— Vous voulez l'envoyer en clinique alors que vous étiez opposée à ce qu'on le change d'école ?

— C'est exact.

Elle aurait voulu défaire son chignon, se masser les tempes jusqu'à ce que la tension disparaisse.

— J'avais encore l'espoir d'arriver à le toucher, reprit-elle, mais, depuis septembre, il s'éloigne de plus en plus.

— Il considère ce changement d'école comme un nouvel échec ?

— Oui.

Il eut un profond soupir.

— Je savais que c'était une erreur. Quand Lois est allée l'inscrire, il m'a regardé, comme pour me demander de lui laisser une dernière chance. Mais j'ai soutenu sa mère.

— Ne vous accusez pas, monsieur Monroe. Vous et votre femme devez faire face à une situation où les réponses ne sont pas simples. Il n'y a guère d'attitude parfaite.

A contrecœur, il prit la documentation posée sur le bureau.

— Je vais rapporter les papiers chez moi, déclara-t-il en se levant. Docteur Court, Lois est enceinte, nous ne l'avons pas encore dit à Joey.

— Félicitations.

En serrant la main de M. Monroe, elle se demandait déjà comment la nouvelle affecterait son jeune patient.

— Je pense que vous devriez lui annoncer la nouvelle

quand vous êtes tous ensemble, en famille. Lui faire comprendre que tous les *trois,* vous allez avoir un bébé. Joey ne doit pas se sentir exclu de vos projets, ni avoir l'impression d'être remplacé. Au contraire. L'attente d'un bébé peut apporter beaucoup d'amour dans une famille.

— Nous avons peur qu'il nous en veuille.

— C'est une réaction possible…

Qui dépendait du moment et de l'état émotionnel de Joey, ajouta Tess en son for intérieur.

— Il faut le faire participer, déclara-t-elle. Avez-vous une chambre d'enfant ?

— Oui, nous avons une pièce disponible que nous avons l'intention d'aménager.

— Je suis sûr que Joey sait manier un pinceau si on lui en donne l'opportunité. Mais il faut également penser à la clinique. Appelez-moi dès que vous en aurez discuté avec votre femme. J'aimerais en parler aussi à Joey, peut-être même l'y emmener en reconnaissance.

— D'accord. Merci, docteur.

Tess ferma la porte derrière lui et ôta ses épingles à cheveux pour libérer sa chevelure. La tension se dissipa légèrement, remplacée par une sourde migraine. Elle n'était pas sûre de pouvoir se décontracter complètement avant de savoir Joey en clinique. Du moins allaient-ils désormais dans la bonne direction. Monroe ne s'était pas montré enthousiaste mais il soutiendrait sa proposition, elle en était persuadée.

Tess rangea le dossier de Joey et ses enregistrements, gardant à la main la cassette de leur dernière séance. Il avait mentionné deux fois la mort, toujours avec le même détachement. Il ne parlait pas de mourir mais de partir. La mort considérée comme un choix. Tess décida de laisser la bande sortie et d'appeler le directeur de la clinique dans la matinée.

Quand son téléphone sonna, elle émit un grognement. Rien ne l'obligeait à répondre, et elle ne répondrait pas. A la quatrième sonnerie, le service des abonnés absents prendrait la communication et la contacterait en cas d'urgence. Puis elle changea brusquement d'avis, et alla décrocher, en tenant toujours la cassette.

— Bonjour, docteur Court.

Dans le silence qui suivit, elle entendit une respiration laborieuse et les bruits de la circulation en arrière-fond. Obéissant à un réflexe professionnel, elle prit un papier et un crayon.

— Je suis le Dr Court. Puis-je vous aider ?
— Vous croyez ?

Ce n'était plus qu'un chuchotement mais qui, au lieu de trahir la panique, reflétait un profond désespoir.

— Je peux essayer, si vous le souhaitez.
— Vous n'étiez pas là. Si vous aviez été là, ç'aurait pu être différent.
— Je suis là maintenant. Voulez-vous me voir ?
— C'est impossible, dit l'homme avec un sanglot. Vous comprendriez tout.
— Je peux venir, assura-t-elle. Donnez-moi votre nom et votre adresse.

Il y eut un déclic.

A un pâté de maisons de là, un homme en manteau sombre s'appuya contre l'appareil de téléphone public et se mit à pleurer.

— Flûte, maugréa Tess en regardant ses notes.

S'il avait été un patient, elle aurait reconnu sa voix. Dans l'espoir que son interlocuteur rappellerait, elle resta un quart d'heure de plus au bureau. Puis elle sortit.

Franck Fuller l'attendait dans le hall, un petit vaporisateur vert et blanc à la main — un spray à la menthe pour l'haleine.

— Ah, la voilà enfin, dit-il en rangeant le tube dans sa poche. Je commençais à me demander si tu n'avais pas déménagé.

Tess jeta un coup d'œil à sa porte sur laquelle figuraient son nom et sa profession.

— Non, pas encore. Tu fais des heures supplémentaires, Franck ?

— Oh, tu sais ce que c'est.

En réalité il venait de passer une heure à essayer de racoler une petite amie. Sans succès.

— Apparemment, l'enquête te prend beaucoup de temps, reprit-il.

— Je ne te le cache pas, répondit-elle sèchement.

Même pour quelqu'un d'aussi bien élevé que Tess, rester aimable après la journée qu'elle venait de passer était impossible. Sans plus se préoccuper de son voisin, elle attendit l'ascenseur en songeant au mystérieux coup de téléphone.

Mais elle n'en avait pas fini avec l'importun. Comme à son habitude, Franck lui bloqua le chemin en appuyant sa main sur la porte de l'ascenseur.

— Tu sais, Tess, un confrère pourrait t'aider. J'ai certainement un créneau sur mon agenda…

— Merci beaucoup, mais ce n'est pas la peine de déranger ton planning pour moi. Je sais que tu es débordé.

Quand la porte de la cabine coulissa, elle y entra la première et appuya sur le bouton du rez-de-chaussée. Elle serra sa serviette contre sa poitrine tandis qu'il la suivait.

— Je ne suis jamais trop occupé pour toi, Tess… Pourquoi ne pas en discuter autour d'un verre ?

— L'affaire est confidentielle, je le crains. On n'a pas le droit d'en parler avec qui que ce soit.

— Nous pouvons bavarder d'autre chose. J'ai gardé un bon vin, du zinfandel, pour une grande occasion. Pourquoi ne pas aller chez moi, la déboucher et nous mettre les pieds sur la table ?

« Afin qu'il puisse taquiner mes doigts de pied », songea Tess avec dégoût. A son grand soulagement, la porte s'ouvrit enfin.

— Non merci, Franck.

Elle se hâta vers la sortie mais ne réussit pas à le semer.

— Alors arrêtons-nous au Mayflower pour prendre un verre et écouter de la musique ! Je te promets de ne pas parler boutique.

Un cocktail au champagne au Mayflower... Ben lui avait dit qu'elle avait le style pour ce genre d'endroit. Peut-être était-il temps de lui prouver ainsi qu'à Franck Fuller qu'ils se trompaient.

— Le Mayflower est un peu trop sage à mon goût.

Elle remonta son col pour traverser le parking car il faisait froid.

— De toute façon, je n'ai pas de temps à perdre en mondanités, reprit-elle avec aplomb. Tu devrais essayer le nouveau club qui se trouve au coin de la rue, le Zeedo's. D'après les rumeurs, il est impossible de ne pas emballer une fille si on y passe la soirée.

Elle sortit ses clés et en introduisit une dans la portière de son véhicule.

— Comment es-tu au courant...

Faisant claquer sa langue avec malice, elle lui tapota l'épaule.

— Franck, grandis un peu.

Contente d'elle-même et de l'expression stupéfaite

qui s'était peinte sur le visage de Franck, elle monta dans sa voiture. Elle jeta un coup d'œil par-dessus son épaule en effectuant sa marche arrière mais ne prit pas garde à l'homme dissimulé dans l'ombre à l'extrémité du parking.

A peine était-elle entrée dans son appartement et avait-elle ôté son manteau et ses chaussures qu'on frappa à la porte. Si c'était Franck, au diable les politesses ! Tess se promit de l'éconduire avec perte et fracas.

Le sénateur Jonathan Writemore se tenait sur le seuil, enve-loppé dans son manteau de chez Saville Row. Il tenait à la main une boîte rouge où était imprimé un coq, et un petit sac en papier.

— Grand-père.

Une bonne partie de sa tension s'évanouit d'un coup. Elle inspira à fond et huma l'odeur d'épices qui se dégageait des victuailles.

— J'espère que tu n'es pas en route pour dîner en galante compagnie, plaisanta-t-elle.

— Non, je venais ici, dit-il en déposant le carton entre les mains de Tess. Tiens, le poulet est encore chaud, fillette. J'ai demandé un supplément de sauce.

— Quelle bonne idée ! J'allais me préparer un sandwich au fromage.

— Je m'en doutais. Va chercher des assiettes et plein de serviettes.

Elle posa le poulet sur la table du salon.

— Est-ce que ça signifie que je ne suis pas invitée à dîner demain ? demanda-t-elle.

— Cela signifie que tu auras deux repas décents cette semaine. Apporte aussi le tire-bouchon. J'ai une bouteille de vin.

— Tant que ce n'est pas du zinfandel.

— Quoi ?

— Non, rien, dit-elle en revenant avec des assiettes, des serviettes en tissu, le tire-bouchon et deux de ses plus beaux verres à vin.

Elle mit le couvert, alluma les bougies, et se retourna pour embrasser son grand-père.

— Je suis si contente de te voir. Comment as-tu deviné que j'avais besoin qu'on me remonte le moral ce soir ?

— Les grands-pères savent tout.

Il lui plaqua deux baisers sonores sur les joues avant de la réprimander.

— Tu ne te reposes pas assez.

— C'est moi le médecin.

Elle émit un petit couinement quand son aïeul lui donna une légère tape sur le derrière. Décidément, elle avait vraiment l'impression de redevenir enfant en présence du cher homme.

— Assieds-toi, fillette, ordonna-t-il en débouchant la bouteille.

Tess ouvrit le carton et s'emplit les poumons du fumet qui s'en dégageait.

— Sers-moi donc un de ces nichons de poulet, s'écria le sénateur d'un ton gaillard.

Elle pouffa de rire comme une lycéenne et déposa le poulet rôti sur une assiette en porcelaine de Chine qui avait appartenu à sa mère.

— Pense à ce que diraient tes mandants s'ils t'entendaient parler de nichons de poulet, le taquina-t-elle, penchée sur un morceau charnu qu'elle entreprenait de découper.

Pour son plus grand plaisir, elle trouva dans les emplettes de son grand-père un carton de frites croustillantes.

— Comment vont les affaires au Sénat ?

— Il faut remuer beaucoup de gadoue pour faire pousser des fleurs, répondit-il en tendant son assiette.

Je me débats pour faire passer la réforme sur l'aide médicale. J'ignore si je parviendrai à la faire voter avant les vacances de fin d'année.

— C'est une bonne réforme. Je suis fière de toi.

Il leur servit du vin.

— Tu me flattes. Où est le ketchup ? Je ne peux pas manger mes frites sans ketchup. Non, ne te lève pas, j'y vais. Quand as-tu fait tes courses pour la dernière fois ? demanda-t-il dès qu'il eut ouvert la porte du réfrigérateur.

— Ne commence pas, répliqua-t-elle avant de mordre dans son poulet à belles dents. Tu sais bien, reprit-elle quelques secondes plus tard, que je suis la spécialiste des traiteurs et des dîners livrés à domicile.

— Il me déplaît que mon unique petite-fille ne se nourrisse que de plats préparés, déclara-t-il en toute mauvaise foi.

Il revenait avec la sauce rouge, l'air superbe comme si le repas qu'il avait apporté ne faisait pas partie de la catégorie des repas mis en cause.

— Si je n'étais pas venu, tu serais à ton bureau devant une pile de dossiers avec un sandwich au fromage.

Tess sourit et leva son verre.

— T'ai-je dit combien je suis contente de te voir ?
— Tu travailles trop.
— Peut-être.
— Et si j'achetais deux billets pour Sainte-Croix et qu'on s'offrait une semaine au soleil après Noël ?
— J'aimerais bien mais tu sais que les vacances sont la période la plus dure pour certains de mes patients. Je ne peux pas m'absenter.
— Si j'avais su, j'y aurais réfléchi à deux fois.
— A quoi ?

207

Elle lorgnait le poulet en se demandant si elle avait assez faim pour un deuxième morceau.

— Je n'aurais pas dû te mêler à ces histoires d'homicide. Tu as l'air épuisée.

— Il n'y a pas que ça.

— Des problèmes dans ta vie amoureuse ?

— Dossier confidentiel.

— Tess, soyons sérieux. J'ai eu une conversation avec le maire. Il m'a dit à quel point tu t'impliquais dans l'enquête policière. Ce n'est pas ce que j'avais en tête en proposant ta collaboration. Je pensais que tu te contenterais d'établir un profil psychologique. Je voulais juste faire mousser ma brillante petite-fille.

— Et t'offrir un frisson par procuration ?

— Cela ne me tente plus depuis le quatrième assassinat. Il a eu lieu tout près d'ici.

— Grand-père, ça se serait produit même si je n'étais pas mêlée à l'enquête. Et je tiens dorénavant à aller jusqu'au bout.

Elle pensa à Ben, sa fougue, ses accusations, sa rancune, ainsi qu'à sa propre vie bien ordonnée et à ses soudaines crises de mécontentement.

— Non seulement je ne regrette rien mais je suis plutôt heureuse d'avoir bouleversé ma routine. La contribution que j'apporte à cette affaire m'a dévoilé un nouvel aspect de moi-même et du système.

Elle prit sa serviette et la froissa entre ses mains.

— La police se moque bien de la façon dont fonctionne l'esprit de cet homme, de ses motivations, reprit-elle. Mais elle veut utiliser cette connaissance pour l'arrêter et le punir. Cela ne m'intéresse pas. Je veux essayer de le comprendre pour qu'on mette fin à ses agissements mais surtout pour qu'on puisse lui venir en aide. Qui a raison, grand-père ? La justice ou la médecine ?

— Tu t'adresses à un juriste de la vieille école, Tess. Tout citoyen de ce pays a droit à un avocat et à un procès équitable. L'avocat peut ne pas croire son client mais il doit faire confiance à la loi. Le système autorise un homme à être jugé par ses pairs. Et en général ce système fonctionne.

— Mais la justice peut-elle comprendre un esprit déséquilibré ? demanda-t-elle en secouant la tête.

Dès qu'elle s'aperçut de sa propre nervosité, elle reposa sa serviette.

— Non coupable pour cause de folie, reprit-elle. Ne devrait-on pas plutôt dire responsable ? Pour moi, il est bel et bien coupable d'avoir tué ces quatre femmes. Mais responsable, non.

— Il n'est pas l'un de tes patients, Tess.

— Si, il l'a toujours été. Depuis le début. Je n'en avais pas conscience jusqu'à la semaine dernière... jusqu'au dernier meurtre. Il ne m'a pas encore demandé de l'aide mais il va le faire. Grand-père, te souviens-tu de ce que tu m'as déclaré le premier jour où j'ai ouvert mon cabinet ?

Il l'observa. Malgré son regard voilé et troublé, elle était ravissante à la lumière des bougies. Elle était sa petite-fille chérie.

— J'ai dû trop parler, comme tous les vieux bonshommes.

— Tu m'as déclaré que ma profession me permettrait de rentrer dans les esprits des gens et que je ne pourrais plus oublier leur cœur. J'ai retenu ma leçon.

— J'étais fier de toi ce jour-là. Je le suis toujours.

Elle sourit et reprit sa serviette.

— Vous avez du ketchup sur le menton, sénateur, murmura-t-elle en le lui essuyant.

***

A quelques kilomètres de là, Ed et Ben avaient déjà bu plus d'un verre. Le club, décoré de bouteilles de vin, disposait d'une clientèle d'habitués et d'un pianiste aveugle qui chantait des airs de rock. La coupelle du musicien était à moitié vide mais la soirée ne faisait que commencer. La table des deux inspecteurs, aussi grande qu'un mouchoir de poche, était en sandwich entre deux autres, au milieu d'une rangée. Tandis qu'Ed savourait comme il pouvait une salade de pâtes, Ben picorait des cacahuètes en buvant de la bière.

— Tu as assez englouti de coquillettes pour ce soir, s'écria Ben en indiquant l'assiette colorée de tomates et de poivrons. Tu vas te transformer en yuppie.

— On ne peut pas être un yuppie si on ne boit pas de vin blanc.

— Tu en es sûr ?

— Absolument.

Le prenant au mot, Ben lui piqua une coquillette.

— Où en sommes-nous ? demanda Ed.

Ben prit son verre et observa une femme en short de cuir qui se faufilait entre les tables.

— Bigsby s'est renseigné au drugstore d'où on a envoyé le mandat. Cela n'a rien donné. Qui va se souvenir d'un type qui a fait un mandat trois mois plus tôt ? Oh ! Pourquoi ne mets-tu pas de sel là-dessus ?

— Tu plaisantes !

Ed commanda une autre tournée. Ils n'étaient soûls ni l'un ni l'autre mais ce n'était pas faute d'essayer.

— Tu iras chez Kinikee samedi pour regarder le match ? demanda Ben.

— Non, il faut que je cherche un appartement, je dois libérer les lieux pour le 1er décembre.

Ben empoigna sa bière fraîche.

— Tu devrais laisser tomber la location. C'est de l'argent gaspillé. Achète, investis tes fonds.

— Acheter ? répéta Ed en remuant sa boisson avec une cuillère. Tu veux dire, une maison ?

— Bien sûr. C'est de la folie de mettre de l'argent tous les mois dans un loyer !

— Tu penses vraiment à acheter ? s'étonna Ed.

— Avec mon salaire ?

Ben s'esclaffa et fit basculer sa chaise au maximum, c'est-à-dire de quelques centimètres.

— Aux dernières nouvelles, je gagne la même somme que toi, observa Ed.

— Tu sais ce qu'il te faut, collègue : marie-toi !

Ed ne répondit pas mais avala la moitié de son verre.

— Je suis sérieux, insista Ben. Trouve-toi une femme, assure-toi qu'elle a un bon poste… Une carriériste ne te poursuivra pas de sa jalousie. Choisis-la de préférence agréable à regarder. Vous réunissez vos deux salaires, vous achetez une maison et tu arrêtes de perdre ton argent.

— Tu veux que je me marie parce qu'ils vendent mon appartement ?

— C'est l'idée. Mais tu souhaites peut-être un avis impar-tial… ?

Ben se tourna vers sa voisine.

— Excusez-moi, madame, ne pensez-vous pas qu'étant donné le contexte économique et social d'aujourd'hui, il est plus avantageux de vivre à deux que tout seul ? Si l'on considère le pouvoir d'achat d'une famille à deux revenus, n'a-t-on pas intérêt à se marier plutôt que de rester célibataire ?

La femme reposa son eau pétillante et regarda Ben avec prudence.

— C'est une nouvelle façon de draguer ? demanda-t-elle.

— Non, c'est un sondage. Ils mettent en vente l'appartement de mon coéquipier.

— Les salauds ont fait la même chose dans mon immeuble. Maintenant j'ai vingt minutes de métro pour me rendre à mon travail.

— Vous avez un travail ?

— Oui, je dirige le département de prêt-à-porter chez Woodies.

— Vous le dirigez ?

— Exactement.

Il se pencha vers Ed.

— Je te présente ta future femme.

— Prends un autre verre, Ben, suggéra son équipier.

— Ne passe pas à côté de cette opportunité. Change de place avec moi pour...

Il s'interrompit en voyant quelqu'un approcher de leur table. Reconnaissant le nouvel arrivant, il se redressa instinctivement.

— Bonsoir, monseigneur.

Ed se retourna. Le prêtre était en pantalon et pull-over gris.

— Ravi de vous revoir, monseigneur. Voulez-vous vous joindre à nous ?

— Volontiers.

Il réussit à tirer une chaise près de leur table.

— J'ai appelé le commissariat et ils m'ont répondu que je vous trouverais ici. J'espère que je ne vous dérange pas...

Ben fit courir un doigt le long de son verre.

— Que pouvons-nous pour vous, monseigneur ?

— Appelez-moi Tim, répondit ce dernier en faisant signe à la serveuse. Cela nous mettra tous plus à l'aise. Apportez-moi une St. Pauli Girl, s'il vous plaît, et une autre tournée pour mes amis.

Logan jeta un coup d'œil au pianiste qui entamait une ballade de Billy Joel.

— Je ne vous demanderai pas si vous avez eu une dure journée, j'ai été en contact avec le Dr Court et j'ai eu votre patron au téléphone. Vous essayez de trouver un certain Francis Moore.

— Essayer est le mot.

Ed repoussa son assiette vide pour que la serveuse puisse débarrasser la table quand elle apporterait les nouvelles consommations.

— J'ai connu un Franck Moore, dit Logan. Il enseignait ici au séminaire. La vieille école. Une foi inébranlable. Le genre de prêtre que vous avez dû connaître, Ben.

— Où est-il ?

— Au paradis, certainement, dit-il en prenant une poignée de cacahuètes. Il est mort il y a deux ans. Soyez béni, mon enfant, ajouta-t-il quand la bière fut devant lui.

Il leva sa chope et but une gorgée fraîche.

— Le vieux Franck n'était pas un fanatique, reprit Logan, mais il était inflexible. De nos jours, nous avons beaucoup de prêtres jeunes qui doutent et qui débattent de sujets aussi délicats que le célibat ou l'ordination des femmes. C'était plus facile pour Franck Moore qui voyait tout en noir et blanc. Pour lui, un homme d'Eglise ne convoitait ni les femmes, ni le vin, ni les sous-vêtements de soie. A la vôtre.

Il vida son verre d'un trait.

— Je vous raconte tout ça, poursuivit-il, parce que

je peux mettre à profit quelques relations pour parler à des gens qui l'ont connu, et à certains de ses étudiants. J'ai été moi-même conseiller spirituel au séminaire mais cela remonte à dix ans.

— Tout nous intéresse.

— Bien, puisque c'est réglé, je vais prendre une autre bière.

Il capta du regard l'attention de la serveuse, avant de se tourner vers Ben.

— Combien de temps avez-vous passé dans une école catholique ?

— Douze ans, répondit Ben en fouillant dans sa poche à la recherche de cigarettes.

— La durée de la scolarité. Je suis sûr que les sœurs vous ont donné d'excellents principes.

— Et quelques coups de règle sur les doigts.

— Toutes les religieuses ne ressemblent pas à Ingrid Bergman.

— Non.

— Je n'ai pas grand-chose en commun avec Pat O'Brian, déclara Logan en prenant sa deuxième bière. A part le fait que nous sommes tous les deux irlandais bien sûr. Santé.

— Père Logan… enfin, Tim, rectifia Ed, puis-je vous poser une question d'ordre religieux ?

— Si vous le souhaitez.

— Admettons que cet homme, ou n'importe qui, se confesse à vous à propos d'un meurtre par exemple, le dénonceriez-vous ?

— C'est une question que je peux me poser en tant que prêtre et en tant que psychiatre.

Il contempla sa bière un instant. Par moments, ses supérieurs le jugeaient un peu trop souple, mais Logan croyait en Dieu et en ses pairs.

— Si quelqu'un venait m'avouer un crime, que ce soit en confession ou en consultation psychiatrique, je ferais mon possible pour qu'il se livre à la police.

— Mais vous n'iriez pas le dénoncer ? insista Ben.

— Dans la mesure où cette personne cherche le réconfort auprès du médecin ou l'absolution de la part du prêtre, je ferais en sorte qu'elle obtienne satisfaction. La psychiatrie et la religion ne font pas toujours bon ménage mais dans ce cas, elles se rejoignent.

Ed n'aimait rien tant qu'un problème avec plusieurs solutions.

— Puisqu'il leur arrive de ne pas faire bon ménage, comment pouvez-vous concilier les deux ?

— Je m'efforce de comprendre les mystères de l'âme et ceux de l'esprit, car je considère qu'ils font partie d'un tout. En qualité de prêtre, je pourrais discuter de la création pendant des heures, vous démontrer pourquoi la Genèse est une thèse solide comme du roc. En tant que scientifique, je vous prouverais de la même façon pourquoi c'est un joli conte de fées. En tant qu'homme, je pourrais continuer à boire ma bière et vous dire que ça n'a aucune importance puisque nous sommes là.

— Que croyez-vous ? demanda Ben.

Lui préférait obtenir une seule réponse. La bonne.

— D'une certaine manière, cela dépend du costume que j'endosse.

Logan avala une grande gorgée et songea qu'avec une autre bière, il serait agréablement groggy. Tout en dégustant sa deuxième bière, il se surprit à attendre la troisième.

— Contrairement à ce qu'enseignait ce vieux Francis Moore, reprit-il, tout n'est pas bon ou mauvais. Ni en psychiatrie, ni dans le catholicisme, ni dans la vie. Dieu nous a-t-il créés par générosité, par bonté, ou même avec un certain sens du ridicule ? Ou avons-nous créé Dieu parce que nous avons un besoin désespéré et inné de croire qu'il existe quelque chose de plus grand et de plus puissant que nous ? Je me le demande souvent.

Il fit un geste pour avoir une autre tournée.

— Aucun des curés que j'ai connus ne se posait ce genre de questions, remarqua Ben en avalant le reste de sa vodka. Tout était bien ou mal. Généralement c'était mal et vous deviez payer.

— La notion de péché a des nuances infinies. Prenez les dix commandements. Ils sont clairs. « Tu ne tueras point », nous dit l'un d'eux. Pourtant nous nous battons depuis la nuit des temps. L'Eglise ne condamne pas le soldat qui défend son pays, observa le prêtre.

Ben songea à son frère. Josh s'était condamné lui-même.

— Tuer un individu est un péché capital, laisser tomber une bombe avec un drapeau américain sur un village entier relève du patriotisme, déclara-t-il d'une voix altérée.

— Nous sommes des créatures assez ridicules, n'est-ce pas ? fit Logan sans s'émouvoir. Permettez-moi de prendre un exemple plus simple. J'ai eu une étudiante il y a deux ans, une jeune femme brillante, qui, je dois l'admettre, connaissait mieux la Bible que moi. Elle est venue un jour m'interroger sur la masturbation.

Il remua légèrement sur sa chaise et heurta le coude de la serveuse.

— Excusez-moi, ma chère.

Puis il s'adressa de nouveau à Ben.

— Elle m'a cité un texte. Si je m'en souviens bien, il impliquait qu'il valait mieux pour un homme répandre sa semence dans le ventre d'une prostituée que dans le vide. Un argument de poids contre... disons, l'onanisme.

— Marie-Madeleine était une prostituée, marmonna Ed tandis que l'alcool commençait à faire doucement son effet.

— Exact, s'écria Logan, radieux. Là où mon étudiante voulait en venir, c'est que la femme ne répand sa semence nulle part, donc la masturbation n'est un péché que pour les hommes.

Ben se rappela une ou deux séances personnelles, du temps de la puberté.

— J'ai dû dire tout un chapelet, murmura-t-il.
— Et moi deux, intervint Logan.

Pour la première fois, le prêtre vit l'inspecteur se détendre et sourire.

— Que lui avez-vous répondu ? s'enquit Ed.
— Que la Bible s'exprimait souvent par paraboles et qu'elle devait interroger sa conscience.

Il but une grande rasade de bière et ajouta :
— J'ai cherché la citation, et que je sois pendu si je n'ai pas admis qu'elle marquait un point.

10

La galerie d'art *Greenbriar* consistait en deux petites pièces prétentieuses situées non loin d'une rive du Potomac. Le succès de tels endroits était généralement assuré tant que certaines gens achetaient des choses ridicules sous prétexte qu'elles étaient onéreuses.

Ce haut lieu de l'art était dirigé par un petit homme roublard qui louait le bâtiment délabré pour des cacahuètes et qui avait acquis une réputation d'excentrique en repeignant la façade en rouge brun. Il aimait à arborer des longues vestes destructurées aux couleurs de l'arc-en-ciel, des bottines assorties, et fumait des cigarettes au papier coloré. Son étrange visage lunaire était éclairé par des yeux pâles dont les cils avaient tendance à battre dès qu'il parlait d'art moderne et de liberté d'expression. Prudent, il plaçait ses bénéfices dans des bons du Trésor.

La peintre Magda P. Carlyse jouissait d'une belle notoriété depuis que la femme de l'ancien Président avait acheté une de ses sculptures pour l'offrir en cadeau de mariage à la fille d'une amie. Quelques rares critiques avaient émis l'hypothèse que la précédente première dame du pays ne devait pas apprécier les jeunes mariés. Toujours est-il que cette acquisition avait lancé la carrière de Magda.

L'exposition à la galerie *Greenbriar* connut un énorme succès. Les gens s'entassèrent, vêtus de fourrure, de denim, de Lycra et de soie. On servit du cappuccino dans des tasses grandes comme des dés à coudre et de minuscules quiches aux champignons. Un grand Noir qui devait bien mesurer deux mètres se tenait immobile, drapé dans une cape pourpre, comme hypnotisé par une sculpture faite de feuilles de métal et de plumes.

Tess y jeta un long regard elle-même. L'objet lui évoquait un capot de camion qui serait passé au travers d'un vol d'oies sauvages.

— Fascinante combinaison de matériaux, n'est-ce pas ?

Tess se passa un doigt sur la lèvre supérieure avant de répondre à son compagnon :

— Oh, absolument.

— C'est puissamment symbolique.

— Effrayant, acquiesça Tess en levant son verre pour dissimuler un rire.

Elle avait entendu parler de *Greenbriar* mais n'avait jamais trouvé le temps ni l'énergie d'explorer la galerie dernier cri. Ce soir, elle était contente du bain de foule qui la distrayait.

— Tu as eu une très bonne idée, Dean, déclara-t-elle. Je crois que j'ai négligé l'art… populaire.

— Ton grand-père m'a dit que tu travaillais trop.

— Il s'inquiète à tort.

Elle se tourna pour observer un tube phallique de soixante centimètres de haut, dressé vers le plafond.

— En tout cas, cet endroit vous change les idées, ajouta-t-elle.

Un homme en costume de soie jaune jacassait avec une dame engoncée dans un manteau de vison.

— C'est tellement plein d'émotion, de perspicacité.

Voyez comme cette ampoule électrique cassée symbolise la destruction des idées dans une société qui s'avance vers un désert d'uniformité.

Tess se poussa légèrement. D'un geste dramatique, l'homme montrait avec sa cigarette la sculpture dont il raffolait.

C'était une ampoule de soixante-quinze watts ébréchée au centre et vissée sur un support de pin blanc. Une petite étiquette bleue en indiquait le prix : mille deux cents dollars.

— Stupéfiant, murmura Tess qui fut récompensée par un sourire éclatant de l'homme de soie jaune.

— C'est très innovateur, n'est-ce pas ? renchérit Dean avec autant de fierté que s'il avait lui-même créé l'objet. Quelle audace et puis quel pessimisme… !

— Les mots me manquent, admit Tess.

— Je comprends ce que tu ressens. La première fois que j'ai vu une exposition de cette artiste, je suis resté muet de saisissement.

Tess préféra éviter tout commentaire et se contenta de sourire en s'éloignant. Elle pourrait écrire un article sur les raisons psychologiques — le phénomène de masse — qui poussaient les gens à payer le prix fort pour ce genre de niaiseries. Elle s'arrêta devant un cube de verre rempli de boutons de couleurs et de tailles variées : carrés, ronds, en émail ou recouverts de tissus, ils remplissaient la boîte scellée. L'artiste avait intitulé son œuvre « Population, 2010 ». Tess estima qu'un scout aurait fait la même chose en trois heures et demie. Le chef-d'œuvre était proposé à la vente pour sept cents dollars.

En secouant la tête, elle s'apprêtait à rejoindre son compagnon quand elle aperçut Ben. Il était debout devant une sculpture, les mains dans les poches, l'air profondément amusé. Sa veste était ouverte sur un pull-over gris et il portait un jean. Une femme qui arborait une parure en diamants d'au moins cinq mille dollars se faufila à côté de lui pour regarder la même sculpture. Tess le vit marmonner quelque chose dans sa barbe juste avant qu'il ne lève la tête et l'aperçoive.

Ils se dévisagèrent. La femme aux diamants les cacha un instant l'un à l'autre mais quand elle s'éloigna, aucun d'eux ne bougea. Tess sentit quelque chose se libérer en elle, puis son malaise revint aussitôt. Elle parvint cependant à lui sourire et le salua d'un signe de tête amical et décontracté.

— ... tu ne trouves pas ?

— Quoi ? dit-elle en sursautant. Excuse-moi, Dean, j'avais l'esprit ailleurs.

Dean la considéra avec indulgence. Un homme qui donnait des conférences à quelques centaines d'étudiants par an ne pouvait s'offusquer d'une minute de distraction.

— Tu ne trouves pas que cette sculpture révèle le conflit profond qui existe entre un homme et une femme ?

— Hum.

Tout ce qu'elle voyait, c'était un amas de ferraille et de boîtes de conserve qui pouvait ou non représenter des êtres métalliques en train de forniquer.

— Je me demande si je ne vais pas l'acheter pour mon bureau.

— Oh.

Dean était un charmant et inoffensif professeur de littérature dont l'oncle jouait occasionnellement au poker avec le grand-père de Tess. Celle-ci se sentit contrainte de l'éloigner de la sculpture comme une mère qui empêcherait son enfant de dépenser son argent de poche dans des minivoitures hors de prix.

— Tu ne crois pas que tu devrais d'abord voir les autres pièces ?

— Ça se vend comme des petits pains. Je ne veux pas que quelqu'un d'autre me la prenne sous le nez.

Il jeta un coup d'œil aux gens serrés comme des sardines et entreprit de se frayer un chemin vers le propriétaire. Ce dernier était impossible à manquer avec son costume bleu électrique et son foulard assorti.

— Excuse-moi, j'en ai pour une minute, dit-il à Tess.

— Bonsoir, Tess.

Elle leva la tête vers Ben avec un calme prudent, mais sa main, soudain moite, se serra sur la petite anse de sa tasse pour ne pas renverser le cappuccino. Tess imputa ce phénomène à la chaleur ambiante.

— Ben, comment vas-tu ?

— Très bien.

C'était faux. Depuis une semaine, il allait mal. Il prit conscience qu'elle lui avait terriblement manqué. Au milieu de tous ces prétentieux, elle était aussi fraîche et virginale qu'un bouquet de violettes dans une forêt d'orchidées.

— Une soirée intéressante, n'est-ce pas ? lança-t-elle.

— On peut le dire.

Le regard de Tess se porta sur la femme qui l'accompagnait.

— Docteur Court, Trixie Lawrence.

Trixie ressemblait à une amazone gainée de cuir rouge. Avec ses bottes à talons, elle dépassait Ben d'une tête. Son incroyable chevelure rousse et crêpée explosait en piques, boucles et spirales étudiées. Un paquet de bracelets tintinnabulaient à chacun de ses mouvements. Le profond décolleté en V de sa veste révélait quelques pétales de la rose tatouée sur son sein gauche. Tess lui tendit la main.

— Bonsoir.
— Bonsoir. Alors vous êtes médecin ?

Malgré sa stature, Trixie n'avait qu'un filet de voix grinçant.

— Je suis psychiatre.
— Vous ne vous fichez pas de moi ?
— Je ne me fiche pas de vous, assura Tess tandis que Ben s'éclaircissait la gorge.

Trixie prit une des quiches minuscules et l'avala comme un cachet d'aspirine.

— J'ai un cousin qui a été chez les fous une fois. Ken Launderman. Vous le connaissez peut-être ?
— Non, je ne crois pas.
— Ouais, vous devez voir pas mal de zinzins.
— Plus ou moins, murmura Tess en jetant un coup d'œil à Ben.

Celui-ci n'avait l'air nullement embarrassé. Il souriait comme un imbécile. Finalement, Tess sentit ses propres lèvres répondre à la béatitude de Ben, tandis qu'elle portait la tasse à sa bouche.

— Je suis surprise de te voir ici, dit-elle.

Ben changea de point d'appui sur les talons de sa vieille paire de tennis.

— Une impulsion, répondit-il. J'ai coincé Greenbriar il y a quelques années. Une petite transaction pas très claire avec des chèques en bois. Quand il m'a envoyé l'invitation, j'ai décidé de venir faire un tour pour voir comment il s'en sortait.

A cet instant, il vit le propriétaire de la galerie embrasser la femme aux diamants.

— A priori, il ne se débrouille pas trop mal, ajouta-t-il.

Tess but une gorgée de son cappuccino qui refroidissait et se demanda si Ben gardait des relations amicales avec tous ceux qu'il arrêtait.

— Que penses-tu de cette exposition ? demanda-t-elle.

Ben se pencha vers la boîte de boutons.

— Quand une société se permet d'organiser dans les supermarchés des promotions pour célibataires, il ne faut pas s'étonner qu'elle se fasse tant d'argent avec ces babioles.

L'éclat qui illumina les yeux de Tess lui donna envie de la toucher. Au moins une fois. Rien qu'un moment. Il eut du mal à se contenir.

— C'est ce qui fait la grandeur des Etats-Unis, rétorqua Tess.

— Tu es superbe aujourd'hui.

Pour la première fois de sa vie, il comprenait le sens de l'expression « brûler de désir ».

— Merci.

Curieusement Tess espéra que le compliment de Ben était sincère.

— Je ne suis jamais allée à des promotions pour célibataires, intervint Trixie en humant un plateau de quiches.

— Ça te plairait, plaisanta Ben.

Son sourire s'évanouit quand il remarqua l'homme qui se dirigeait vers Tess.

— Un de tes amis ? demanda-t-il.

Tess tourna la tête et attendit que Dean soit parvenu à se faufiler jusqu'à eux. Ben en profita pour admirer la jeune femme. Son cou long et fin lui conférait un port de reine, et le rang de perles qui l'entourait faisait paraître sa peau encore plus délicate. Pour lui, son odeur naturelle, discrète mais si enivrante, dominait toutes les autres.

— Dean, je te présente Ben Paris et Trixie Lawrence. Ben est inspecteur de police.

— Ah, un de nos représentants de la loi, dit le professeur en lui serrant la main chaleureusement.

Il ressemblait à une couverture de *Gentlemen's Quaterly* et empestait l'eau de Cologne. Ben eut l'envie irrésistible de lui faire une prise de judo et de l'envoyer rouler par terre.

— Vous êtes un collègue de Tess ? demanda-t-il poliment.

— Non, je travaille à l'université.

Un professeur. Ben aurait dû s'en douter. Il remit les mains dans ses poches.

— Nous venons d'arriver, Trix et moi. Nous n'avons pas encore tout vu, prétexta-t-il pour s'éloigner.

— C'est presque trop pour un seul soir, rétorqua Dean en jetant un coup d'œil possessif à l'amas de ferraille exposé tout près. Je viens d'acheter cette œuvre. C'est un peu osé pour mon bureau mais je n'ai pas pu résister.

— Vous avez acheté ça ? fit Ben en collant sa langue contre sa joue. Vous devez être content. Je vais voir si je peux trouver quelque chose pour le mien. Ravi de vous avoir connu.

Il passa son bras autour de la taille épaisse de Trixie.

— A bientôt, doc.
— Au revoir, Ben.

Tess rentra dans son appartement vers 11 heures. La migraine qu'elle avait invoquée pour écourter sa soirée n'était qu'un demi-mensonge. D'ordinaire elle appréciait ses sorties occasionnelles avec Dean. C'était le type d'homme équilibré et sans complication qu'elle fréquentait pour garder une vie équilibrée et sans complication. Mais ce soir elle n'avait pas été capable d'affronter un dîner tardif et une discussion sur la littérature du XIXe. Pas après l'exposition à *Greenbriar*.

Pas après avoir croisé Ben, dut-elle admettre en ôtant ses chaussures. Tous les efforts entrepris depuis une semaine pour panser son amour-propre et alléger sa tension avaient été réduits à néant en un clin d'œil.

Pour la peine, elle allait se dorloter, décida-t-elle après avoir accroché sa veste dans la penderie. Une bonne infusion bien chaude. Une soirée au lit avec une camomille, Beethoven et un livre de Kurt Vonnegut. Un tel menu chasserait les idées noires de l'individu le plus racorni...

Elle parvint avec satisfaction à l'acte II de son programme.

Otant ses boucles d'oreilles, elle les déposa sur la table de la salle à manger. Le bruit qu'elles firent en tombant résonna dans la pièce vide. Les fleurs qu'elle avait achetées au début de la semaine commençaient à se faner. Des pétales dorés jonchaient l'acajou verni. Tess les ramassa distraitement. Leur fragrance acide et poivrée la suivit jusque dans sa chambre.

Ce soir elle ne se plongerait pas dans les dossiers qui encombraient son bureau. Elle fit glisser la fermeture Eclair de sa robe en lainage en songeant qu'elle avait tort de ne pas se ménager davantage de pauses qu'elle consacrerait exclusivement à sa petite personne. Au diable les patients du lundi matin, ses prochaines consultations à la clinique où elle devrait affronter la colère et la rancœur de malades en sevrage. Elle ne penserait plus aux quatre meurtres, ni à Ben.

226

Dans le miroir en pied installé à l'intérieur de son placard, elle vit se refléter une femme de taille moyenne, fine, vêtue d'une robe de grand couturier en lainage blanc. Trois rangs de perles et une grosse améthyste soulignaient sa gorge. Des peignes en ivoire ornés de perles retenaient ses cheveux en arrière. Ils avaient appartenu à sa mère et donnaient à Tess la même élégance discrète qu'à la fille du sénateur.

Sa mère avait porté ce collier à son mariage. Tess avait des photos dans un gros album en cuir qu'elle gardait dans le tiroir de sa commode. Quand le sénateur avait offert les perles à sa petite-fille le jour de ses dix-huit ans, ils avaient pleuré tous les deux. Chaque fois que Tess les sortait de l'écrin, elle éprouvait un pincement au cœur et une bouffée de fierté. Elles étaient le symbole de ce qu'elle était, de ses origines et de ce qu'on attendait d'elle.

Mais cette fois, le collier lui pesait. Elle l'enleva et referma les doigts sur les perles fraîches.

Même sans bijoux, son image ne changeait pas. En s'étudiant dans la glace, elle se demanda pourquoi elle avait choisi une robe aussi simple, aussi *convenable*. Parce que son placard en était plein ? Elle se regarda de profil. De quoi aurait-elle l'air dans une tenue audacieuse et provocante ? Dans du cuir rouge, par exemple...

Elle se ressaisit, secoua la tête et accrocha sa robe sur un cintre capitonné. Que lui arrivait-il ? Elle, une femme adulte, pragmatique, raisonnable, une psychiatre avertie, debout devant un miroir à s'imaginer en cuir rouge ! Pitoyable. Que dirait Franck Fuller si elle lui racontait ça ?

Par bonheur elle était encore capable de rire d'elle-même. Elle tendit la main vers une longue robe de chambre en velours, puis, impulsivement, son choix s'arrêta sur un kimono de soie fleurie dont on lui avait fait cadeau et qu'elle avait rarement porté. Ce soir, elle allait se faire plaisir. De la soie sur la peau, de la musique classique, et ce serait du vin, non une infusion, qu'elle emporterait au lit.

Posant son collier sur la commode, Tess ôta ses peignes, prépara son lit et tapota les oreillers.

Spontanément elle alluma les bougies parfumées qui ornaient sa table de chevet. Une agréable odeur sucrée se répandit dans la chambre. La jeune femme eut le temps de sentir l'air se saturer de vanille avant de se diriger vers la cuisine.

Le téléphone l'arrêta en chemin. Tess lui jeta un coup d'œil mauvais et, finalement, elle décrocha à la troisième sonnerie.

— Bonsoir.
— J'ai attendu très longtemps mais vous n'étiez pas là.

Tess reconnut la voix. C'était l'homme qui avait appelé à son cabinet le jeudi précédent.

La perspective d'une soirée tranquille partait en fumée. Elle prit un stylo.

— Vous vouliez me parler. Nous n'avions pas achevé notre conversation, n'est-ce pas ?
— Je n'ai pas le droit mais j'ai besoin de...

Sa respiration était saccadée.

— Ce n'est jamais mal de parler, assura-t-elle d'un ton apaisant. Je peux essayer de vous aider.
— Vous n'étiez pas là. J'ai attendu toute la nuit et vous n'êtes pas rentrée. Je vous ai guettée.

Elle releva la tête brutalement et fixa le rectangle noir de l'autre côté de son bureau. Guettée. Elle frissonna mais s'approcha délibérément de la fenêtre pour regarder la rue déserte.

— Vous m'avez guettée ? répéta-t-elle.
— Je n'aurais pas dû y aller, je n'aurais pas dû...
Sa voix se brisa comme s'il se parlait à lui-même.
— Mais j'en avais besoin. Vous êtes supposée comprendre, lâcha-t-il à toute allure d'un ton accusateur.
— Je ferai mon possible. Pourquoi ne venez-vous pas à mon cabinet ?
— Pas là-bas. Ils sauront. Je ne veux pas qu'ils sachent tant que je n'ai pas fini.
— Fini quoi ?
Elle n'entendit qu'un souffle dans le combiné.
— Je pourrais vous aider si vous acceptiez de venir me voir, insista-t-elle.
— Je ne peux pas. Même vous parler, c'est... Oh, mon Dieu.
Il se mit à marmonner. Tess tendit l'oreille mais ne comprit pas. Quelle langue parlait-il ? Du latin, peut-être. Elle entoura un point d'interrogation sur son bloc.
— Vous souffrez. J'aimerais atténuer cette douleur.
— Laura aussi souffrait. Atrocement. Elle saignait et je ne pouvais rien faire. Elle est morte dans le péché. Avant d'avoir reçu l'absolution.
Le stylo trembla dans la main de Tess. S'adossant à son fauteuil, elle fixa machinalement la fenêtre avant de reporter son attention sur ses notes. Sa discipline reprit le dessus et elle inspira à fond pour garder son calme.
— Qui était Laura ?
Le murmure de son interlocuteur était à peine audible.
— Laura, la belle Laura, si belle... C'était trop tard pour la sauver. Je n'ai pas pu. Maintenant j'en ai le pouvoir et même le devoir. La volonté de Dieu est si terrible...
Puis il ajouta d'une voix forte :

— La justice divine. Les agneaux doivent être sacrifiés et leur sang lavera les péchés du monde. Dieu exige des sacrifices…

Tess s'humecta les lèvres.

— Quel genre de sacrifices ?

— Une vie. Il donne la vie et la reprend. « Vos fils et vos filles mangeaient et buvaient du vin dans la maison de leur frère aîné quand un grand vent en provenance du désert abattit les quatre murs de la maison qui s'écroulèrent sur les jeunes gens et les écrasèrent. Moi seul en ai réchappé pour vous le raconter. » Moi seul, répéta-t-il de la même voix sans inflexions qu'il avait utilisée pour la citation. Mais Dieu récompense ceux qui, malgré les épreuves et les sacrifices, ont gardé un cœur pur.

Tess s'appliqua sur ses notes comme si elle passait un examen. Son cœur battait à grands coups dans sa poitrine.

— Est-ce Dieu qui vous a demandé de sacrifier ces femmes ?

— « Sauve et absous. » J'en ai le pouvoir maintenant. J'avais perdu espoir après Laura, j'avais tourné le dos à Dieu. Ce fut une période terrible de cécité, d'égoïsme et d'ignorance. Mais Il m'a montré que si j'étais assez fort pour faire des sacrifices, nous serions tous sauvés. Mon âme est liée à celle de Laura, dit-il tranquillement. Nos sorts sont liés. Vous n'êtes pas rentrée chez vous, ce soir-là.

Tess décelait dans les propos de l'homme et dans sa voix la triste confusion de son esprit.

— J'ai attendu, reprit-il, je voulais vous parler, vous expliquer. Mais vous avez passé la nuit dans le péché.

— Parlez-moi de cette nuit où vous m'avez attendue.

— J'ai attendu, répéta-t-il comme un leitmotiv. Je

guettais la lumière à la fenêtre. En vain. J'ai marché. Je ne sais pas combien de temps, ni où. Je pensais que vous ou Laura viendriez à ma rencontre. J'ai cru que c'était vous, mais je me trompais. Alors j'ai compris que ce devait être… elle. Je l'ai mise dans l'allée, à l'abri du vent, chuchota-t-il. Je l'ai tirée hors du passage avant que les autres ne puissent venir et m'emmener. Ils sont ignorants et défient les lois du Seigneur.

Son souffle devint rauque.

— J'ai mal, si mal. Ma tête.

— Je peux vous aider. Dites-moi où vous êtes et je viendrai.

— Vraiment ?

On aurait dit un enfant terrorisé par un orage et à qui on apporte une lampe pour le calmer.

— Non, cria-t-il soudain d'une voix puissante. Croyez-vous avoir le pouvoir d'infléchir la volonté de Dieu ? Je suis Son instrument. L'âme de Laura attend que j'achève les sacrifices. Encore deux. Puis nous serons tous libres, docteur Court. Ce n'est pas la mort qu'il faut redouter mais la damnation. Je vous surveillerai, promit-il presque humblement. Je prierai pour vous.

Tess ne bougea pas lorsque la communication fut coupée. Plusieurs minutes après, elle était toujours parfaitement immobile. Dehors les étoiles brillaient au milieu d'un ciel clair. Dans la rue, des voitures passaient à un rythme régulier. Les lampadaires jetaient des flaques de lumière sur les trottoirs. Depuis son fauteuil, la jeune femme ne vit personne, mais comment être sûre qu'on ne l'observait pas ?

De la sueur froide perlait à son front. Elle prit un mouchoir en papier sur son bureau et s'essuya soigneusement.

Il l'avait avertie. Elle ne savait pas avec certitude s'il

en était conscient mais il avait appelé autant pour appeler au secours que pour la prévenir. Elle était la prochaine sur la liste. Ses doigts tremblèrent en se portant à son cou, là où il y avait eu son collier. Elle n'arrivait plus à avaler.

Avec lenteur et d'infinies précautions, elle recula la chaise à l'écart de la fenêtre. Sa main s'approcha du rideau pour le tirer quand un coup à la porte la plaqua contre le mur dans un réflexe de terreur animale comme elle n'en avait jamais éprouvé. Elle chercha un objet pour se défendre, un endroit où se cacher, un moyen pour s'enfuir. Elle lutta pour se reprendre. Il lui suffisait d'atteindre le téléphone et de composer le 911, de donner son nom et son adresse.

Mais quand on frappa de nouveau, elle constata qu'elle n'avait pas mis la chaîne.

En quelques secondes, elle avait traversé la pièce et s'appuyait de tout son poids contre la porte, se battait avec la chaîne qui semblait subitement trop grosse pour s'ajuster. Elle y parvint en sanglotant à moitié.

La personne frappa plus fort.

— Tess ? Qu'est-ce qui se passe ?

— Ben ? Oh, mon Dieu.

Ses doigts lui parurent encore plus gourds lorsqu'elle voulut ôter la chaîne. Sa main moite glissa sur la poignée de la porte. Puis, enfin, elle ouvrit le battant et se jeta dans les bras de Ben.

— Qu'y a-t-il ?

Il la sentit s'accrocher aux revers de son manteau et essaya de l'écarter.

— Tu es seule ? demanda-t-il en portant instinctivement la main à son revolver. Que s'est-il passé ?

— Ferme la porte, je t'en prie.

Le bras autour des épaules de la jeune femme, il ferma la porte et mit la chaîne.

— Ça y est. Assieds-toi, je vais te chercher un verre, tu trembles.

— Non, ne me lâche pas. J'ai cru que c'était...

— Allons, viens prendre un peu de cognac. Tu es glacée.

Sans la lâcher, il la poussa gentiment vers le canapé.

— Il m'a appelée, annonça-t-elle.

La main de Ben se serra sur son bras tandis qu'il la faisait pivoter. La jeune femme était livide, ses pupilles dilatées. Elle agrippait toujours son manteau. Il n'eut pas besoin de demander de qui il s'agissait.

— Quand ?

— A l'instant. Il avait déjà téléphoné au cabinet mais je n'avais pas compris que c'était lui. Pas à ce moment-là. Je l'ai vu l'autre soir. Il était au coin de la rue. J'ai d'abord cru que j'étais devenue paranoïaque. Un bon psychiatre sait reconnaître les symptômes.

Elle se mit à rire et enfouit son visage dans ses mains.

— Oh, mon Dieu, il faut que j'arrête.

— Assieds-toi, dit-il en desserrant son emprise.

Il avait adopté le même ton que pour interroger un témoin bouleversé.

— Tu as du cognac quelque part ?

— Oui... dans le buffet, la porte de droite.

Quand elle fut assise, il se dirigea vers le buffet et en tira une bouteille de Rémy Martin. Il en versa une double dose dans un verre.

— Bois un peu avant de me raconter.

— O.K.

Elle était déjà en train de se ressaisir sans l'aide de

l'alcool, mais elle obéit pour s'accorder un moment de répit. Le cognac lui donna un coup de fouet et atténua sa peur. Il n'y avait pas de place pour la peur dans sa vie, songea-t-elle. Elle était censée garder un esprit clair et analytique. Quand elle prit la parole, sa voix était dénuée d'émotion, sans aucune trace d'hystérie. Son instant de panique lui fit honte.

— Jeudi soir, un rendez-vous m'a retenue assez tard à mon bureau. Après le départ du patient, alors que je rangeais mes affaires, le téléphone a sonné. L'homme avait l'air très troublé et ne m'a pas donné l'impression d'être un de mes malades. J'ai essayé de le faire parler mais il a raccroché.

L'alcool ondulait dans le verre à cognac tandis qu'elle le réchauffait dans ses mains.

— J'ai attendu quelques minutes, reprit-elle. Comme il ne rappelait pas, j'ai classé mes notes et je suis rentrée. Il a retéléphoné ce soir...

— Es-tu sûre qu'il s'agissait du même homme ?

— Oui, j'en suis sûre. C'est celui que tu recherches depuis le mois d'août, répondit-elle en buvant une gorgée. Il est en train de craquer.

— Que t'a-t-il dit ? Répète-moi exactement ce qu'il t'a dit.

— J'ai tout inscrit. Mes notes sont là.

— Tu...

Il s'interrompit et hocha la tête.

— J'aurais dû m'en douter. Montre-les-moi.

Elle se leva. Avec une assurance recouvrée, elle apporta le bloc jaune à Ben. Enfin quelque chose de constructif, de positif. Tant qu'elle considérerait cette histoire comme un travail, elle garderait son sang-froid.

— Il manque peut-être des mots ici et là parce qu'il avait un débit très rapide, mais l'essentiel y est.

— C'est en sténo.
— Oh, pardon...

Elle reprit les notes et se mit à les lire lentement d'une voix détachée. Chaque mot était propre à donner au psychiatre une clé pour la personnalité de leur auteur. Elle omit volontairement de mentionner les menaces dirigées contre elle.

— Cela ressemble à l'Ancien Testament, déclara-t-elle quand elle eut fini de lire la citation. Je pense que Mgr Logan pourra situer le passage.

— Job.
— Quoi ?
— C'est tiré de Job.

Son regard se porta sur l'extrémité de la pièce tandis qu'il allumait une cigarette. Il avait lu la Bible deux fois pendant la maladie de Josh, cherchant des réponses à des questions qu'il n'avait même pas formulées.

— Tu sais, le type qui avait tout dans la vie, reprit-il.

— Et que Dieu a mis à l'épreuve ?
— Oui.

Il pensa à son frère. Josh avait tout pour être heureux... avant le Viêt-nam.

Bien qu'elle n'eût pas une connaissance de la Bible aussi approfondie que la sienne, elle comprenait le parallèle entre Job et le tueur. A une différence près, qui était de taille : le Prêtre semblait avoir raté le test de Dieu... Et la jeune femme devinait que l'épreuve était étroitement liée à cette Laura.

— Oui, dit-elle lentement. Avant, la vie du Prêtre était bien organisée, satisfaisante en tout point.

— Sa foi n'avait jamais été mise à l'épreuve, murmura Ben.

— Non, et quand elle l'a été, d'une certaine façon, il a échoué.

Il regarda les notes, frustré de ne pouvoir les déchiffrer.

— Continuons, dit-il.

Tout en l'écoutant, Ben dut lutter pour penser en policier et non en amoureux. Un meurtrier la surveillait. L'idée lui noua l'estomac. L'homme l'avait attendue la nuit où Anne Reasoner avait été tuée, la nuit où Tess avait dormi chez lui. Le policier reconnut l'avertissement aussi vite que le médecin.

— Il s'est fixé sur toi, observa Ben.
— On dirait.

Avant de poser la feuille jaune de côté, Tess ramena ses jambes sous elle. Il fallait absolument conserver la tête froide, considérer la situation avec objectivité.

— Je l'attire parce que je suis psychiatre et qu'une partie de lui sait qu'il a désespérément besoin d'aide. De plus je dois ressembler à Laura.

Dans le souvenir de Tess, c'était la voix qui lui avait semblé le plus effrayante. Une voix oscillant entre l'appel au secours et l'autorité où l'on pouvait déceler une folie méthodique. Elle croisa les mains et les serra.

— Ben, je voudrais que tu saisisses la manière dont je percevais cet homme ; c'était comme si j'avais deux interlocuteurs : l'un pitoyable, désespéré, suppliant, l'autre fou, fanatique et déterminé.

— Il n'est qu'un seul et même homme quand il tue, déclara-t-il en se levant pour prendre le téléphone. Je vais demander qu'on mette ton appareil sur écoute, ici et au bureau.

— Ben, pas à mon cabinet. J'ai souvent des patients en ligne. La déontologie m'interdit de trahir leurs confidences.

— Tess, ne me complique pas la vie.
— Tu dois comprendre...
Il se tourna brusquement vers elle.
— C'est toi qui dois comprendre. Il y a un maniaque dehors qui tue des femmes et qui a jeté son dévolu sur toi. Tes téléphones vont être mis sur écoute avec ta permission ou un mandat du tribunal. Quatre femmes n'ont pas eu cette chance... Allô ? Patron, c'est Paris. Nous avons une piste.

Cela prit moins de une heure. Deux policiers en costumes-cravates effectuèrent quelques modifications apparemment mineures sur sa ligne de téléphone et déclinèrent poliment l'offre d'un café. L'un d'eux prit le combiné, tapota des numéros et testa l'écoute. Puis ils prirent la clé du bureau de Tess et s'en allèrent.
— C'est tout ? s'étonna la jeune femme.
— Oui, nous sommes à l'ère des micropuces, répondit Ben. Je prendrais volontiers un peu de café.
— Oh, bien sûr.
Après un dernier coup d'œil vers l'appareil, elle se dirigea vers la cuisine.
— Cela me met mal à l'aise de penser que, chaque fois que le téléphone sonne, quelqu'un écoute mes conversations, muni d'un casque.
— C'est censé te donner une impression de sécurité.
Quand elle revint avec le café, Ben était posté près de la fenêtre et regardait dehors. Elle remarqua qu'à son approche il fermait délibérément le rideau.
— Je ne suis pas certaine qu'il rappellera. J'ai eu peur et il a dû le sentir. Je me suis débrouillée comme un manche.

— Tu as perdu ta cote de superpsy.

Il prit son café et la main de la jeune femme.

— Tu n'en veux pas ?

— Non, je suis assez nerveuse comme ça.

— Tu es fatiguée.

Du pouce, il lui caressa les doigts. Elle semblait soudain si fragile, si pâle, si belle.

— Pourquoi ne vas-tu pas te coucher ? suggéra-t-il. Je vais prendre le canapé.

— Protection policière ?

— Cela fait partie de notre campagne de relations publiques.

— Je suis contente que tu sois là.

— Moi aussi, dit-il en passant le doigt sur la soie chatoyante. Tu as un bien joli kimono.

— Tu m'as manqué, avoua-t-elle brusquement.

Il interrompit son geste pour la regarder et se souvint qu'au vernissage, elle avait des boucles d'oreilles et, autour du cou, une pierre de la couleur de ses yeux. Il se rappela avec quelle intensité il avait eu envie de la toucher. Même s'il devait en souffrir jusqu'au fond de ses entrailles, le mieux pour le moment était de battre en retraite.

— Tu as une couverture ?

Tess eut l'impression de recevoir une gifle. Elle fit un pas en arrière.

— Oui, je vais en chercher une.

Quand elle fut sortie, Ben se maudit intérieurement. Ses propres contradictions le déchiraient. Il la désirait et il ne voulait pas s'engager avec une femme de son genre. Sa fraîcheur, son charme, sa beauté l'attiraient, certes, un peu comme un gâteau rose et blanc dans une devanture de magasin. Il en avait eu un avant-goût et savait que certaines pâtisseries pouvaient devenir une drogue. Or, même s'il y avait eu de la place pour elle dans sa vie, ce qui n'était pas le cas, ils ne seraient pas assortis. Soudain une image d'elle lui revint, et il se la remémora, rieuse, adossée à sa fenêtre. Un violent désir le gagna.

Elle revint avec un oreiller et une couverture. En silence, elle se mit à préparer le canapé.

— Tu ne t'attends pas à des excuses ? s'étonna-t-il.
— Pour quelle raison ?
— Pour la semaine dernière.

Bien qu'elle fût déterminée à ne pas l'aborder de front, Tess s'était demandé si le sujet ne viendrait pas quand même sur le tapis.

— Pourquoi attendrais-je des excuses ?

Il l'observa tandis qu'elle bordait soigneusement la couverture sous les coussins.

— Nous nous sommes disputés. La plupart des femmes voudraient entendre le traditionnel « je suis désolé, je me suis comporté comme un imbécile ».
— C'est ainsi que tu te considères ?
— Comment ?
— Comme un imbécile.

Il dut admettre que la manœuvre était habile.

— Non.
— Alors ce serait ridicule de le prétendre juste pour perpétuer la tradition, déclara-t-elle en donnant une dernière tape à l'oreiller. Voilà, ça devrait aller.
— D'accord, j'avoue que je me suis conduit comme un imbécile.

Tess se tourna vers lui et sourit.

— C'est exact mais ce n'est guère important.
— Je pensais vraiment ce que j'ai déclaré, en grande partie du moins.
— Moi aussi.

Et alors ? Ce n'était pas leur sincérité qui était en cause, mais la viabilité de leur relation. Tout les opposait, leurs origines, leurs modes de vie, leurs ambitions.

— Où cela nous mène-t-il ? demanda-t-il à mi-voix.

L'aurait-elle su qu'elle ne le lui aurait sans doute pas dit.

— Pourquoi ne pas se satisfaire de l'instant présent ? proposa-t-elle. Je suis contente que tu sois là avec toute cette...

Elle s'interrompit tandis que son regard se portait vers le téléphone.

— N'y pense plus, coupa Ben. Laisse-moi prendre la relève.

Elle croisa et décroisa ses mains.

— Tu as raison. Si on y pense trop, il y a de quoi devenir...

— Fou ? suggéra-t-il.

— Si tu veux, bien que le terme soit inadapté.

Pour s'occuper, Tess s'approcha de son bureau et commença à le ranger.

— J'étais surprise de te voir tout à l'heure à la galerie, ajouta-t-elle. Je sais bien que nous sommes dans une petite ville mais...

Soudain elle fut frappée par un détail qui, dans sa confusion et sa panique, lui avait échappé.

— Au fait, qu'est-ce qui t'amenait ici ? Je pensais que tu étais en compagnie...

— Oui, mais j'ai prétexté une urgence. Et toi ?

— Comment cela ?

— Tu étais accompagnée aussi.

— Oh, Dean ! J'ai allégué une migraine, ce qui n'était d'ailleurs pas entièrement faux. Cela ne m'éclaire pas sur les raisons de ta présence.

Il haussa les épaules et ramassa le presse-papiers, une pyramide en cristal qui accrochait la lumière.

— Un homme de la bonne société, n'est-ce pas ? Un professeur ?

— Oui.

Un drôle de sentiment s'empara d'elle. Il lui fallut un moment pour s'apercevoir que c'était une pointe de plaisir. Elle ne put s'empêcher de le provoquer.

— Ton amie... Trixie avait l'air charmante. J'ai particulièrement apprécié son tatouage.

— Lequel ?

Tess haussa un sourcil et changea de sujet.

— As-tu aimé l'exposition ?

— Je raffole des imbécillités prétentieuses. Apparemment ton professeur aussi. Beau costume. Et sa petite épingle à cravate en or, c'était d'un distingué !

Il reposa le presse-papiers avec tant de force que les crayons tressautèrent.

— J'avais envie de lui enfoncer le nez dans la figure, admit-il.

— Merci, murmura Tess, rayonnante.

— Il n'y a pas de quoi.

Il but une gorgée de café et posa sa tasse sur le bureau en acajou. La vapeur risquait de laisser une marque, mais Tess ne dit rien.

— Je n'ai pensé qu'à toi ces derniers jours, reprit-il d'un ton accusateur. Tu as un nom pour ça ?

— Hantise, le mot sonne assez bien, répondit-elle avec un large sourire.

Elle s'approcha de lui. Il était désormais inutile de feindre l'indifférence. Quand il posa les mains sur ses épaules, elle garda le sourire.

— Tu as l'air de t'amuser, remarqua-t-il d'une voix rauque.

— Oui, d'une certaine manière. Je vais prendre un risque calculé et t'avouer que tu m'as beaucoup manqué aussi. Maintenant veux-tu me dire pourquoi tu es en colère ?

— Non.

Il l'attira contre lui, sentit les lèvres de Tess s'entrouvrir, s'adoucir, se presser contre les siennes. La soie de son kimono bruissait tandis qu'il passait les bras autour de sa taille. S'il avait pu s'éloigner, il l'aurait fait mais c'était trop tard. Au fond, il le savait déjà depuis l'instant où il avait franchi le seuil de sa porte.

— Je ne veux pas de ce maudit canapé, et je ne veux pas te laisser seule.

Tess fit l'effort d'ouvrir les yeux. C'était bien la première fois qu'elle acceptait de se faire enlever sans protester.

— Je partage mon lit avec toi à une condition, dit-elle.

— Laquelle ?

— Que tu me fasses l'amour.

Il la blottit contre lui pour humer l'odeur de ses cheveux, pour sentir leur caresse sur sa peau.

— Vous êtes dure en affaires, doc.

11

L'odeur du café lui flatta les narines. Tess se retourna sur le dos et demeura allongée, dans une semi-torpeur. Qu'il était bon de sentir cet arôme quand on était au creux de son lit ! Cela faisait des années qu'elle ne s'était pas réveillée dans un tel état de bien-être. Quand elle habitait dans la maison de son grand-père avec ses plafonds hauts et son entrée carrelée, elle descendait le grand escalier et trouvait son grand-père déjà attablé devant une énorme assiette d'œufs au plat ou de crêpes. Le journal était ouvert et le café déjà servi.

En ce temps-là, miss Bette, la gouvernante, aurait mis le couvert avec les assiettes de tous les jours, celles qui avaient de petites violettes sur les bords. Suivant la saison, il y aurait eu un bouquet de jonquilles, de roses ou de chrysanthèmes dans un vase en porcelaine bleue qui avait appartenu à son arrière-grand-mère.

Trooper, le vieil épagneul au poil doré de son grand-père, aurait remué la queue sous la table en quémandant des miettes.

C'étaient les matinées de sa jeunesse — calmes, familières et sûres. Elles étaient à l'image de son grand-père qui avait représenté la figure centrale de son adolescence.

Puis elle avait grandi, emménagé dans son appartement, monté son cabinet. Et elle avait appris à faire son café toute seule.

Avec un soupir, elle se tourna paresseusement, la tête soudain encombrée par les souvenirs. Puis la mémoire lui revint et elle se redressa dans son lit. Elle était seule. Repoussant les mèches qui tombaient sur ses yeux, elle toucha le drap froissé à côté d'elle.

Il était resté avec elle comme il l'avait promis. Ensemble, ils avaient tangué, roulé, s'étaient aimés jusqu'à ce qu'épuisés, ils sombrent dans le sommeil. Les questions, les mots étaient devenus inutiles tandis qu'ils s'apportaient la seule réponse dont ils avaient besoin : l'oubli. Ben le cherchait aussi. Elle avait compris qu'il lui fallait aussi quelques heures sans tension, sans énigme à résoudre, sans responsabilité.

Mais avec le matin, chacun se retrouvait avec une tâche à accomplir.

Tess se leva, ramassa son kimono qui gisait sur le sol. Elle avait envie d'une bonne douche chaude, mais encore plus d'un café.

Ben était installé dans la salle à manger, une vaste pièce en forme de L. Il travaillait devant un plan de la ville, une pile de notes et la feuille jaune sur laquelle Tess avait transcrit sa conversation avec l'inconnu.

— Bonjour, lança la jeune femme.
— Bonjour, répondit-il distraitement.

Il releva la tête en souriant, mais Tess vit que son regard était sombre, intense tandis qu'il l'étudiait.

— Bonjour, répéta-t-il. J'espérais que tu dormirais plus longtemps.
— Il est plus de 7 heures.
— On est dimanche, lui rappela-t-il.

Il se leva comme pour l'éloigner de la table.

— Tu as faim ? demanda-t-il.
— Tu proposes de faire la cuisine ?
— Si tu n'es pas trop difficile.
— Pas particulièrement.
— Alors tu dois pouvoir manger une de mes omelettes. Qu'en dis-tu ?
— Ça marche.

Elle l'accompagna dans la cuisine et se versa une tasse de café. A en juger par ce qui restait dans la cafetière, Ben en avait déjà pris plusieurs.

— Tu es debout depuis longtemps ? demanda-t-elle.
— Assez. Dis donc, cela t'arrive de faire des courses ? s'enquit-il en observant, perplexe, l'intérieur du réfrigérateur.
— Seulement quand j'y suis acculée.
— Eh bien, c'est le cas.

Il sortit une boîte d'œufs à moitié vide et un minuscule morceau de cheddar.

— Ça ira tout juste pour les omelettes, ajouta-t-il.
— J'ai une poêle spéciale dans le placard qui est à ta droite. Deuxième étagère.

Il lui lança un coup d'œil empreint de pitié.

— Une poêle normale et un bon tour de main suffiront.
— Très bien.

Elle le regarda faire en buvant son café. Il s'en tirait bien — certainement mieux qu'elle n'aurait su le faire avec des ustensiles sophistiqués et une recette détaillée. Intéressée, elle se pencha par-dessus son épaule et ne récolta qu'un regard silencieux. Consciente d'être inutile, Tess ne s'en mêla plus et coupa un muffin en deux avant de le mettre dans le grille-pain.

— C'est bon, déclara-t-elle une fois à table. J'avoue

que je suis assez pathétique dans une cuisine ! C'est pourquoi mes placards sont toujours vides, cela m'épargne les soucis.

Il avala sa part d'omelette avec l'enthousiasme d'un homme pour qui les plaisirs du palais sont les plus grands de l'existence.

— Quand on est célibataire, il faut bien apprendre le minimum, déclara-t-il avec sérieux.

— On n'en devient pas pour autant un cordon-bleu.

Il savait cuisiner, son appartement était en ordre, il semblait efficace dans son travail et apparemment avait peu de problèmes relationnels avec les femmes. Tess se demanda pourquoi elle était tendue alors qu'elle ne l'avait pas été en passant la nuit avec lui.

La réponse ne tarda pas à s'imposer à son esprit. Contrairement à Ben, elle ne gérait pas les relations de couple avec aisance. Elle n'avait pas l'habitude de prendre son petit déjeuner avec son amant après une nuit d'ébats fougueux. Sa première expérience remontait au collège, et avait tourné au désastre. Depuis, ses rapports avec les hommes n'avaient pas enfreint certaines limites sûres. Des escapades amoureuses plaisantes, mais sans importance. Jusqu'à Ben Paris.

— Tu te suffis bien à toi-même, bravo, observa-t-elle.

— Je suis gourmand, dit-il en haussant les épaules.

— Tu ne t'es jamais marié ?

— Quoi ? Non.

Il déglutit et saisit une moitié de muffin.

— Cela empêche de...

— Courir le jupon, acheva-t-elle.

— Entre autres, dit-il en souriant. Ton muffin beurré est délicieux.

Tess ne voulait pas qu'il détourne la conversation.

— Je vois une autre raison pour laquelle tu ne t'es jamais… installé. Ton métier passe avant tout. Or le travail d'un policier est exigeant, prend beaucoup de temps, et peut se révéler dangereux, déclara-t-elle en jetant un regard aux papiers qu'il avait empilés au bout de la table.

— Les deux premiers points sont exacts. Mais à la Criminelle, on fait surtout du travail de déduction et de la gestion de paperasse.

— Alors tu es un administratif, murmura-t-elle, sceptique, en se rappelant clairement avec quelle facilité il avait une fois dégainé son arme.

— La plupart de mes collègues sont en costume.

Il avait presque terminé son omelette et se demandait s'il ne pourrait pas récupérer une partie de celle d'en face.

— Généralement nous arrivons après le crime, ajouta-t-il. Nous rassemblons les éléments, interrogeons les témoins, passons des coups de fil, remplissons des formulaires.

— Et c'est en remplissant des formulaires que tu as récolté une cicatrice ? demanda-t-elle en tendant la main vers lui pour picorer dans son assiette.

— Je t'ai déjà dit que c'était de l'histoire ancienne.

L'esprit de Tess était trop logique pour se contenter d'une telle explication.

— Mais on t'a probablement déjà tiré dessus, et même plus d'une fois.

— Quand on va sur le terrain, cela ne fait pas plaisir à tout le monde.

— Tu joues au gendarme et au voleur ?

Il comprit qu'elle n'abandonnerait pas facilement la partie et posa sa fourchette.

— Tess, ce n'est pas comme au cinéma.

— Non, mais ce n'est pas non plus comme de vendre des chaussures.

— D'accord, je ne prétends pas qu'on ne se retrouve jamais dans une situation périlleuse, mais fondamentalement notre rôle est plutôt administratif. Des rapports, des interrogatoires, de la réflexion. Il y a des semaines, des mois, parfois des années de travail ingrat, fastidieux. Il est rare que nous courions un réel danger. Un bleu en uniforme prend plus de risques en un an que moi dans toute une carrière.

— Je vois. Donc il ne t'arrive pas souvent de devoir te servir de ton arme ?

Il n'aimait pas la tournure que prenait la conversation et ne répondit pas immédiatement.

— Où veux-tu en venir ?

— J'essaye de te comprendre. Nous avons passé deux nuits ensemble et j'ai envie de savoir avec qui je dors.

Exactement ce qu'il avait voulu éviter. Le sexe était bien plus facile à gérer lorsqu'on n'approfondissait pas les choses.

— Benjamin James Matthew Paris, célibataire, trente-cinq ans en août prochain, un mètre quatre-vingt-cinq et quatre-vingt-six kilos, plaisanta-t-il.

Elle s'accouda sur la table, posa son menton sur ses mains croisées et l'observa.

— Tu n'aimes pas parler de ton travail, n'est-ce pas ?

— Non, pas avec toi. Je pointe déjà du lundi matin au vendredi soir. Ça me suffit. Quant à notre arme, c'est comme de se promener avec un porte-documents.

— La plupart des porte-documents ne sont pas chargés.

Il termina son café mais n'en reprit pas. Son système nerveux était déjà bien stimulé.

— C'est une mesure de sécurité, rétorqua-t-il. Les policiers ne gagnent pas leur pitance sans dégainer de temps en temps.

— Je comprends. Mais en tant que médecin, je me préoccupe des résultats. La douleur des familles, le choc et le traumatisme des victimes.

— Je n'ai jamais tiré sur une victime.

Il y avait une certaine sécheresse dans sa voix que Tess jugea intéressante. Certes il préférait la convaincre et se convaincre lui-même que la violence dans son métier n'était qu'occasionnelle, une conséquence inattendue et secondaire. S'il était obligé, dans le cadre du service, d'abattre quelqu'un, c'est que celui-ci se trouvait du mauvais côté de la barrière. Pourtant elle était sûre qu'une partie de lui songeait à l'être humain, à la chair et au sang, une partie de lui qui devait en perdre le sommeil.

— Quand tu tires en situation de légitime défense, dit-elle lentement, c'est comme à la guerre. Tu vois l'autre plus comme un symbole que comme un homme.

— Tu ne penses pas à tout ça.

— Je ne peux pas te croire.

— Crois-moi sur parole.

— Mais quand cela se présente, ton but est de blesser ?

— Non, répliqua-t-il brutalement.

Il se leva et ramassa son assiette avant de poursuivre :

— Quand tu sors ton revolver, tu ne le fais pas comme Lone Ranger. Il n'y a pas de balle d'argent dans ton arme et tu ne vises pas le fusil du méchant. Ta vie, celle de ton coéquipier, des civils impliqués dépendent de toi. Alors tu choisis ton camp. C'est noir et blanc.

Ben ôta les assiettes. Tess ne lui demanda pas s'il avait été amené à tuer. Il lui avait déjà répondu.

Elle jeta un coup d'œil à ses notes. Noir et blanc. Il ne voyait pas comme elle les nuances de gris. L'homme qu'ils recherchaient était un meurtrier. Son état d'esprit, ses émotions, son âme importaient peu à la police.

— Je peux t'aider ? demanda-t-elle quand il revint.
— C'est une besogne ingrate.
— Ça ne me dérange pas.
— Peut-être, nous en reparlerons plus tard. Pour l'instant je dois me préparer pour la messe de 9 heures.
— La messe ?

L'expression de Tess le fit sourire.

— Non, je ne me remets pas à fréquenter la paroisse, mais nous pensons que notre homme risque de se montrer aujourd'hui. Nous couvrons deux églises, dont nous suivons tous les services depuis 6 heures et demie. Moi, j'assure ceux de 9 heures, 10 heures et 11 h 30.
— Je viens avec toi. Ne proteste pas, dit-elle avant qu'il n'ouvre la bouche. Je te serai utile, il présente peut-être des signes extérieurs de folie.

Inutile de lui dire qu'il comptait lui demander de l'accompagner. Autant lui donner l'impression qu'elle avait remporté une victoire.

— D'accord, mais ne te plains pas si tu as mal aux genoux.

Elle toucha sa joue mais ne l'embrassa pas.

— Accorde-moi dix minutes.

L'odeur des cierges embaumait. Les bancs usés par les milliers de fidèles qui s'y succédaient n'étaient qu'à moitié occupés pour la messe de 9 heures. De temps en temps, le silence était rompu par un reniflement ou une toux qui résonnaient très fort dans l'église. A l'est, une lumière agréable tombait des vitraux, et, au centre, l'autel trônait, drapé de blanc et flanqué de cierges. Blanc, symbole de pureté. Au-dessus, figurait le Fils de Dieu agonisant sur sa croix.

Ben et Tess s'assirent au fond de l'église et observèrent l'assemblée. Il y avait là quelques femmes âgées disséminées dans les premiers rangs, plusieurs familles nombreuses... Un jeune couple avec un bébé endormi choisit des places à côté d'eux. Un vieil homme seul, qui s'aidait d'une canne, alla s'installer près d'une famille de six personnes. Deux jeunes filles endimanchées chuchotaient et un petit garçon, agenouillé sur un prie-Dieu, faisait rouler une voiture en plastique sur l'accoudoir sans prêter beaucoup d'attention à son entourage. Ben était certain que l'enfant, dans sa tête, imitait le bruit du moteur et les crissements des pneus.

Trois hommes isolés pouvaient correspondre à la description du tueur. L'un deux s'agenouillait déjà, son fin manteau noir boutonné malgré la chaleur. Un autre traversa la nef, s'assit et se mit à feuilleter distraitement son missel. Le troisième, debout en face de l'autel, ne bougeait pas. Ben savait que Roderick surveillait les bancs de devant, et que la jeune recrue, Pilomento, se chargeait du milieu.

Il se raidit en percevant un mouvement à côté de Tess. Logan se glissa sur le banc, tapota la main de la jeune femme et sourit à Ben.

— J'ai voulu me joindre à vous, déclara-t-il.

Sa voix était un peu enrouée et il toussota pour l'éclaircir.

— Contente de vous voir, monseigneur, murmura Tess.

— Merci, j'étais assez mal en point ces derniers temps

251

et je n'étais pas sûr de pouvoir venir. J'espérais bien que vous seriez là. Vous avez l'œil aiguisé.

Le regard du religieux parcourut l'église à moitié vide.

L'assistance se composait surtout de vieux et de jeunes.

Les autres considéraient peut-être que Dieu ne valait pas une heure de leur temps. Après avoir pris une pastille dans sa poche, il regarda de nouveau Ben.

— Vous ne m'en voudrez pas de m'être déplacé ? Si vous avez la chance de le repérer, je pourrai vous aider. Après tout, j'ai l'avantage d'être de la maison.

Pour la première fois depuis que Ben le connaissait, Logan portait le col blanc des ecclésiastiques. Le policier se contenta de hocher la tête.

Le prêtre entra, et l'assemblée se leva.

La messe commençait par le rituel. Une messe sobre, qu'animait l'officiant en chasuble verte, arborant l'étole, l'aube et l'amict innocemment suspendu à son cou. Pour le servir, un enfant de chœur dégingandé, vêtu de noir et blanc.

« Au nom du Père, du Fils et du Saint-Esprit. »

Un bébé, cinq rangs plus loin, se mit à brailler à pleins poumons. L'assistance récita les répons.

« Amen. »

Le vieux monsieur à la canne disait son chapelet. Les jeunes filles faisaient des efforts désespérés pour arrêter de pouffer. La maman du petit garçon à la voiture tentait de le faire taire.

Un homme portait l'amict de soie blanche à même la peau. En entendant les paroles familières du prêtre et des fidèles, il sentit se calmer le bourdonnement fébrile qui résonnait dans sa tête. Ses mains moites étaient discrètement jointes devant lui.

« Le Seigneur soit avec vous. »

« Et avec votre esprit. »

C'était le latin qu'il entendait, le latin de son enfance. Une langue apaisante, sécurisante.

Au moment de la liturgie, les fidèles s'assirent au milieu de bruissements, de murmures et de craquements. Ben les observait sans écouter les mots du curé. Ces mots, il les connaissait par cœur. Il se revoyait encore, assis sur un banc inconfortable, les mains entre ses genoux, le col amidonné de sa plus belle chemise trop serré autour de son cou. Il avait cinq ans, peut-être six. Josh était alors enfant de chœur.

L'homme au fin manteau noir laissa tomber les épaules comme sous le poids d'une infinie tristesse. Non loin de lui, quelqu'un se moucha joyeusement.

« … la vie éternelle en Jésus-Christ, Notre-Seigneur », continuait le prêtre.

Que la soie de l'amict était fraîche contre la peau ! Les oreilles toujours bourdonnantes, l'homme aux paumes jointes reprit :

— Gloire à toi, Seigneur.

Tout le monde se leva pour le cantique. Matthieu 7 : 15-21. « Prenez garde aux faux prophètes. »

N'était-ce pas ce que la Voix lui avait dit ? Le pouvoir se réveilla en lui, résonnant dans sa tête tandis qu'il demeurait parfaitement immobile. Une excitation fraîche et nouvelle chanta dans son corps fatigué. « Oui, sois sur tes gardes car ils ne comprendraient pas. Ils ne te laisseraient pas finir. » Elle ferait semblant de comprendre. Elle, le Dr Court. Mais ce qu'elle voulait, au fond, c'était l'enfermer pour l'empêcher de poursuivre sa mission.

Il connaissait ce genre d'endroit où on séquestrait les gens — des murs blancs, des infirmières en blanc avec des expressions lasses et ennuyées. Un endroit comme celui où avait été internée sa mère durant ces terribles dernières années.

— Prends soin de Laura, disait-elle. Elle cultive le péché dans son cœur et écoute le diable.

La peau de sa mère était terne, ses joues flasques, mais ses yeux semblaient si sombres, si brillants. Brillants de folie et de savoir.

— Vous êtes jumeaux. Si son âme est damnée, la tienne le sera aussi. Prends soin de Laura.

Mais Laura était morte.

Il écouta la fin du cantique dont les paroles le touchaient tout particulièrement.

« Celui qui accomplira la volonté de mon Père entrera dans le royaume des cieux. »

Il inclina la tête avec humilité.

— Gloire à toi, Seigneur.

Puis on s'assit pour le sermon.

Ben sentit la main de Tess se poser sur la sienne. Il lui enlaça les doigts, conscient qu'elle comprenait son malaise. Il s'était résigné à assister à la messe, mais tout lui paraissait différent depuis que Logan s'était assis à côté de lui. Il se rappela clairement les messes qu'enfant, il avait suivies sous la surveillance de sœur Mary-Angelina. Les religieuses n'étaient pas aussi tolérantes que les mamans envers les petits garçons qui jouaient avec leurs doigts ou fredonnaient durant l'office.

— Tu rêvassais pendant la messe, Benjamin, lui reprochait la sœur.

Elle avait alors l'habitude de glisser ses mains blanches à l'intérieur des manches noires de sa robe. Cela la faisait ressembler à un de ces jouets lestés en forme d'œuf qu'il était impossible de renverser.

— Tu devrais prendre exemple sur Joshua, disait-elle.
— Ben ?
— Hum.
— L'homme là-bas, en manteau noir.

La voix de Tess lui frôlait l'oreille avec la légèreté d'une plume.

— Oui, je l'ai déjà remarqué.
— Eh bien, il pleure.

Les fidèles se levèrent pour le Credo. L'homme en noir resta assis, versant des larmes silencieuses sur son chapelet. Avant la fin de la prière, il se leva et quitta l'église d'un pas mal assuré.

— Reste là, ordonna Ben en partant à sa suite.

Elle fit mine de l'accompagner mais Logan la retint par la main.

— Détendez-vous, Tess. Il connaît son travail.

L'homme au manteau sombre ne revint pas pour les prières de l'offertoire. Tess demeura sur son banc, les mains croisées sur ses genoux. Elle tremblait. Certes Ben était un bon policier, mais il ne savait rien de sa profession à elle. Si l'homme en larmes était bien le tueur, elle devait être là au moment de son arrestation. Il aurait besoin de parler. Cependant elle ne bougea pas. Pour la première fois de sa vie, elle avait peur.

Ben revint, la mine sombre. Il se pencha par-dessus le dossier du banc pour toucher l'épaule de Logan.

— Pouvez-vous venir une minute ?

Logan se leva sans poser de question. Tess prit une profonde inspiration avant de les rejoindre à l'entrée.

— Le type qui était agenouillé là, commença Ben, eh bien sa femme est morte la semaine dernière. De leucémie. Il est très éprouvé. Je vais quand même me renseigner sur son compte mais…

Logan jeta un coup d'œil dans sa direction.

— Je comprends. Je vais m'occuper de lui. Tenez-moi au courant si vous apprenez quelque chose.

Il sourit à Tess en lui tapotant la main.

— J'ai été ravi de vous revoir, mon enfant.

— Au revoir, monseigneur.

Ils le regardèrent sortir dans le froid piquant de cette matinée de novembre avant de regagner leur place en silence. C'était le moment de la communion. Fascinée, Tess observa le rituel du pain et du vin.

« Car ceci est mon Corps. »

Les têtes s'inclinèrent, acceptant le symbole et le don. Elle trouvait cela magnifique. Le prêtre, imposant dans sa grande robe, tenait l'hostie ronde et blanche dans ses mains. Puis le calice en argent fut consacré et levé à son tour.

Un sacrifice, songea Tess. L'homme lui en avait parlé longuement. La cérémonie, qu'elle trouvait belle, quoiqu'un peu pompeuse, devait avoir pour lui une autre signification. Son Dieu était celui de l'Ancien Testament, un Dieu dur, impitoyable, qui exigeait des sacrifices. Le Dieu du Déluge, de Sodome et Gomorrhe. Il ne voyait sans doute pas la communion comme un lien entre les fidèles et un Dieu d'amour et de pitié, mais comme une soumission à la volonté d'un Dieu exigeant.

Elle toucha la main de Ben.

— Je pense qu'ici il se sent… complet.

— Quoi ?

Tess secoua la tête, ne sachant pas comment s'expliquer.

De l'autel, leur parvinrent les paroles solennelles : « … comme vous avez accepté l'offrande d'Abel le juste, le sacrifice d'Abraham notre père et celui du prêtre-roi Melchisédech, sacrifice saint, victime sans tache ».

— Une victime sans tache, répéta Tess. Blanche en signe de pureté.

Elle regarda Ben d'un air horrifié.

— Il ne tue pas pour sauver, il sacrifie ses victimes. Et quand il vient à l'église, tout se mélange dans sa tête et le renforce dans sa théorie. Il ne craquera pas, il se nourrit de la manière la plus malsaine qui soit.

Le prêtre consomma l'hostie, puis, ayant fait le signe de croix, il but le vin. Des symboles, songea-t-elle. Mais jusqu'où un homme pouvait-il aller ? Jusqu'à les confondre avec la chair et le sang ?

Cependant, le prêtre levait l'hostie et parlait d'une voix claire :

— Voici le corps du Christ, le corps de Celui qui enlève les péchés du monde. Seigneur, je ne suis pas digne de te recevoir mais dis seulement une parole et je serai guéri.

Les membres de l'assistance commencèrent à quitter leurs places et à remonter l'allée centrale pour communier.

— Tu crois qu'il va y aller ? murmura Ben en regardant la file se former lentement.

— Je ne sais pas.

Tess eut soudain très froid.

— Je ne sais pas, répéta-t-elle. Je pense qu'il en a besoin. C'est la renaissance, n'est-ce pas ? Le corps du Christ régénérateur.

— Oui, c'est l'idée.

Le fidèle qui avait feuilleté son missel pendant le cantique s'approcha de l'autel. Quant à celui qu'avait longuement observé Ben, il ne bougea pas, la tête légèrement penchée comme s'il priait ou comme s'il s'était assoupi.

Il y avait dans l'église un homme qui brûlait d'un

désir dont l'urgence et l'intensité faisaient trembler ses mains. Il voulait l'offrande, il voulait que la chair de Dieu le remplisse et le lave de tous ses péchés.

Il s'assit tandis que l'écho amplifiait les voix alentour.

— Tu es né dans le péché, lui avait dit sa mère. Tu n'es qu'un pécheur, tu pécheras toute ta vie. Si tu meurs dans le péché, ton âme sera damnée.

— Réparation, l'avait averti le père Moore. Il faut réparer pour être pardonné et avoir l'absolution. Réparation. Dieu demande réparation.

Oui, oui, il comprenait. D'ailleurs il avait commencé à réparer. Il avait apporté quatre âmes à Dieu. Quatre âmes égarées pour compenser celle que Laura avait perdue. La Voix en réclamait encore deux pour que le prix soit intégralement payé.

— Je ne veux pas mourir, avait crié Laura en proie à une crise de délire. Je ne veux pas aller en enfer. Fais quelque chose. Oh, mon Dieu, fais quelque chose.

Il avait envie de se couvrir les oreilles, de tomber à genoux devant l'autel, de prendre l'hostie. Mais il n'en était pas digne. Il ne le serait pas tant que sa mission ne serait pas achevée.

— Le Seigneur soit avec vous, dit le prêtre.
— *Et cum spiritu tuo*, murmura-t-il.

La brise fraîche caressa agréablement le visage de Tess après trois heures passées dans l'église. Mais la frustration revint en force tandis qu'elle observait les derniers fidèles qui se dirigeaient vers leurs voitures. La frustration, mais aussi une vague sensation persistante d'avoir approché le tueur.

Elle passa son bras sous celui de Ben.

— Et maintenant ?
— Il faut que j'aille au bureau donner quelques coups de téléphone. Voilà Roderick.

Ce dernier descendit les marches, salua Tess d'un signe de tête et éternua trois fois dans son mouchoir.

— Excusez-moi.
— Tu as une sale tête, commenta Ben en allumant une cigarette.
— Merci. Pilomento vérifie une plaque d'immatriculation. Il dit qu'un homme assis à côté de lui a marmonné pendant tout le dernier service.

Il rangea son mouchoir en frissonnant dans le vent glacial.

— J'ignorais que vous étiez là, docteur Court, ajouta-t-il.
— J'ai pensé que je pouvais vous être utile.

Elle considéra les yeux rouges du policier avec sympathie. Une quinte de toux le secoua.

— C'est une méchante grippe. Vous avez vu un médecin ?
— Pas le temps.
— La moitié du département a la grippe, intervint Ben. Ed a menacé de porter un masque de protection.

En évoquant son associé, il regarda en direction de l'église.

— Peut-être ont-ils eu plus de chance que nous, reprit-il.
— Peut-être, acquiesça Roderick en reniflant.
— Fais-moi plaisir. Rentre chez toi et soigne-toi. Ton bureau est juste en face du mien.
— J'ai un rapport à faire.
— Au diable ton rapport.

Se rappelant qu'il était à proximité d'une église, il cessa de jurer.

— Garde tes microbes au chaud pendant un jour ou deux, Lou, conseilla-t-il.

— Ouais, c'est peut-être ce que je vais faire. Téléphone-moi si Ed a du nouveau.

— Bien sûr.

— Et allez voir un médecin, ajouta Tess.

Il réussit à sourire faiblement et s'éloigna.

— Je crains que ça n'attaque les poumons, murmura-t-elle.

Mais Ben ne l'écoutait pas. Il avait déjà l'esprit ailleurs.

— Tu es pressé de téléphoner. Je vais prendre un taxi, suggéra Tess.

— Quoi ?

— J'ai dit que j'allais rentrer en taxi.

— Pourquoi ? Tu en as marre de moi ?

— Non.

Pour le prouver, elle lui effleura doucement les lèvres.

— Je sais que tu as du travail à faire, expliqua-t-elle.

— Accompagne-moi.

Il n'avait pas envie qu'elle le quitte, et que leur intimité du week-end s'achève.

— Dès que j'aurai réglé quelques bricoles, nous pourrons retourner chez toi et...

Il se pencha et lui mordilla discrètement le lobe de l'oreille.

— Ben, nous ne pouvons pas passer notre temps à faire l'amour.

Le bras passé autour de la taille de la jeune femme, il l'entraîna vers la voiture.

— Mais si, je vais te montrer.

— Non, c'est impossible, il y a des raisons biologiques. Crois-moi, je suis médecin.

Il s'arrêta devant la portière.

— Quelles raisons ?

— Pour commencer, je suis affamée.

— Oh.

Il lui ouvrit la portière et contourna le véhicule pour se mettre au volant.

— O.K., nous allons nous arrêter au supermarché. Tu prépareras le repas de midi.

— Moi ?

— Je me suis occupé du petit déjeuner.

— C'est exact.

La perspective de retourner au chaud avec lui était séduisante.

— D'accord, je m'en charge. J'espère que tu aimes les sandwichs au fromage.

Il se pencha vers elle si près que son souffle lui caressa les lèvres.

— Je te montrerai comment les gens sont censés passer leur dimanche après-midi, promit-il.

Tess battit des paupières.

— Je t'écoute.

— Ils boivent de la bière en regardant un match de football, répondit-il en l'embrassant.

La jeune femme riait encore quand il démarra.

Il les vit s'embrasser. Il l'avait remarquée à l'église. Son église. Qu'elle soit venue prier dans son église était révélateur. Un signe. Au début, il en avait été dérangé, puis il avait compris que Dieu avait guidé ses pas.

Elle serait la dernière. La dernière avant lui.

Il regarda la voiture partir, aperçut ses cheveux blonds voler par la vitre du passager. Un oiseau se posa sur une branche dénudée et le fixa de ses yeux noirs, brillants, les yeux de sa mère. Il rentra se reposer.

12

Assis à son bureau, Ed tapait à la machine avec deux doigts.

— Je crois que j'ai trouvé, annonça-t-il.

Ben contemplait pour la énième fois le plan de la ville étalé devant lui. Il tira patiemment des traits pour relier les lieux des crimes.

— Ah oui ? Tu as trouvé quoi ?
— Un endroit où habiter.
— Hum.

Quelqu'un ouvrit le réfrigérateur et se plaignit bruyamment qu'on avait volé leur réserve de Coca-Cola. Personne n'y fit attention. L'équipe était décimée par la grippe et par un double meurtre près de l'université de Georgetown. Sur la fenêtre de la pièce, on avait scotché une dinde en carton, seul signe de la période de fêtes qui approchait. Ben entoura d'un léger cercle l'immeuble où habitait Tess avant de regarder son coéquipier.

— Quand est-ce que tu déménages ?

Ed fronça les sourcils devant son clavier, hésita puis reprit sa frappe laborieuse.

— Ça dépend. J'attends de savoir si le contrat va marcher.

— Tu fais tuer quelqu'un pour avoir son appartement ?

— Le contrat de vente. Merde, cette machine est cassée.

— De vente ? répéta Ben en laissant tomber son stylo. Tu achètes ?

Ed appliqua patiemment du Typp-ex sur la faute et tapa la correction. Une bombe de Lysol trônait sur sa table et il en vaporisait l'air dès qu'une personne au nez rouge et aux yeux fiévreux passait à proximité.

— Exact. C'est toi qui me l'as suggéré.

— Oui, mais je... Acheter ?

Pour dissimuler son méfait, Ben jeta des papiers sur la canette vide de Coca dans sa poubelle.

— Quel genre de taudis peux-tu t'offrir avec ta paye d'inspecteur ? reprit-il.

— Certains savent économiser. J'ai un capital.

— Un capital ? répéta Ben en pliant sa carte. Cet homme a un capital, lança-t-il à la cantonade. Tu vas bientôt m'annoncer que tu joues en Bourse.

— J'ai fait quelques petits investissements prudents. Dans le service public, pour la plupart.

— Le seul service public que tu connaisses, c'est le gaz. Et encore, tu n'en aurais pas entendu parler sans les factures qui te tombent dessus.

Cependant, il observait son coéquipier d'un œil incertain.

— C'est où ? demanda-t-il.

— Tu as quelques minutes ?

— Oui, sur mon temps personnel.

Ed sortit son rapport de la machine, y jeta un regard fatigué, puis le mit de côté.

— Allons-y.

Cela ne leur prit pas longtemps. Bientôt, ils atteignaient

la limite de Georgetown, sans doute la partie la moins distinguée du quartier. Les maisons, plutôt modestes, semblaient disséminées sur un tapis de feuilles mortes et de fleurs d'automne fanées, qu'on avait omis de balayer. Il y avait une carcasse de vélo attachée à un poteau. Ed se gara le long du trottoir.

— Nous y voilà.

Ben tourna la tête avec prudence. Il eut le bon goût de ne pas se prononcer.

Ed lui indiquait un immeuble étroit de trois étages, une construction en briques anciennes délavées sur laquelle un quidam avait bombé une obscénité. Deux des fenêtres avaient été murées, et les volets qui n'étaient pas tombés pendaient lamentablement. La porte d'entrée ne se trouvait qu'à cinq pas du trottoir. Ben sortit de la voiture et s'appuya sur le capot. Il n'en croyait pas ses yeux.

— C'est quelque chose, hein ? s'écria Ed.

— Oui. As-tu remarqué qu'il n'y avait pas de gouttière ?

— Je sais.

— La moitié des carreaux sont cassés.

— Je pensais en remplacer certains par du verre teinté.

— Le toit n'a pas dû être refait depuis la crise de 29.

— J'installerai une verrière.

— Pendant que tu y es, tu pourrais aussi bien regarder ton avenir dans une boule de cristal. Visitons l'intérieur, proposa-t-il en mettant les mains dans ses poches.

— Je n'ai pas encore la clé.

— Dieu du ciel !

Ben monta les trois marches en béton fissuré, sortit son portefeuille et en tira une carte de crédit. Le semblant de verrou céda sans difficulté.

— Tu veux que je te porte à l'intérieur ? plaisanta Ben.

— Achète-toi une maison au lieu de te moquer.

Le vestibule était tapissé de toiles d'araignées. Partout, des détritus, laissés par différents rôdeurs, jonchaient le sol. Sur le papier peint grisâtre, un gros cafard cheminait paresseusement.

— Quand est-ce que Vincent Price apparaît dans l'escalier ? demanda Ben.

Ed regarda autour de lui. Pour lui, c'était un château.

— Il faut juste nettoyer un peu, dit-il.

— Et faire venir le service de désinfection. Il y a des rats ?

— Peut-être, à la cave, répondit Ed d'un ton insouciant.

Et il entra dans ce qui avait été autrefois un charmant salon.

Ben le suivit dans une pièce étroite, haute de plafond, avec deux grandes fenêtres qui avaient été condamnées. Le foyer de la cheminée en pierre semblait intact ; en revanche, le manteau en avait été arraché. Les parquets qui disparaissaient sous une épaisse couche de poussière et de saleté étaient peut-être en chêne, mais on n'aurait pu l'affirmer.

— Ed, cet endroit...

— A un potentiel extraordinaire. Dans la cuisine il y a un four en brique creusé dans le mur. Tu connais le goût du pain cuit dans ce genre de four ?

— On n'achète pas une maison pour faire du pain.

Ben retourna dans le vestibule en prenant garde à ne pas déranger un éventuel occupant.

— Tu as vu le trou dans le plafond ? s'exclama-t-il. Il est énorme.

— C'est ma priorité, répondit Ed en le rejoignant.
Ils contemplèrent le plafond un instant.

— Mais tout est prioritaire, observa Ben. Il faudrait une vie entière pour remettre cette maison en état.

Pendant qu'ils examinaient l'état des lieux, une araignée de la taille d'un pouce tomba du mur et atterrit devant eux. Dégoûté, Ben la chassa d'un coup de pied.

— Tu n'envisages pas sérieusement d'acheter ce taudis ? insista-t-il.

— Bien sûr que si. A un moment donné de son existence, un homme doit se poser.

— Tu ne m'as pas pris au sérieux quand j'ai parlé de mariage au moins ?

— Un endroit à soi, continua Ed placidement. Un bureau, peut-être un jardin. Derrière il y a un petit espace pour faire pousser des fines herbes. Cette maison me donnera un but. Je m'occuperai des pièces une à une.

— Cela te prendra cinquante ans.

— Je n'ai rien de mieux à faire. Veux-tu voir l'étage ?

Ben jeta un dernier coup d'œil au plafond troué.

— Non merci, je tiens à rester vivant. Combien ?

— Soixante-quinze.

— Soixante-quinze mille *dollars* ?

— L'immobilier se vend à prix d'or dans Georgetown.

— Georgetown ? Nom d'un chien, mais ce n'est pas Georgetown.

Quelque chose de plus gros qu'une araignée bougea dans l'angle de la pièce. Ben porta la main à son revolver.

— Le premier rat que je vois ne s'en sortira pas vivant.

— Ce n'est qu'un mulot, répliqua Ed en tapotant l'épaule de Ben. Les rats habitent les caves et les greniers.

— Pourquoi ? Ils ont un bail ? lança-t-il en respirant un bon coup. Ecoute, Ed, les agents immobiliers et les spéculateurs repoussent sans cesse les limites de Georgetown pour des pigeons comme toi.

— J'ai marchandé à soixante-dix.

— Ah oui, la belle affaire ! Cinq mille de moins.

Il commença à arpenter le hall et mit le pied dans une magnifique toile d'araignée dont il se dégagea en jurant.

— Il ne faut plus que tu ingurgites ces graines de tournesol. Tu as besoin de viande rouge, affirma Ben.

— Tu te sens responsable, rétorqua Ed en souriant avant de se diriger vers la cuisine, l'air hautement satisfait.

— Non, assura Ben, les mains dans les poches. Ou plutôt si, tout compte fait, je me sens responsable.

— Voilà mon jardin, annonça Ed quand son compagnon l'eut rejoint. J'y ferai pousser du basilic, du romarin, peut-être un peu de lavande, là juste sous la fenêtre.

Ben aperçut un carré d'herbes hautes, à peine assez grand pour y passer une tondeuse.

— Tu es surmené, déclara-t-il. Cette enquête nous rend tous fous. Ed, écoute-moi bien. Les termites, la vermine, la pourriture t'évoquent-ils quelque chose ?

— Je vais avoir trente-six ans.

— Et alors ?

— Je n'ai jamais possédé de maison.

— Et alors ? Tout le monde a trente-six ans une fois dans sa vie, mais tout le monde n'achète pas une maison.

— Flûte, j'ai toujours habité dans des appartements.

La cuisine empestait le graillon mais cette fois Ben ne fit pas de commentaire.

— Il y a un grenier, reprit Ed. Le genre qu'on voit à la

télé avec des vieilles malles, des meubles, des déguisements. Ça me plaît. Je vais commencer par la cuisine.

Ben regarda le jardinet pitoyable.

— De la vapeur, déclara-t-il. C'est ce qu'il te faut pour décoller les papiers peints.

— De la vapeur ?

— Oui, confirma Ben avec un sourire en prenant une cigarette. Ensuite il te faudra de la peinture. Oh, Marli ! C'est une fille avec qui je sortais. Elle travaillait dans une droguerie. Marli… oui, c'est ça. Elle me fera bien une réduction.

— Tu n'as pas une petite amie dans la menuiserie ?

— Je vais voir. Viens, j'ai un coup de fil à donner.

Après avoir parcouru quelques kilomètres en voiture, ils s'arrêtèrent à une cabine. Ben mit une pièce dans l'appareil et composa un numéro pendant qu'Ed entrait dans le drugstore d'à côté.

— Le cabinet du Dr Court.

— Inspecteur Paris.

— Oui, inspecteur, un instant.

Il y eut un déclic, un silence, un autre déclic.

— Ben ?

— Comment vas-tu ?

— Bien, répondit-elle en rangeant son bureau. J'allais partir à la clinique.

— A quelle heure auras-tu fini ?

— Vers 17 h 30, 18 heures.

Il consulta sa montre, passa en revue son emploi du temps.

— Parfait, j'irai te chercher.

— Mais tu n'as pas besoin de…

— Qui se charge de toi ?

— Pardon ?

— Qui est-ce qui surveille ton bureau ? demanda-t-il en maintenant un pied contre la porte.

Elle avait une fâcheuse tendance à laisser filtrer le vent glacé.

— Oh, le sergent Billings, répondit Tess.

— Bien.

Il protégea la flamme de son briquet d'une main pour allumer sa cigarette et regretta de ne pas avoir emporté de gants.

— Dis à Billings de t'accompagner à la clinique, reprit-il.

Un silence suivit. Il imaginait sans mal la colère de la jeune femme et fut tenté de sourire.

— Je ne vois aucune raison pour ne pas conduire moi-même. Je le fais sans problème depuis des années, répliqua-t-elle.

— Je ne te demande pas de chercher une raison. Ce n'est pas ce qui manque. A tout à l'heure.

Il raccrocha sans qu'elle eût ajouté un seul mot. Il imaginait aisément qu'elle reposerait le combiné seulement après avoir repris son contrôle. Réagir avec violence aurait été trop puéril pour elle. Et bien trop banal.

Ben ne se trompait pas. Tess compta jusqu'à cinq, lentement, avant de remettre le combiné en place. C'était à peine fait que Kate sonna de nouveau.

— Oui ? dit Tess en dominant son impatience.

— Vous avez quelqu'un sur l'autre ligne. Il ne veut pas donner son nom.

— D'accord, je...

Elle sut immédiatement de qui il s'agissait. Son estomac se noua.

— Je le prends, Kate.

Elle fixa un instant le bouton qui clignotait mais quand elle le pressa, sa main ne tremblait pas.

— Dr Court à l'appareil.

— Je vous ai vue à l'église. Vous êtes venue.

— Oui.

Les consignes de la police défilèrent dans sa tête. Le garder en ligne le plus longtemps possible. Essayer de le calmer.

— J'espérais vous y voir également pour que nous puissions parler, reprit-elle. Comment vous sentez-vous ?

— Vous y étiez. Vous devez me comprendre.

— Que dois-je comprendre ?

— La grandeur de ma mission.

La voix de l'homme était tranquille, posée, comme s'il était convaincu que la foi l'avait aidé à prendre sa décision, et qu'elle légitimait tous ses actes.

— Nos sacrifices sont si humbles comparés aux récompenses divines, ajouta-t-il. Je suis content de vous avoir vue. Je doutais.

Tess tenta sa chance.

— Où est Laura ?

— Laura, répéta-t-il en pleurant. Elle est au purgatoire, elle souffrira jusqu'à ce que j'aie expié ses péchés. Elle est sous ma responsabalité. Il n'y a que moi et la Vierge Marie qui puissions intercéder en sa faveur.

Ainsi Laura était morte. Tess en avait à présent la certitude.

— Vous deviez beaucoup l'aimer.

— Elle était ce qu'il y avait de meilleur en moi. Nous étions unis avant la naissance. Maintenant je dois réparer ses fautes pour que nous nous retrouvions dans la mort. Vous comprenez puisque vous êtes venue. Votre âme rejoindra les autres. Je vous donnerai l'absolution au nom de Notre-Seigneur.

— Vous ne pouvez pas continuer à tuer. Laura ne le voudrait pas.

Le silence dura… trois, quatre, cinq secondes.

— Je pensais que vous aviez compris.

Son ton était accusateur. Tess sentit qu'il s'estimait trahi. Il allait raccrocher.

— Vous ne vous trompiez pas, mais j'ai besoin que vous m'expliquiez certains points. Il faut que vous m'aidiez à comprendre. C'est pour cela que je veux vous voir.

— Non, ce sont des mensonges. Vous n'êtes qu'une pécheresse.

Elle entendit à l'autre bout du fil le début du Pater, puis la communication fut interrompue.

Quand Ben pénétra dans la salle de la Brigade, Lowenstein, debout près de son bureau, coinça le téléphone sur son épaule et lui fit signe.

— Elle ne peut pas se passer de moi, dit Ben à Ed.

Il passa le bras derrière elle mais c'était pour atteindre le sachet de confiserie posé sur sa table.

— Il a encore appelé Court, annonça Lowenstein.

Ben suspendit son geste.

— Quand ?
— A 11 h 21.
— Vous avez pu le repérer ?
— Oui.

Elle lui tendit son calepin.

— Ils l'ont localisé dans cette zone, expliqua-t-elle. Goldman dit qu'elle a été parfaite.

— Mon Dieu, c'est exactement l'endroit où nous nous

trouvions, s'écria Ben en jetant le calepin sur le bureau. Nous sommes peut-être passés juste à côté.

— Le patron a envoyé Bigsby, Mullendore et quelques hommes en uniforme dans le quartier. Ils doivent le passer au peigne fin et chercher des témoins.

— Nous allons leur donner un coup de main.

— Ben, attends.

Il pivota avec impatience. Lowenstein coinça de nouveau le combiné contre son épaule.

— Nous allons recevoir une transcription de leur conversation pour le patron. J'ai pensé que tu voudrais la lire.

— Cela peut attendre mon retour.

— Je ne crois pas, Ben.

Quelques heures de consultation à la clinique Donnerly suffirent à rendre à Tess la maîtrise de ses nerfs. Ses patients constituaient des cas très divers : entre les hommes d'affaires maniaco-dépressifs et les délinquants drogués en cure de désintoxication, le tableau était large. Un jour par semaine, deux si son emploi du temps le permettait, la jeune femme venait travailler avec l'équipe médicale. Elle ne voyait certains malades qu'une ou deux fois en tout, et d'autres, semaine après semaine, mois après mois, pour un traitement plus approfondi.

Elle accordait son temps à cette clinique en particulier parce qu'elle n'avait rien d'un endroit de luxe fréquenté exclusivement par les gens riches. Ce n'était pas non plus un dispensaire sans moyens financiers, dirigé par des idéalistes. La clinique Donnerly était une institution sérieuse et courageuse qui venait en aide à tous ceux dont l'état psychique nécessitait un soutien médical, à une époque ou à une autre de leur vie.

Au second étage, une femme atteinte de la maladie d'Alzheimer cousait des poupées pour ses petits-enfants, puis jouait avec en oubliant qu'elle était grand-mère. Un homme se prenait pour John Kennedy et passait ses journées à écrire des discours. Les patients les plus violents étaient gardés au troisième étage où la sécurité était renforcée : des verrous fermaient d'épaisses portes de verre, et il y avait des barreaux aux fenêtres.

C'est là que Tess passa le plus clair de son après-midi. A 5 heures, elle était épuisée. Elle avait passé une heure avec un schizophrène paranoïaque qui lui avait lancé son plateau-repas à la figure en lui disant des obscénités, avant d'être immobilisé par deux gardes. Tess avait dû elle-même lui faire une injection de Thorazine, mais non sans regret. Elle le savait condamné à vivre sous médicament.

Quand il fut calmé, elle le laissa et partit se reposer quelques instants dans la salle réservée au personnel. Il lui restait encore une patiente à voir : Lydia Woods, une femme de trente-sept ans, mère de trois enfants, agent de change à plein temps et président de l'association des parents d'élèves dans l'établissement que fréquentait sa progéniture. Elle avait préparé des repas de gourmets, participé à la vie de l'école et avait été élue Femme d'affaires de l'année. La femme moderne capable d'assumer vie personnelle et vie professionnelle.

Deux mois auparavant, elle avait craqué lors d'une représentation de théâtre à l'école. Elle avait eu une attaque accompagnée de convulsions que la plupart des parents horrifiés avaient prise pour une crise d'épilepsie. Une fois transportée à l'hôpital, elle s'était totalement repliée sur elle-même comme un drogué à l'héroïne.

Lydia Woods avait réussi à tout mener de front grâce au Valium et à l'alcool jusqu'à ce que son mari menace de divorcer. Pour prouver sa force, elle avait tout arrêté, calmants, whisky, vodka, et ignoré son état de manque dans une tentative désespérée pour préserver son monde bien structuré.

Maintenant, son sevrage était presque terminé, et elle était obligée d'affronter les causes et les conséquences de sa maladie.

Tess prit l'ascenseur jusqu'au premier étage où était rangé le dossier de Lydia. Après l'avoir consulté, elle le mit sous son bras et se dirigea vers la chambre située au fond du hall. La porte était ouverte mais la jeune femme frappa avant d'entrer.

Les rideaux tirés plongeaient la pièce dans la pénombre, mais on pouvait y apercevoir des fleurs à côté du lit, des œillets roses. Leur parfum discret et doux invitait à l'espoir. Lydia, roulée en boule sur son lit, fixait le mur nu. Elle ne bougea pas à l'arrivée de Tess.

— Bonjour, Lydia, commença la jeune femme en posant son dossier sur une petite table.

Par terre, dans un coin, les vêtements portés la veille étaient jetés n'importe comment.

— Il fait sombre ici, observa Tess en se dirigeant vers la fenêtre.

— J'aime ça.

Tess se tourna vers la silhouette allongée sur le lit. Elle décida d'être ferme.

— Eh bien, pas moi.

Et elle tira le rideau, laissant la lumière rentrer à flots. Lydia roula sur le côté et lui jeta un regard mauvais. Elle n'était ni coiffée, ni maquillée, et un pli amer durcissait sa bouche.

— C'est ma chambre.

— Oui, et d'après ce qu'on m'a appris, vous y passez beaucoup trop de temps toute seule.

— Qu'est-ce qu'on est censé faire ici ? Ramasser des fruits et des noisettes ?

Tess s'assit mais n'ouvrit pas le dossier.

— Vous pourriez vous promener dans le parc.

— Je ne devrais pas être ici. Je ne veux pas être ici.

Lydia s'assit et alluma une cigarette.

— Vous êtes libre de partir quand vous le souhaitez. Ce n'est pas une prison.

— Facile à dire pour vous.

— Vous êtes venue de votre plein gré, et vous pouvez repartir quand vous voulez.

Lydia tira sur sa cigarette dans un silence boudeur.

— Je vois que votre mari vous a rendu visite hier, observa Tess.

— Et alors ? grommela Lydia en jetant un coup d'œil aux fleurs avant de détourner la tête.

— Cela ne vous fait pas plaisir de le voir ?

— Oh ! si. Je suis ravie qu'il me voie dans cet état, rétorqua-t-elle en tirant sur une mèche de cheveux sales. Je lui ai également conseillé d'amener les enfants pour qu'ils puissent constater que leur mère ressemble à une vieille sorcière.

— Vous saviez qu'il venait ?

— Oui.

— Vous avez une douche ici, du shampooing, des produits de maquillage.

— Ce n'est pas vous qui me reprochiez d'user d'artifices ?

— Se servir de tranquillisants et d'alcool comme d'une béquille, et faire un effort de présentation, ce n'est pas la même chose. Vous aviez envie qu'il vous voie ainsi. Pourquoi ? Pour qu'il vous plaigne, pour qu'il se sente coupable ?

La flèche atteignit son but comme Tess l'avait espéré.

— Cela ne vous regarde pas.

— C'est votre mari qui vous a apporté ces fleurs ? insista Tess. Elles sont ravissantes.

Lydia les contempla de nouveau. Elles lui donnaient envie de pleurer, de jeter le masque d'amertume et de dureté qui lui servait de défense. Saisissant le vase, elle le projeta contre le mur.

Le bruit parvint aux oreilles de Ben à qui on avait demandé d'attendre dans le couloir. En un éclair, il fut debout. Mais une infirmière l'arrêta à la porte.

— Désolée, monsieur. Vous ne pouvez pas entrer. Le Dr Court se trouve avec une patiente.

— Madame Rydel, fit la voix calme et posée de Tess, auriez-vous l'obligeance d'apporter une pelle et une balayette pour que Mme Woods puisse nettoyer ?

— Je ne nettoierai pas, cria Lydia. C'est ma chambre et je fais ce que je veux.

— Alors faites attention à ne pas marcher sur les bris de verre. Vous pourriez vous blesser.

— Je vous déteste !

Comme Tess demeurait silencieuse, Lydia répéta avec plus de force :

— Je vous hais ! Vous m'entendez ?

— Oui, je vous entends mais je me demande si ce n'est pas contre vous-même que vous en avez.

La main de Lydia écrasa à plusieurs reprises la cigarette dans le cendrier.

— Pour qui vous prenez-vous ? lança-t-elle. Vous débarquez toutes les semaines avec votre mine vertueuse et vos superbes tailleurs, et vous attendez tranquillement que je vous livre mes secrets ? Eh bien, je ne le ferai pas. Je n'ai pas envie de parler à Miss Perfection qui vient s'amuser avec les fous et qui les oublie dès qu'elle réintègre son petit univers.

— Je n'oublie pas mes patients, Lydia.

La jeune femme n'avait pas haussé le ton, mais Ben l'entendit.

Lydia s'extirpa du lit pour la première fois depuis l'arrivée de la psychiatre.

— Vous me rendez malade ! Je ne supporte plus la vue de vos chaussures italiennes, de vos épingles à cheveux dorées, de vos airs de sainte-nitouche.

— Je ne suis pas parfaite, objecta Tess. Personne ne l'est et cela n'empêche pas d'être aimé et respecté.

Des larmes se mirent à ruisseler sur les joues de Lydia mais Tess ne se leva pas pour la consoler. Le moment n'était pas encore venu.

— Que savez-vous des erreurs des autres ? Que savez-vous de ma vie ? J'excellais dans tout ce que j'entreprenais.

— Oui, mais pour que cela dure, il faut admettre ses points faibles.

— J'avais encore mieux réussi que vous. Moi aussi, j'avais de beaux vêtements et une maison. Je vous déteste parce que vous me rappelez tout ça. Partez. Laissez-moi tranquille.

— D'accord, dit Tess en se levant, le dossier sous le bras. Je reviendrai la semaine prochaine, même avant, si vous le désirez.

Sur le seuil de la porte, elle se retourna.

— Vous avez toujours une maison, Lydia.

L'infirmière s'arrêta avec une pelle et une balayette. Tess les prit et les posa contre le mur.

— Je vais demander qu'on vous apporte un autre vase pour les fleurs, ajouta-t-elle.

Une fois hors de la chambre, elle ferma les yeux un

instant. On avait beau comprendre l'agressivité, elle n'en était pas moins éprouvante.

— Doc ?

Tess rouvrit les paupières. Ben était à quelques pas d'elle.

— Tu es en avance, observa-t-elle.
— Oui.

Il s'approcha et lui prit le bras.

— Que diable viens-tu faire ici ? ajouta-t-il d'une voix sourde.

— Mon travail. Attends-moi une minute. Je dois compléter mon dossier.

Elle entra dans le bureau des infirmières, consulta sa montre et se mit à écrire.

Ben l'observa en silence. La scène qui venait de se produire ne semblait pas l'avoir affectée. Son visage était serein et sa main ne tremblait pas. Pourtant lorsqu'elle était sortie de la chambre, il avait surpris une faille dans son armure. Elle avait immédiatement recouvré la maîtrise de soi, mais au prix de quel effort ? Il n'aimait pas ça, pas plus qu'il n'aimait cet endroit avec ses murs blancs et ses pensionnaires au regard vide.

Après avoir remis le dossier à l'infirmière et chuchoté quelques mots à l'oreille de la femme en blanc, probablement à propos de la patiente qui venait de l'injurier, Tess regarda de nouveau l'heure.

— Je suis désolée si je suis un peu longue, s'excusa-t-elle. Je dois encore aller chercher mon manteau. Pourquoi ne m'attends-tu pas dehors ?

Cinq minutes plus tard, quand elle quitta le bâtiment, elle trouva Ben au bord de la pelouse, une cigarette à la main.

— Ne t'inquiète pas, lui dit-elle. Au téléphone, je n'ai

pas eu le temps de te prévenir. Cela fait des années que je donne des consultations dans cette clinique.

Il laissa tomber sa cigarette et l'écrasa avec soin.

— Pourquoi as-tu supporté qu'elle te débite ces méchancetés ?

Tess inspira profondément avant de passer un bras sous le sien.

— Où es-tu garé ? demanda-t-elle.

— Voilà bien un truc de psychiatre : répondre à une question par une autre question.

— Oui. Ecoute, il fallait qu'elle m'agresse, c'était le seul moyen de la faire réagir. Aujourd'hui au moins, nous sommes arrivées à quelque chose. Où es-tu garé ? Il fait froid.

— Là-bas, répondit-il, soulagé de quitter l'enceinte de la clinique. Il t'a encore appelée, paraît-il.

— Juste après toi.

Comme elle aurait voulu prendre cette affaire avec le même détachement que celui qui l'aidait, dans sa profession, à rester égale dans n'importe quelle situation.

— Sont-ils parvenus à le localiser ? s'enquit-elle.

— Oui, à deux pâtés de maisons près. Personne n'a rien vu. Nous continuons à interroger les habitants.

— Sa Laura est morte.

— Je m'en doutais.

Il posa sa main sur la poignée de la portière avant de la laisser retomber.

— Je me doutais aussi que tu étais sa prochaine cible, ajouta-t-il.

Elle ne pâlit pas, ne frissonna pas. Ben ne s'étonna pas quand elle se contenta d'acquiescer.

— Veux-tu me rendre un service ? demanda-t-elle en posant la main sur son bras.

— Je peux essayer.

— N'en parlons pas ce soir.
— Tess...
— Je t'en prie, je dois voir Harris demain. Profitons de cette trêve pour oublier l'affaire.

Il lui encadra le visage de ses paumes.

— Il ne t'arrivera rien. J'en fais le serment.

Elle le prit par les poignets en souriant.

— Alors je n'ai plus besoin de m'inquiéter, n'est-ce pas ?
— Tu comptes beaucoup pour moi, dit-il prudemment. Je tiens à ce que tu le saches.

De sa part, c'était presque une déclaration d'amour.

Les lèvres de Tess déposèrent un baiser sur la paume de son compagnon.

— Ramène-moi, et prouve-le.

13

Dans le couloir du commissariat, l'homme de ménage balayait sans entrain une flaque de boue. Le puissant désinfectant au pin ne masquait pas entièrement les odeurs humaines. Le distributeur de café qui offrait aussi dans ses bons jours du chocolat chaud s'appuyait, tel un soldat blessé, contre un fournisseur jumeau de barres Hershey et de confiseries.

Un amas de gobelets en carton gisait sur le carrelage. Ben aida Tess à les contourner.

— C'est la machine à café qui refait des siennes ? demanda-t-il.

L'homme à la salopette grise et aux cheveux poussiéreux les considéra par-dessus le manche de son balai.

— Les gars, vous devriez arrêter de donner des coups de pied dedans. Elle est toute cabossée. C'est criminel, conclut-il en étalant sur le sol un peu plus de lessive.

— Oui.

Ben jeta un coup d'œil écœuré au distributeur de bonbons. Il avait contribué à le déformer la veille lorsque la machine lui avait avalé pour la énième fois une pièce de cinquante cents.

— Quelqu'un devrait mener l'enquête, maugréa-t-il. Tess, regarde bien où tu mets les pieds.

Il l'escorta jusqu'à la salle de la Brigade où, en dépit de l'heure matinale, plusieurs téléphones sonnaient déjà.

— Paris, dit Lowenstein en lançant au panier un gobelet qui ricocha sur le bord, la fille du patron a accouché cette nuit.

— Cette nuit ?

Ben s'arrêta devant son propre bureau pour y prendre connaissance de ses messages. Celui de sa mère lui rappela qu'il n'avait pas demandé de ses nouvelles depuis un mois.

— A 10 h 35.

— Flûte, j'avais parié que ce serait dans quinze jours.

Mais il n'avait pas tout perdu si elle avait accouché d'un garçon.

— Garçon ou fille ?

— Une fille, trois kilos cinq. Jackson était fou.

— Je m'en doute.

Lowenstein se leva et jaugea Tess d'un coup d'œil expert. Le sac en peau de serpent devait bien coûter dans les cent cinquante dollars, songea-t-elle avec une pointe de jalousie.

— Bonjour, docteur Court.

— Bonjour.

— Si vous voulez du café ou autre chose, allez dans la salle des conférences en attendant qu'on nettoie cette pièce-ci. Nous nous y retrouverons dans quelques minutes.

Du parfum français, estima Lowenstein en humant discrètement la fragrance qui se dégageait de Tess.

— Merci, j'attendrai.

— Assieds-toi, suggéra Ben en cherchant des yeux une chaise propre. J'ai quelques personnes à rappeler.

Une bordée de jurons s'échappa du hall, accompagnée

d'un bruit métallique. Tess tourna la tête et vit l'eau sale contenue dans le seau couler sur le carrelage en un flot grisâtre.

Puis l'enfer se déchaîna. Un géant basané parvint jusqu'à la porte, les mains attachées derrière le dos, avant qu'un policier ne le ceinture. C'était lui qui avait dû renverser le seau.

— Mon carrelage !

Piaffant de colère, l'homme de ménage apparut à son tour, agitant sa serpillière et arrosant tout autour de lui.

— Je vais aller me plaindre au syndicat, cria-t-il à tue-tête.

Le prisonnier se tortillait comme un poisson au bout d'un hameçon tandis que l'officier en uniforme s'efforçait de le maintenir.

— Otez cette serpillière de là, hurla le policier.

A bout de souffle et un peu rouge, il essaya d'éviter la douche. Le géant émit une longue plainte.

— Mullendore, bon Dieu, tu ne peux pas maîtriser ton prisonnier ?

Ben se leva sans hâte pour aller au secours de son collègue. A cet instant, l'immense individu réussit à planter ses dents dans la main de Mullendore, qui poussa un juron. Le prisonnier se libéra et fonça sur Ben.

— Aide-moi, veux-tu ? cria ce dernier. On dirait un animal enragé.

L'homme se retrouva pris en sandwich entre les deux inspecteurs. Un bref instant ils donnèrent l'impression de danser la rumba puis leurs pieds glissèrent sur le sol humide et ils tombèrent tous les trois.

A côté de Tess, Lowenstein observait la scène, les mains sur les hanches.

— Vous n'intervenez pas ? s'étonna Tess.

— Le type a des menottes et doit peser dans les soixante-dix kilos. A deux, ils en ont pour une minute.

— Je n'irai pas en prison, cria le prisonnier en se débattant.

Il leva son genou en visant l'aine de Ben. Malgré la douleur, celui-ci leva instinctivement son coude et atteignit son adversaire au menton. L'homme s'affaissa. Ben se jeta sur lui.

— Merci, Paris, s'écria Mullendore, hors d'haleine, en examinant les traces de morsure sur sa main. J'ai intérêt à me faire vacciner. Ce type est devenu fou dès que nous sommes entrés dans les locaux.

Ben parvint non sans peine à s'agenouiller. Sa respiration sifflante était douloureuse. Il voulut parler et dut s'y reprendre à deux fois.

— Ce salaud ne m'a pas loupé, articula-t-il péniblement.

— Je suis désolé, Ben, répondit Mullendore en bandant sa blessure avec un mouchoir. N'a-t-il pas l'air doux comme un agneau maintenant ?

Avec un grognement, Ben s'assit en s'adossant au mur.

— Pour l'amour du ciel, enferme-le avant qu'il ne reprenne ses esprits.

Ben resta assis pendant que Mullendore traînait son prisonnier hors de la pièce. L'eau sale mêlée au café froid avait taché son jean et éclaboussé sa chemise. Ses fesses étaient humides, et il souffrait encore du coup asséné par le géant. Il se demanda avec irritation pourquoi il avait fallu que son adversaire eût le genou si osseux.

L'homme de ménage était revenu avec de l'eau propre. Il remua son balai dans le seau.

— Je vais me plaindre à l'intendance, annonça-t-il. J'avais presque fini le couloir.

Ben lui accorda à peine un coup d'œil : la douleur remontait jusqu'à son crâne.

— Pas de chance, murmura-t-il.

Lowenstein s'appuya au chambranle de la porte en évitant soigneusement la petite rivière.

— Ne t'inquiète pas, Paris. Je suis sûre que tu es toujours un étalon.

— Tu veux vérifier ?

— Non, mon chou, tu sais que mon mari est un homme jaloux.

Tess s'accroupit à côté de Ben en le gratifiant d'une expression de sympathie. Elle lui tapota gentiment la joue mais ses yeux brillaient d'amusement.

— Comment te sens-tu ?

— On ne peut mieux. J'adore prendre des bains de café.

— C'est ça le travail administratif ?

— Ouais.

— Tu veux te relever ?

— Non.

Il résista à l'envie de vérifier que ses précieux organes étaient toujours en place.

Etouffant un rire, Tess prit la main de Ben et la porta à ses lèvres. Le long regard pitoyable qu'il lui jeta ne fit que stimuler l'hilarité de la jeune femme.

— Tu ne peux pas rester ici toute la journée, s'écria-t-elle d'une voix enjouée. Tu es assis dans une flaque d'eau et tu dégages une odeur de plancher arrosé de café, qui n'aurait pas été lavé depuis deux jours.

— Trop aimable, doc.

Il lui prit le bras et elle lutta vainement contre un fou rire.

— Rien ne t'empêche de partager ma déchéance, plaisanta-t-il.

— Je ne le ferai pas, si cela risque de te culpabiliser plus tard et d'augmenter tes notes de teinturerie.

Ed descendit le couloir. Il était encore emmitouflé et terminait son yaourt du petit déjeuner. Il évita l'eau, et s'arrêta devant son coéquipier en léchant sa cuillère.

— Bonjour, docteur Court.

Elle se releva en riant toujours.

— Bonjour.

— Belle journée.

— Oui, un peu fraîche, peut-être.

— La météo a annoncé dix degrés pour cet après-midi.

— Ah, vous êtes drôles, tous les deux, intervint Ben.

Tess toussota.

— Ben a eu un... petit accident.

Les sourcils broussailleux d'Ed se haussèrent tandis qu'il regardait le filet d'eau ruisseler dans le hall.

— Garde ton humour de bachelier pour toi, l'avertit Ben.

— De bachelier ! répéta Ed manifestement impressionné.

Il tendit son pot de yaourt vide à Tess et se pencha pour prendre Ben sous les bras. Il le remit sur ses pieds sans effort.

— Ton pantalon est mouillé, observa Ed.

— J'ai dû maîtriser un prisonnier.

— Ah ! Ce sont des choses qui arrivent dans notre belle profession.

— Je vais me changer, murmura Ben. Assure-toi que le Dr Court ne s'est pas rendue malade à force de rire.

Il partit d'une démarche hésitante vers son vestiaire. Ed débarrassa la jeune femme du pot de yaourt et de la cuillère en plastique.

— Voulez-vous du café ? demanda-t-il.
— Non, merci, je crois que j'ai eu ma dose.
— Accordez-moi une minute, dit Ed en riant, et je vous accompagne chez le commissaire Harris.

La réunion eut lieu dans la salle de conférences. Bien que le bourdonnement insistant du radiateur prouvât que la pièce était chauffée, le sol était gelé. Harris avait perdu sa bataille annuelle : une fois de plus, on lui refusait un tapis. On avait baissé les stores dans une vaine tentative pour isoler les fenêtres, et quelqu'un avait placardé une affiche enjoignant à l'Amérique d'économiser de l'énergie.

Tess prit place à la table. Près d'elle, Ed buvait un thé au jasmin. Lowenstein, juchée sur le coin d'un bureau, balançait nonchalamment une jambe. Bigsby était tassé sur une chaise, avec une grosse boîte de Kleenex sur les genoux, et il se mouchait à chaque instant. Roderick était absent, cloué au lit avec la grippe.

Derrière Harris, il y avait un tableau divisé en quatre colonnes. Les noms des victimes et toutes les informations pertinentes les concernant avaient été écrite à la craie. Quatre petits drapeaux bleus figuraient sur le plan de la ville punaisé au mur. Et à côté, sur un panneau de liège, étaient accrochées les photos en noir et blanc des quatre femmes assassinées.

— Nous avons tous une transcription de l'appel qu'a reçu le Dr Court, commença Harris.

Une transcription, c'était si froid, si dénué d'émotion, songea Tess. Ils ne pouvaient guère percevoir la douleur, le conflit, le délire dans le texte écrit.

— Commissaire, intervint Tess en remuant ses notes, vous avez mon dernier rapport avec mon opinion et mon diagnostic, mais je pense qu'il est préférable que je parle à vos hommes de ces coups de fil.

Harris, les mains croisées derrière sa nuque, hocha la tête. Son supérieur, le maire, les médias le harcelaient sans répit. Il avait hâte que cette enquête soit close afin d'avoir du temps à consacrer à sa nouvelle petite-fille. Le simple fait de l'avoir vue à travers une vitre de la nurserie l'avait réconcilié avec l'espèce humaine.

— L'homme m'a téléphoné parce qu'il avait peur, expliqua Tess. Peur de lui-même. C'est la maladie qui le contrôle. Le dernier... meurtre n'entrait pas dans ses plans, ajouta-t-elle en jetant un coup d'œil à la photo d'Anne Reasoner.

Tess s'humecta les lèvres et tourna brièvement la tête à l'entrée de Ben.

— C'était moi qu'il attendait, reprit-elle. Nous ne pouvons pas savoir ce qui a attiré son attention sur les autres victimes. Dans le cas de Barbara Clayton, c'est un malheureux hasard. Sa voiture est tombée en panne. Il était là. En ce qui me concerne, la situation est plus claire. Il a vu mon nom et ma photo dans le journal.

Elle s'interrompit un instant, s'attendant à ce que Ben prenne une chaise pour s'asseoir à son côté. Mais il resta debout, adossé à la porte.

— Manifestement, ce qui reste de rationnel en lui, ce qui l'aide à fonctionner au quotidien, a été sollicité par mon personnage. A travers la presse, il a eu l'impression d'avoir enfin trouvé quelqu'un pour l'aider, quelqu'un qui ne le condamnait pas les yeux fermés, quelqu'un qui prétendait comprendre une partie de sa souffrance, quelqu'un qui ressemblait assez à sa Laura pour déclencher son amour et son désespoir.

Elle fit une brève pause avant de poursuivre :

— Il semblerait que c'était moi qu'il guettait la nuit où

Anne Reasoner a été tuée. Il voulait me parler, m'expliquer pourquoi il était... amené à agir comme il le faisait. A priori c'est à mes yeux qu'il cherche à se justifier. Vous pouvez constater qu'au cours de ses différents appels, il m'a demandé de comprendre. Je suis pour lui à la fois un médecin et un substitut de Laura. Juge et partie. Mon image est à cheval entre sa raison et son délire.

Tess fit un mouvement des mains pour appuyer sa démonstration.

— Il a besoin d'aide. Malheureusement sa maladie a pris le dessus et il veut finir ce qu'il a commencé. Encore deux victimes, conclut-elle calmement. Ou plutôt deux âmes à sauver. La mienne et la sienne.

Ed prenait des notes claires et brèves en marge du texte.

— Qu'est-ce qui l'empêche de continuer ? demanda-t-il. De s'attaquer à une autre personne parce que vous êtes inaccessible ?

— Il a besoin de moi. Il m'a déjà contactée trois fois. Ce sont les signes et les symboles qui comptent pour lui. Or il m'a vue à l'église, son église. Je ressemble à sa Laura. C'est sur moi qu'il est fixé. Je lui ai assuré que je voulais l'aider. Plus il se sent proche de moi, plus il lui sera nécessaire de terminer sa mission.

— Vous croyez toujours qu'il passera à l'acte le 8 décembre ? demanda Lowenstein sans regarder les transcriptions qu'elle tenait à la main.

— Oui. A mon avis, il ne se sent pas capable de briser le schéma une seconde fois. Le meurtre d'Anne Reasoner lui a trop coûté, ce n'était pas la bonne victime, ni la bonne nuit.

L'estomac de Tess eut une crampe qu'elle domina en se redressant.

— Puisqu'il est focalisé sur vous, êtes-vous certaine qu'il attendra ? s'enquit Ed.

— On ne peut rien prévoir avec certitude avec un malade mental.

— Nous allons continuer notre surveillance vingt-quatre heures sur vingt-quatre, intervint Harris. Votre téléphone restera sur écoute et la police ne vous quittera pas d'une semelle tant que nous ne l'aurons pas arrêté. Ne changez rien à votre routine. Il la connaît. Grâce à vous, nous pourrons peut-être le débusquer.

— Pourquoi ne pas lui dire la vérité ? intervint Ben, les mains dans les poches.

Sa voix était neutre mais ses yeux trahissaient sa colère.

— Vous voulez qu'elle serve d'appât ? ajouta-t-il.

Harris soutint son regard et répliqua d'un ton posé :

— L'assassin a choisi le Dr Court. Ce que je veux n'a pas d'importance, c'est ce que veut le tueur qui compte. C'est pourquoi nous ne la lâcherons pas, ni à son appartement, ni à son cabinet, ni à l'épicerie.

— On devrait la mettre au vert pendant deux semaines, suggéra Ben.

— Cette proposition a été rejetée.

— Rejetée ? Et par qui ? demanda Ben en quittant son poste.

— Par moi, répondit Tess, immobile, les mains croisées sur son dossier.

Ben lui accorda à peine un regard avant de reporter sa rage sur Harris.

— Depuis quand utilisons-nous des civils ? Nous n'allons pas la laisser s'exposer.

— Elle bénéficiera d'une protection rapprochée.

— Oui, et nous savons tous qu'il suffit d'un détail

pour que la machine s'enraye. Un faux pas, et tu pourras ajouter sa photo sur ton tableau.

— Ben...

Lowenstein voulut lui prendre le bras mais il la repoussa.

— Nous n'avons pas le droit de risquer sa vie. Il faut la mettre en lieu sûr, insista-t-il.

Tess serra ses doigts avec tant de force que ses jointures blanchirent.

— Non, je ne peux pas abandonner mes patients.

— Tu ne pourras plus rien pour eux si tu meurs, rétorqua Ben en tapant du poing sur la table. Prends des vacances. Achète-toi un billet pour la Martinique ou pour Cancun. Je ne veux plus que tu sois mêlée à cette affaire.

— Ben, ne sois pas idiot. Même si je partais quelque temps, cela ne réglerait rien.

— Paris... Ben, intervint Harris d'un ton apaisant. Le Dr Court a fait son choix en connaissance de cause. Tant qu'elle sera en ville, nous assurerons sa protection. D'après elle, il va chercher à la joindre. Puisqu'elle tient à coopérer avec nos services, nous allons exercer une surveillance accrue afin de le cueillir dès qu'il se manifestera.

— Nous pouvons la remplacer par une femme de chez nous, suggéra l'inspecteur.

Tess se leva lentement.

— Il est hors de question que quelqu'un meure encore à ma place.

— Et moi je n'ai pas l'intention de te retrouver dans une allée avec un foulard autour du cou, rétorqua Ben.

Il lui tourna le dos avant de poursuivre :

— Vous vous servez d'elle parce que l'enquête piétine.

Nous n'avons qu'un témoin stupide, une vague piste à Boston et quantité de conjectures psychologiques.

Harris réussit à ne pas élever la voix malgré sa brûlure d'estomac.

— J'accepte la proposition du Dr Court parce que nous avons déjà quatre cadavres, déclara-t-il. Et je veux que mes hommes donnent le meilleur d'eux-mêmes. Ressaisis-toi, Ben, ou je t'écarte de l'affaire.

Tess rassembla ses notes et s'éclipsa discrètement, Ed sur ses talons.

— Vous voulez prendre l'air ? demanda-t-il en la voyant, debout et misérable dans le hall.

Il lui prit le coude d'une façon qui, en d'autres circonstances, l'aurait amusée. Quand il ouvrit la porte, une rafale de vent froid les accueillit. Pas un nuage n'obscurcissait le ciel d'un bleu dur. L'un et l'autre se rappelaient que tout avait commencé par une journée étouffante du mois d'août. Ed attendit que Tess ait boutonné son manteau.

— Je pense que nous aurons de la neige pour Thanksgiving, dit-il.

Elle trouva ses gants dans sa poche mais ne les enfila pas.

— C'est possible.

— La période est dure pour les dindes, lança Ed.

— Pardon ?

— Les dindes, répéta l'inspecteur. Elles ne doivent pas apprécier les traditions culinaires en usage pour Thanksgiving.

La jeune femme s'aperçut qu'elle était encore capable de sourire.

— Vous avez raison, approuva-t-elle.

Le policier changea brusquement de sujet.

— Il n'a pas l'habitude de s'impliquer avec une

femme, encore moins avec une femme comme vous, déclara-t-il.

Tess inspira longuement. Elle n'avait pas, quant à elle, l'habitude de laisser des questions sans réponse, mais dans le cas présent elle était incapable d'en fournir.

— La situation est complexe, avoua-t-elle.

Ed prit une cacahuète dans sa poche, en brisa l'écorce et offrit l'intérieur à la jeune femme. Comme elle la refusait d'un signe de tête, il la mit dans sa bouche.

— Je connais Ben depuis longtemps. Il est assez facile à cerner si on s'en donne la peine. Actuellement il a peur, peur de vous et pour vous.

Ils passèrent près du parking, et Tess regarda distraitement les véhicules. L'un des policiers allait avoir la mauvaise surprise de retrouver sa voiture avec un pneu à plat.

— Je ne sais pas quoi faire, murmura-t-elle. Fuir m'est impossible, mais une partie de moi est terrifiée.

— Qu'est-ce qui vous effraie ? Le tueur ou Ben ?

— Je commence à penser que vous pourriez vous recycler dans ma profession, murmura-t-elle.

— Quand on travaille dans la police assez longtemps, on finit par avoir quelques notions de psychologie.

— Je l'aime, dit-elle lentement.

Après cet aveu, elle prit de nouveau une profonde inspiration.

— Dans des circonstances normales, notre relation serait déjà compliquée, mais là… Je ne peux pas faire ce qu'il me demande.

— Il le sait et c'est pourquoi il a peur. C'est un bon policier. Tant qu'il s'occupe de vous, vous n'avez rien à craindre.

— J'en suis sûre, mais il a un problème avec ma profession. Vous êtes au courant ?

— Disons que j'en sais assez pour comprendre ses raisons. Quand il sera prêt, il vous les dira.

Elle tourna la tête vers Ed et observa un instant son visage rougi par le vent.

— Il a de la chance de vous avoir pour ami, déclara-t-elle.

— Je ne cesse de le lui répéter.

— Baissez la tête une minute.

Il obéit et Tess l'embrassa sur la joue.

— Merci, murmura-t-elle.

Ed vira à l'écarlate.

— Je vous en prie.

Ben les contempla à travers la porte vitrée, puis il sortit pour les rejoindre. Il avait passé sa colère sur Harris. Tout ce qui subsistait en lui c'était une boule à l'estomac. Il identifiait sans peine le mal qui se cachait derrière ce symptôme : la peur.

— Tu marches sur mes plates-bandes ? plaisanta-t-il.

— Seulement si tu es assez bête pour me céder la place, rétorqua Ed.

Il sourit à Tess et lui tendit une poignée de cacahuètes.

— Faites attention à vous.

La jeune femme fit sauter les cacahuètes dans sa main mais elle demeura silencieuse jusqu'à ce qu'Ed disparaisse dans le bâtiment.

Sans prendre la peine de fermer sa veste, Ben, debout à côté d'elle, regardait aussi le parking. Sous ses yeux, le vent souleva un sac de papier marron.

— Un voisin nourrira mon chat, dit-il à brûle-pourpoint.

Comme Tess se taisait toujours, il changea de position, se balança d'un pied sur l'autre.

— Je veux emménager chez toi, enchaîna-t-il.
— Protection rapprochée ? lança-t-elle en fixant la voiture dont le pneu était dégonflé.
— Oui.

Ben la considéra intensément. C'était même plus que cela. Il voulait être avec elle nuit et jour, il voulait vivre avec elle. Comment l'expliquer ? La situation ne s'était jamais présentée à lui auparavant et celle-ci lui semblait près de déboucher sur un engagement permanent pour lequel il ne se sentait pas prêt.

Tess fixa les cacahuètes collées au creux de sa main avant de les glisser dans sa poche. Ed avait raison : Ben était facile à déchiffrer si on se donnait la peine de l'observer.

— Je te donnerai une clé mais je ne prépare pas le petit déjeuner, déclara-t-elle.
— Et le dîner ?
— De temps en temps.
— Cela me paraît équitable. Tess ?
— Oui ?
— Sais-tu pourquoi je voulais que tu t'éloignes ? demanda-t-il en la prenant par les épaules. Parce que je ne supporterais pas qu'il t'arrive quelque chose.
— Si je m'en vais, viendras-tu avec moi ?
— Je ne peux pas. Je suis obligé de...

Il s'interrompit, luttant contre sa frustration.

— A quoi bon discuter avec quelqu'un qui joue au ping-pong avec le cerveau des autres ? Tu feras ce qu'on te dit, un point c'est tout.
— Mon intérêt est de te faciliter la tâche, déclara-t-elle calmement. J'obéirai jusqu'à ce que cette affaire soit finie.
— Parfait.

Il recula juste assez pour qu'elle prenne conscience que c'était le policier, et non l'homme, qui s'exprimait.

— Deux collègues en uniforme vont t'accompagner à ton bureau. Nous nous sommes déjà arrangés pour que le gardien parte en vacances et soit remplacé par un des nôtres. Trois autres monteront la garde à tour de rôle dans la salle d'attente. Chaque fois que je le pourrai, je viendrai te chercher. Autrement, deux policiers te serviront d'escorte. Nous utilisons comme base un appartement vide du troisième étage, mais quand tu seras chez toi, enferme-toi à clé. Si tu dois sortir, préviens-nous et attends que la voie soit libre.

— Vous avez pensé à tout.

Ben songea aux quatre portraits épinglés sur le tableau en liège.

— S'il se passe quoi que ce soit d'inhabituel, n'importe quoi, un type qui t'arrête à un feu rouge ou qui te demande son chemin, je veux le savoir. Nous devons éviter de prendre le moindre risque.

La jeune femme hocha la tête devant l'expression soucieuse de son compagnon.

— Ben, ce n'est la faute de personne si les choses ont tourné de cette façon. Ce n'est ni la tienne, ni celle de Harris, ni la mienne. Nous finirons bien par résoudre cette affaire.

— Oui, et le plus tôt sera le mieux. Voilà mes collègues qui arrivent. Tu devrais y aller.

— D'accord.

Elle descendit une marche, s'arrêta et se retourna.

— Je suppose qu'il ne serait pas convenable que tu m'embrasses pendant le service, ajouta-t-elle.

— Non.

Cependant il se pencha et fit le geste qui l'émouvait tant : prenant son visage dans ses paumes, il l'embrassa sans la quitter des yeux. La bouche de Tess était fraîche, douce et généreuse. Sa main libre agrippa le revers de son manteau pour garder son équilibre ou pour le retenir un instant, il n'aurait su le dire. Fasciné, il contempla ses longs cils qui se baissaient et ombrageaient délicatement ses joues.

— Te rappelles-tu où tu étais il y a huit heures ? murmura Tess.

— Je me fais un devoir d'y retourner bientôt.

Il s'écarta sans lâcher sa main.

— Conduis prudemment, ajouta-t-il. Il ne faut pas que la police soit tentée de te coller une contravention.

— C'est entendu, répondit-elle en souriant. A ce soir.

— J'aime mon steak à point, dit-il en la laissant partir.

— Et moi, saignant.

Il la regarda monter dans sa voiture et sortir habilement du parking. Les policiers démarrèrent à sa suite.

Tess avait conscience de rêver. De même qu'elle avait conscience des explications logiques de ce rêve. Mais cela ne l'empêchait pas d'avoir peur.

Elle courait. Les muscles de sa cuisse droite étaient noués par l'effort. Dans son sommeil elle poussa un gémissement de douleur. Des couloirs partaient dans tous les sens, semant la confusion dans son esprit. Elle s'efforçait d'aller tout droit. Il y avait certainement une ouverture quelque part. Sa respiration devint hachée. Les murs se lézardèrent en un endroit.

Son porte-documents ne l'avait pas quittée. Elle le regarda mais n'eut pas l'idée de le jeter. Quand il fut trop lourd, elle le prit à deux mains et continua à courir.

Elle trébucha et se cogna à un pan de mur surgi de nulle part. Il y avait là une porte, et Anne Reasoner se tenait dans l'embrasure. Puis le battant et la jeune femme disparurent et Tess se trouva devant un long couloir.

Hors d'haleine, elle l'emprunta, sans ralentir pour autant l'allure, et continua à foncer tout droit. Le poids de sa serviette lui faisait mal. Tout son corps l'élançait douloureusement. Enfin, elle vit une autre porte. Elle s'en approcha, sanglotant de soulagement. La porte était fermée. Où était la clé ? Il devait y en avoir une. La poignée tourna lentement… de l'autre côté.

— Ben !

Tremblante, elle tendit la main pour qu'il l'aide à franchir le dernier pas vers la sécurité. Mais la silhouette était vêtue de blanc et de noir.

La soutane noire, le col blanc. La soie blanche de l'amict. Il l'approchait de sa gorge. Elle se mit à crier.

— Tess, ma chérie, réveille-toi.

Suffoquant, elle porta les mains à sa gorge et lutta pour reprendre pied dans la réalité.

— Détends-toi, dit la voix de Ben, apaisante dans le noir. Du calme, je suis là.

Elle s'accrocha à lui, pressa le visage contre son épaule. Il lui caressa doucement le dos, et Tess fixa son attention sur le mouvement de ses mains pour que le cauchemar s'évanouisse.

— Ce n'était qu'un rêve, murmura-t-elle après avoir recouvré son souffle. Je suis désolée.

— Un bien mauvais rêve alors.

Il repoussa gentiment ses cheveux blonds en arrière. Elle avait le front moite. Ben tira les couvertures et l'y enveloppa.

— Tu veux en parler ? demanda-t-il.

— Ce n'est que du surmenage.

Elle s'assit, les genoux ramenés contre elle.

— Tu veux un peu d'eau ?

— Oui, merci.

Pendant que Ben allait chercher à boire dans la salle de bains, elle se frotta la figure. La lumière filtrait dans la chambre, et Ben ne l'éteignit pas.

— Voilà, dit-il en lui tendant un verre. Tu fais souvent des cauchemars ?

L'eau fit du bien à sa gorge desséchée.

— Non, répondit-elle. J'en ai eu quelques-uns après la mort de mes parents. Mon grand-père venait me voir et s'endormait généralement dans le fauteuil.

Ben s'installa à côté d'elle et passa un bras autour de ses épaules.

— Je vais rester là. Ça va mieux ?

— Oui. Je me sens surtout stupide.

— D'un point de vue psychiatrique, n'est-il pas sain d'avoir peur de temps en temps ?

— Sans doute. Merci, dit-elle en posant la tête sur son épaule.

— Qu'est-ce qui te tracasse ?

La jeune femme vida son verre avant de le poser sur la table de chevet.

— Et moi qui faisais un effort pour que ça ne se voie pas.

— Eh bien, ce n'est pas passé inaperçu. Qu'y a-t-il ?

Tess soupira et contempla le rai de lumière qui lui parvenait de la salle de bains.

— J'ai un patient. Ou plutôt j'en avais un. Un jeune garçon de quatorze ans, alcoolique. Il présentait des symptômes dépressifs, des tendances suicidaires. Je voulais que ses parents l'envoient en clinique en Virginie.

— Ils n'ont pas voulu ?

— C'est pire. Il n'est pas venu à sa séance aujourd'hui. J'ai appelé et sa mère m'a répondu que l'état de Joey s'améliorait, qu'elle refusait d'envisager une hospitalisation et qu'elle ne l'obligerait plus à venir à mon cabinet. Je ne peux rien faire. Rien.

C'était cette impuissance qui la déprimait le plus.

— Sa mère se refuse à admettre que Joey n'a fait aucun progrès, reprit Tess. Elle l'adore mais elle se met des œillères pour ne pas voir la réalité. C'est comme si on plaçait des pansements sur une blessure qui ne cicatrise pas.

— Tu ne peux pas la forcer à amener son fils. Peut-être qu'une pause lui sera bénéfique. Comme une blessure qu'on laisse à l'air libre.

— J'aimerais le croire.

La tristesse de sa voix amena Ben à la serrer contre lui. Comme elle lui avait fait peur ! Quand ses cris l'avaient réveillé, il avait senti son sang se figer.

— Ecoute, doc, nous avons tous les deux des professions dans lesquelles nous risquons de perdre des gens. C'est le genre de chose qui te donne des insomnies. Parfois il faut savoir se débrancher, appuyer sur l'interrupteur.

— Je sais. La règle numéro un c'est le détachement. Qu'est-ce qui t'aide le mieux à couper le courant ? demanda-t-elle en tournant la tête vers lui.

Dans la pénombre, elle le vit sourire.

— Tu veux vraiment le savoir ?

La main de Tess glissa le long du bras viril et vint se poser sur la cuisse de Ben.

— Oui, je veux le savoir.

— Ceci, répondit-il en l'allongeant sur lui d'un mouvement souple.

Ses seins fermes se pressèrent contre son torse. Il perçut le parfum de ses cheveux tandis qu'ils lui balayaient la figure. D'une main, il les écarta et joignit sa bouche à la sienne.

Comme elle semblait à sa place contre lui ! songea-t-il. Le contact de ses doigts effilés sur sa peau était comme une caresse. La pudeur de la jeune femme ne fit qu'augmenter son désir. Quand Ben lui effleura la cuisse à son tour, elle tressaillit comme pour lui communiquer à la fois son assentiment et son hésitation.

Il ne savait pas pourquoi il éprouvait toujours cette sensation de nouveauté avec elle. Quand il la tenait dans ses bras, c'était toujours la première fois. Elle lui apportait quelque chose qui lui avait toujours manqué. Et il n'était pas sûr de pouvoir s'en passer à l'avenir.

Tess lui parcourut doucement le visage de ses lèvres. Il voulait la prendre, l'aimer jusqu'à ce que leurs deux êtres explosent ensemble. Avec la plupart des femmes, c'était toujours cette dernière étincelle de folie qui effaçait tout le reste. Avec Tess, il suffisait d'un frôlement, d'un murmure, d'un baiser léger comme une plume... Aussi réprima-t-il sa passion pour se laisser dériver.

Il pouvait être si doux, songea Tess vaguement. Parfois leur étreinte était fougueuse, rapide... Parfois, au moment où elle s'y attendait le moins, il montrait une tendresse infinie avec des gestes lents qui lui exacerbaient les sens. C'était à elle maintenant de caresser ce corps qu'elle avait fini par connaître aussi bien que le sien.

Il y eut des soupirs, des soupirs de plaisir. Des murmures, des promesses. S'enhardissant, Tess l'excita de la bouche, heureuse de sentir ses muscles se durcir.

Quand elle parcourut ses hanches longues et étroites, Ben se tendit comme un arc. Du bout des doigts, elle dessina l'intérieur de sa cuisse et il frémit de la tête aux pieds. Elle poursuivit sa lente exploration. Le cauchemar était oublié.

D'autres femmes avant Tess l'avaient touché. Mais aucune n'avait allumé en lui un semblable brasier. Il avait envie de rester là pendant des heures, d'absorber chaque sensation séparément. Il avait envie qu'elle aussi tremble de désir.

Il s'assit lentement et prit les poignets de la jeune femme entre ses mains. Durant un long moment, ils se regardèrent dans la faible lueur que diffusait la lumière sous la porte. Ben avait le souffle court, ses yeux étaient sombres, voilés par la passion. L'odeur de leurs corps moites planait dans la pièce.

Après l'avoir allongée délicatement sur le lit, et tenant toujours ses poignets, il se servit de ses lèvres pour l'amener à un paroxysme de plaisir. Elle se cambra lorsqu'il effleura la partie la plus intime de son corps. Un cri lui échappa tandis qu'elle atteignait une sublime volupté.

Mais Ben ne s'arrêta pas pour autant. Tremblant sous l'effort qu'exigeait l'attente, il l'amena une nouvelle fois au comble du plaisir. Elle gémit et murmura son nom tandis que ses doigts se crispaient sur le drap froissé.

Ben enfouit son visage dans ses cheveux et s'abandonna à son tour au vertige de l'amour.

14

Tess prit un siège en face du bureau de Logan, avec une sensation de malaise qui devait ressembler à celle qu'éprouvaient ses patients lors de leur première visite à son cabinet.

— Je vous remercie de m'accorder un peu de votre temps, monseigneur.

— Vous êtes la bienvenue, répondit-il.

Il était confortablement installé, sa veste en tweed suspendue au dossier de sa chaise, ses manches de chemise retroussées révélant des avant-bras musclés au poil grisonnant. Une fois de plus, elle songea qu'il serait plus à sa place sur un terrain de rugby ou un court de tennis, plutôt qu'au milieu des vêpres et des odeurs d'encens.

— Voulez-vous un peu de thé ? proposa-t-il.

— Non merci, monseigneur.

— Puisque nous sommes collègues, appelez-moi donc Tim.

— D'accord, dit-elle en s'efforçant de sourire. Cela facilitera nos rapports. Je vous ai téléphoné aujourd'hui sous le coup d'une impulsion mais...

— Quand un prêtre est troublé, il va voir un autre

prêtre. Pourquoi n'en serait-il pas de même pour un psychiatre ?

Les efforts de la jeune femme pour se détendre commencèrent à porter leurs fruits. Ses mains cessèrent d'agripper son sac.

— Je comprends. Cela signifie que vous êtes doublement mis à contribution.

— Mais aussi que je peux choisir entre deux routes quand j'ai des problèmes. C'est une situation qui a ses avantages et ses inconvénients. Mais vous n'êtes pas venue pour discuter des mérites comparés de Freud et du Christ. Dites-moi ce qui vous tracasse.

— Plusieurs choses. D'abord il me manque toujours la clé du mental de... l'homme que la police recherche.

— Et vous avez l'impression que vous auriez dû la trouver ?

— Impliquée comme je suis, je devrais avoir plus d'éléments.

Elle leva la main dans un geste d'impuissance avant d'enchaîner :

— Je lui ai parlé trois fois. Et je répugne à penser qu'à cause de ma propre peur, de mon intérêt personnel, je n'arrive pas à presser les bons boutons.

— Etes-vous sûre de les connaître ?

— C'est mon travail.

— Tess, nous savons tous les deux qu'un esprit dérangé est un labyrinthe tortueux. Même s'il suivait une thérapie intense, nous n'aurions peut-être pas de réponse avant des années.

— Je le sais, du moins d'un point de vue médical et lo-gique.

— Mais émotionnellement, c'est différent.

Chaque jour, Tess gérait les émotions d'autrui. Mais

quand il s'agissait des siennes propres, le contrôle n'était pas le même.

— J'ai conscience que mon attitude n'est pas professionnelle et cela m'inquiète, mais je ne peux plus rester objective. Monseigneur Logan... Tim, c'est moi qui aurais dû être tuée. J'ai vu le cadavre de la victime dans l'allée et je ne peux pas l'oublier.

Le regard du prêtre était affable mais n'exprimait aucune pitié.

— Un transfert de culpabilité ne changera pas ce qui s'est passé, déclara-t-il doucement.

— Je le sais aussi.

Elle se leva et s'approcha de la fenêtre. Un groupe d'étudiants se hâtaient vers leur prochain cours.

— Puis-je vous poser une question ? demanda-t-elle.

— Certainement, les réponses ne sont-elles pas ma partie ?

— Etes-vous affecté par le fait que cet homme est ou a été un prêtre ?

— Parce que j'en suis un ?

Logan considéra pensivement ses mains. Dans sa jeunesse, il avait fait de la boxe et ses doigts étaient carrés et puissants.

— Je ne peux pas nier que cela me procure un léger malaise, admit-il. Que cet homme soit un prêtre rend l'affaire beaucoup plus sensationnelle que si c'était, mettons, un informaticien. Cela dit, les prêtres ne sont pas des saints, ce sont des hommes comme les plombiers, les paysans ou les psychiatres.

— Quand on l'aura trouvé, souhaiterez-vous le soigner ?

— Si on me le demande, répondit Logan lentement. Si je pense pouvoir être d'une utilité quelconque. Mais contrairement à vous, je ne me sentirai ni obligé, ni responsable.

— Plus j'ai peur, plus il me paraît essentiel de l'aider.

Tess se retourna vers la fenêtre avant de poursuivre :

— J'ai fait un rêve assez terrifiant hier soir. J'étais perdue dans des couloirs et je courais.

Inconsciemment elle posa sa main sur la vitre comme elle l'avait fait dans son rêve.

— Je portais ma serviette, qui pesait de plus en plus lourd. J'ai vu soudain une porte : Anne Reasoner se tenait contre le chambranle. Puis elle a disparu et je me suis remise à courir. Il y avait une autre porte. Je n'avais plus qu'à l'ouvrir pour être en sécurité, mais elle était fermée à clé. Je cherchais désespérément la clé quand le battant s'est ouvert de lui-même. J'ai cru que j'étais sauvée quand... j'ai vu l'homme en soutane avec son amict.

Elle pivota mais ne put se résoudre à s'asseoir.

— Oh, je pourrais sans doute fournir une analyse détaillée et exhaustive de mon cauchemar. Ma crainte de ne pas dominer la situation, le surmenage, mon refus d'abandonner mon travail. Ma culpabilité due au meurtre d'Anne Reasoner. Ma frustration de ne pas arriver à percer ce mystère et mon intense sentiment d'échec.

A aucun moment elle n'avait mentionné qu'elle craignait pour sa vie. Logan considéra que cette omission était très intéressante et révélatrice. Soit elle n'avait pas encore réussi à l'affronter, soit elle reliait cette possibilité à la crainte d'un échec.

— Vous paraissez certaine de ne pas y arriver... ?
— Oui, et j'abhorre cette perspective.

Cet aveu amena un sourire désabusé sur les lèvres de

la jeune femme. Elle effleura une vieille bible dont la couverture de cuir était douce et moelleuse.

— Il me semble qu'il y a un proverbe qui dit : « Plus grande est la fierté, plus dure sera la chute », reprit-elle.

— Encore faut-il que ce soit de l'orgueil mal placé. Vous avez donné à la police tous les éléments que pouvait fournir un psychiatre qualifié. Vous n'avez pas échoué.

— Je n'ai jamais connu d'échec personnel, vous savez. J'étais bonne élève, une parfaite hôtesse pour mon grand-père jusqu'à ce que mon métier ne m'en laisse plus le loisir. Hormis une expérience désastreuse au collège, j'ai toujours contrôlé mes rapports avec les hommes. Mon existence était tranquille et ordonnée... jusqu'à ces derniers temps.

— Tess, vous n'avez été appelée que comme consultante. C'est le travail de la police d'arrêter cet homme.

— J'avais ce sentiment au début, murmura-t-elle en se passant la main dans les cheveux. Mais maintenant cela me devient impossible. L'homme s'est tourné vers moi. Quand il m'a parlé, il y avait un tel désespoir, une telle prière dans sa voix. En tant que médecin je ne peux l'ignorer.

— Le soigner ultérieurement n'est pas la même chose que se sentir responsable des conséquences de sa maladie.

Logan eut un froncement de sourcils soucieux et croisa les doigts sur son bureau.

— Sans avoir étudié votre rapport, reprit-il, je dirais que vous l'attirez parce qu'il sent chez vous de la compassion et une certaine vulnérabilité. Ne montrez pas trop de pitié pour ne pas être victime de la fragilité.

— J'ai du mal à rester professionnelle. Ben... l'inspecteur Paris m'a suggéré de m'éloigner, et honnêtement j'ai failli accepter. Je pourrais sauter dans un avion, partir n'importe où, à Mazatlan, et à mon retour, on aurait réglé le problème. Ma vie pourrait alors reprendre un cours normal.

— Ne pensez-vous pas que ce serait une réaction normale étant donné les circonstances ?

Tess sourit.

— Pour un patient, pas pour moi.

— C'est ce qu'on appelle vouloir trop bien faire.

Elle revint s'asseoir.

— Je ne fume pas, je bois peu, il faut bien que j'aie un vice.

— J'ai fait vœu de chasteté, déclara pensivement Logan. C'est sans doute la raison pour laquelle je me sens autorisé à fumer et à boire.

Il constata avec satisfaction que la jeune femme s'était détendue. Reconnaître ses faiblesses apaisait l'âme.

— Vous avez donc décidé de rester à Georgetown et de coopérer avec la police. Comment vous sentez-vous ? demanda-t-il.

— Nerveuse. A l'idée que je suis observée en permanence. Je ne parle pas seulement de...

Elle s'interrompit et secoua la tête.

— Je ne sais pas comment l'appeler.

— La plupart des gens l'appelleraient un tueur.

— Oui, bien sûr, mais il est aussi une victime. De toute façon, ce n'est pas simplement le fait qu'il m'épie, c'est aussi la présence de la police qui me gêne. Et pourtant je devrais être contente de moi. Je n'ai pas fui. Il est devenu primordial pour moi d'aider cet homme. Dans mon rêve, quand j'ai été confrontée à lui, j'ai craqué. Il ne pouvait pas compter sur moi. Je ne veux pas que cela se reproduise dans la réalité.

Logan prit son coupe-papier entre ses mains et en effleura le tranchant. C'était un vieil objet sans valeur mais il l'avait rapporté d'un voyage en Irlande qu'il avait effectué dans sa jeunesse et il y était attaché, comme à beaucoup de petites choses ridicules. Bien sûr, Tess n'entrait pas dans cette catégorie mais son affection pour la jeune femme était grandissante.

— J'espère que vous n'en prendrez pas ombrage, mais je pense sincèrement que, lorsque cette affaire sera finie, vous devriez vous autoriser quelques vacances.

— Venant de vous, j'accueille le conseil comme une prescription médicale.

— Bien. Dites-moi, comment va Ben ?

Comme elle le regardait d'un air déconcerté, il sourit.

— Allons, ajouta-t-il. Même un prêtre n'est pas insensible à un parfum de romance.

— Eh bien, Ben représente un problème supplémentaire.

Il posa son coupe-papier.

— C'est toujours ainsi dans les histoires d'amour. Avez-vous pris une décision ?

— Non, ni l'un ni l'autre d'ailleurs. Nous tâtonnons. Il… je crois que nous nous apprécions mutuellement mais que nous ne nous faisons pas encore confiance.

— Il faut du temps pour établir une relation solide. J'ai eu deux entrevues professionnelles avec lui et une autre, plus alcoolisée, dans un petit bar.

— Ah, il ne m'en a pas parlé.

— Ma chère, personne n'aime se vanter d'avoir pris une cuite avec un curé. Souhaitez-vous néanmoins avoir mon opinion sur l'inspecteur Paris ?

— Volontiers.

— C'est un homme généreux et fiable. Il doit prendre

des nouvelles de sa mère une fois par mois même lorsqu'il n'en a pas envie. Les hommes comme Ben tordent les lois mais ne les enfreignent pas, parce qu'ils en comprennent la nécessité, en apprécient la structure. Il y a de la colère en lui, mais il l'intériorise. Ce n'est pas par paresse qu'il a abandonné l'église, mais parce qu'il a trouvé trop de failles dans la religion. Mais c'est un bon chrétien.

Tim se radossa à son siège avec satisfaction.

— Les analyses-minute sont ma spécialité, conclut-il.

— Je vous crois, répondit Tess en tirant une chemise de son porte-documents. J'espère que vous aurez autant de chance avec celle-là. C'est la mise à jour que j'ai faite pour le commissaire Harris. Vous y trouverez aussi la transcription des conversations téléphoniques. J'attends un miracle.

— Je vais voir ce que je peux faire.

— Merci de m'avoir écoutée.

— Je suis à votre disposition.

Il se leva pour la raccompagner jusqu'à la porte.

— Tess, si vous avez d'autres cauchemars, n'hésitez pas à m'appeler. Cela ne fait jamais de mal de demander un peu d'aide.

— Bizarre, j'ai déjà entendu ça quelque part.

Avant de fermer la porte derrière elle, Logan la suivit des yeux à travers le hall.

Il la vit sortir du bâtiment. C'était dangereux de la suivre mais la prudence n'était plus de mise. Elle s'arrêta devant sa voiture pour chercher ses clés. Avec sa tête inclinée, on aurait dit qu'elle priait. Un sentiment d'urgence monta en lui, résonna dans son cerveau. Sa main agrippa fermement le foulard de soie blanche dans la poche de son manteau. Le foulard doux et frais. Cela l'apaisa. Tess mit la clé dans la serrure de sa portière.

S'il était assez rapide, assez assuré, tout serait fini en quelques minutes. Ses doigts se crispèrent sur l'amict tandis que son cœur lui martelait la poitrine. Quelques feuilles mortes oubliées tourbillonnèrent à ses chevilles. Le vent jouait dans les cheveux de la jeune femme. Elle avait l'air soucieuse. Bientôt, très bientôt, elle serait en paix. Ils seraient tous en paix.

Elle monta dans sa voiture. La portière claqua. Elle mit le contact. Le pot d'échappement cracha un jet de fumée. La voiture décrivit un demi-cercle harmonieux, sortit du parking et gagna la rue.

Il attendit que la voiture de police ait démarré à son tour avant de monter dans la sienne. Elle allait à son bureau, il le savait. Quant à lui, il continuerait à monter la garde. Le moment n'était pas encore venu. Il avait encore le temps de prier pour elle. Et pour lui.

Tess raccrocha le téléphone, s'adossa à sa chaise et ferma les yeux. Son intervention avait été inutile.

Joey Higgins. Comment pouvait-elle soigner le garçon si on lui interdisait de lui parler ? La mère de Joey faisait obstruction. Puisque son fils ne buvait plus, c'est qu'il était guéri. Inutile de s'encombrer d'un psychiatre. La conversation entre les deux femmes avait été pénible et stérile. Il ne restait à Tess qu'une seule chance.

Elle appela sa secrétaire par l'Interphone.

— Kate, j'ai combien de temps avant le prochain rendez-vous ?

— Dix minutes.

— D'accord. Pouvez-vous joindre Donald Monroe et me le passer ?

— Tout de suite.

Pendant qu'elle patientait, Tess consulta le dossier de Joey. Les propos du garçon restaient gravés dans sa mémoire.

— C'est rien de mourir.

— Pourquoi dis-tu ça, Joey ?

— Parce que c'est vrai. Tout le monde meurt. Vous aussi, vous mourrez un jour.

— La mort est inévitable, mais il ne faut pas pour autant refuser la vie. Même les gens très âgés et très malades s'accrochent à leur existence parce qu'elle est précieuse.

— Au moins, si on meurt on est tranquille.

— Peut-être, et la plupart des gens pensent qu'il y a une vie dans l'au-delà. Mais nous sommes tous ici pour une raison précise. La vie est un cadeau, parfois pesant, pas toujours parfait. Il convient de l'améliorer pour nous et pour notre entourage. Quels sont les plats que tu aimes ?

Il lui avait jeté un regard déconcerté.

— Les spaghettis.

— Avec des boulettes de viande ou de la sauce tomate ?

— Des boulettes de viande, dit-il avec un sourire fugitif.

— Imagine que tu n'aies jamais goûté de spaghettis, ni de boulettes de viande, le ciel n'en serait pas moins bleu, Noël viendrait une fois par an, mais tu aurais manqué quelque chose de merveilleux. Et si tu n'étais pas né, nous aurions toujours le ciel et Noël mais il nous manquerait un élément précieux.

La sonnerie de l'Interphone la ramena au présent.

— M. Monroe, sur la une.

— Merci, Kate. Monsieur Monroe ?

— Docteur Court, y a-t-il un problème ?

— Oui, un gros problème : je m'oppose catégoriquement à ce que Joey interrompe son traitement.

— Que voulez-vous dire ?

— Monsieur Monroe, êtes-vous au courant que Joey n'est pas venu à son rendez-vous aujourd'hui ?

Il y eut une pause pendant laquelle elle surprit un léger soupir de son interlocuteur.

— Non, il a dû décider de se mettre en vacances. J'en discuterai avec Lois.

— J'ai déjà parlé à votre femme. Elle a décidé d'arrêter la thérapie de Joey. Vous n'étiez pas au courant ?

— Non.

Après un autre silence, elle l'entendit respirer à fond avant de prendre la parole.

— Lois voudrait que son fils reprenne une vie normale et il a vraiment l'air mieux. Nous lui avons appris la future naissance et sa réaction a été positive. Il va m'aider à repeindre la chambre.

— J'en suis ravie. Mais je maintiens qu'il a besoin de soins, et qu'il devrait séjourner dans la clinique dont je vous ai parlé.

— Lois y est totalement opposée. Désolé, docteur Court. J'apprécie votre sollicitude mais je ne peux que soutenir ma femme.

La colère s'empara de Tess, une colère à peine contrôlée. Ne voyait-il pas que c'était le garçon qu'il devait soutenir ?

— Je comprends que vous ne vouliez pas entrer en conflit avec votre femme, mais je reste convaincue que Joey a besoin d'un soutien permanent.

— Docteur Court, peut-être manquez-vous de recul. Joey ne boit plus, il ne traîne plus avec n'importe qui, il n'a pas fait allusion à son père depuis deux semaines.

Cette dernière précision fit retentir un signal d'alarme chez le médecin.

— Cela signifie seulement qu'il réprime ses sentiments. Son état émotionnel est très fragile. Lorsqu'on n'éprouve aucune estime pour soi-même, le suicide devient une porte de sortie. J'ai peur, je suis même terrifiée par ce qu'il pourrait faire.

— Vous devez exagérer.

— Je vous jure que non. Je ne veux pas que Joey aille alimenter les statistiques. Moi aussi je serai ravie le jour où il n'aura plus besoin de psychiatre, mais actuellement il ne faut pas qu'il soit livré à lui-même. C'est à la fois mon opinion de médecin et mon instinct qui me le dictent.

— Je vais voir si je peux convaincre Lois de vous l'amener à une prochaine séance, déclara Monroe.

A son ton, Tess devina qu'il ne mesurait pas la gravité de la situation. Un autre garçon pouvait se couper les veines ou avaler une boîte de pilules, mais pas Joey.

— Monsieur Monroe, quelqu'un a-t-il demandé son avis à Joey ?

— Je ne peux que vous promettre d'intervenir.

Sa voix trahissait l'impatience et l'irritation.

— J'userai de toute mon influence pour que Joey vienne à votre cabinet au moins une fois, reprit-il. Vous pourrez constater par vous-même qu'il va mieux. Votre concours a été précieux, docteur, mais Joey va mieux, il faut bien qu'il arrête un jour ses séances.

— S'il vous plaît, avant de prendre une décision, consultez un de mes confrères. Je comprends vos doutes et je peux vous recommander d'excellents psychiatres en ville.

— J'en discuterai avec ma femme. Merci, docteur Court. Vous avez beaucoup aidé Joey.

Pas suffisamment, songea-t-elle quand il eut raccroché. Pas suffisamment.

— Docteur Court, M. Grossman est arrivé, annonça Kate dans l'Interphone.

— Merci. Faites-le entrer.

Elle prit le dossier de Joey mais ne le rangea pas. Après un instant de réflexion, elle le posa sur son bureau, à portée de main.

Il était près de 5 heures quand le dernier patient quitta le cabinet. Kate passa une tête par l'entrebâillement de la porte.

— Docteur Court, M. Scott n'a pas fixé son prochain rendez-vous.

— Il n'en a plus besoin.

La secrétaire s'appuya au chambranle.

— Vous avez fait du bon boulot avec lui, docteur.

— Je l'espère. Vous pouvez archiver son dossier.

— Avec plaisir.

— Vous vous en occuperez demain. Si vous partez tout de suite, vous quitterez le bureau avec une minute d'avance.

— Pourquoi pas ? Bonsoir, docteur.

— Bonne nuit, Kate.

Le téléphone se mit à sonner. La secrétaire s'apprêtait à répondre quand Tess la congédia.

— C'est bon, Kate, je vais le prendre. Allez-y, dit-elle en couvrant le récepteur. Docteur Court à l'appareil.

— Bonsoir, Tess.

— Ben !

Sa tension se dissipa. En arrière-fond lui parvenaient des sonneries de téléphone, des bruits de voix et le cliquetis de machines à écrire.

— Tu es toujours au travail ? demanda-t-elle.
— Oui, j'en ai encore pour un petit moment.
— Tu as l'air fatigué. Il y a du nouveau ?

Il songea à la journée qu'il venait de passer et à la puanteur qui lui collait à la peau après la scène à laquelle il avait assisté.

— Non, mais je suis exténué. Ecoute, j'achèterai une pizza sur le chemin, je devrais être chez toi d'ici à une heure ou deux.
— O.K., Ben, et n'oublie pas que je sais écouter.
— Je m'en souviendrai. Rentre à l'appartement et verrouille ta porte.
— Oui, monsieur.
— A tout à l'heure, chérie.

Ce ne fut qu'après avoir raccroché que Tess prit conscience du calme qui l'entourait. D'ordinaire elle aurait apprécié cet instant de répit qui lui permettait de ranger son bureau, de mettre ses dossiers à jour. Mais aujourd'hui le silence lui paraissait angoissant et insupportable. Tout en se traitant d'imbécile, elle ramassa le dossier de Scott. Son succès avec ce patient lui mettait du baume au cœur.

Puis elle rangea les chemises et les cassettes de ses derniers rendez-vous, à l'exception de celles qui concernaient Joey Higgins. C'était sans doute de la perte de temps, mais Tess mit le dossier complet dans sa serviette.

Par trois fois, elle sentit son pouls s'accélérer tandis qu'elle regardait en direction de la porte.

Déterminée à ne pas céder à l'appréhension, elle consulta son agenda. Il y avait deux policiers dehors, et un dans la salle d'attente. Elle était parfaitement en sécurité.

Néanmoins, dès que l'ascenseur chuintait en s'arrêtant à son étage, elle ne pouvait s'empêcher de tressaillir.

Si elle rentrait maintenant, son appartement serait vide. Or la solitude lui était devenue insoutenable depuis qu'elle s'était habituée à la présence de Ben.

Que lui arrivait-il ? En soupirant, elle rassembla le reste de ses affaires. Elle était amoureuse de Ben Paris. Comment l'éminente Dr Court gérait-elle ce fait ? « Mal », décréta-t-elle en allant prendre son manteau dans la penderie.

Au printemps, elle aurait eu une excuse pour rêver et sourire aux moments les plus incongrus. Quand tout est frais et neuf, il est normal de se sentir amoureux et d'avoir l'impression que ça durera éternellement.

Elle fit une pause devant sa fenêtre. Les arbres plantés le long de la rue étaient nus et noirs. Le peu de pelouse qu'on voyait formait un tapis jauni, terne. Les passants, emmitouflés dans leurs manteaux, marchaient tête baissée pour lutter contre le vent. Ce n'était décidément pas le printemps.

C'est alors qu'elle le vit. Il était debout dans son manteau noir, près d'un petit bosquet. Les genoux de Tess se mirent à trembler, sa respiration se bloqua. Il la guettait, il l'épiait. Instinctivement elle pivota pour attraper son téléphone. Elle allait appeler le poste du gardien, décida-t-elle en appuyant sur les touches. Une fois la police prévenue, elle sortirait à son tour. Ne s'était-elle pas promis d'aider ce malheureux ?

Son regard se reporta vers l'extérieur. Elle s'arrêta, le combiné à la main, le numéro à moitié composé : il était parti.

C'était peut-être quelqu'un qui rentrait chez lui, songea-t-elle, prise de doute. Un médecin, un avocat, un cadre administratif qui préférait marcher pour entretenir sa forme.

Tess se força à regagner son bureau. Elle reposa calmement le combiné. Cela ne lui ressemblait pas de s'effaroucher pour un rien. Comme ses jambes n'étaient toujours pas assurées, elle s'assit sur le coin de sa table. Petit à petit, son contrôle lui revint.

Diagnostic : paranoïa aiguë.

Prescription : un bain chaud et une soirée tranquille avec Ben Paris.

Rassérénée, elle enfila son manteau en cachemire, ramassa sa serviette, ajusta la bandoulière de son sac sur son épaule, et ferma son bureau. Au moment où elle se dirigeait vers la porte qui donnait sur la salle d'attente, la poignée tourna.

Les clés s'échappèrent de sa main. Elle recula vers le bureau qu'elle venait de fermer. La porte s'entrebâilla de quelques centimètres. Un cri s'étouffa dans sa gorge. Pétrifiée, elle fixa le battant qui s'ouvrait lentement. Il n'y avait aucun endroit où fuir, aucun coin où se réfugier. Elle respira à fond. Personne ne viendrait à son secours.

— Il y a quelqu'un ?
— Oh, mon Dieu, Franck !

Les jambes en coton, Tess s'adossa à la porte de son bureau.

— Tu rôdes dans les couloirs à présent ? demanda-t-elle.
— J'allais prendre l'ascenseur quand j'ai vu de la lumière sous ta porte.

Il sourit, ravi de la trouver seule, puis il recula de façon à lui barrer la sortie.

— Ne me dis pas que tu emportes encore du travail chez toi ? ajouta-t-il.

— Non, c'est ma lessive, rétorqua-t-elle.

La jeune femme se baissa pour ramasser ses clés, furieuse contre elle-même d'avoir perdu patience.

— Ecoute, Franck, reprit-elle, j'ai eu une dure journée et je ne suis pas d'humeur à endurer tes tentatives de séduction.

Les yeux de Franck s'arrondirent.

— Eh bien, je ne pensais pas que tu pouvais être si... agressive.

— Ecarte-toi de mon chemin, si tu ne veux pas que je te colle le nez au tapis.

— Pourquoi ne pas aller boire un verre ?

— Oh, pour l'amour du ciel !

Le prenant par la manche de sa veste, comme toujours impeccable, Tess le poussa sans ménagement dans le couloir.

— Viens dîner chez moi, insista-t-il.

Les mâchoires crispées, elle éteignit la lumière, ferma la porte à clé.

— Franck, tu devrais écrire un livre sur tes fantasmes sexuels. C'est une activité qui pourrait t'épargner des ennuis.

Elle passa à côté de lui et appuya sur le bouton d'appel de l'ascenseur.

— Acceptes-tu d'être le titre du premier chapitre ? plaisanta-t-il.

Après une longue inspiration, elle compta mentalement jusqu'à dix mais s'aperçut que cet exercice était impuissant à la calmer. Quand les portes de la cabine s'ouvrirent, elle s'engouffra à l'intérieur et bloqua l'ouverture.

— Si tu tiens à la forme de ton nez, ne prends pas l'ascenseur avec moi.

— Nous pourrions aller au sauna puis au restaurant.

Je connais un endroit où ils font un délicieux poulet à la russe, dit-il pendant que les portes se refermaient.

— Va au diable ! murmura-t-elle en s'appuyant contre la paroi.

Elle était presque arrivée chez elle quand le rire la gagna. Au prix de quelques efforts, il était possible d'oublier qu'une voiture de police la suivait, qu'au troisième étage de son immeuble des policiers buvaient le café en regardant les informations à la télévision. Un carambolage sur la 23e la retarda d'un bon quart d'heure, mais cela ne suffit pas à entamer sa bonne humeur.

C'est en fredonnant qu'elle ouvrit la porte de son appartement. Dommage qu'elle n'ait pas pensé à acheter des fleurs fraîches, songea-t-elle en se rendant directement dans sa chambre. Elle se déshabilla, enfila son kimono de soie et versa une double dose de bain moussant dans la baignoire. Puis elle mit un album de Phil Collins sur la platine, un disque sur la joie de vivre et le bonheur d'être amoureux.

Ce thème lui correspondait parfaitement. Elle se glissa dans l'eau chaude, décidée à savourer chaque minute de sa soirée.

Quand Ben mit la clé dans la serrure, il eut l'impression de rentrer chez lui. Certes ce n'était pas lui qui avait choisi le mobilier, ni les tableaux accrochés au mur, mais curieusement cela n'avait aucune importance.

Le carton qu'il portait était chaud. Il le posa sur le napperon qu'une religieuse française avait dû passer une semaine à broder. L'envie le prit de se mettre au lit et de faire le tour du cadran.

Au lieu de quoi, il plaça le sac en papier à côté de la

pizza, laissa tomber son manteau sur le dossier d'une chaise et ôta son revolver de son épaule.

L'odeur de Tess imprégnait la pièce, douce, subtile, élégante. Le désir qu'il ne pouvait refréner eut raison de sa fatigue.

— Tess ?
— Je suis dans mon bain. Je sors.

Agréablement guidé par son parfum et le bruit de l'eau, il la rejoignit.

— Bonsoir.

Se trompait-il ou avait-elle rougi ? Quelle drôle de petite personne ! Au lit, elle était capable de lui couper le souffle mais elle était gênée d'être surprise dans l'eau. Il s'assit au bord de la baignoire.

— Je ne savais pas pour combien de temps tu en avais, dit-elle en s'enfonçant un peu plus sous la mousse.
— Je n'avais que quelques détails à régler.

L'embarras de la jeune femme se dissipa aussi vite qu'il était apparu.

— Rude journée, n'est-ce pas ? demanda-t-elle. Tu as l'air épuisé.
— Disons que ce n'était pas un des meilleurs moments de ma carrière.
— Tu veux en parler ?

Il se remémora l'horrible scène. Même lui n'avait pas l'habitude de voir autant de sang.

— Non, pas tout de suite.

Elle s'assit pour pouvoir le toucher.

— Il y a de la place pour deux. Pourquoi ne suis-tu pas la prescription du Dr Court en cas de surmenage ?
— La pizza va refroidir.
— J'adore la pizza froide, assura-t-elle en commençant à lui déboutonner sa chemise. Tu sais, j'ai eu une journée

étrange qui s'est terminée par une invitation à aller au sauna et à manger du poulet à la russe.

— Oh, fit-il en se levant pour enlever son pantalon.

Une sensation inconnue et désagréable s'empara de lui. C'était la première fois qu'il éprouvait de la jalousie.

— Ce n'est pas très malin d'avoir changé ce programme pour un bain et une pizza froide, observa-t-il.

— Et surtout d'avoir refusé une soirée avec le séduisant, brillant et mortellement ennuyeux Dr Fuller.

— Il correspondrait pourtant plus à ton style, marmonna Ben en s'asseyant sur le rebord de la baignoire pour enlever ses chaussures.

Tess haussa un sourcil et se radossa.

— Les gens ennuyeux me vont mieux ? Merci pour le compliment.

— J'entendais le côté médecin, costume trois-pièces, carte de l'American Express.

Amusée, elle se savonna la jambe.

— Allons, tu n'as pas une carte Privilège ?

— Non, j'ai déjà de la chance de pouvoir acheter mes sous-vêtements à crédit chez Sears.

— Dans ce cas, je ne sais pas si je peux t'accepter dans ma baignoire.

Il la regarda, torse nu.

— Je suis sérieux, Tess.

— C'est ce que je vois.

Elle prit une poignée de bulles dans sa main et le fixa avant d'ajouter :

— Je suppose que tu me considères comme une créature de race supérieure qui accepte de faire une entorse à ses principes pour s'envoyer en l'air.

— Ce n'est pas du tout ce que je voulais dire.

Frustré, il s'assit de nouveau sur le bord de la baignoire.

— Ecoute, reprit-il, j'ai un métier qui me fait remuer de la boue tous les jours.

La jeune femme posa doucement sa main mouillée sur la sienne.

— Ça n'a pas été facile, n'est-ce pas ?

Il lui prit la main et la regarda, si petite, si fine avec une délicate attache.

— Ce n'est pas la question, répondit-il. Mon père vendait des voitures d'occasion chez un concessionnaire de banlieue. Ma mère faisait des gâteaux, toutes sortes de gâteaux. Leur principale distraction, c'était de passer une soirée au Columbus Hall. Pour ma part, j'ai peiné pour terminer mon cycle secondaire, je suis entré à l'Académie après deux années de collège, et j'ai passé le reste de ma vie à examiner des cadavres.

— Cherches-tu à me convaincre que tu n'es pas assez bon pour moi à cause d'une origine, d'une culture, d'une éducation différentes ?

— Ne me sors pas ce genre d'imbécillité.

— Très bien, essayons un autre angle d'approche.

Et elle l'attira dans la baignoire.

— Qu'est-ce que tu fais ? dit-il en crachant de la mousse. Je suis encore habillé.

— Ce n'est pas ma faute si tu es lent.

Sans lui laisser le temps de reprendre son équilibre, elle noua les bras autour de son cou et pressa sa bouche contre la sienne. Même un psychiatre pouvait comprendre que l'action valait mieux que des mots choisis, et elle tenait à ce qu'il le sache. Elle le sentit se détendre sous son étreinte.

— Ben ?

— Hum ?

— Crois-tu qu'il soit très important que ton père ait vendu des voitures et pas le mien ?

— Non.
— Parfait, dit-elle en riant.

Elle lui essuya tendrement de la mousse sur le menton.

— Maintenant, voyons comment enlever ce jean.

La pizza était bel et bien froide mais ils n'en laissèrent pas une miette. Ben attendit que Tess ait débarrassé le carton.

— Je t'ai apporté un cadeau, déclara-t-il.
— C'est vrai ? En quel honneur ?
— Des questions, toujours des questions.

Il retira le sac en papier alors qu'elle tendait la main pour l'attraper.

— Tu veux vraiment savoir ce que c'est ?
— Oui.

Il se rapprocha d'elle et passa son bras autour de sa taille fine. Le parfum du bain les enveloppait. Tess avait relevé ses cheveux encore humides.

— « Je crois que je suis en train de perdre la tête... de perdre la tête... à cause de toi », chantonna-t-il.

Elle ferma les yeux pendant qu'il l'embrassait.

— C'était Little Anthony en 1961 ou 62, murmura-t-elle.

— Je savais que cette tactique fonctionnerait avec une psychiatre.

— Tu as eu raison.
— Tu ne veux pas voir ton cadeau ?
— Si, mais il faudrait que tu me lâches pour que je puisse ouvrir le sac.

— Alors dépêche-toi.

Il le lui donna, tout en surveillant sa réaction. Quand elle ouvrit le sac, elle eut exactement l'expression qu'il avait espérée : un froncement de sourcils, de l'étonnement puis de l'amusement.

— Un verrou. Mon Dieu, Ben, tu sais séduire les femmes !

— N'est-ce pas ? C'est un don chez moi.

Les lèvres de la jeune femme s'incurvèrent en s'approchant des siennes.

— Je le chérirai toute ma vie. S'il avait été un peu moins gros, je l'aurais porté autour de mon cou.

— Il sera sur ta porte dans moins d'une heure. Mes outils sont dans le placard de la cuisine.

— Et bricoleur en plus !

— Pourquoi ne fais-tu pas quelque chose pendant que je m'active ? A moins que tu ne préfères me regarder...

— Je vais me trouver une occupation, promit-elle.

Pendant qu'il installait son verrou, Tess relut une conférence qu'elle devait donner à l'université de Washington le mois suivant. Le bourdonnement de la perceuse et les coups de marteau ne la dérangeaient pas. Elle commença à se demander comment elle avait pu supporter jusque-là un silence total.

Le temps de relire son texte et de ranger ses dossiers, Ben avait terminé. La serrure brillante donnait une impression de sécurité.

— Voilà, annonça-t-il.

— Oh, mon héros !

Il ferma la porte, posa un jeu de clés sur la table.

— C'est fait pour que tu t'en serves. Je vais ranger mes outils et me laver les mains. Tu peux balayer.

— Le partage des tâches me paraît équitable.

Tout en se dirigeant vers la porte, elle s'arrêta devant le poste de télévision et l'alluma pour le journal.

Bien qu'il y eût plus de saleté que n'en nécessitait en principe la pose d'un verrou, Tess ramassa la poussière dans la pelle sans se plaindre. Au moment où elle se redressait, le journaliste présentait le principal fait divers de la journée.

« Les corps de trois personnes ont été découverts dans un appartement du North West. Alertée par un voisin inquiet, la police a forcé la porte en fin d'après-midi. Les victimes, les mains liées avec des vêtements, ont été poignardées de plusieurs coups de couteau. Il s'agit de Jonas Leery, de son épouse, Kathleen Leery, et de leur fille, Paulette Leery, une adolescente. Il semble que le vol ait été le mobile du crime. Nous passons l'antenne à Bob Burroughs, notre envoyé spécial, pour plus de détails. »

Un reporter à la carrure d'athlète apparut à l'écran, un micro à la main, devant un immeuble de brique. Tess se retourna et, à l'expression de Ben qui sortait de la cuisine, comprit tout de suite qu'il était allé sur les lieux lui aussi.

— Ce devait être affreux, murmura-t-elle.
— Ils étaient morts depuis dix, peut-être douze heures. La gamine n'avait pas seize ans. Elle a été tailladée comme un morceau de viande.

Au souvenir de ce spectacle, il eut une grimace de dégoût profond.

Tess laissa sa pelle et sa balayette pour s'approcher de lui.

— Je suis désolée, viens t'asseoir, suggéra-t-elle doucement.
— Tu en arrives à un point où c'est presque de la routine, déclara-t-il sans quitter l'écran des yeux. Et puis tu rentres dans un appartement comme celui-là et ton estomac se retourne. Tu te dis que non, ce n'est pas vrai, que personne ne peut traiter ainsi son prochain, mais au fond de toi, tu sais que c'est possible.

— Assieds-toi, répéta-t-elle en l'attirant sur le canapé. Veux-tu que j'éteigne le poste ?
— Non.

Mais il resta un instant prostré avant de se passer les mains dans les cheveux et de se redresser. Le journaliste parlait à une voisine qui sanglotait.

« Paulette gardait mon petit garçon, disait-elle. C'était une si gentille fille. Je ne peux pas y croire. »

— Les salauds, marmonna Ben comme pour lui-même, ils ont massacré cette famille pour une collection de vieilles pièces qui devait valoir huit cents, peut-être mille dollars. Un receleur n'en donnera pas la moitié.

Tess jeta un coup d'œil à sa porte et à sa serrure toute neuve. Maintenant elle comprenait pourquoi il lui avait fait ce cadeau, précisément ce soir. L'attirant contre elle, Tess le réconforta à la manière d'une femme, en lui posant la tête sur son sein.

— Tu les coinceras quand ils essaieront d'écouler les pièces, assura-t-elle.

— Nous avons deux autres pistes. Nous les arrêterons demain, au plus tard après-demain. Mais, mon Dieu, depuis que je suis dans ce métier, j'ai rarement vu une telle sauvagerie.

— Je ne peux pas te conseiller de ne pas y penser. Mais je suis là... pour toi.

Il sentit comme par magie se dissiper son impression de cauchemar. Tout ce qui comptait, c'étaient les quelques heures à venir...

Serrant la jeune femme contre lui, il embrassa le creux de sa gorge.

— J'ai besoin de toi, murmura-t-il. Et cette idée me terrorise.

— Je sais.

15

— Tess, les sénateurs me mettent mal à l'aise.

Ben fit une grimace à Lowenstein qui souriait et lui tourna le dos en coinçant l'appareil entre le menton et l'épaule.

— C'est mon grand-père, Ben, et il est adorable.

— Je n'ai jamais entendu qualifier le sénateur Jonathan Writemore d'adorable.

A l'autre bout de la salle, Pilamento fit un signe à Ben. Celui-ci hocha la tête et lui demanda silencieusement de patienter.

— Si je m'occupais de ses relations publiques, peut-être le percevrais-je différemment, rétorquait la jeune femme au téléphone. En tout cas, c'est le dîner de Thanksgiving, et je ne veux pas le décevoir. Quant à toi, tu devrais être libre. Ne m'as-tu pas dit que tes parents habitaient en Floride ?

— Si, dit-il en tirant sur le bord de son pull-over. Ecoute, cela va à l'encontre de mes principes.

— Qui sont ?

— De rester à l'écart des repas de famille.

— Et pourquoi donc ?

— Des questions, toujours des questions, marmonna-t-il. Quand j'étais jeune, ma mère voulait toujours que je ramène mes petites amies à la maison. Du coup, l'une et l'autre se faisaient des illusions.

— Je vois, répondit-elle d'une voix où perçait son amusement.

— Toujours est-il que je ne présente plus mes amies à ma mère et vice versa. De cette façon, personne ne tire des plans sur la comète.

— Je comprends. Je te promets que nous n'essaierons pas de te coincer. Un détail tout de même : la tarte à la citrouille de miss Bette est la meilleure du monde.

— Entièrement faite maison ?

— Absolument.

Tess était assez fine mouche pour ne pas insister.

— Réfléchis-y, dit-elle. Tu n'es pas obligé de me donner une réponse tout de suite. Je m'y suis prise un peu tard, mais la fête m'était complètement sortie de la tête, et je ne t'aurais pas ennuyé avec ça si grand-père ne m'avait pas téléphoné à l'instant.

— D'accord, j'y penserai.

— Et ne t'inquiète pas : si tu ne viens pas, je te rapporterai une part de tarte. Je te laisse à présent. Un patient vient d'arriver.

— Tess...

— Oui ?

— Non, rien. A tout à l'heure.

Il raccrocha et se tourna vers Pilamento qui lui tendit aussitôt une feuille de papier.

— Qu'est-ce que c'est ? demanda Ben.

— Nous avons remonté la piste du garçon dont la voisine connaissait le nom.

— Celui qui sortait avec la fille Leery ?

— Oui. Amos Reeder. Nous n'avons pas un signalement très complet. D'après la voisine, il avait une sale tête mais, à sa connaissance, il n'est venu qu'une fois et n'a pas causé d'ennuis.

Ben attrapait déjà sa veste.

— Nous allons toujours vérifier.

— Voici son adresse. Le type a un casier judiciaire.

Avant d'empocher son paquet de cigarettes, Ben remarqua non sans écœurement qu'il ne lui en restait que deux.

— A l'âge de dix-sept ans, il a agressé au couteau un autre gosse pour son argent de poche, reprit son collègue. Reeder avait un sachet d'herbe sur lui et des traces d'aiguille sur le bras. La victime a porté plainte. Reeder est passé devant le juge pour enfants et a été envoyé dans un centre de désintoxication. Harris veut que tu ailles lui dire deux mots avec Jackson.

— Merci, dit Ben en prenant l'adresse.

Il se dirigea vers la salle de conférences, où Ed planchait en compagnie de Bigsby sur le prêtre-assassin.

— En selle, lança-t-il à son coéquipier.

Ed enfila son manteau en le suivant vers la sortie.

— Qu'est-ce qui se passe ? demanda-t-il.

— Une piste dans l'affaire Leery. Un jeune qui traînait avec la fille et qui a déjà joué du couteau. Nous allons bavarder avec lui.

— Bonne idée, acquiesça Ed en s'installant confortablement dans la voiture. Que dirais-tu d'une cassette de Tammy Wynette ?

— Pas question, rétorqua Ben en introduisant *Goat's Head Soup* dans le lecteur. Sais-tu que Tess vient de m'appeler ?

Ed souleva les sourcils et décida d'endurer les Rolling Stones.

— Un problème ? demanda-t-il.

— Non, enfin, si. Elle veut que je dîne chez son grand-père pour Thanksgiving.

— Oh, de la dinde avec le sénateur Writemore ! Il va organiser un vote pour déterminer si la sauce sera à l'huître ou au marron.

— Je savais que j'aurais à subir tes moqueries.

Ben prit une cigarette plus par dépit que par véritable envie de fumer.

— C'est bon, je suis sérieux maintenant, annonça Ed. Pourquoi n'irais-tu pas dîner avec Tess et son grand-père ?

— On commence par Thanksgiving, après c'est le repas dominical, et enfin c'est la tante Mabel qui débarque pour t'examiner.

Ed mit la main dans sa poche, hésita entre un paquet de raisins enrobés de miel et un chewing-gum sans sucre. Il choisit le second.

— Tess a une tante Mabel ?

— Essaie de comprendre, insista Ben tandis que la voiture s'arrêtait à un feu rouge. Tu flirtes avec une fille et, l'instant d'après, elle t'invite au mariage de sa cousine Laurie, et oncle Joe t'envoie des bourrades dans les côtes en te demandant si tu es prêt pour le grand plongeon.

— Tout ça à cause d'un plat de viande et de purée, compléta Ed en secouant la tête. C'est stupéfiant.

— C'est ainsi que les choses se passent, je t'assure.

— Ben, tu as des préoccupations plus graves et plus urgentes sans inventer une tante Mabel à Tess.

— Ah ? Lesquelles ?

— Par exemple la viande rouge qui empoisonne ton appareil digestif.

— Mon Dieu, c'est dégoûtant.

— Je ne te le fais pas dire. Tu peux te faire autant de

332

soucis pour un conflit nucléaire, des pluies acides ou ton taux de cholestérol. Garde ça à l'esprit et va dîner avec le sénateur. S'il commence à te traiter comme un membre de la famille, débrouille-toi pour le choquer.

— En faisant quoi ?

— En dévorant ta dinde avec les doigts. Nous y voilà !

Ben se gara le long du trottoir et jeta son mégot de cigarette par la vitre.

— Merci, Ed. Tu m'as été d'un grand secours.

— A ton service. Comment veux-tu qu'on procède ?

Par le pare-brise, Ben étudia l'immeuble qui avait dû connaître des jours meilleurs. Deux fenêtres cassées avaient été obturées avec du papier journal. Des graffiti s'étalaient sur toute la façade est. Les bouteilles cassées et les canettes vides étaient plus nombreuses que les brins d'herbe.

— Il est au 303. Il peut se sauver par l'escalier d'incendie. Je ne veux pas avoir à le prendre en chasse sur son territoire, déclara Ben.

— Pile ou face pour savoir qui passe par-devant et qui surveille l'arrière, proposa Ed.

— D'accord, pile, je rentre, face, je prends l'escalier d'incendie et je couvre la fenêtre.

Son coéquipier sortit une pièce de sa poche mais Ben le retint par le bras.

— Non, pas dans la voiture, ajouta-t-il. Nous aurons plus de place à l'extérieur.

Ils descendirent l'un et l'autre du véhicule et se postèrent sur le trottoir. Ed ôta ses gants avant de jeter la pièce.

— Face, annonça-t-il. Donne-moi le temps de prendre position.

— Allons-y.

Ben envoya un coup de pied dans un tesson de bouteille de bière et entra. L'immeuble sentait l'urine et l'alcool. Tout en montant au troisième étage, Ben déboutonna son manteau. Il inspecta le couloir avant de taper à la porte du 303.

Ce fut un adolescent qui ouvrit. Il avait les cheveux ébouriffés et une incisive en moins. Avant même de percevoir l'odeur d'herbe, Ben sut qu'il était défoncé.

— Amos Reeder ?
— Qui êtes-vous ?

Ben montra son insigne.

— Amos n'est pas là, il cherche du boulot.
— Nous allons bavarder en l'attendant.
— Vous avez un mandat ?
— Nous pouvons parler ici, à l'intérieur... ou au poste.
— Je n'ai rien à vous dire. Je m'occupe de mes affaires.
— A mon avis, je trouverais assez d'herbe dans la pièce pour t'embarquer. Veux-tu que je jette un coup d'œil ? Les Stups font des promos cette semaine : un T-shirt gratuit par saisie de cinq cents grammes de drogue. Comment t'appelles-tu ?

De la sueur perlait sur le front de l'adolescent.

— Kevin Danneville. J'ai des droits, je ne suis pas obligé de répondre à vos questions.
— Tu as l'air nerveux, Kevin, observa Ben en bloquant la porte avec le pied. Quel âge as-tu ?
— Dix-huit ans et c'est pas vos oignons.
— Tu m'as plutôt l'air d'avoir seize ans et tu devrais être à l'école. Je vais peut-être bien t'accompagner chez le juge pour enfants. Que sais-tu d'une jeune fille dont les parents avaient une collection de pièces ?

Ce fut le mouvement des yeux de Kevin qui sauva la vie à Ben. Il les vit changer d'expression, comme sous l'effet de la surprise, et pivota instinctivement. Il eut à peine le temps de voir son agresseur. Le couteau s'abattit, mais au lieu de lui trancher la jugulaire, la lame entailla son bras. Il tomba dans l'appartement.

— Amos, tu es fou, c'est un flic, tu ne peux pas le tuer ! s'exclama Kevin.

En voulant s'écarter, l'adolescent renversa une lampe qui se brisa par terre.

Reeder qui venait de fumer du PCP se contenta de sourire.

— Je vais arracher le cœur de ce salaud.

Ben eut une seconde pour songer que son assaillant était lui aussi en âge d'aller au lycée, car le couteau ne tarda pas à plonger de nouveau sur lui. Il se jeta de côté et tenta de dégainer de la main gauche ; son bras droit saignait. Kevin rampa sur le sol en gémissant. Derrière eux, la fenêtre explosa.

— Police ! cria Ed, debout, les jambes écartées, le revolver braqué sur Amos. Laisse tomber ce couteau ou je tire.

De la salive moussa sur les lèvres d'Amos qui se concentrait sur Ben. Curieusement l'adolescent se mit à pouffer de rire.

— Je vais te découper en tranches, mon petit vieux.

Brandissant le couteau au-dessus de sa tête, il bondit. Le canon du 38 cracha et la balle l'atteignit en pleine poitrine, rejetant son corps en arrière. Il resta debout un moment, les yeux écarquillés, le torse en sang. Ed garda le doigt sur le cran de sûreté. Puis Reeder tomba, entraînant une table pliante dans sa chute. Le couteau glissa de sa main et atterrit par terre avec un léger cliquetis. Amos Reeder mourut sans émettre un son.

Ben trébucha et tomba sur ses genoux. Le temps que son coéquipier franchisse le seuil de la fenêtre, il avait réussi à sortir son arme et à la braquer sur Kevin.

— Allez, sursaute, dit-il entre ses dents. Rien qu'une fois et ce sera considéré comme une résistance à une arrestation.

— C'est Amos le responsable, bafouilla Kevin. J'ai juste regardé, je le jure.

— Ne bouge pas d'un centimètre, petit salopard, ou je te fais sauter le zizi.

Par routine, Ed fouilla le cadavre avant de s'accroupir près de Ben.

— Comment va ton bras ?

Des élancements le parcouraient déjà et la douleur lui donnait des nausées.

— La prochaine fois, c'est moi qui lance la pièce, plaisanta-t-il.

— D'accord. Laisse-moi regarder.

— Appelle du renfort pour nettoyer ce gâchis et emmène-moi à l'hôpital.

— A première vue, l'artère n'est pas touchée.

— Oh ! Alors, tout va bien.

Il serra les mâchoires pendant qu'Ed lui remontait sa manche.

— Je suis bon pour une partie de golf, affirma-t-il.

Ed le débarrassa de son revolver et fit un tampon de son foulard.

— Appuie-le sur ta blessure pour enrayer l'hémorragie.

Ben s'assit, ses pieds à quelques centimètres d'Amos.

— Merci, Ed.

— Ce n'est rien. Un vieux foulard.

Ben jeta un coup d'œil à Kevin recroquevillé sur lui-même, les mains sur les oreilles.

— Il ne nous reste plus qu'à attendre, dit-il.

Dans la salle des urgences, Ben, assis sur le bord d'une table, comptait les infirmières pour ne pas prêter attention à l'aiguille qui cheminait sur sa peau. Tout en le recousant, le médecin bavardait aimablement des chances respectives des Redskins et des Cowboys au match du dimanche. Derrière un rideau, un médecin et deux infirmières luttaient pour sauver une jeune fille d'une overdose de crack. Ben l'entendait sangloter. Il regretta de ne pas avoir de cigarette.

— Je hais les hôpitaux, murmura-t-il.

— C'est le cas de beaucoup de gens, répondit le médecin en faisant des points méticuleux. La défense est solide comme un roc. Si nous tenons le coup, l'équipe de Dallas va sucer son pouce avant la troisième base.

— Je veux bien le croire.

Sa concentration faiblit un instant et il sentit les tiraillements de sa chair. Pour se changer les idées, il écouta les sons qui lui parvenaient de l'autre côté du rideau. La jeune fille respirait trop fort. Une voix autoritaire lui enjoignit de souffler dans un sac en papier.

— Vous avez de nombreux cas comme le sien ? demanda Ben au médecin.

— Un peu plus chaque jour, répondit-il en faisant un autre point de suture. Quand nous arrivons à les sauver du pire, elles retournent au premier coin de rue s'acheter une autre dose. Voilà une belle couture. Qu'en pensez-vous ?

— Je vous fais confiance.

*
** *

Tess franchit les portes automatiques de l'entrée des urgences. Après un rapide coup d'œil en direction de la salle d'attente, elle se précipita vers les cabines de consultation.

Un infirmier poussait un brancard sur lequel une silhouette était recroquevillée. Le sang de Tess se figea. Elle allait les suivre quand une femme en blanc sortit de derrière un rideau et la prit par le bras.

— Désolée, madame, vous ne pouvez pas entrer.
— Je viens voir l'inspecteur Paris.
L'infirmière ne la lâcha pas.
— Le médecin s'occupe de sa blessure. Retournez dans la salle d'attente et…
— Je suis son médecin, coupa Tess en se libérant.

Il lui restait encore assez de contrôle pour ne pas courir. Elle dépassa un patient au bras cassé, un autre qui souffrait de brûlures au deuxième degré, un troisième qui avait le crâne bandé. Une vieille femme allongée sur une civière essayait de dormir. Tess franchit le dernier rideau. Ben était là.

Le médecin parut surpris mais content de la voir.
— Bonjour, Tess, dit-il. Que faites-vous là ?
— Oh, John, bonjour.
— C'est rare que les divines beautés me rendent visite à l'hôpital.

Puis, remarquant le regard que lançait la jeune femme à son malade, il comprit que ce n'était pas lui qu'elle était venue voir.

— Vous vous connaissez, observa-t-il, un tantinet vexé.

Ben s'agita sur sa table. Il se serait bien levé si le médecin ne l'avait pas retenu.

— Pourquoi es-tu là ? demanda-t-il.
— Ed m'a téléphoné à la clinique, expliqua-t-elle.
— Il n'aurait pas dû.

L'image de Ben blessé à mort s'estompa mais les jambes de Tess se dérobèrent.

— Sans doute n'avait-il pas envie que je l'apprenne par le bulletin d'informations. John, est-ce grave ?

— Ce n'est rien, répondit Ben à la place du médecin.

— Dix points de suture, renchérit John en installant le bandage. Le muscle n'a pas été endommagé. Et Paris n'a pas perdu beaucoup de sang. Ce n'est qu'une égratignure.

— Le type avait un couteau de boucher, précisa Ben, irrité de voir quelqu'un d'autre minimiser sa blessure.

John se tourna vers son plateau, puis vers la jeune femme.

— Encore une chance qu'il ait porté une veste sous son manteau et qu'il ait réussi à parer le coup, sinon son bras aurait été fendu en deux. Attention, ça va piquer un peu, annonça-t-il à Ben.

— Quoi donc ? demanda celui-ci en attrapant le poignet de John.

— Juste un vaccin antitétanique, répondit-il. Nous ne savons pas où ce couteau a pu traîner. Serrez les dents.

Il voulut protester mais Tess lui prit la main. La douleur de la piqûre fut fugitive.

— Voilà, annonça le médecin en tendant son plateau à une infirmière. Ça devrait aller à condition que vous vous absteniez de jouer au tennis et de pratiquer le sumo pendant une quinzaine de jours. Ne mouillez pas votre pansement et revenez à la fin de la semaine prochaine pour que je vous enlève les fils.

— Merci bien.

— Je vous en prie, l'essentiel est de vous voir en bonne santé. Ravi de t'avoir vue, Tess ; appelle-moi la prochaine fois que tu as envie d'oursins et de saké.

— D'accord, John, au revoir.

Ben se releva.

— Quelle familiarité ! Tu ne fréquentes donc que des médecins ?

— Tu en es la preuve vivante, le taquina-t-elle. Tiens, voilà ta chemise. Je vais t'aider.

— Ce n'est pas la peine.

Mais son bras était engourdi et il ne réussit qu'à enfiler une manche.

— Tu as le droit d'être un peu capricieux après dix points de suture, dit Tess d'un ton apaisant.

— Capricieux ? Je ne suis pas un gosse qui a sauté sa sieste, marmonna-t-il en fermant les yeux pendant qu'elle ajustait sa chemise.

— Je sais. Du calme, je vais te la boutonner.

Du moins était-ce son intention, mais, après avoir fermé deux boutons, son front vint s'appuyer contre le torse de Ben.

— Tess, qu'y a-t-il ? demanda-t-il en lui caressant les cheveux.

— Rien.

La tête baissée, elle finit de s'attaquer aux autres boutons.

Glissant la main sous son menton, il l'obligea à le regarder. Des larmes brillaient dans les yeux de la jeune femme. Du pouce, il en essuya une qui perlait à ses cils.

— Ne pleure pas, Tess.

— Non, dit-elle en pressant sa joue contre la sienne. Ça va passer dans une minute.

Il glissa un bras sur ses épaules, savourant la sollicitude dont il était l'objet. Son métier séduisait certaines femmes, en rebutait d'autres, parmi celles qu'il avait connues, mais aucune ne lui avait témoigné une telle attention.

— J'ai eu peur, admit-elle d'une voix étouffée.
— Moi aussi.
— Tu me raconteras plus tard ?
— Si j'y suis obligé. Ce n'est pas facile d'avouer à sa petite amie qu'on s'est conduit comme un imbécile.
— Et c'est vraiment le cas ?
— J'étais sûr que le petit salopard était à l'intérieur. Je suis passé par la porte, Ed surveillait la fenêtre. Il est arrivé derrière moi.

Le regard de Tess se porta sur sa chemise déchirée et ensanglantée.

— Tu sais que ce n'est rien à côté de ma veste, reprit-il. Quand je pense qu'elle était toute neuve...

Tess avait réussi à dominer son émotion et elle lui donnait à présent le bras pour traverser le hall.

— Peut-être en recevras-tu une autre pour Noël, plaisanta-t-elle. Tu veux que je te ramène ?
— Non merci, j'ai un rapport à taper. Et au cas où le gamin se serait fait tirer les vers du nez, je tiens à assister à l'interrogatoire.
— Donc ils étaient deux ?
— Il n'y en a plus qu'un.

Elle se remémora la silhouette recroquevillée sur la civière mais ne dit rien.

— Voilà Ed !
— Oh, mon Dieu, catastrophe, il est encore plongé dans une revue scientifique.

Ed leva la tête, examina rapidement mais soigneusement son coéquipier avant de sourire à Tess.

— Bonjour, docteur Court, je ne vous ai pas vue arriver.

Il ne mentionna pas le fait qu'il était parti donner un peu de sang. Ben et lui avaient le même groupe : A positif. Après avoir posé son magazine, il tendit à Ben sa veste et son revolver.

— Désolé pour le manteau, dit-il. Avant que le service ne te le fasse rembourser, on sera au mois d'avril.

— Tu as sans doute raison.

Avec le concours d'Ed, il réussit à fixer son arme et à enfiler sa veste déchirée.

— Je viens de lire un article passionnant sur les reins, déclara Ed.

— Garde-le pour toi, conseilla Ben avant de se tourner vers Tess. Tu retournes à la clinique ?

— Oui, je suis partie au milieu d'une séance.

Pour la première fois elle prit conscience qu'elle avait fait passer Ben avant un patient.

— En tant que médecin, je te conseille de te débarrasser de ton rapport et de rentrer te reposer, déclara-t-elle. Je serai chez moi aux alentours de 6 heures et demie, et peut-être que je me laisserai convaincre de la nécessité de te dorloter.

— Quelle est ta définition de « dorloter » ?

Elle ne donna pas d'autre explication et se tourna vers Ed.

— Pourquoi ne viendriez-vous pas dîner chez moi ?

L'invitation sembla le prendre au dépourvu mais son visage rayonna de plaisir.

— Je... merci.

— Ed n'a pas l'habitude de parler aux femmes, plaisanta Ben. Accepte, mon vieux. Tess te préparera de la pâte aux haricots.

Il rit, et prit une profonde inspiration. Le grand air lui

fit du bien. Son bras n'était plus engourdi ; en revanche il commençait à l'élancer.

— Où es-tu garée ? demanda-t-il en cherchant des yeux la voiture noir et blanc.

— Par là.

— Ed, accompagne madame à sa voiture.

Il la prit par les revers de son manteau et l'embrassa.

— Merci d'être venue, dit-il.

— De rien.

Elle attendit qu'il eût rejoint la Mustang pour s'adresser à Ed.

— Vous prendrez soin de lui…

— Bien sûr.

Tess fouilla dans sa poche pour en sortir ses clés.

— Le garçon qui a agressé Ben est mort, n'est-ce pas ?

— Oui.

Il lui prit le trousseau des mains et lui ouvrit la portière avec galanterie. A son expression, elle devina que c'était lui qui avait tiré. Le code de conduite qui prévalait chez Tess, son sens des valeurs entrèrent en conflit avec sa nouvelle conscience de la réalité. Posant une main sur l'épaule d'Ed, elle se hissa sur la pointe des pieds, et plaqua un baiser sur sa joue.

— Merci de lui avoir sauvé la vie, murmura-t-elle.

Elle monta dans sa voiture, lui sourit avant de fermer la portière.

— A ce soir, lança-t-elle.

Lui-même quasi amoureux de la jeune femme, Ed rejoignit son coéquipier qui s'assoupissait déjà dans la voiture.

— Si tu ne vas pas au dîner de Thanksgiving, tu n'es qu'un sot, déclara-t-il.

— De quoi tu parles ?

Ed enchaîna, impassible :

— Et tu ne devrais pas avoir peur que son oncle Joe te donne des bourrades dans les côtes, ajouta-t-il en démarrant.

— Aurais-tu mangé des granules empoisonnées ? s'inquiéta Ben.

— Tu devrais regarder ce qu'il y a en face de toi, avant de trébucher sur la scie.

— Quelle scie ?

— Tu ne connais pas l'histoire du fermier qu'un citadin regarde travailler. Le gars de la campagne entend la cloche annonçant le dîner et s'apprête à rentrer quand il trébuche sur sa scie. Il la ramasse et se remet à couper du bois. Le citadin lui demande pourquoi il n'est pas allé manger. Le fermier lui répond que ce n'est plus la peine. Il ne lui restera rien.

Ben demeura silencieux au moins dix secondes.

— Ce que je comprends, c'est qu'on devrait retourner à l'hôpital pour te faire examiner.

— Mon propos est le suivant, Ben : ne passe pas à côté d'une opportunité pareille. C'est une sacrée bonne femme.

— Je le sais.

— Alors ne trébuche pas sur la scie.

16

Il commençait juste à neiger quand Joey sortit par la porte de derrière. Sachant qu'elle grinçait, il la referma lentement jusqu'à ce que la serrure s'enclenche. Il avait pensé à emporter ses gants et à mettre son bonnet de ski. Plutôt que d'enfiler ses bottes, il avait gardé ses baskets montantes. C'étaient ses préférées.

Personne ne le vit partir.

Sa mère et son beau-père se disputaient dans le bureau. Sans doute à cause de lui car ils parlaient à voix basse, d'un ton irrité et impatient, comme chaque fois qu'ils se querellaient à son sujet.

Ils ignoraient qu'il était au courant.

Pour le dîner, sa mère avait fait rôtir une dinde et l'avait servie avec les accompagnements traditionnels. Durant tout le repas, elle avait bavardé avec un entrain factice, répétant qu'il était bon de fêter Thanksgiving en famille. Donald avait plaisanté sur les restes et s'était félicité pour la tarte à la citrouille qu'il avait confectionnée lui-même. Ils avaient mangé des airelles et des petits pains en forme de croissants cuits au four.

Ce repas avait été le plus misérable de toute la vie de Joey.

Sa mère ne supportait pas qu'il ait des problèmes. Elle

aurait voulu qu'il soit heureux, que ses études marchent bien et qu'il aille jouer au basket. Normal. C'était même le qualificatif qu'elle avait employé avec son beau-père. *Je veux qu'il soit normal.*

Mais il ne l'était pas. Joey se doutait que son beau-père l'avait compris et que c'était le motif de leur dispute. Joey n'était pas normal, il était alcoolique comme son père.

Sa mère disait que son père n'était qu'un bon à rien.

Joey savait que l'alcoolisme était une maladie, qu'on ne pouvait pas en guérir mais seulement bénéficier de périodes de rémission. Il savait aussi que des millions de personnes étaient atteintes par ce mal, et qu'elles pouvaient mener une existence normale. Cela exigeait simplement un effort. Parfois Joey était fatigué de faire cet effort mais il ne pouvait pas le dire à sa mère. Elle se serait inquiétée.

L'alcoolisme était un atavisme, voire un héritage, et Joey était convaincu que cette tare lui venait de son père, de même que sa tendance à la paresse et à l'ennui.

Les rues étaient calmes tandis qu'il traversait le quartier coquet et bien entretenu. Des flocons de neige virevoltaient devant les réverbères, comme les danseurs dans les contes de fées que lui lisait sa mère quand il était petit. Par les fenêtres des maisons brillamment éclairées, on voyait les familles attablées devant leur repas de Thanksgiving ou se reposant devant la télévision.

Son père n'était pas venu.

Il n'avait pas téléphoné.

Joey était persuadé que son père ne l'aimait plus. Ce n'était pas étonnant. Son fils lui rappelait l'alcool, les mauvais moments, les disputes.

Le Dr Court prétendait que Joey n'était pas responsable de la maladie de son père. Mais Joey avait du mal à la croire.

Il se rappelait un soir où, allongé dans son lit, il écoutait la voix épaisse et pâteuse de son ivrogne de père.

— Tu ne penses qu'à ce gamin, reprochait-il à sa mère. Tu ne penses jamais à moi. Tout a changé depuis qu'il est né.

Puis Joey avait entendu de gros sanglots, qui l'avaient atteint bien plus que la colère de son père ne l'avait fait.

— Je suis désolé, Lois, disait-il. Je t'aime tant. C'est la tension qui me met dans cet état. Au bureau, ils sont toujours sur mon dos. Je serais bien parti en claquant la porte mais Joey a encore besoin d'une nouvelle paire de chaussures.

Joey laissa passer une voiture, traversa la rue et se dirigea vers le parc. La neige était plus dense, un rideau blanc poussé par le vent. Le froid rosissait ses joues.

Autrefois l'enfant avait pensé que lorsqu'il aurait ses chaussures neuves, son père arrêterait de boire. Tout le monde avait fait des promesses qu'ils avaient l'intention de respecter. Pendant un moment, les choses s'étaient améliorées. Le père de Joey était allé aux réunions des Alcooliques anonymes, et sa mère avait retrouvé le sourire. C'était le Noël où Joey avait reçu son premier vélo. Son père avait couru à côté de lui, en tenant sa selle. Pas une seule fois il ne l'avait laissé tomber.

Mais peu avant Pâques, le père de Joey s'était remis à rentrer tard, sa mère avait de nouveau les yeux rougis par les larmes, et la gaieté était partie. Un soir, son père avait mal pris le virage de l'allée et n'avait pas vu la bicyclette. Il était entré dans la maison en hurlant et avait réveillé Joey en l'accablant de reproches. Il voulait le traîner dehors pour lui montrer le résultat de sa négligence mais sa mère s'était interposée.

Ce soir-là, pour la première fois, son père avait frappé sa mère.

S'il avait rangé sa bicyclette au lieu de la laisser sur la pelouse, son père n'aurait pas roulé dessus, il ne se serait pas fâché, n'aurait pas giflé sa mère, et celle-ci n'aurait pas été obligée de cacher son bleu avec du maquillage.

Ce soir-là, Joey avait bu de l'alcool pour la première fois.

Il n'avait pas aimé le goût. Cela lui avait brûlé la bouche et retourné l'estomac. Mais à la troisième ou quatrième gorgée, il avait eu l'impression étrange qu'un invisible écran le protégeait. Son envie de pleurer avait disparu. Sa tête bourdonnait agréablement quand il avait regagné son lit, et il avait dormi d'un sommeil sans rêve.

A compter de ce jour, Joey avait utilisé l'alcool comme anesthésiant chaque fois que ses parents se disputaient.

Ils avaient entamé une nouvelle vie. La mère de Joey avait recommencé à travailler. Elle s'était fait couper les cheveux et ne portait plus son alliance, mais celle-ci, en dix ans, avait laissé une fine marque blanche autour de son doigt.

Il se rappelait encore son expression anxieuse et suppliante quand elle lui avait parlé du divorce. Elle avait eu si peur qu'il la blâme. Pour se justifier, elle lui avait raconté ce qu'il savait déjà. L'entendre de sa bouche avait cependant anéanti les maigres défenses qu'il lui restait.

Il se remémorait aussi combien elle avait pleuré un soir où elle avait trouvé son fils de onze ans complètement soûl...

Le parc était désert. Une fine couche de neige recouvrait déjà le sol. D'ici à une heure les empreintes de Joey auraient disparu. Cela lui convenait tout à fait. De gros flocons s'accrochaient aux branches des arbres, luisaient doucement sur les buissons. Le visage de Joey était humide mais il ne s'en souciait pas. Il se demanda fugitivement si sa mère était montée dans sa chambre et s'était aperçue de son départ. Cela l'ennuyait de lui faire de la peine mais il n'y avait pas d'autre solution.

Il n'avait plus neuf ans et il n'avait plus peur.

Sa mère l'avait fait assister aux réunions des Alcooliques anonymes, mais les mots ne l'avaient pas touché car il refusait d'admettre qu'il ressemblait à son père.

Puis Donald Monroe était arrivé. Et si Joey était content que sa mère soit heureuse, il éprouvait du remords à accepter un remplaçant pour son père. Joey adorait sa mère mais il adorait aussi son père et celui-ci était devenu de plus en plus amer.

Sa mère s'était remariée et portait donc un nom différent de celui de Joey. Ils avaient emménagé dans une maison coquette et Joey avait une chambre qui donnait sur le jardin. Son père se plaignait sans cesse de devoir payer sa pension alimentaire.

Quand l'adolescent avait commencé sa thérapie chez Tess, il buvait tous les jours et avait déjà envisagé le suicide.

Au début, il y allait à contrecœur, mais la jeune femme ne l'avait ni pressé, ni contraint. Elle se contentait de parler. Un jour elle lui avait fixé un calendrier personnel susceptible de lui servir toute sa vie.

— Quand tu te réveilles tous les matins, Joey, il y a quelque chose dont tu peux être fier, disait-elle.

Parfois il la croyait.

Elle ne lui jetait jamais un regard inquisiteur quand

il traversait la pièce, ce que faisait encore sa mère. Le Dr Court lui faisait confiance, alors que sa mère redoutait toujours qu'il ne la déçoive. Raison pour laquelle elle l'avait changé d'école et lui avait interdit de voir ses amis.

— Tu te feras de nouveaux amis, Joey. Je ne veux que ton bien.

Elle voulait seulement qu'il ne ressemble pas à son père.

Mais c'était vain.

S'il devenait adulte, il aurait un fils qui serait malade comme lui. La malédiction ne s'arrêterait jamais. Il avait lu des livres là-dessus. Cela se transmettait de génération en génération. Certains pouvaient être exorcisés, du moins c'est ce qu'on racontait. L'un des ouvrages qu'il gardait sous son lit expliquait comment procéder. Un soir où sa mère et son beau-père étaient partis dîner, il avait suivi les instructions à la lettre. A la fin de la cérémonie, rien n'avait changé en lui. Cela prouvait simplement que, chez lui, le mal l'emportait sur le bien.

C'est à partir de ce moment-là qu'il s'était mis à rêver du pont.

Le Dr Court voulait l'envoyer dans un endroit où les gens comprenaient les rêves sur la mort. Joey avait gardé les brochures et s'était dit que ce serait mieux que l'école qu'il détestait. Il avait presque réuni assez de courage pour en parler au médecin quand sa mère lui avait annoncé qu'il n'irait plus chez elle.

Joey aurait bien voulu retourner chez le Dr Court mais sa mère s'y était opposée, prétendant avec un sourire factice qu'il n'en avait plus besoin.

Maintenant elle se disputait avec son mari, à cause de lui. C'était toujours à cause de lui.

Sa mère allait avoir un bébé. Elle était déjà en train

de choisir les couleurs de la chambre, de lui chercher un nom. Joey trouvait amusante l'idée d'avoir un bébé à la maison. Cela lui avait fait plaisir que Donald lui demande de l'aider à repeindre la nurserie.

Puis, une nuit, il avait rêvé que le bébé était mort. Il aurait aimé en discuter avec le Dr Court.

L'épaisse couche de neige rendait le pont glissant. Les chaussures de Joey laissaient de longues empreintes qui gelaient. De dessous lui parvenait le bruit de la circulation. Joey obliqua vers le parapet qui surplombait le lac et les arbres. Marcher au-dessus de la cime des arbres, sous le ciel noir, lui procurait une sensation vivifiante et excitante. Le vent était gelé mais la marche l'avait réchauffé.

Il songea à son père. Thanksgiving avait été son dernier test. Si son père était venu, s'il avait été sobre et l'avait emmené dîner, Joey aurait fait encore un effort. Mais il n'était pas venu parce qu'il était trop tard pour tous les deux.

Et puis, l'expression douloureuse de sa mère, l'inquiétude permanente de Donald le fatiguaient. Il en avait assez d'être un reproche vivant. Quand ce serait fini, sa mère et Donald n'auraient plus besoin de se disputer. Donald serait ravi de ne plus avoir à le supporter et il serait heureux avec sa mère et le nouveau bébé.

Son père ne serait plus obligé de payer la pension alimentaire.

Le parapet du Calvert Street Bridge était lisse mais Joey n'eut pas de mal à s'y hisser grâce à ses gants.

Tout ce qu'il voulait, c'était la paix. La mort la lui apporterait. Peut-être aurait-il la chance de se réincarner sous une meilleure forme. Il l'espérait.

Le vent lui cinglait le visage, son souffle formait un

halo dans la nuit. A ses pieds, il y avait la cime neigeuse des arbres et les flots glacés de Rock Creek.

Il avait choisi avec soin les modalités de son suicide. Se couper les veines n'était pas une bonne idée. La vue de son sang lui aurait peut-être ôté le courage d'en finir. Certaines personnes avalaient des cachets mais ce n'était pas sûr à cent pour cent. Il leur arrivait de vomir et d'être simplement malades.

Le pont était ce qu'il y avait de mieux. Pendant un long moment, il aurait l'impression de voler.

Il se balança un instant et pria. Il voulait que Dieu le comprenne. Dieu n'aimait pas le suicide. Il préférait que les hommes attendent leur heure.

Mais Joey ne pouvait pas attendre. Il espérait que Dieu et les autres comprendraient.

Il eut une pensée pour le Dr Court. Elle serait déçue et Joey en était désolé pour elle. Sa mère aussi, mais elle avait Donald et le bébé. Elle s'en remettrait rapidement. Quant à son père, il se contenterait de boire comme d'habitude.

Joey garda les yeux ouverts. Il voulait voir les arbres s'approcher de lui. Il prit une profonde inspiration et plongea.

— Miss Bette s'est surpassée, dit Tess en savourant un morceau de dinde que son grand-père avait découpé. De véritables agapes.

— Il n'y a rien qui lui plaise autant que de faire toute une histoire autour d'un repas.

Le sénateur ajouta de la sauce fumante à sa platée de pommes de terre crémeuses et ajouta :

— Elle m'interdit de mettre les pieds dans la cuisine depuis deux jours.

— Parce qu'elle avait peur que tu goûtes à tout, le taquina Tess.

Il avala une grande bouchée et sourit.

— Elle m'a menacé de m'obliger à éplucher les pommes de terre. Miss Bette n'a jamais supporté qu'un homme empiète sur son domaine. Un peu plus de sauce, inspecteur ? Ce n'est pas tous les jours qu'on peut se permettre un petit excès.

— Merci.

Comme le sénateur lui tendait la saucière, Ben n'eut pas le choix. Il s'était déjà servi deux fois mais c'était difficile de résister à la bonne humeur communicative de son hôte. Après une heure en sa compagnie, l'inspecteur avait découvert un homme passionnant et pétillant de vie. Ses opinions étaient solides comme du roc, sa patience très limitée et son cœur appartenait sans conteste à sa petite-fille.

Au grand soulagement de Ben, son malaise initial s'était quasiment dissipé.

C'était le décor qui l'avait mis mal à l'aise. De l'extérieur, la maison semblait élégante et distinguée. A l'intérieur on avait l'impression de voyager autour du monde dans une cabine de première classe. Des tapis persans aux teintes juste assez passées pour révéler leur âge et leur qualité couvraient le carrelage noir et blanc de l'entrée. Un magnifique cabinet d'ébène, de la hauteur d'un homme, et orné de paons flamboyants, occupait le dessous de l'escalier.

Un Oriental silencieux leur avait servi les apéritifs dans le salon où deux chaises Louis XV flanquaient une table rococo. Une vitrine aux parois ouvragées abritait des objets délicats de verre vénitien coloré. Un oiseau de cristal réfléchissait les lueurs de l'âtre. Un éléphant de porcelaine montait la garde devant le manteau blanc de la cheminée de marbre.

La pièce révélait les origines du sénateur et celles de Tess. Une fortune bien assise, de la culture, de la distinction. La jeune femme était assise sur un canapé couvert de brocart vert sombre. Sa robe bleu lavande soulignait la fraîcheur de son teint, et la pierre au creux de sa gorge palpitait au rythme de sa respiration.

Ben ne l'avait jamais trouvée aussi belle.

Un bon feu crépitait aussi dans la cheminée de la salle à manger. Sur la nappe de coton irlandais, des chandeliers à trois branches dispensaient la lumière des bougies. Les assiettes en porcelaine de Wedgwood tintaient discrètement contre les couverts en argent massif et brillant. Les verres en cristal de Baccarat attendaient d'être remplis d'eau minérale ou de vin blanc frais. Dans des plats et des coupes étaient disposés des huîtres, la dinde rôtie, des asperges et des petits pains frais. Leurs parfums se mêlaient à ceux des fleurs et des bougies.

Pendant que le sénateur découpait la dinde, Ben s'était remémoré les Thanksgiving de son enfance.

Comme ils avaient l'habitude de déguster le repas traditionnel à midi et non le soir, Ben était réveillé par les odeurs de volaille, de sauge, de citronnelle et de chair à saucisse que sa mère faisait revenir avant d'en farcir la dinde. La télévision restait allumée pendant la parade et le match de football. C'était la seule fois où lui et son frère étaient dispensés de mettre le couvert.

Sa mère sortait ses plus belles assiettes, celles qu'ils utilisaient quand tante Jo venait de Chicago ou que le patron de son père était invité à dîner. Les couverts n'étaient pas en argent massif mais ce n'étaient pas non plus ceux de tous les jours. Sa mère était fière de la façon dont elle pliait les serviettes en chapeaux. Vers midi, la sœur de son père arrivait avec son mari et ses trois enfants. La maison retentissait de cris, de discussions et embaumait le pain au miel.

Ils prenaient place autour de la table pour réciter le bénédicité. Puis à peine avaient-ils fait le signe de croix pour clore la prière que les mains se tendaient vers le plat le plus proche.

Pendant le repas, Ben essayait d'ignorer sa cousine Marcie, qui devenait de plus en plus désagréable d'année en année, et que, pour des raisons inconnues, sa tante lui imposait toujours comme voisine.

Il n'y avait pas de serviteur oriental pour remplir en silence leurs verres de pouilly-fuissé.

— Je suis heureux que vous ayez pu vous joindre à nous, inspecteur, dit Writemore en reprenant des asperges. Je me sens toujours un peu coupable d'accaparer Tess pendant les fêtes.

— J'apprécie votre invitation, répondit Ben. Sans vous, je serais probablement en train de manger des tacos devant la télévision.

— Avec une profession comme la vôtre, vous ne devez pas souvent avoir des repas tranquilles. Vous êtes une espèce rare, m'a-t-on dit. Un homme dévoué à sa tâche.

Ben haussa un sourcil en signe d'interrogation, et le sénateur lui adressa un grand sourire en levant son verre de vin.

— Le maire me tient informé des tenants et aboutissants de cette affaire puisque ma petite-fille y est mêlée.

— Grand-père veut dire qu'ils échangent des potins, inter-vint Tess.

— Ça nous arrive aussi, acquiesça Writemore. Apparemment vous étiez opposé à ce que Tess soit appelée comme consultante.

La franchise commandait une réponse également franche, décida Ben.

— C'est toujours le cas, répondit-il.

— Goûtez donc cette compote de poires, proposa le sénateur en lui passant le plat. C'est encore l'œuvre de miss Bette. Pouvez-vous me dire si vous désapprouvez l'intervention d'un psychiatre en général ou celle de Tess en particulier ?

— Grand-père, le dîner de Thanksgiving n'est pas le moment adéquat pour un interrogatoire en règle.

— Ce n'est pas du tout mon but. Je veux seulement savoir de quel côté il est.

Ben étala de la compote sur un petit pain et prit son temps avant de répondre :

— Je ne voyais pas l'intérêt d'un profil psychologique. Cela alourdit l'enquête. Je préfère nos méthodes habituelles : interrogatoire de témoins, déplacements sur le terrain, déductions logiques.

Il jeta un coup d'œil à Tess qui contemplait son verre de vin, avant de poursuivre :

— Du moment qu'il s'agit d'appliquer la loi, peu m'importe que cet homme soit psychotique ou non. Cette compote est délicieuse.

— Oui, miss Bette est un cordon-bleu, dit Writemore en se resservant. Je comprends votre point de vue, inspecteur, sans y adhérer totalement. Vous conviendrez qu'il est toujours sage de connaître les pensées de son ennemi.

— A condition que cela permette d'avoir une longueur d'avance sur lui.

Ben examina le sénateur. Il portait un costume noir sur une chemise blanche amidonnée. Un simple diamant maintenait sa cravate en place. Ses mains étaient noueuses et puissantes. Elles lui évoquèrent celles de son grand-père qui était boucher. Un anneau d'or à la main gauche rappelait son engagement envers son épouse, décédée trente ans plus tôt.

— Donc vous considérez que, dans le cas présent, le travail de Tess en tant que psychiatre ne vous a pas aidés, observa Writemore.

Ignorant superbement la discussion en cours, Tess continua de manger.

— J'aimerais pouvoir dire oui, répondit Ben après un instant de réflexion. Cela m'aurait permis d'insister pour qu'elle se tienne à l'écart de l'enquête. Mais elle nous a aidés à déterminer un plan d'action et un mobile.

— Peux-tu me passer le sel ? demanda Tess. Merci, dit-elle en souriant quand Ben lui tendit la salière de cristal.

— De rien, grommela-t-il. Cela ne signifie pas que j'approuve son action, reprit-il à l'intention du sénateur.

— J'en déduis que vous vous êtes aperçu combien ma petite-fille pouvait être têtue.

— Je n'osais le dire.

Tess posa sa main sur celle du sénateur.

— Je tiens cela de mon grand-père, déclara-t-elle.

— Heureusement que tu n'as pas hérité de moi physiquement, plaisanta Writemore. J'ai entendu dire que vous vous êtes installé chez ma petite-fille, inspecteur.

— C'est exact.

Se préparant aux questions qu'il avait redoutées toute la soirée, Ben se rabattit sur la compote de poires.

— Est-ce que vous vous faites payer en heures supplémentaires ? demanda malicieusement le sénateur.

La jeune femme éclata de rire et s'adossa à sa chaise.

— Il te fait marcher, Ben. Reprends donc un peu de dinde, grand-père. La prochaine fois que tu bavarderas avec le maire, dis-lui que je reçois la meilleure protection policière qui soit.

— Et qu'est-ce que tu reçois d'autre ?

— Cela ne regarde pas le maire.

Writemore déposa une tranche de dinde dans son assiette et l'arrosa de sauce.

— Et je suppose que tu vas me dire que cela ne me regarde pas non plus, n'est-ce pas, fillette ?

Tess reprit de la sauce aux airelles.

— C'est inutile. Tu viens de le dire toi-même.

Au même instant, la corpulente miss Bette fit irruption dans la pièce et jeta un coup d'œil approbateur aux victuailles qu'ils avaient passablement entamées. Elle essuya ses petites mains potelées sur son tablier.

— Docteur Court, il y a un appel pour vous, annonça-t-elle.

— Merci, miss Bette. Je vais le prendre dans la bibliothèque.

Elle se leva et embrassa son grand-père sur la joue.

— N'ennuie pas l'inspecteur et garde-moi une part de tarte.

Writemore attendit que Tess soit sortie de la pièce pour reprendre :

— Elle est bien jolie, n'est-ce pas ?

— Oui, acquiesça Ben.

— Quand elle était plus jeune, beaucoup de gens sous-estimaient sa force de caractère à cause de son allure, de sa taille, de son sexe. Elle semblait si fragile en arrivant ici. Les autres pensaient que je l'avais aidée à surmonter son épreuve. En vérité, c'est l'inverse qui s'est produit. Je serais mort sans Tess. Il ne me reste qu'elle et les petits plaisirs de la vie.

Writemore sourit avant d'ajouter :

— Quand on approche comme moi des trois quarts de siècle, on est plus attentif aux détails.

— Mon grand-père disait qu'on était heureux de poser le pied à terre tous les matins, murmura Ben.

— C'était un homme avisé.

Son verre de vin à la main, le sénateur étudia Ben un instant. L'inspecteur lui était sympathique.

— La nature humaine est faite de telle sorte qu'un homme peut survivre même après avoir perdu sa femme et son seul enfant. Tess est ma joie de vivre.

Ben découvrit que son embarras avait disparu, qu'il n'était plus intimidé.

— Je la protégerai, promit-il. Non seulement parce que c'est mon devoir en tant que policier, mais parce qu'elle compte beaucoup pour moi.

Writemore se renversa sur son siège, et le diamant de sa cravate accrocha la lueur de la bougie.

— Vous suivez le football ?
— Un peu.
— Quand nous n'aurons plus à nous inquiéter pour Tess, venez assister à un match avec moi. J'ai un abonnement pour la saison. Nous boirons quelques bières et vous me parlerez un peu de vous. Les dossiers de service ne sont jamais complets.

Son sourire dévoila une rangée de dents blanches.

— Ma petite-fille m'est précieuse, ajouta-t-il. C'est normal que je me sois renseigné sur vous. Je peux même vous dire le score que vous avez fait la semaine dernière à l'entraînement de tir.

Amusé, Ben termina son verre.

— Et alors, j'ai été bon ?
— Assez, répondit Writemore.

Les deux hommes se tournèrent à l'unisson quand

Tess revint dans la salle à manger. Dès qu'il vit son expression, Ben se leva de sa chaise.

— Que se passe-t-il ? s'exclama-t-il aussitôt.

La jeune femme était pâle, cependant sa voix ne trembla pas lorsqu'elle répondit :

— Je suis désolée, grand-père. Une urgence à l'hôpital. Je ne suis pas sûre de pouvoir revenir.

Elle tendit la main vers lui et Writemore la prit entre ses paumes. Les doigts de la jeune femme étaient glacés. Il la connaissait assez pour deviner son émotion.

— Un patient ? demanda-t-il.

— Oui, une tentative de suicide. Il a été emmené à Georgetown mais son état est grave.

Son ton était neutre, détaché, professionnel.

Ben l'étudia un instant. Hormis sa pâleur, elle ne trahissait aucune agitation.

— Je regrette de devoir te quitter ainsi, murmura-t-elle.

Le sénateur s'était levé et, le bras autour de sa taille, il l'accompagna vers l'entrée.

— Ne t'inquiète pas pour moi, mais appelle-moi demain pour me donner de tes nouvelles.

Un frisson la saisit, mais elle ne flancha pas. Elle pressa sa joue contre la sienne comme pour lui prendre un peu de sa force.

— Je t'aime.

— Moi aussi, fillette.

Ben prit le bras de Tess pour descendre les marches enneigées du perron.

— Qu'est-il arrivé ? demanda-t-il.

— Un garçon de quatorze ans a décidé que la vie était trop compliquée. Il a sauté du Calvert Street Bridge.

17

L'étage réservé à la chirurgie sentait le désinfectant et la peinture fraîche. En raison des congés de Thanksgiving, l'équipe médicale était réduite au minimum. Quelqu'un avait enveloppé un pâté à la viande dans du Saran Wrap et l'avait laissé dans le bureau des infirmières. Cela détonnait dans l'ambiance aseptisée et triste.

Tess s'arrêta devant l'infirmière de service qui remplissait un formulaire.

— Je suis le Dr Teresa Court, dit-elle pour se présenter. Joseph Higgins Jr a été admis ici tout à l'heure, je crois.

— Oui, docteur. Il est en salle d'opération.

— Quel est son état ?

— Il souffre d'un grave traumatisme crânien et d'une hémorragie cérébrale. Il était dans le coma quand on nous l'a amené. C'est le Dr Bitterman qui s'en occupe.

— Et les parents de Joey ?

— Ils sont dans la salle d'attente, au fond du couloir à gauche.

— Merci.

Rassemblant sa volonté, Tess se tourna vers Ben.

— Je ne sais pas combien de temps cela prendra.

Pourquoi ne t'installerais-tu pas dans le bureau du médecin en m'attendant ?

— Non, je viens avec toi.

— A ta guise.

Tess déboutonna son manteau tout en marchant. Leurs pas résonnaient comme des coups de feu sur le carrelage du couloir désert. Avant même de parvenir à la salle d'attente, elle entendit des sanglots étouffés.

Lois Monroe était blottie contre son mari et pleurait, les yeux perdus dans le vague. Bien que la pièce fût surchauffée, aucun d'eux n'avait ôté son manteau. La télévision murale diffusait un programme spécial sur Thanksgiving, mais le son était coupé.

D'un regard, Tess signifia à Ben de rester en arrière.

— Monsieur Monroe..., commença-t-elle d'une voix douce.

Au son de sa voix, le beau-père de Joey tourna la tête vers la porte. Pendant un moment, il fixa Tess comme s'il ne la reconnaissait pas. Puis une brève et poignante souffrance passa dans son regard. Tess pouvait presque lire ses pensées : « Je ne vous ai pas crue. Je n'ai pas compris. Je ne savais pas. »

Bouleversée, elle alla s'asseoir à côté de Lois Monroe.

— Elle est montée dans sa chambre voir s'il voulait un peu de tarte, expliqua son mari. Il... n'y était plus. Il avait laissé un mot.

Il s'interrompit, et Tess lui prit la main. Il s'y agrippa avant de poursuivre :

— Il disait qu'il était désolé, qu'il aurait voulu être différent. Que c'était mieux qu'il s'en aille, qu'il reviendrait dans une nouvelle vie. Un passant l'a vu...

S'interrompant une nouvelle fois, Monroe serra

avec force les doigts de Tess et lutta pour dominer son désarroi.

— Un passant l'a vu sauter du pont, reprit-il, et a alerté la police. Ils sont arrivés alors que nous venions juste de découvrir son absence. Je ne savais pas quoi faire, alors je vous ai appelée.

Lois s'écarta de Tess.

— Joey va s'en sortir, balbutia-t-elle. Je me suis toujours occupée de lui. Il s'en tirera, et nous rentrerons tous à la maison.

Tournant la tête, elle se décida enfin à regarder Tess.

— Joey n'a pas besoin de vous, il n'a pas besoin d'aller dans une clinique. Il lui faut juste un peu de calme. Il sait que je l'aime.

Tess prit le poignet de Lois. Son pouls était rapide et irrégulier.

— Oui, il le sait, murmura-t-elle. Il a conscience des efforts que vous avez toujours faits pour lui.

— J'ai essayé de le protéger, de le rendre heureux.

— Je le sais aussi.

— Alors, pourquoi ? Pourquoi a-t-il fait une chose pareille ?

Lois sécha ses larmes et, de plaintive, sa voix se fit accusatrice. Elle s'arracha à l'étreinte de son mari et saisit Tess par les épaules.

— Vous étiez censée l'aider, le guérir ! s'écria-t-elle. Dites-moi pourquoi il a voulu mourir. Pourquoi ?

— Calme-toi, intervint son mari.

Il essaya de la retenir contre lui, mais elle se leva d'un bond. Comme elle entraînait Tess avec elle, Ben fit un pas en avant, puis se ravisa. Mieux valait ne pas s'en mêler.

— Je veux une réponse. Vous m'entendez, une réponse !

Plutôt que de chercher à l'apaiser, Tess accepta sa colère.

— Il souffrait, madame Monroe. Sa blessure était trop profonde pour que je puisse l'atteindre.

— J'ai fait tout ce que je pouvais, reprit Lois.

Si sa voix s'était apaisée, ses ongles s'enfonçaient toujours dans les épaules de Tess.

— Il ne buvait plus, insista la mère de Joey. Il n'avait pas touché à l'alcool depuis des mois.

— C'est exact, acquiesça Tess. Maintenant, vous devriez vous asseoir, Lois.

— Je ne veux pas m'asseoir ! Je veux mon fils. Tout ce que vous avez fait, c'est parler, semaine après semaine. Vous deviez le rendre heureux, le soigner. Pourquoi n'avez-vous pas réussi ?

Une vague de chagrin submergea Tess.

— Je ne pouvais pas, dit-elle dans un souffle.

— Assieds-toi, Lois, intervint de nouveau Monroe.

Il passa le bras sur les épaules de sa femme et l'obligea à reprendre place sur le canapé.

— Vous nous aviez prévenus, déclara-t-il en regardant Tess dans les yeux. Nous ne vous avons pas crue, nous refusions d'accepter la réalité. S'il n'est pas trop tard, nous…

La porte s'ouvrit, et ils comprirent alors tous qu'il était trop tard.

Le Dr Bitterman portait encore sa tenue d'opération. Il abaissa son masque maculé de sueur, révélant son visage marqué par la fatigue et la tension.

— Je suis désolé, madame Monroe… nous n'avons rien pu faire.

— Joey ?

Lois Monroe regarda tour à tour le chirurgien, puis son mari. Sa main se crispa sur l'épaule de celui-ci.

— Joey est mort, dit Bitterman.

Visiblement épuisé par l'heure qu'il avait passée à tenter de sauver le garçon, il s'assit.

— Il n'a pas repris connaissance, ajouta-t-il. Son traumatisme crânien était trop grave.

— Joey, Joey est mort ?

— Je suis désolé, répéta le chirurgien.

Des sanglots secouèrent Lois Monroe. Elle rejeta la tête en arrière et laissa échapper une longue plainte qui bouleversa Tess au plus profond d'elle-même. Personne ne pouvait comprendre la joie d'une mère à la naissance d'un bébé, pas plus qu'on ne pouvait se mettre à la place d'une mère qui vient de perdre son enfant.

Une erreur de jugement, le désir de garder sa famille unie par sa seule volonté, lui avait coûté son fils. Tess ne pouvait rien pour elle et ne pouvait plus rien pour Joey.

La gorge nouée par le chagrin, elle sortit de la pièce.

— Tu ne restes pas ? lui demanda Ben en l'attrapant par le bras.

— Non, répondit-elle d'une voix dure. Ma présence ne fait que lui rendre la situation plus pénible.

Elle appuya sur le bouton d'appel de l'ascenseur, puis plongea les mains dans ses poches.

Une sourde rancune s'empara de Ben.

— Comme c'est facile de tourner le dos ! lança-t-il avec mépris.

— Ma présence est parfaitement inutile, insista Tess en entrant dans la cabine.

Le trajet de retour se fit sous la neige. Tess ne parlait pas, et Ben demeura aussi silencieux. Bien que le chauffage de la voiture fût à fond, Tess était parcourue de violents frissons. La sensation d'échec, la colère et le chagrin étaient si étroitement mêlés qu'elle en avait une boule dans la gorge.

Quand ils parvinrent enfin à l'appartement, elle avait du mal à respirer tant elle était tendue.

— Je suis désolée de t'avoir entraîné là-dedans, dit-elle avec effort.

Elle n'avait plus qu'une envie : être seule pour pouvoir se reprendre.

— Je sais que c'était pénible, ajouta-t-elle.

Ben jeta sa veste sur le dossier d'une chaise.

— Ça n'a pas eu l'air de t'affecter outre mesure, rétorqua-t-il d'un ton sec. Et puis, tu n'as pas à t'en faire : les morts, ça me connaît.

Tess avala péniblement sa salive.

— Oui, bien sûr. Ecoute, j'aimerais prendre un bain.

— Je t'en prie, dit Ben en se dirigeant vers le buffet où il gardait de la vodka. Moi, je vais boire un verre.

La jeune femme se rendit dans la salle de bains. Quelques instants plus tard, Ben entendit l'eau couler.

Tandis qu'il se servait un verre de vodka, il se demanda pourquoi ce suicide le touchait autant. Il ne connaissait même pas le gamin. Alors, pourquoi cette rancœur ? C'était une chose de ressentir de la tristesse, de la pitié pour un jeune qui avait gâché ses chances ; c'en était une autre de se laisser emporter par la rage.

Mais Tess était restée si détachée...

Comme le psychiatre de Josh.

L'amertume, enfouie durant toutes ces années, lui donna un goût âcre dans la bouche. Ben leva son verre de vodka, puis le reposa sur le dessus du buffet. Il n'avait plus envie de boire. Sans but précis, il traversa le couloir et poussa la porte de la salle de bains. Tess n'était pas dans la baignoire.

L'eau coulait à flots, de la buée se formait déjà sur le miroir. Tout habillée, se retenant au lavabo, la jeune femme était secouée de violents sanglots.

Ben ne l'avait jamais vue s'abandonner ainsi, pas même dans ses bras quand elle se laissait entraîner par la passion. Parfois, il avait surpris des accès de colère vite réprimés, mais cela n'avait rien à voir avec le chagrin qui la submergeait en cet instant.

A l'évidence, elle ne l'avait pas entendu ouvrir la porte. Son corps se balançait d'avant en arrière. La gorge nouée, Ben la toucha d'un geste hésitant. Qu'il était difficile de consoler un être cher !

— Tess, murmura-t-il.

Elle sursauta. Quand il la prit dans ses bras, elle demeura raide, luttant pour refréner ses larmes.

— Viens t'asseoir, suggéra-t-il.
— Non.

En Tess, l'humiliation se superposa à la peine. Elle avait honte de s'être laissée aller devant Ben, honte de ne pas avoir eu assez de force pour dominer ses émotions. Il ne lui fallait qu'un peu de solitude pour se remettre.

— Je t'en prie, laisse-moi seule.

Ce rejet, cette résistance heurtèrent Ben. Sans un mot, il alla fermer le robinet.

Tess ôta les mains de sa figure et se cramponna de nouveau au rebord du lavabo. Son dos était droit comme si elle s'apprêtait à recevoir un coup. Quand son regard croisa celui de Ben, il constata que ses yeux étaient rouges mais secs. Alors, sans se soucier de sa réaction, il la souleva dans ses bras et la porta jusqu'à sa chambre.

Il s'attendait à ce qu'elle se débatte, à ce qu'elle l'injurie, au lieu de quoi elle enfouit son visage dans son cou et se mit à pleurer.

— Ce n'était qu'un gosse, murmura-t-elle.

Ben s'assit au bord du lit et la tint serrée contre lui. Les larmes de Tess étaient brûlantes.

— Je sais, dit-il simplement.

— Je ne pouvais pas l'atteindre. J'aurais dû me battre encore plus. Toutes ces études, tout cet entraînement, les livres, les cours, ma propre analyse, tout cela n'a servi à rien.

— Tu as essayé.

— Ce n'était pas suffisant.

Une violente colère s'empara de Tess. Ben n'en fut pas surpris, au contraire. C'était même ce qu'il espérait, pour qu'elle se libère du fardeau qui l'oppressait.

— Je suis censée guérir, et pas seulement me contenter de parler de guérison. Il est mort à cause de moi, parce que mon traitement a échoué.

— Tu as un problème d'ego ! affirma Ben. Depuis quand les psychiatres se prennent-ils pour des dieux ?

Ces paroles eurent sur Tess l'effet d'une gifle. Elle se redressa. Ses joues étaient encore humides de larmes et elle tremblait, mais Ben estima que le plus dur était passé.

— Comment peux-tu dire ça ? lui lança-t-elle. Un jeune garçon est mort. Il ne conduira jamais de voiture, ne tombera jamais amoureux, n'aura jamais d'enfants. Il est mort, et c'est ma responsabilité qui est en cause, pas mon ego.

— Vraiment ? dit Ben en se levant à son tour et en prenant Tess par les épaules. Tu cherches la perfection, tu es supposée garder ton sang-froid en toute circonstance, connaître toutes les réponses et les solutions. Et pour une fois que ce n'est pas le cas, tu t'aperçois que tu n'es pas indestructible. Comment aurais-tu pu l'empêcher de sauter de ce pont ?

Un sanglot secoua Tess, qui se pressa la main sur le front.

— J'aurais dû y arriver. Je n'ai pas su lui donner assez.

Ben l'attira de nouveau sur le lit. C'était la première fois dans leur relation qu'il se sentait utile, et qu'il éprouvait l'envie de la consoler, de la réconforter. En d'autres circonstances, cela l'aurait plutôt incité à prendre la poudre d'escampette. Au lieu de cela, il lui tint la main tandis que sa tête reposait sur son épaule. C'était un peu effrayant, mais il avait enfin la sensation d'être un homme complet.

— Dis-moi, Tess, c'est le garçon dont tu m'avais déjà parlé, n'est-ce pas ?

Tess se rappelait très bien la nuit où elle avait été réveillée par son cauchemar et où Ben avait su l'écouter.

— Oui, répondit-elle. Je m'inquiétais pour lui depuis déjà quelques semaines.

— Et tu avais prévenu ses parents.

— Oui, mais...

— ... ils n'ont pas voulu te croire.

— Il n'empêche que...

D'un geste brusque, Ben l'obligea à la regarder, et elle poussa un soupir.

— Ils ont refusé de m'écouter, acquiesça-t-elle. Sa mère a interrompu la thérapie.

— Et c'est cela qui lui a fait sauter le pas ?

— Ça n'a rien dû arranger. Pourtant, je ne pense pas que ce soit le facteur décisif.

Même si, en elle, le chagrin subsistait, les pensées de Tess se clarifiaient suffisamment pour revenir à une certaine objectivité.

— Je pense qu'il a dû se passer quelque chose ce soir, murmura-t-elle.

— Tu as une idée ?

— Oui, répondit Tess en se levant. J'essaye de joindre le père de Joey depuis des semaines. Comme sa ligne de téléphone était coupée, je suis allée à son appartement, mais il avait déménagé sans laisser d'adresse. Or, il était censé passer le week-end avec Joey…

Tess essuya ses larmes du revers de la main avant de poursuivre :

— Joey comptait sur lui. La désertion de son père a été la goutte d'eau qui a fait déborder le vase. C'était un brave garçon, qui avait connu de mauvais moments et qui avait désespérément besoin d'amour. Seulement, il était persuadé qu'il ne méritait pas cet amour, que personne ne se souciait de lui.

Des larmes emplirent de nouveau les yeux de Tess mais, cette fois, pleurer la soulageait.

— Tu t'intéressais bien à lui, toi, non ?

— Oui, peut-être trop.

Curieusement, la rancœur et l'amertume qui habitaient Ben depuis la mort de son frère s'estompèrent. Il regarda Tess — la psychiatre inaccessible et distante qui jouait avec le cerveau des autres — et il vit une femme qui pleurait non pas la mort d'un patient, mais la perte d'un être humain.

— Ce que sa mère a dit à l'hôpital…, commença-t-il.

— C'est sans importance.

— Si, car elle avait tort.

Tess se détourna.

— Pas entièrement, Ben. Si j'avais pris une direction différente, si j'avais attaqué sous un autre angle, peut-être que le drame n'aurait pas eu lieu.

— Elle se trompait, répéta Ben. Il y a quelques années, j'ai dit le même genre de choses. J'avais peut-être tort, moi aussi.

Leurs regards se croisèrent dans la glace. Il était assis sur le lit dans la pénombre, l'air solitaire, vulnérable. Tess fut étonnée de le découvrir sous ce nouveau jour. Jusqu'à présent, elle l'avait pris pour un homme sociable, plein d'assurance. Elle se tourna vers lui, mais hésita à l'approcher.

— Je ne t'ai jamais parlé de mon frère Josh, commença-t-il.

— Non, tu n'as jamais été très bavard sur ta famille. J'ignorais même que tu avais un frère.

— Il était mon aîné de quatre ans.

Tess n'avait pas besoin de l'imparfait pour comprendre que Josh était mort. Elle l'avait deviné dès que Ben avait prononcé son nom.

— C'était un être exceptionnel, reprit-il. Tout lui réussissait. Il excellait dans tous les domaines. Quand nous étions enfants, on nous a offert une boîte de Tinker Toys. Je construisais une petite voiture quand lui fabriquait un poids lourd. A l'école, en bûchant comme un forcené, j'obtenais un B. Josh avait un A sans même ouvrir ses livres. Ma mère avait coutume de dire qu'il avait la grâce. Elle espérait qu'il serait ordonné prêtre, persuadée qu'il accomplirait des miracles dans cette fonction.

Il n'y avait aucune trace de jalousie dans sa voix, plutôt une admiration teintée d'humour.

— Tu l'aimais beaucoup, n'est-ce pas ? intervint Tess doucement.

Ben haussa les épaules, en homme qui n'ignorait pas que la haine et l'amour pouvaient être les deux facettes d'un même sentiment.

— Parfois, je le détestais, admit-il. Mais la plupart

du temps je le trouvais génial. Il ne m'a jamais brutalisé alors qu'il était beaucoup plus fort que moi. La violence n'était pas dans son tempérament ; il était fondamentalement bon. Adolescents, nous partagions la même chambre. Ma mère est tombée un jour sur ma collection de *Playboy*. Elle s'apprêtait à me passer un savon quand Josh a affirmé que les journaux lui appartenaient, qu'il faisait une enquête sur la pornographie et ses effets pervers sur la jeunesse.

Tess ne put s'empêcher de rire.

— Et ça a marché ? demanda-t-elle.

Ben sourit.

— Oui, car Josh ne mentait que lorsqu'il n'avait aucune alternative. Au lycée, il était arrière dans l'équipe de football. Les filles se jetaient toutes à ses pieds. Il s'en amusait, mais il est vite tombé amoureux. Ce fut son unique erreur à mon avis. Elle était ravissante et d'une excellente famille, mais assez superficielle. La dernière année, il avait rassemblé toutes ses économies pour lui acheter un diamant, un vrai. Elle se promenait à l'école en arborant sa bague, rien que pour rendre ses amies jalouses.

Il fit une pause avant de poursuivre :

— Puis ils se sont disputés, on n'a jamais su pourquoi. Josh en a été très affecté. Bien qu'il eût obtenu une bourse pour aller à l'université, il a préféré s'enrôler dans l'armée. A l'époque, les hippies fumaient de l'herbe et portaient des signes de la paix, mais lui avait décidé de donner quelques années de sa vie à son pays.

Pour la première fois depuis le début de son récit, Ben alluma une cigarette. Le bout incandescent luisait dans l'obscurité.

— Ma mère a pleuré toutes les larmes de son corps mais mon père était fier comme Artaban. Il n'avait pas pour fils un déserteur ni un de ces étudiants drogués qui mettaient un point d'honneur à ne rien faire de leur vie. Mon père était un homme simple aux opinions bien arrêtées. Pour ma part, je venais d'entrer au lycée et je pensais tout savoir. J'ai passé une nuit à tenter de dissuader Josh de partir, alléguant que c'était stupide de perdre trois ans de son existence à cause d'une fille. C'était trop tard. Non seulement il avait déjà signé les papiers mais il avait décidé d'être le meilleur soldat des Etats-Unis. On lui avait déjà proposé de faire l'école des officiers. Avec l'escalade que préparait Johnson, ils avaient besoin de gens pour encadrer les troupes. En tout cas, c'est ainsi que Josh voyait les choses.

La douleur perça dans sa voix. Une douleur sourde, terrible. Instinctivement, Tess se rapprocha de lui dans la pénombre et lui prit la main. Ce geste le réconforta.

Tirant sur sa cigarette, il exhala la fumée dans un soupir.

— Alors il est parti, jeune, confiant et fougueux. D'après ses lettres, il s'épanouissait pleinement dans sa vie de soldat. La discipline, la camaraderie, le défi lui plaisaient. Liant et sociable de nature, il se faisait facilement des amis. Moins d'un an après, il partait pour le Viêt-nam. Il a été nommé lieutenant en second alors que je me débattais avec mes cours d'algèbre et que ma préoccupation principale, c'était le nombre de mes conquêtes dans la troupe des majorettes.

Il se tut. Tess, sans lui lâcher la main, attendit patiemment qu'il poursuive.

— Ma mère allait tous les jours à l'église. Elle allumait un cierge et priait la Vierge Marie de lui ramener son fils sain et sauf. Chaque fois qu'elle recevait une lettre, elle l'apprenait par cœur. Mais il ne fallut pas longtemps pour que le ton des missives change. Elles devenaient plus courtes, il ne parlait plus de ses camarades. Nous avons appris par la suite que ses deux meilleurs amis s'étaient fait massacrer dans la jungle. C'est quand il est revenu et qu'il a commencé à avoir des cauchemars que nous l'avons su. Josh n'est pas mort au Viêt-nam, ma mère avait dû allumer suffisamment de cierges, mais il ne restait plus rien de sa vitalité… J'ai envie d'un verre.

Avant qu'il ait pu se lever, Tess posa la main sur son bras.

— J'y vais, dit-elle, consciente qu'il avait besoin d'un moment de solitude.

Quelques minutes plus tard, elle revenait avec deux verres de cognac. Ben avait rallumé une cigarette mais elle le trouva exactement dans la même position.

— Merci.

Il but une gorgée qui lui brûla la gorge. L'alcool était impuissant à apaiser sa douleur mais celle-ci s'était un peu diluée d'elle-même.

— A l'époque, il n'y avait pas de retour en fanfare pour les héros. La guerre avait tourné au vinaigre. Josh est revenu avec des médailles, des décorations et une bombe à retardement dans la tête. Il était calme, replié sur lui-même mais nous nous sommes doutés que personne ne pouvait vivre une expérience pareille sans se transformer. Il habitait chez mes parents, s'était retrouvé un travail mais ne voulait pas entendre parler de reprendre des études. Nous avons pensé qu'il lui fallait juste un peu de temps pour se réadapter.

» Les cauchemars ont commencé un an après son retour. Il se réveillait la nuit en sueur, hurlant et tremblant. Il a perdu son emploi. Il nous a raconté qu'il avait démissionné mais papa a appris qu'il avait été licencié pour avoir provoqué une rixe. C'est encore un an plus tard que la situation s'est vraiment détériorée. Il n'arrivait plus à garder un travail, il rentrait soûl ou alors ne rentrait pas du tout. Ses cauchemars devenaient de plus en plus violents. Une nuit où j'ai voulu le réveiller, il m'a frappé en criant des propos incohérents au sujet de tireurs et d'embuscades. J'ai essayé vainement de le calmer. Quand mon père est arrivé, Josh m'étranglait.

— Mon Dieu, murmura Tess.

— Il a repris ses esprits et s'est alors mis à pleurer, assis par terre. Je n'ai jamais vu quelqu'un pleurer ainsi. Il ne pouvait plus s'arrêter. Nous l'avons emmené à l'hôpital militaire et ils ont désigné un psychiatre pour le suivre.

La cendre de sa cigarette menaçait de tomber. Ben l'écrasa et but une autre gorgée de cognac.

— Comme j'avais une voiture, il m'arrivait de l'accompagner parfois, quand mon emploi du temps le permettait. Je détestais ce cabinet. On aurait dit une tombe. Souvent, depuis la salle d'attente, j'entendais mon frère pleurer, parfois je ne percevais rien du tout. Je me souviens encore des espoirs que je nourrissais pendant les cinquante minutes où je patientais dehors. Je voulais croire qu'un jour il ressortirait de cette pièce, guéri.

— Ces situations sont généralement plus pénibles pour la famille que pour le malade, acquiesça Tess en laissant sa main à proximité de celle de Ben, afin qu'il puisse la prendre s'il le souhaitait. On se sent si impuissant... si désorienté.

— Les nerfs de ma mère ont lâché un dimanche où elle préparait un ragoût. Elle a tout laissé tomber dans l'évier. Si Josh avait un cancer, disait-elle, ils auraient trouvé un moyen de le soigner. Ne voyait-on pas qu'un mal encore pire le rongeait de l'intérieur ? Pourquoi les médecins n'arrivaient-ils pas à arrêter cette gangrène ?

Ben regarda le fond de son verre avec amertume. Le

souvenir de sa mère, en larmes dans la cuisine, resterait toujours gravé dans sa mémoire.

— Pendant un moment, il a semblé aller mieux. Mais à cause du suivi psychiatrique et de son instabilité professionnelle, il ne lui était pas facile de trouver du travail. Notre curé a dû user de son influence sur une de ses ouailles pour lui trouver un emploi de mécanicien dans un petit garage de la région. Lui qui avait obtenu une bourse pour l'université cinq ans auparavant se retrouvait en charge de changer des bougies. Néanmoins, il avait recouvré un certain équilibre. Les cauchemars avaient quasiment disparu. Personne ne savait qu'il tenait bon à coups de barbituriques. Puis ce fut l'héroïne mais cela a échappé à tout le monde, à mes parents parce qu'ils étaient naïfs, à moi parce que mes études m'accaparaient et que je n'étais pas à la maison, et même au médecin. Le psychiatre était un major de l'armée qui avait fait la Corée et le Viêt-nam, et pourtant il a été incapable de voir que Josh se droguait toutes les nuits pour ne pas défaillir.

Après avoir vidé son verre de cognac, Ben se passa la main dans les cheveux.

— Peut-être était-il débordé, ou simplement distrait. Toujours est-il qu'après deux ans de thérapie, et malgré les milliers de cierges brûlés et le nombre incalculable de prières à la Vierge Marie, Josh monta dans sa chambre, mit sa tenue de combat et ses médailles, mais cette fois, au lieu de prendre une seringue, il sortit son revolver et se tira une balle dans la tête.

— Je suis désolée, murmura Tess. Je sais que ces mots paraissent vains mais je n'en ai pas d'autres.

— Il n'avait que vingt-quatre ans.

« Et toi, vingt », songea-t-elle. Mais elle se contenta de passer en silence le bras sur ses épaules.

— J'aurais pu rejeter le blâme sur l'armée américaine, reprit Ben. Ou sur le système militaire. Mais il m'a paru plus simple de me focaliser sur le psychiatre qui était censé l'aider. Pendant que la police se trouvait dans la chambre que j'avais partagée avec Josh, j'ai eu envie de tuer ce salopard. Puis le curé est venu et ma colère a changé de cible. Il ne voulait pas donner à Josh les derniers sacrements.

— Pourquoi ?

— Ce n'était pas notre curé habituel mais un jeune, frais émoulu du séminaire, qui a verdi à l'idée de monter voir Josh. Il a décrété que le suicide était un péché et que mon frère n'aurait pas l'absolution.

— Comme c'est cruel !

— Je l'ai jeté dehors. Ma mère se tenait là, les yeux secs, les lèvres pincées. Elle est montée dans la chambre dont les murs étaient tachés par le sang de son fils et a prié, seule, pour le salut de son âme.

— Ta mère devait avoir une foi inébranlable et beaucoup de courage.

— C'était surtout une cuisinière émérite.

Il attira Tess contre lui pour sentir son odeur douce et féminine.

— J'ignore comment elle a trouvé le courage de remonter l'escalier, ajouta-t-il. Je pense qu'elle était persuadée que Dieu avait voulu ce qui était arrivé à son fils.

— Mais pas toi.

— Non, pour moi, il devait y avoir un responsable. Avant le Viêt-nam, Josh n'avait jamais fait de mal à qui que ce soit. Ensuite il a obéi aux ordres et s'est battu pour son pays. Mais c'était une guerre injuste et il n'a pas pu vivre avec sa culpabilité. Le psychiatre aurait dû lui montrer que, malgré ses actes, il avait toujours de la valeur en tant qu'être humain.

Comme elle aurait dû le faire avec Joey Higgins.

— As-tu eu l'occasion de parler avec le médecin après la mort de Josh ? demanda-t-elle.

Ben serra les poings.

— Une fois. J'avais toujours envie de le tuer. Il était assis derrière son bureau, les mains croisées, le visage inexpressif. Il m'a dit que mon frère avait été victime du syndrome de stress différé. D'un ton neutre, il a ajouté que Josh n'avait pas supporté le Viêt-nam, que ses efforts pour reprendre sa vie d'avant avaient créé une pression telle que le couvercle avait sauté.

— C'était probablement vrai mais il aurait pu s'exprimer d'une autre manière.

— Il s'en fichait complètement.

— Ben, sans vouloir le défendre, beaucoup de médecins, psychiatres ou non, maintiennent une distance avec leurs malades. C'est la seule manière qu'ils ont de se protéger, de ne pas trop souffrir en affrontant leur échec.

— Comme toi, quand tu as perdu Joey.

— Oui, car devant le sentiment de ta propre incapacité, la douleur et le remords te déchirent, et si cela t'arrive trop souvent, tu ne peux plus rien apporter à ton patient suivant.

Bien qu'il saisît parfaitement les propos de Tess, il avait de la difficulté à imaginer le psychiatre de Josh s'enfermant dans sa salle de bains pour pleurer.

— A moi de chercher des réponses, reprit-elle en caressant la joue de Ben. C'est notre impuissance qui nous fait mal.

Elle se souvint de l'expression qui s'était peinte sur le visage de Ben quand il lui avait raconté qu'une famille avait été massacrée pour une poignée de pièces.

— Nous ne sommes pas aussi différents que je le pensais, murmura-t-elle.

— Peut-être pas, admit-il en déposant un baiser dans sa paume. Quand je t'ai vue ce soir, détachée, impassible comme devant le cadavre d'Anne Reasoner, j'ai repensé à ce militaire qui, les mains croisées sur son bureau, m'expliquait pourquoi Josh était mort…

— En tant que policier, tu devrais savoir qu'on n'est pas forcément insensible quand on sait dominer ses émotions.

Il la prit par les poignets et la fixa droit dans les yeux.

— J'avais besoin d'être sûr que tu n'étais pas indifférente, dit-il. Ce que je voulais vraiment, c'est que tu aies besoin de moi.

C'était la première fois qu'un aveu lui coûtait tant.

— Alors, quand je t'ai vue pleurer, j'ai compris que je t'étais nécessaire et ce constat m'a vraiment effrayé, ajouta-t-il.

— Je ne voulais pas que tu me voies dans cet état.

— Pourquoi ?

— Parce que je n'avais pas assez confiance en toi.

Le regard de Ben se porta sur le poignet délicat qu'il tenait dans sa main.

— A part Ed, personne n'est au courant de l'existence de Josh. Ed était le seul en qui j'avais suffisamment confiance.

Il porta les doigts de Tess à ses lèvres et les embrassa doucement.

— Que va-t-il se passer maintenant ? demanda-t-il.

— Que souhaites-tu ? repartit-elle avec un rire un peu contraint.

— Je me trompe ou tu es en train de te défiler ? plaisanta-t-il.

Sa main joua avec les perles qui entouraient la gorge

fine de la jeune femme, puis il défit le fermoir. Sa peau était douce et soyeuse.

— Tess, quand tout ceci sera fini, accepteras-tu de prendre quelques jours de vacances… avec moi ?

— Oui.

Surpris et amusé, il la dévisagea.

— N'importe où ?

— Tu me communiqueras la destination le moment venu. Juste pour que je sache si je dois emporter un manteau de fourrure ou un Bikini.

Elle le débarrassa du collier de perles, qu'elle posa avec soin sur la table de chevet.

— Tu devrais le mettre dans un coffre, la réprimanda Ben.

— Ah, ce que c'est que de fréquenter un policier le taquina-t-elle.

Mais en remarquant sa mine sombre, elle reprit avec sérieux :

— Ce sera bientôt fini.

— Oui.

Pourtant, quand il la blottit contre lui pour se gorger de son contact, de son odeur, de sa douceur, Ben sentit la peur lui nouer les entrailles.

On était le 28 novembre.

18

— Tu ne mets pas les pieds dehors avant que je t'aie donné le feu vert.

— D'accord, dit Tess en arrangeant son chignon. D'ailleurs j'ai assez de travail pour rester toute la journée à la maison.

— Tu ne descends pas tes poubelles.

— Pas même si les voisins signent une pétition.

— Tess, sois sérieuse.

— Je suis on ne peut plus sérieuse, affirma-t-elle en choisissant des triangles d'or qu'elle fixa à ses oreilles. Je ne serai pas seule une minute. Ton collègue Pilamento sera là à 8 heures.

Ben observa le pantalon gris de la jeune femme et le doux pull-over à col cheminée qu'elle portait.

— C'est pour lui que tu te fais belle ? demanda-t-il en s'approchant de la glace.

— Bien sûr, répondit-elle en souriant à leurs deux reflets. J'ai développé un penchant pour la police ces derniers temps. Cela tourne même à l'obsession.

Ben se pencha pour lui effleurer le bas de la nuque de ses lèvres.

— C'est vrai ?

— J'en ai peur.

Tendrement, il posa ses mains sur ses épaules.

— En es-tu inquiète ? s'enquit-il.

Elle pivota pour se retrouver dans ses bras.

— Pas le moins du monde.

Un pli soucieux barrait le front de Ben et elle tenta de l'effacer du bout des doigts.

— Tu ne devrais pas te tracasser, murmura-t-elle.

— C'est mon métier de me faire du souci.

Pendant un bref instant, il la serra contre lui, sachant qu'il lui serait difficile de la quitter, même en la laissant aux soins de quelqu'un d'autre.

— Pilamento est un brave gars, dit-il pour la rassurer et se rassurer lui-même. Il est jeune mais il suit le règlement à la lettre. Aucune personne non autorisée ne franchira le seuil de ton appartement.

— Je sais. Viens prendre un café, tu n'as plus que quelques minutes.

— Lowenstein prendra la relève à 4 heures, déclara-t-il tandis qu'ils se dirigeaient vers la cuisine.

L'un et l'autre connaissaient l'emploi du temps par cœur mais Ben éprouvait sans cesse le besoin de le répéter.

— Elle est très qualifiée, insista Ben. On pourrait la prendre pour une gentille petite femme au foyer mais c'est une de mes équipières préférées dans les situations désespérées.

Tess remplit deux tasses de café.

— Je ne serai pas seule. Des hommes monteront la garde au troisième étage. Mon téléphone est sur écoute et il y a une voiture de police garée en permanence de l'autre côté de la rue.

— Ce sera une voiture banalisée. Nous ne voulons pas l'effrayer. Bigsby, Mullendore et Roderick assureront le relais avec Ed et moi.

— Ben, je n'ai pas peur, affirma-t-elle en lui prenant le bras pour l'accompagner à la salle à manger. J'ai réfléchi. Il ne peut rien m'arriver tant que je reste bouclée dans cet appartement.

— Il ne faut pas qu'il sache que tu es surveillée. Quand je reviendrai vers minuit, je passerai par l'escalier de service.

— C'est ce soir qu'il va se manifester. J'en suis sûre. Tu seras là.

— J'apprécie ta confiance mais je serais moins nerveux si tu étais moins assurée.

Il lui pressa le bras pour appuyer ses propos.

— Promets-moi de rester en retrait. Quand nous aurons mis la main sur lui, nous l'emmènerons au commissariat pour l'interroger. Tu ne nous accompagneras pas.

— Ben, tu sais combien il est important pour moi de lui parler.

— Je ne veux pas le savoir.

— Tu ne pourras pas m'en empêcher éternellement.

— Aussi longtemps qu'il me sera possible de le faire.

Tess fit marche arrière et essaya un autre angle d'attaque auquel elle songeait depuis l'aube.

— Je crois que tu comprends mieux cet homme que tu n'en as conscience. Tu sais ce que c'est que de perdre un être cher. Tu as perdu Josh. Il a perdu sa Laura. Nous ignorons qui elle était mais elle avait beaucoup d'importance pour lui. Tu m'as dit toi-même qu'à la mort de Josh, tu avais eu envie de tuer le médecin.

Il ouvrit la bouche pour protester mais elle ne lui en laissa pas le loisir.

— Tu voulais rejeter le blâme sur quelqu'un. Si tu avais été moins fort, tu aurais pu t'en prendre même à un innocent. Ta rancune et ta douleur ont subsisté pendant de longues années.

La part de vérité contenue dans son raisonnement mit Ben mal à l'aise.

— Je ne me suis pas mis à tuer des gens, objecta-t-il.

— Non, parce que tu es devenu un policier. C'est peut-être à cause de Josh que tu as choisi cette profession. Tu voulais trouver des réponses, exercer une certaine justice. Grâce à ta force de caractère, tu as transformé une tragédie en quelque chose de positif. Mais si tu avais été plus faible, si tu n'avais pas eu des notions claires du bien et du mal, peut-être aurais-tu craqué. Quand Josh est mort, tu as perdu la foi. Eh bien c'est sans doute ce qui est arrivé à notre homme quand sa Laura a disparu. Cela peut remonter à un an, cinq ou vingt ans, après quoi il a pu recoller les morceaux. Seulement ceux-ci ne s'ajustent plus. Alors il tue, il fait des sacrifices pour sauver l'âme de Laura. Ce que tu m'as raconté hier soir m'a donné à réfléchir. Peut-être est-elle morte dans ce que l'Eglise considère comme un état de péché mortel et l'absolution lui a été refusée. Toute sa vie on a enseigné à cet homme qu'il n'y avait point de salut hors absolution. Dans sa psychose, il pense qu'en sacrifiant des femmes qui ressemblent à Laura, il sauve leurs âmes.

— Cela ne change rien au fait qu'il a assassiné quatre femmes et que tu es sa prochaine cible.

— Tout est toujours noir et blanc, n'est-ce pas ?

— Parfois.

Cela le frustrait encore plus d'admettre qu'elle avait raison. Il préférait s'accrocher à une théorie manichéenne.

— Tu ne crois pas que certaines personnes sont

mauvaises de naissance, n'est-ce pas ? dit-il. Mais alors, trouves-tu normal qu'un homme se précipite dans un McDonald's et tue des gosses parce que sa mère le battait quand il avait six ans ? Ou qu'un autre utilise un campus comme champ de tir sous prétexte que son père maltraitait sa mère ?

— Non, mais notre homme n'a pas le même profil, déclara-t-elle avec assurance — elle était là dans son champ de compétence. Il ne tue pas au hasard et sans motif. Un enfant maltraité peut devenir aussi bien un psychotique qu'un président de banque. Je ne crois pas non plus aux mauvaises graines. C'est à un malade que nous avons affaire. Les médecins commencent à penser que la schizophrénie est une réaction chimique du cerveau qui annihile toute pensée rationnelle. Cela fait longtemps que nous ne croyons plus aux possessions, mais il y a encore soixante ans, on traitait la schizophrénie en arrachant des dents au malade. Puis il y a eu les injections de sérum de cheval ou les lavements. A la fin du XXe siècle, nous cherchons toujours un moyen de la guérir. Quel que soit l'élément qui a déclenché la psychose de cet homme, il a besoin d'aide, comme Josh, comme Joey.

— Pas pendant les premières vingt-quatre heures, répondit-il, tenace. Nous devons d'abord en finir avec la paperasse. D'ailleurs qui te dit qu'il aura envie de te voir ?

— Je me suis posé la question, mais je crois que si.

— Tout cela n'a aucune importance tant qu'on ne l'a pas arrêté.

On frappa à la porte et la main de Ben se tendit lentement vers son revolver. Son bras était encore raide mais n'avait aucune difficulté à tenir son Police Special. Il s'approcha de la porte sans l'ouvrir.

— Demande qui c'est, dit-il à Tess à voix basse. Non, de là où tu es.

Bien qu'il y eût peu de chance pour que l'homme fût passé de l'amict au revolver, Ben ne voulait prendre aucun risque.

— Qui est là ? demanda la jeune femme.
— Pilomento, madame.

Reconnaissant la voix, Ben se tourna et ouvrit la porte.

— Bonjour, Paris, fit le jeune policier en frottant ses chaussures sur le paillasson. Il y a dix centimètres de neige dans les rues. Bonjour, docteur Court.

— Bonjour. Donnez-moi votre pardessus.

— On se gèle dehors. C'est Mullendore qui est de faction devant l'immeuble. J'espère pour lui qu'il a un caleçon long.

— Ne t'endors pas devant la télé, conseilla Ben.

Il jeta un dernier coup d'œil sur la pièce. Elle n'avait qu'une seule entrée et Pilomento ne serait jamais à plus de quelques mètres de la jeune femme. Néanmoins Ben n'était toujours pas rassuré en enfilant son manteau.

— Je resterai en contact avec les équipes de surveillance, promit-il. Va donc te servir du café.

— Non merci, j'en ai déjà pris un dans la voiture en venant.

— Prends-en un autre.

Pilomento regarda Ben, puis Tess.

— Oui, bien sûr.

Et il s'éloigna en sifflotant.

— Ce n'était pas très poli mais je n'ai pas pu m'en empêcher, avoua Ben.

La jeune femme éclata de rire quand elle glissa voluptueusement ses bras autour de la taille de Ben.

— Sois prudent, chuchota-t-elle.

— C'est une seconde nature chez moi.

Ils échangèrent un long baiser.

— Tu vas m'attendre, doc ?

— Compte sur moi. Appelle-moi... si tu as du nouveau.

— Bien sûr.

Puis, encadrant son visage de ses paumes, il l'embrassa sur le front.

— Tu es si jolie, murmura-t-il.

Un éclair de surprise passa dans les yeux de Tess. Ben prit conscience qu'avec elle, il n'avait pas eu recours aux compliments ou à la flatterie.

Il ferma la porte, sans parvenir à dissiper le pressentiment qui l'étreignait.

Quelques heures plus tard, assis dans la Mustang, Ben surveillait l'entrée de l'immeuble de Tess. Deux enfants mettaient la touche finale à un superbe bonhomme de neige. L'inspecteur se demanda si leur père se doutait qu'ils lui avaient emprunté son chapeau. Le temps s'écoulait encore plus lentement qu'il ne l'imaginait.

— Les journées raccourcissent, observa Ed.

Etendu dans le fauteuil du passager, il ressemblait à un ours, engoncé dans un caleçon long, un pantalon de velours, une chemise en flanelle, un pull-over et une parka. Quant à Ben, le froid avait depuis longtemps transpercé ses chaussures.

— Voilà Pilomento.

Le policier sortit de l'immeuble, ne s'arrêta qu'une seconde pour remonter le col de son manteau. C'était le signal convenu pour indiquer que Lowenstein était en poste et que tout allait bien. Les muscles de Ben se décrispèrent très légèrement.

Ed s'étira et commença une série d'exercices isométriques pour dissiper les crampes de ses jambes.

— Elle est en sécurité, affirma-t-il. Lowenstein arrêterait une armée.

— Il ne bougera pas avant la tombée de la nuit, déclara Ben.

Pour ne pas avoir à baisser la vitre, et refroidir la voiture, il prit une barre de Milky Way à la place d'une cigarette.

— Tu penses aux effets néfastes du sucre sur l'émail de tes dents ? fit remarquer Ed qui ne renonçait jamais.

Il tira de sa poche un sachet de graines, de noisettes, de raisins, de dattes et de germes de blé.

— J'en ai assez pour deux, lui dit-il. Tu devrais vraiment changer tes habitudes alimentaires.

Ben mordit délibérément dans sa confiserie.

— Dès que Roderick nous relèvera, on ira au Burger King. J'ai envie d'un *whopper*.

— Je t'en prie, ne parle pas de ça pendant que je grignote. Si Roderick, Bigsby et la plupart des collègues se nourrissaient sainement, ils n'auraient pas attrapé la grippe.

— Je n'ai pas été malade, rétorqua Ben, la bouche pleine de chocolat.

— C'est un coup de pot. Tu verras qu'à quarante ans, ton organisme va se révolter. Qu'est-ce que c'est ?

Ed s'était redressé en sursautant. Un homme portant un long manteau noir marchait lentement, trop lentement.

Les inspecteurs eurent simultanément une main

sur la poignée de leur portière et l'autre sur leur arme. L'inconnu se mit à courir.

Ben était presque sorti de la voiture quand une fillette se précipita au cou de l'homme. Celui-ci la fit sauter en l'air pour la plus grande joie de l'enfant.

— Papa ! cria-t-elle.

Ben se radossa en poussant un long soupir et se tourna vers son coéquipier.

— Tu es aussi nerveux que moi, observa-t-il.

— Je me suis attaché à Tess, tu sais. Je suis content que tu aies accepté l'invitation de son grand-père.

— Elle est au courant pour Josh.

Les sourcils d'Ed se haussèrent et disparurent sous sa casquette de marin. C'était une étape importante pour son ami.

— Et alors ?

— Je suis heureux de lui avoir parlé. Rencontrer Tess est ce qui m'est arrivé de mieux jusqu'à présent. Mon Dieu, comme c'est banal de prononcer une chose pareille.

Satisfait, Ed mit une datte dans sa bouche.

— C'est banal de tomber amoureux, plaisanta-t-il.

— Je n'ai pas dit que j'étais amoureux, protesta Ben un peu trop vite. Elle compte beaucoup pour moi, oui, c'est vrai.

— Certains êtres ont du mal à admettre qu'ils sont amoureux parce qu'ils ont peur d'un engagement durable. Le mot « amour » évoque une serrure qui se referme sur leur vie privée, leur intimité, qui les oblige à penser en tant que couple.

Ben jeta l'emballage de sa confiserie sur le sol.

— Tu l'as lu dans un livre ?

— Non, je l'ai trouvé tout seul. Je pourrais peut-être écrire un article sur le sujet.

— Ecoute, si j'étais amoureux de Tess, ou de qui que ce soit, je n'aurais aucune difficulté à l'admettre.
— Ah, tu l'es ou tu ne l'es pas ?
— Elle est importante.
— C'est un euphémisme.
— Je tiens beaucoup à elle.
— Balivernes.
— Bon, d'accord, je suis fou d'elle.
— Un petit effort, tu y es presque.

Cette fois, Ben entrouvrit sa vitre et alluma une cigarette.

— D'accord, je suis amoureux. Tu es content ?
— Prends une datte, tu te sentiras mieux.

Ben jura, jeta sa cigarette et prit la datte que lui tendait Ed.

— Tu es pire que ma mère, s'écria-t-il en riant.
— C'est à ça que servent les coéquipiers. A remplacer les mères.

A l'intérieur de l'appartement, le temps s'écoulait avec la même lenteur. A 19 heures, Tess et Lowenstein mangèrent de la soupe en boîte et des sandwichs à la viande froide. En dépit du calme qu'elle affectait, la jeune psychiatre était nerveuse et n'avait pas d'appétit. C'était une nuit longue et misérable. Personne n'aurait mis le nez dehors à moins d'y être obligé, mais savoir qu'elle ne pouvait pas sortir de chez elle la rendait claustrophobe.

— Vous jouez à la canasta ? demanda Lowenstein.
— Pardon ?
— La canasta.

Lowenstein regarda sa montre et songea que son mari devait être en train de donner le bain à son plus jeune enfant. Roderick montait la garde devant l'immeuble. Ben et Ed patrouillaient dans le quartier avant de rejoindre le commissariat, et sa fille aînée râlait certainement en faisant la vaisselle.

— Je suis désolée, s'excusa Tess. Je suis de bien mauvaise compagnie.

Lowenstein posa la moitié de son sandwich sur une ravissante assiette de verre.

— Vous n'êtes pas là pour me distraire, docteur Court.

Mais Tess fit un effort pour entretenir la conversation.

— Vous êtes mariée ?
— Oui, et j'ai une ribambelle d'enfants.
— Ce ne doit pas être facile de s'occuper d'une famille avec un métier aussi exigeant que le vôtre...
— J'ai toujours recherché les complications.
— Bravo ! Quant à moi, je les ai toujours évitées avec ténacité. Puis-je vous poser une question personnelle ?
— Oui, si vous m'autorisez à vous en poser une aussi.

Tess s'accouda sur la table.

— Cela me paraît équitable. Comment votre mari supporte-t-il que vous exerciez une profession dangereuse ?
— Je pense ou plutôt je sais que ce n'est pas facile pour lui, répondit-elle.

Elle but une gorgée de Pepsi dans un verre que, pour sa part, elle aurait exposé dans une vitrine.

— De grandes tensions ont ébranlé notre couple, expliqua-t-elle. Il y a deux ans, nous nous sommes même séparés. Cela a duré exactement trente-quatre heures et demie. Le fait est que nous sommes fous l'un de l'autre.

— Vous avez de la chance.

— Je sais. Et pourtant cela m'arrive d'avoir envie de lui claquer la tête contre le mur. A mon tour.

— D'accord.

Lowenstein lui jeta un long regard inquisiteur.

— Où vous habillez-vous ?

La surprise de Tess fut telle qu'elle demeura muette l'espace de dix secondes. Puis elle éclata de rire et sa tension se dissipa.

Dehors, Roderick et un policier noir et trapu appelé Pudge partageaient une Thermos de café. Pudge était de mauvaise humeur à cause d'un rhume de cerveau et ne cessait de se plaindre.

— A mon avis, notre homme ne va pas se pointer pendant que nous sommes là. C'est Mullendore qui prend le dernier service. Si quelqu'un doit lui mettre la main au collet, ce sera lui. Nous allons nous geler pour rien.

— En tout cas, c'est pour ce soir.

Roderick remplit le gobelet de son équipier avant de se remettre à observer la fenêtre de Tess.

— Pourquoi ? demanda Pudge en maudissant les antihistaminiques qui lui engourdissaient le nez et l'esprit.

— On le sait.

— Oh, Roderick, comment peux-tu rester aussi stoïque ? s'exclama Pudge en s'appuyant contre la portière. Moi je dors debout.

Roderick inspecta la rue déserte.

— Fais un petit somme, proposa-t-il. Je surveille.

Pudge avait déjà fermé les yeux.

— C'est sympa, Lou. Accorde-moi dix minutes. De toute façon, Mullendore nous relève dans une heure.

Il se mit à ronfler légèrement pendant que Roderick demeurait à l'affût.

Tess apprenait les rudiments de la canasta avec Lowenstein au moment où le téléphone sonna. Leur bavardage s'arrêta aussitôt.

— Vous pouvez répondre, dit Lowenstein. Si c'est lui, restez calme. Essayez de le retenir le plus longtemps possible. L'idéal serait de l'amener à vous rencontrer.

— D'accord.

La gorge sèche, Tess décrocha et parla avec naturel.

— Docteur Court.

— Docteur, c'est l'inspecteur Roderick.

La jeune femme se détendit et fit un signe de tête rassurant à Lowenstein.

— Ah, inspecteur, y a-t-il du nouveau ?

— Nous l'avons arrêté. Ben l'a cueilli à deux pâtés de maisons de votre immeuble.

— Ben ? Il n'a rien ?

— Non, il s'est juste foulé l'épaule pendant l'arrestation. Il m'a demandé de vous prévenir que tout allait bien. Ed l'emmène à l'hôpital.

Se remémorant la précédente blessure de son compagnon, Tess bondit.

— Quel hôpital ?

— Celui de Georgetown, mais Ben ne veut pas que vous vous dérangiez.

Lowenstein s'impatientait manifestement à côté d'elle.

— Je pars tout de suite, insista Tess. Je vous passe votre collègue. Merci d'avoir appelé.

— Nous sommes contents que ce soit fini.

— Oui.

Elle ferma les yeux un instant et tendit l'appareil à l'inspecteur.

— Ils l'ont pris.

Pendant que les deux policiers discutaient, Tess courut dans sa chambre prendre son sac et ses clés de voiture. Un manteau sur le bras, elle attendit que Lowenstein se décide à raccrocher.

— Ça a visiblement été fait sans bavure, dit celle-ci en posant enfin le combiné. Ben et Ed patrouillaient dans le quartier quand ils ont vu un homme sortir d'une allée et se diriger vers cet immeuble-ci. Sous son manteau ouvert, ils ont remarqué qu'il portait une soutane. Il n'a pas protesté quand ils l'ont arrêté, mais dès qu'ils ont trouvé l'amict dans sa poche, il s'est débattu et vous a appelée.

— Oh, mon Dieu.

Tess tenait à rencontrer l'homme le plus vite possible, mais Ben passait en premier. Il fallait d'abord qu'elle aille à l'hôpital.

— D'après Lou, la blessure de Ben n'est pas grave, précisa Lowenstein.

— Je préférerais m'en assurer par moi-même.

— Je comprends. Voulez-vous que je vous accompagne ?

— Non, je suis sûre que vous avez des questions à régler à votre bureau. D'ailleurs je n'ai plus besoin de protection policière.

— Je vais vous escorter quand même jusqu'à votre voiture. Transmettez mes félicitations à Ben.

**
*

Ben traversa le parking en direction du commissariat. Logan se gara derrière lui, sauta de sa voiture et le rejoignit sur les marches. Il n'avait ni chapeau, ni gants, et exceptionnellement portait une soutane.

— J'espérais vous trouver là, déclara-t-il hors d'haleine.

— Ce n'est pas une nuit pour se promener en soutane, rétorqua Ben. Nous avons beaucoup de collègues nerveux dans les rues. Vous pourriez avoir des ennuis.

— J'avais une messe à dire pour les sœurs et je n'ai pas eu le temps de me changer.

Ed poussa la porte.

— Entrez, vous allez attraper des engelures.

Logan se frotta machinalement les mains pour se réchauffer et faire circuler le sang dans ses veines glacées.

— J'étais tellement pressé que je n'ai pas pris de gants, avoua-t-il. Cela fait des jours que quelque chose me turlupine. Je sais que vous étiez fixés sur un prêtre du nom de Francis Moore et que vous avez enquêté dans cette direction. Pour ma part je n'arrive pas à oublier le Franck Moore que j'ai connu au séminaire.

— Nous enquêtons toujours, acquiesça Ben en consultant sa montre avec impatience.

— Je sais. Figurez-vous que Moore était à mi-chemin entre la sainteté et le fanatisme. Un jeune séminariste est parti après s'être disputé avec lui. Je m'en souviens parce qu'il est devenu un écrivain célèbre, Stephen Mathias.

L'excitation s'empara de Ben.

— Je le connais. Vous pensez que Mathias...

— Non, non.

Frustré de ne pouvoir s'exprimer assez vite et de façon cohérente, Logan inspira profondément.

— Je n'ai pas connu Mathias personnellement parce que j'enseignais déjà à l'université. Mais à cette époque, on racontait que Mathias était au courant de tout ce qui se passait au séminaire. Il s'en est d'ailleurs servi dans ses deux premiers livres. Plus je pensais à ce détail, plus les morceaux du puzzle s'assemblaient. Dans l'un de ses romans, il parle d'un jeune étudiant qui quitte le séminaire, suite à une dépression nerveuse survenue à la mort de sa sœur jumelle. Celle-ci était décédée au cours d'un avortement illégal. L'histoire provoque un scandale énorme, surtout quand on découvre que la mère du garçon est enfermée dans un asile et soignée pour schizophrénie.

— Allons interroger Mathias, déclara Ben en traversant le hall.

Logan l'arrêta.

— C'est déjà fait. Il ne m'a fallu que quelques coups de téléphone pour retrouver sa trace. Il habite le Connecticut. L'écrivain se rappelle fort bien l'incident et le jeune homme en question. C'était un élève fanatique et dévoué à Moore, qui servait même à ce dernier de secrétaire personnel. Mathias dit qu'il s'appelait Louis Roderick.

Le cœur de Ben s'arrêta de battre, tandis que son sang se figeait.

— Vous êtes sûr ? réussit-il à articuler.

— Mathias est affirmatif. D'ailleurs il est allé reprendre ses notes pour en avoir confirmation. Il pense pouvoir vous le décrire. Avec son portrait et son nom, vous devriez le retrouver facilement.

— Je sais où il est.

Ben se précipitait déjà sur un téléphone.

— Vous le connaissez ? demanda Logan en retenant Ed par le bras.
— C'est un flic et, en ce moment, il est chargé de surveiller l'immeuble de Tess Court.
— Doux Jésus !

Tandis que toute la brigade s'agitait, Logan se mit à prier.

Des unités furent dépêchées à l'adresse de Roderick, d'autres à l'appartement de Tess.

Ben se rua vers la sortie, Logan sur ses talons.
— Je viens avec vous, déclara le prêtre.
— Non, c'est l'affaire de la police.
— Je pourrai peut-être le calmer, vêtu comme je suis.
— Non, n'intervenez surtout pas.

Ils franchissaient les portes vitrées quand ils croisèrent Lowenstein qui venait dans l'autre sens en courant. Elle faillit les heurter.

— Qu'est-ce qui se passe ici ?

A moitié fou de terreur, Ben l'empoigna par le col de son manteau.

— Que fais-tu ici ? Pourquoi l'as-tu quittée ?
— Qu'est-ce qui vous arrive ? Lou m'a téléphoné pour me dire que c'était fini.
— Quand ?
— Il y a vingt minutes. Mais il m'a assuré que tu allais…

A l'expression de Ben, elle devina la vérité mais son esprit s'y refusait encore.

— Oh non, pas Lou ! s'exclama-t-elle. C'est un…

Un collègue, un ami. Lowenstein se ressaisit.

— Au téléphone, il m'a appris que le tueur avait été arrêté, qu'il était inutile de monter la garde plus longtemps. Je n'ai pas eu l'idée de vérifier. C'était Lou.

— Il faut le trouver.

Lowenstein agrippa le bras de Ben.

— L'hôpital de Georgetown. Il a prétendu qu'Ed t'emmenait aux urgences.

Sans attendre, Ben dévala les marches et s'engouffra dans sa voiture.

Enervée, Tess se gara dans le parking après un trajet de vingt minutes. Bien qu'on eût dégagé les routes, elle savait que le risque de carambolage subsistait toujours, et elle avait dû conduire très prudemment. Pour se consoler, elle songea que Ben avait eu le temps d'être soigné et qu'il devait l'attendre. Enfin, leur cauchemar était terminé.

Claquant sa portière, elle mit les clés dans sa poche. Ils allaient acheter une bouteille de champagne pour fêter le retour victorieux à la maison. Une seule ; deux, ce serait trop. Ils ne profiteraient pas de la pleine conscience de leur bonheur. Puis ils passeraient le week-end au lit à siroter le champagne de temps en temps.

L'image était tellement plaisante qu'elle ne remarqua pas la silhouette qui émergeait de l'ombre.

— Docteur Court.

Instinctivement elle porta la main à sa gorge puis la laissa retomber en s'avançant vers l'homme.

— Inspecteur Roderick, dit-elle en souriant. J'ignorais que...

Le col blanc accrocha la lumière. C'était comme dans son rêve, songea-t-elle dans un moment de pure panique. Cela recommençait. Alors qu'elle croyait être sauvée, ses pires craintes se réalisaient. Elle aurait pu tourner et fuir, mais il n'était qu'à un mètre d'elle et la rattraperait aisément. Il lui était également possible de crier mais il avait les moyens de la réduire au silence. Définitivement. Non, elle n'avait pas d'autre choix que de l'affronter.

— Vous souhaitiez me parler.

Il fallait que sa voix arrête de trembler, que sa peur cesse de résonner dans sa tête.

— Moi aussi, je voulais vous parler, reprit-elle vaillamment. Vous aider.

— M'aider... Oui, j'ai d'abord cru que vous en étiez capable. Vous avez un gentil regard et j'ai lu vos rapports. Vous saviez que je n'étais pas un assassin. Puis j'ai compris que c'était Dieu qui vous envoyait, que vous seriez la dernière et la plus importante. Vous êtes la seule que la Voix a désignée nommément.

— Parlez-moi de cette voix, Lou.

Elle avait envie de reculer, ne serait-ce que d'un pas, mais elle lut dans les yeux de l'homme que cela suffirait à le faire passer à l'acte.

— Quand l'avez-vous entendue pour la première fois ? demanda-t-elle calmement.

— Quand j'étais petit. Ils ont dit que j'étais fou, comme ma mère. Alors j'ai eu peur et je n'en ai plus parlé. Plus tard j'ai compris que c'était Dieu qui m'appelait, qui voulait que je rentre dans les ordres. J'étais heureux d'avoir été choisi. Le père Moore nous assurait qu'il y avait peu d'élus pour accomplir la mission divine, pour donner les sacrements. Mais même les élus sont tentés par le péché. Alors nous devons accepter les sacrifices, faire pénitence. Il m'a appris à m'entraîner pour résister à la tentation. La flagellation, le jeûne.

Encore une pièce du puzzle qui trouvait sa place. Un garçon déséquilibré entrait au séminaire et se retrouvait avec un directeur de conscience également perturbé. Roderick allait la tuer. C'était le but qu'il s'était fixé.

Le parking semblait désert, la porte des urgences se trouvait à deux cents mètres.

— Vous vouliez vous faire ordonner prêtre, Lou ? demanda-t-elle pour gagner du temps.

— Oui, j'étais destiné à cette voie, depuis toujours.

— Mais vous avez changé d'avis ?

— Non.

Il releva la tête et huma l'air, écoutant quelque chose que lui seul pouvait entendre.

— Il y avait comme un trou noir dans ma vie, reprit-il. Je n'existais pas vraiment. Un homme ne peut exister sans la foi, un prêtre ne peut exister sans un but spirituel.

Elle le vit mettre la main dans sa poche et il en extirpa le foulard blanc. Les yeux de Tess s'agrandirent sous l'effet de la panique.

— Parlez-moi de Laura.

Il venait de faire un pas en avant. Au nom de Laura, il s'immobilisa.

— Laura. Connaissiez-vous Laura ?

— Non, je ne la connaissais pas.

L'amict était toujours dans ses mains mais il semblait l'avoir oublié. « Parle-lui, distrais-le », se répétait Tess en étouffant un cri de terreur.

— Parlez-moi d'elle.

— Elle était belle, fragile. Mère s'inquiétait parce qu'elle aimait se regarder dans la glace, elle aimait se brosser les cheveux, s'acheter de jolis vêtements. Mère savait que c'était le Diable qui poussait Laura à pécher et à avoir de mauvaises pensées. Laura se contentait de rire et de répondre qu'elle n'avait pas de goût pour les robes de bure et les cendres. Laura riait tout le temps.

— Vous l'aimiez beaucoup.
— Nous étions jumeaux. Nous partagions la même vie bien avant notre naissance. Nous étions liés par Dieu.

» J'avais pour tâche d'empêcher Laura de mépriser l'Eglise et tout ce qu'on nous avait enseigné. Mais j'ai échoué.

— Comment cela ?
— Elle n'avait que dix-huit ans, elle était toujours aussi belle et délicate mais elle ne riait plus.

Des larmes se mirent à couler sur ses joues.

— Elle avait péché, et un avortement illégal fut la punition de Dieu. Mais pourquoi s'est-il montré aussi impitoyable ?

Sa respiration s'accéléra et il se pressa le front avec sa paume.

— Une vie en échange d'une autre vie, reprit-il. C'est juste et équitable. Elle m'a supplié de ne pas la laisser mourir, de faire en sorte qu'elle n'aille pas en enfer. Mais je n'avais pas le pouvoir de lui donner l'absolution. Elle est morte dans mes bras sans que je puisse l'aider. Le pouvoir est venu plus tard après une longue période de désespoir. Je vais vous montrer.

Il fit un pas en avant et, malgré le recul instinctif de Tess, il lui passa le foulard autour du cou.

— Lou, vous êtes un officier de police. Votre devoir est de protéger.

— Protéger.

Ses doigts tremblèrent sur l'amict. Un policier. Il avait dû droguer le café de Pudge pour pouvoir agir, mais il ne l'avait pas tué. Protéger. Le berger protège son troupeau.

— Je n'ai pas su protéger Laura, murmura-t-il.
— Non, et ce fut une tragédie. Mais depuis, vous

vous êtes rattrapé en devenant un officier de police, n'est-ce pas ? Vous protégez les autres.

— J'ai dû mentir mais, après la mort de Laura, rien n'avait plus d'importance. J'aurais pu trouver dans la police ce que je cherchais au séminaire. Un but, une vocation. La loi humaine et non plus la loi divine.

— Vous avez juré de respecter la loi.

— La Voix est revenue, bien des années après, poursuivit Roderick.

— Et pour vous, elle était réelle.

— Elle est toujours là, dans ma tête. Parfois c'est un simple chuchotement comme si on me parlait d'une autre pièce, parfois c'est comme un coup de tonnerre. Elle me dit comment sauver mon âme et celle de Laura. Nos âmes sont liées.

La main de Tess se referma sur ses clés. Si le foulard se resserrait, elle s'en servirait pour viser les yeux du tueur. Elle refusait de se laisser étrangler. Elle voulait vivre, de toutes ses forces.

— Je vais absoudre vos péchés, murmura-t-il. Vous verrez Dieu.

— Prendre une vie est un péché.

Il hésita.

— Une vie pour une vie. Un sacrifice divin.

La voix de Roderick était altérée par la douleur.

— Prendre une vie est un péché, répéta Tess tandis que le sang lui martelait les tempes. C'est un acte qui va à l'encontre des lois humaines et de la volonté de Dieu. Vous devriez le comprendre à la fois en tant que policier et en tant que prêtre.

Une sirène retentit et Tess crut d'abord que c'était une ambulance qui approchait. On allait venir à son secours.

— Je peux vous aider, dit-elle sans le quitter des yeux.

— M'aider, murmura-t-il d'un ton indéfinissable, à mi-chemin entre le questionnement et la prière.

— Oui.

Elle avait la main qui tremblait ostensiblement quand elle la leva et la posa sur celle de Roderick. Ses doigts frôlèrent la soie. Elle touchait l'arme du crime. Il y avait peut-être une chance de l'écarter doucement, imperceptiblement...

Et soudain, des portières claquèrent derrière eux. Elle n'osa pas bouger. L'homme aussi demeura immobile.

— Roderick, lâche-la et écarte-toi.

La main toujours sur le tissu, Tess tourna la tête. Ben se tenait debout, à quelques mètres d'eux, les jambes écartées, les bras tendus, tenant son revolver à deux mains. Derrière lui, un peu sur sa gauche, Ed était dans la même position. Gyrophares allumés et toutes sirènes hurlantes, des voitures de police encombraient le parking.

— Ben, je n'ai rien.

Mais il ne la regardait pas. Ses yeux étaient rivés sur Roderick, avec une expression de violence à peine contenue. Tess sut que si elle s'écartait, Ben risquait de perdre son contrôle.

— Je ne suis pas blessée, répéta-t-elle. Il a besoin d'aide.

— Ecarte-toi.

S'il avait eu la certitude que Roderick n'était pas armé, il aurait déjà bondi. Mais la jeune femme lui faisait un rempart de son corps.

— C'est fini, Ben.

Après un bref signal de la main, Ed s'avança.

— Je vais devoir te fouiller, Lou. Puis je te mettrai les menottes pour t'embarquer.

— Oui, dit-il en levant docilement les bras pour lui faciliter la tâche. C'est la loi. Docteur Court ?

— Oui, ne vous inquiétez pas. Personne ne vous fera de mal.

— Tu as le droit de garder le silence, commença Ed en retirant à Roderick son insigne de police.

— Je comprends, Ed.

Ce dernier lui passa ensuite les menottes. Roderick se laissait faire sans broncher. Son attention se porta très vite sur Logan.

— Vous êtes venu entendre ma confession, mon père ?

— Oui. Voulez-vous que je vous accompagne ?

Tout en parlant, Logan pressa la main de Tess.

— Je suis si fatigué, chuchota Roderick.

— Vous pourrez bientôt vous reposer. Venez avec nous.

Tête baissée, il se mit en marche entre Ed et Logan.

— Pardonnez-moi, mon père, car j'ai péché.

Ben les regarda passer. Tess ne bougea pas. Elle n'était pas sûre que ses jambes pussent la porter. Ben remit son revolver dans son holster et la rejoignit en trois enjambées.

— Tout va bien, répéta-t-elle plusieurs fois comme il la prenait dans ses bras. Il n'aurait pas pu me tuer. Il ne pouvait pas.

Il s'écarta juste assez pour lui retirer le foulard et le jeter dans la neige. Des doigts, il lui caressa le cou pour s'assurer qu'elle n'avait pas de marque.

— J'ai failli te perdre, murmura-t-il.

— Non, je crois qu'il savait depuis le début que je pouvais l'arrêter.

Des larmes de soulagement lui coulèrent sur les joues et elle s'accrocha à Ben.

— Le problème, c'est que je ne l'ai pas fait assez tôt, reprit-elle. Oh, Ben, j'ai eu si peur.

— Pourquoi me bloquais-tu le passage ?

— Je protégeais un patient, répondit-elle avant de lui offrir ses lèvres.

— Ce n'est pas ton patient.

A sa grande satisfaction, elle constata que ses jambes la soutenaient et recula d'un pas.

— Dès que vous aurez fini avec la partie administrative, je lui ferai passer des tests, déclara-t-elle.

S'approchant de nouveau d'elle, Ben saisit le revers de son manteau et appuya son front contre le sien.

— Mon Dieu, je tremble, dit-il.

— Moi aussi.

— Rentrons.

Enlacés par la taille, ils se dirigèrent vers la voiture. Elle remarqua qu'il s'était garé sur le trottoir mais ne fit pas de commentaire. A l'intérieur du véhicule, elle se blottit contre lui avec une délicieuse impression de chaleur et de sécurité.

— C'était un policier, marmonna Ben.

— C'était un homme malade, rectifia-t-elle en lui prenant la main.

— Il avait une longueur d'avance depuis le début.

— Il souffrait.

Tess ferma les yeux un instant. Elle était vivante et cette fois elle n'avait pas échoué.

— Je vais pouvoir l'aider, renchérit-elle.

Ben se tut. Il lui faudrait s'habituer à ce besoin qu'elle avait constamment de donner, de soigner. Peut-être un jour admettrait-il que le glaive et la parole servaient tous les deux la justice.

— Eh, doc ?
— Oui ?
— N'avions-nous pas envisagé de prendre des vacances ?
— Si, acquiesça-t-elle en rêvant déjà d'une île pleine de palmiers et de plages de sable fin.
— Je vais avoir quelques jours de congé.
— Quand puis-je commencer à préparer mes bagages ?

Il rit mais continua à secouer nerveusement ses clés.

— Je voulais te proposer... de faire un tour en Floride. Ma mère habite là.

Avec l'impression de faire un saut dans l'inconnu, elle releva lentement la tête pour le regarder. Il sourit, et ce sourire empreint de désir et d'appréhension répondit à toutes ses interrogations. Elle n'avait pas besoin d'en savoir davantage.

— Je serai ravie de rencontrer ta mère, Ben.

BestSellers

A paraître le 1er mai

Best-Sellers n°327 • thriller
Un terrifiant secret - Chris Jordan
La vie de Kate Bickford bascule le jour où Tommy, son fils adoptif, est enlevé. Mais alors qu'elle croyait revoir Tommy après avoir versé la rançon, elle découvre qu'elle est tombée dans un piège : car, pour la faire accuser, le kidnappeur a tué le chef de la police locale dans la propre maison de Kate. Aux yeux de tous, la criminelle, c'est elle. Mais le vrai coupable, lui, détient toujours le petit Tommy, pion essentiel pour réaliser son plan macabre. Avec pour seul soutien Randall Shane, un enquêteur spécialisé dans les enfants disparus, Kate va devoir découvrir le terrifiant secret du kidnappeur…

Best-Sellers n°328 • thriller
Le lys rouge - Karen Rose
Tess, psychiatre renommée, est bouleversée en apprenant le suicide de l'une de ses patientes. Mais de curieux et macabres indices sont retrouvés dans l'appartement de la victime, comme si quelqu'un avait joué avec la fragilité psychique de la jeune femme. Des indices qui, tous, semblent accuser Tess d'avoir soigneusement programmé la mort de sa patiente…

Best-Sellers n°329 • suspense
La crypte mystérieuse - Heather Graham
Leslie a vu son fiancé mourir dans une terrible explosion lors d'une réception donnée dans une vieille demeure chargée d'histoire. Depuis, elle se consacre à son métier d'archéologue et a développé une intuition hors du commun pour dialoguer avec les époques révolues. Lorsqu'on lui propose de venir travailler sur les lieux du drame, Leslie espère alors, en secret, pouvoir renouer avec les fantômes de son passé…

Best-Sellers n°330 • suspense
Le triangle maudit - Stella Cameron
Trois adolescents prisonniers d'une secte échappent de justesse au massacre perpétré par Colin, le chef de leur communauté. Depuis, ils ont refait leur vie et changé d'identité. Mais dix-sept ans après le drame, la police retrouve les lieux du crime et compromet la sécurité

BestSellers

des trois amis. Car Colin, toujours en vie, est prêt à tout pour détruire les seuls témoins de son crime...

Best-Sellers n°331 • roman
Au fil d'un été - Debbie Macomber
Le jour où Brad, son fiancé, lui annonce que, pour le bien de son fils, il accepte de donner une nouvelle chance à son ex-femme, de retour à Seattle, Lydia est désemparée. Pour surmonter cette épreuve, elle peut heureusement compter sur le soutien de ses nouvelles amies, membres de l'atelier de tricot qu'elle anime dans sa boutique de Blossom Street : Courtney, adolescente solitaire, Bethanne, épouse modèle qui se remet mal d'un divorce inattendu, et Elise, sexagénaire qui voit resurgir dans sa vie son ex-mari, vingt ans après leur rupture...

Best-Sellers n°332 • historique
La maîtresse du rajah - Rosemary Rogers
Angleterre, Jamaïque et Inde, 1888
Lady Madison Westcott, une jeune aristocrate rebelle, crée le scandale lors de son premier bal à Londres en dévoilant un autoportrait qui la représente nue. Pour tenter de sauver sa réputation, ses parents l'exilent à la Jamaïque, dans la plantation de lady Moran, la tante de la jeune fille. Là, Madison noue d'emblée une relation orageuse avec l'énigmatique Jefford Harris, l'intendant de lady Moran. Mais, bientôt, des révoltes mettent l'île à feu et à sang. Contraints de fuir, tous trois se réfugient en Inde où lady Moran possède un somptueux palais. Eblouie, lady Madison est reçue à la Cour du rajah...

Best-Sellers n°333 • roman
Trahison - Erica Spindler
Lorsque, à 17 ans, Becky Lynn quitte sa bourgade natale du Mississippi, elle n'a qu'une idée en tête : fuir la misère, l'alcoolisme de son père, l'ignominie de ces riches adolescents qui l'ont violée en toute impunité. A Los Angeles, où elle se réfugie, elle réussit une ascension fulgurante : apprentie coiffeuse, mannequin, photographe de mode. De hasard en rencontre, son talent éclate, enfin reconnu. Jusqu'au jour où les révélations d'un homme surgi de son passé l'obligent à assumer la cruelle vérité...

Restez connectée à l'univers Harlequin !

Chaque semaine sur notre site Internet :

@ Les dernières parutions

@ Les biographies des auteurs

@ Les lectures en ligne **GRATUITES**

@ Des offres spéciales

...et bien d'autres surprises !

www.harlequin.fr